JOSEPH BALSAMO

Mémoires d'un médecin

Tome II

Alexandre Dumas

DEUXIÈME PARTIE

Chapitre XL

La protectrice et le protégé

Il est temps de revenir à Gilbert, dont une exclamation imprudente de sa protectrice, mademoiselle Chon, nous a appris la fuite, et voilà tout.

Depuis qu'au village de la Chaussée il avait, dans les préliminaires du duel de Philippe de Taverney avec le vicomte du Barry, appris le nom de sa protectrice, notre philosophe avait été fort refroidi dans son admiration.

Souvent, à Taverney, alors que, caché au milieu d'un massif ou derrière une charmille, il suivait ardemment des yeux Andrée se promenant avec son père, souvent, disons-nous, il avait entendu le baron s'expliquer catégoriquement sur le compte de madame du Barry. La haine tout intéressée du vieux Taverney, dont nous connaissons les vices et les principes, avait trouvé une certaine sympathie dans le cœur de Gilbert. Cela venait de ce que mademoiselle Andrée ne contredisait en aucune façon le mal que le baron disait de madame du Barry ; car, il faut bien que nous le disions, le nom de madame du Barry était un nom fort méprisé en France. Enfin, ce qui avait rangé complètement Gilbert au parti du baron, c'est que plus d'une fois il avait entendu Nicole s'écrier : « Ah ! si j'étais madame du Barry ! »

Tout le temps que dura le voyage, Chon était trop occupée, et de choses trop sérieuses, pour faire attention au changement d'humeur que la connaissance de ses compagnons de voyage avait amené chez M. Gilbert. Elle arriva donc à Versailles ne songeant qu'à faire tourner au plus grand bien du vicomte le coup d'épée de Philippe, qui ne pouvait tourner à son plus grand honneur.

Quant à Gilbert, à peine entré dans la capitale, sinon de la France, du moins de la monarchie française, il oublia toute mauvaise pensée pour se laisser aller à une franche admiration. Versailles, majestueux et froid, avec ses grands arbres, dont la plupart commençaient à sécher et à périr de vieillesse, pénétra Gilbert de ce sentiment de religieuse tristesse dont nul esprit bien organisé ne peut se défendre en présence des grands ouvrages élevés par la persévérance humaine, ou créés par la puissance de la nature.

Il résulta de cette impression inusitée chez Gilbert, et contre laquelle son orgueil inné se raidissait en vain, que pendant les premiers instants la surprise et l'admiration le rendirent silencieux et souple. Le sentiment de sa misère et de son infériorité l'écrasait. Il se trouvait bien pauvrement vêtu près de ces seigneurs chamarrés d'or et de cordons, bien petit près des Suisses, bien chancelant quand, avec ses gros souliers ferrés, il lui fallut marcher sur les parquets de mosaïque et sur les marbres poncés et cirés des galeries.

Alors il sentit que le secours de sa protectrice lui était indispensable pour faire de lui quelque chose. Il se rapprocha d'elle pour que les gardes vissent bien qu'il venait avec elle. Mais ce fut ce besoin même qu'il avait eu de Chon qu'avec la réflexion, qui lui revint bientôt, il ne put lui pardonner.

Nous savons déjà, car nous l'avons vu dans la première partie de cet ouvrage, que madame du Barry habitait à Versailles un bel appartement autrefois habité par Madame Adélaïde. L'or, le marbre, les parfums, les tapis, les dentelles enivrèrent d'abord Gilbert, nature sensuelle par instinct, esprit philosophique par volonté ; et ce ne fut que lorsqu'il y était déjà depuis longtemps, qu'enivré d'abord par la réflexion de tant de merveilles qui avaient ébloui son intelligence, il s'aperçut enfin qu'il était dans une petite mansarde tendue de serge, qu'on lui avait servi un bouillon, un reste de gigot et un pot de crème, et que le valet, en les lui servant, lui avait dit d'un ton de maître :

– Restez ici !

Puis il s'était retiré.

Cependant un dernier coin du tableau – il est vrai que c'était le plus magnifique – tenait encore Gilbert sous le charme. On l'avait logé dans les combles, nous l'avons dit ; mais de la fenêtre de sa mansarde il voyait tout le parc émaillé de marbre ; il apercevait les eaux couvertes de cette croûte verdâtre qu'étendait sur elles l'abandon où on les avait laissées, et par delà les cimes des arbres, frémissantes comme les vagues de l'océan, les plaines diaprées et les horizons bleus des montagnes voisines. La seule chose à laquelle songea Gilbert en ce moment fut donc que, comme les premiers seigneurs de France, sans être ni un courtisan ni un laquais, sans aucune recommandation de naissance et sans aucune bassesse de caractère, il logeait à Versailles, c'est-à-dire dans le palais du roi.

Pendant que Gilbert faisait son petit repas, fort bon d'ailleurs s'il le comparait à ceux qu'il avait l'habitude de faire, et pour son dessert regardait par la fenêtre de sa mansarde, Chon pénétrait, on se le rappelle, près de sa sœur, lui glissait tout bas à l'oreille que sa commission près de madame de Béarn était remplie, et lui annonçait tout haut l'accident arrivé à son frère à l'auberge de la Chaussée, accident que, malgré le bruit qu'il avait fait à sa naissance, nous avons vu aller se perdre et mourir dans le gouffre où devaient se perdre tant d'autres choses plus importantes, l'indifférence du roi.

Gilbert était plongé dans une de ces rêveries qui lui étaient familières en face des choses qui passaient la mesure de son intelligence ou de sa volonté, lorsqu'on vint le prévenir que mademoiselle Chon l'invitait à descendre. Il prit son chapeau, le brossa, compara du coin de l'œil son habit râpé à l'habit neuf du laquais ; et, tout en se disant que l'habit de ce dernier était un habit de livrée, il n'en descendit pas moins, tout rougissant de honte de se trouver si peu en harmonie avec les hommes qu'il coudoyait et avec les choses qui passaient sous ses yeux.

Chon descendait en même temps que Gilbert dans la cour ; seulement, elle descendait, elle, par le grand escalier, lui, par une espèce d'échelle de dégagement.

Une voiture attendait. C'était une espèce de phaéton bas, à quatre places, pareil à peu près à cette petite voiture historique dans laquelle le grand roi promenait à la fois madame de Montespan, madame de Fontanges, et même souvent la reine.

Chon y monta et s'installa sur la première banquette, avec un gros coffret et un petit chien. Les deux autres places étaient destinées à Gilbert et à une espèce d'intendant nommé M. Grange.

Gilbert s'empressa de prendre place derrière Chon pour maintenir son rang. L'intendant, sans faire difficulté, sans y songer même, prit place à son tour derrière le coffret et le chien.

Comme mademoiselle Chon, semblable pour l'esprit et le cour à tout ce qui habitait Versailles, se sentait joyeuse de quitter le grand palais pour respirer l'air des bois et des prés, elle devint communicative, et, à peine sortie de la ville, se tournant à demi :

– Eh bien ! dit-elle, comment trouvez-vous Versailles, monsieur le philosophe ?

– Fort beau, madame ; mais le quittons-nous déjà ?

– Oui, nous allons chez *nous*, cette fois.

– C'est-à-dire chez *vous*, madame, dit Gilbert du ton d'un ours qui s'humanise.

– C'est ce que je voulais dire. Je vous montrerai à ma sœur : tâchez de lui plaire ; c'est à quoi s'attachent en ce moment les plus grands seigneurs de France. À propos, monsieur Grange, vous ferez faire un habit complet à ce garçon.

Gilbert rougit jusqu'aux oreilles.

– Quel habit, madame ? demanda l'intendant ; la livrée ordinaire ?

Gilbert bondit sur sa banquette.

– La livrée ! s'écria-t-il en lançant à l'intendant un regard féroce.

– Non pas. Vous ferez faire... Je vous dirai cela ; j'ai une idée que je veux communiquer à ma sœur. Veillez seulement à ce que cet habit soit prêt en même temps que celui de Zamore.

– Bien, madame.

– Connaissez-vous Zamore ? demanda Chon à Gilbert, que tout ce dialogue rendait fort effaré.

– Non, madame, dit-il, je n'ai pas cet honneur.

– C'est un petit compagnon que vous aurez, et qui va être gouverneur du château de Luciennes. Faites-vous son ami ; c'est une bonne créature au fond que Zamore, malgré sa couleur.

Gilbert fut prêt à demander de quelle couleur était Zamore ; mais il se rappela la morale que Chon lui avait faite à propos de la curiosité, et, de peur d'une seconde mercuriale, il se contint.

– Je tâcherai, se contenta-t-il de répondre avec un sourire plein de dignité.

On arriva à Luciennes. Le philosophe avait tout vu : la route fraîchement plantée, ces coteaux ombreux, le grand aqueduc qui semble un ouvrage romain, les bois de châtaigniers à l'épais feuillage, puis, enfin, ce magnifique coup d'œil de plaines et de bois qui accompagnent dans leur fuite vers Maisons les deux rives de la Seine.

– C'est donc là, se dit Gilbert à lui-même, ce pavillon qui a coûté tant d'argent à la France, au dire de M. le baron de Taverney !

Des chiens joyeux, des domestiques empressés, accourant pour saluer Chon, interrompirent Gilbert au milieu de ses réflexions aristocratico-philosophiques.

– Ma sœur est-elle donc arrivée ? demanda Chon.

– Non, madame, mais on l'attend.

– Qui cela ?

– Mais M. le chancelier, M. le lieutenant de police, M. le duc d'Aiguillon.

– Bien ! courez vite m'ouvrir le cabinet de Chine, je veux être la première à voir ma sœur ; vous la préviendrez que je suis là, entendez-vous ? – Ah ! Sylvie, continua Chon s'adressant à une espèce de femme de chambre qui venait de s'emparer du coffret et du petit chien, donnez le coffret et Misapouf à M. Grange, et conduisez mon petit philosophe près de Zamore.

Mademoiselle Sylvie regarda autour d'elle, cherchant sans doute de quelle sorte d'animal Chon voulait parler ; mais ses regards et ceux de sa maîtresse s'étant arrêtés en même temps sur Gilbert, Chon fit signe que c'était du jeune homme qu'il était question.

– Venez, dit Sylvie.

Gilbert, de plus en plus étonné, suivit la femme de chambre, tandis que Chon, légère comme un oiseau, disparaissait par une des portes latérales du pavillon.

Sans le ton impératif avec lequel Chon lui avait parlé, Gilbert eût pris bien plutôt mademoiselle Sylvie pour une grande dame que pour une femme de chambre. En effet, elle ressemblait bien plus, pour le costume, à Andrée qu'à Nicole ; elle prit Gilbert par la main en lui adressant un gracieux sourire, car les paroles de mademoiselle Chon indiquaient à l'endroit du nouveau venu, sinon l'affection, du moins le caprice.

C'était – mademoiselle Sylvie, bien entendu – une grande et belle fille aux yeux bleus foncés, au teint blanc, légèrement taché de rousseur, aux magnifiques cheveux d'un blond ardent. Sa bouche fraîche et fine, ses dents blanches, son bras potelé, firent sur Gilbert une de ces impressions sensuelles auxquelles il était si accessible et qui lui rappela, par un doux frémissement, cette lune de miel dont avait parlé Nicole.

Les femmes s'aperçoivent toujours de ces choses-là ; mademoiselle Sylvie s'en aperçut donc, et souriant :

– Comment vous appelle-t-on, monsieur ? dit-elle.

– Gilbert, mademoiselle, répondit notre jeune homme avec une voix assez douce.

– Eh bien ! monsieur Gilbert, venez faire connaissance avec le seigneur Zamore.

– Avec le gouverneur du château de Luciennes ?

– Avec le gouverneur.

Gilbert étira ses bras, brossa son habit avec une manche, et passa son mouchoir sur ses mains. Il était assez intimidé au fond de paraître devant un personnage si important ; mais il se rappelait ces mots : « Zamore est une bonne créature », et ces mots le rassuraient.

Il était déjà ami d'une comtesse, ami d'un vicomte, il allait être l'ami d'un gouverneur.

– Eh ! pensa-t-il, calomnierait-on la cour, qu'il est si facile d'y avoir des amis ? Ces gens-là sont hospitaliers et bons, j'imagine.

Sylvie ouvrit la porte d'une antichambre qui semblait bien plutôt un boudoir ; les panneaux en étaient d'écaille incrustée de cuivre doré. On eût dit l'atrium de Lucullus, si ce n'est que chez l'ancien Romain les incrustations étaient d'or pur. Là, sur un immense fauteuil, enfoui sous des coussins, se reposait, les jambes croisées, en grignotant des pastilles de chocolat, le seigneur Zamore, que nous connaissons, mais que Gilbert ne connaissait pas.

Aussi l'effet que lui produisit l'apparition du futur gouverneur de Luciennes se traduisit-elle d'une façon assez curieuse sur le visage du philosophe.

— Oh ! s'écria-t-il en contemplant avec saisissement l'étrange figure, car c'était la première fois qu'il voyait un nègre, oh ! oh ! qu'est-ce que ceci ?

Quant à Zamore, il ne leva pas même la tête et continua de grignoter ses pralines en roulant des yeux blancs de plaisir.

— Ceci, répondit Sylvie, c'est M. Zamore.

— Lui ? fit Gilbert stupéfait.

— Sans doute, répliqua Sylvie riant malgré elle de la tournure que prenait cette scène.

— Le gouverneur ! continua Gilbert ; ce magot, gouverneur du château de Luciennes ? Allons donc mademoiselle, vous vous moquez de moi.

À cette apostrophe, Zamore se redressa, montrant ses dents blanches.

— Moi gouverneur, dit-il, moi pas magot.

Gilbert promena de Zamore à Sylvie un regard inquiet qui devint courroucé lorsqu'il vit la jeune femme éclater de rire malgré les efforts qu'elle faisait pour se contenir.

Quant à Zamore, grave et impassible comme un fétiche indien, il replongea sa griffe noire dans le sac de satin, et reprit ses grignotements.

En ce moment la porte s'ouvrit, et M. Grange entra suivi d'un tailleur.

– Voici, dit-il en désignant Gilbert, la personne pour qui sera l'habit ; prenez la mesure ainsi que je vous ai expliqué qu'elle devait être prise.

Gilbert tendit machinalement ses bras et ses épaules, tandis que Sylvie et M. Grange causaient au fond de la chambre, et que mademoiselle Sylvie riait de plus en plus à chaque mot que lui disait l'intendant.

– Ah ! ce sera charmant, dit mademoiselle Sylvie ; et aura-t-il le bonnet pointu, comme Sganarelle ?

Gilbert n'écouta même pas la réponse, il repoussa brusquement le tailleur et ne voulut à aucun prix se prêter au reste de la cérémonie. Il ne connaissait pas Sganarelle, mais le nom, et surtout les rires de mademoiselle Sylvie lui indiquaient que ce devait être un personnage éminemment ridicule.

– C'est bon, dit l'intendant au tailleur, ne lui faites pas violence ; vous en savez assez, n'est-ce pas ?

– Certainement, répondit le tailleur ; d'ailleurs, l'ampleur ne nuit jamais à ces sortes d'habits. Je le tiendrai large.

Sur quoi, mademoiselle Sylvie, l'intendant et le tailleur partirent, en laissant Gilbert en tête à tête avec le négrillon, qui continuait de grignoter ses pralines et de rouler ses yeux blancs.

Que d'énigmes pour le pauvre provincial ! Que de craintes, que d'angoisses surtout pour le philosophe qui voyait ou croyait voir sa dignité d'homme plus clairement compromise encore à Luciennes qu'à Taverney !

Cependant il essaya de parler à Zamore ; il lui était venu à l'idée que c'était peut-être quelque prince indien, comme il en avait vu dans les romans de M. Crébillon fils.

Mais le prince indien, au lieu de lui répondre, s'en alla devant chaque glace mirer son magnifique costume, comme fait une fiancée de son habit de noces ; puis, se mettant à califourchon sur une chaise à roulettes, à laquelle il donna l'impulsion avec ses pieds, il fit une dizaine de fois le tour de l'antichambre avec une vélocité qui prouvait l'étude approfondie qu'il avait faite de cet ingénieux exercice.

Tout à coup, une sonnette retentit. Zamore quitta sa chaise, qu'il laissa à l'endroit où il la quittait, et s'élança par une des portes de l'antichambre dans la direction du bruit de cette sonnette.

Cette promptitude à obéir au timbre argentin acheva de convaincre Gilbert que Zamore n'était point un prince.

Gilbert eut un instant l'envie de sortir par la même porte que Zamore ; mais, en arrivant au bout du couloir, qui donnait dans un salon, il aperçut tant de cordons bleus et tant de cordons rouges, le tout gardé par des laquais si effrontés, si insolents et si tapageurs, qu'il sentit un frisson courir par ses veines, et que, la sueur au front, il rentra dans son antichambre.

Une heure s'écoula ainsi ; Zamore ne revenait pas, mademoiselle Sylvie était toujours absente ; Gilbert appelait de tous ses désirs un visage humain quelconque, fût-ce celui de l'affreux tailleur qui allait instrumenter la mystification inconnue dont il était menacé.

Au bout de cette heure, la porte par laquelle il était entré se rouvrit, et un laquais parut qui lui dit :

– Venez !

Chapitre XLI

Le médecin malgré lui

Gilbert se sentait désagréablement affecté d'avoir à obéir à un laquais ; néanmoins, comme il s'agissait sans doute d'un changement dans son état, et qu'il lui semblait que tout changement lui devait être avantageux, il se hâta.

Mademoiselle Chon, libre enfin de toute négociation après avoir mis sa belle-sœur au courant de sa mission près de madame de Béarn, déjeunait fort à l'aise, dans un beau déshabillé du matin, près d'une fenêtre, à la hauteur de laquelle montaient les acacias et les marronniers du plus prochain quinconce.

Elle mangeait de fort bon appétit, et Gilbert remarqua que cet appétit était justifié par un salmis de faisans et par une galantine aux truffes.

Le philosophe Gilbert, introduit auprès de mademoiselle Chon, chercha des yeux sur le guéridon la place de son couvert : il s'attendait à une invitation.

Mais Chon ne lui offrit pas même un siège.

Elle se contenta de jeter un coup d'œil sur Gilbert ; puis ayant avalé un petit verre de vin couleur de topaze :

– Voyons, mon cher médecin, où en êtes-vous avec Zamore ? dit-elle.

– Où j'en suis ? demanda Gilbert.

– Sans doute ; j'espère que vous avez fait connaissance.

– Comment voulez-vous que je fasse connaissance avec une espèce d'animal qui ne parle pas, et qui, lorsqu'on lui parle, se contente de rouler les yeux et de montrer les dents ?

– Vous m'effrayez, répondit Chon sans discontinuer son repas et sans que l'air de son visage correspondît aucunement à ses paroles ; vous êtes donc bien revêche en amitié ?

– L'amitié suppose l'égalité, mademoiselle.

– Belle maxime ! dit Chon. Alors vous ne vous êtes pas cru l'égal de Zamore ?

– C'est-à-dire, reprit Gilbert, que je n'ai pas cru qu'il fût le mien.

– En vérité, dit Chon comme se parlant à elle-même, il est ravissant !

Puis, se retournant vers Gilbert, dont elle remarqua l'air rogue :

– Vous disiez donc, cher docteur, ajouta-t-elle, que vous donnez difficilement votre cour ?

– Très difficilement, madame.

– Alors, je me trompais quand je me flattais d'être de vos amies, et des bonnes ?

– J'ai beaucoup de penchant pour vous personnellement, madame, dit Gilbert avec raideur. Mais...

– Ah ! grand merci pour cet effort ; vous me comblez ! Et combien de temps faut-il, mon beau dédaigneux, pour qu'on obtienne vos bonnes grâces ?

– Beaucoup de temps, madame ; il y a même des gens qui, quelque chose qu'ils fassent, ne les obtiendront jamais.

– Ah ! cela m'explique comment, après être resté dix-huit ans dans la maison du baron de Taverney, vous l'avez quittée tout d'un coup. Les Taverney n'avaient pas eu la chance de se mettre dans vos bonnes grâces. C'est cela, n'est-ce pas ?

Gilbert rougit.

– Eh bien ! vous ne répondez pas ? continua Chon.

– Que voulez-vous que je vous réponde, madame, si ce n'est que toute amitié et toute confiance doivent se mériter.

– Peste ! il paraîtrait, en ce cas, que les hôtes de Taverney n'auraient mérité ni cette amitié, ni cette confiance ?

– Tous ? Non, madame.

– Et que vous avaient fait ceux qui ont eu le malheur de vous déplaire ?

– Je ne me plains point, madame, dit fièrement Gilbert.

– Allons, allons, dit Chon, je vois que, moi aussi, je suis exclue de la confiance de M. Gilbert. Ce n'est cependant pas l'envie de la conquérir qui me manque ; c'est l'ignorance où je suis des moyens que l'on doit employer.

Gilbert se pinça les lèvres.

– Bref, ces Taverney n'ont pas su vous contenter, ajouta Chon avec une curiosité dont Gilbert sentit la tendance. Dites-moi donc un peu ce que vous faisiez chez eux ?

Gilbert fut assez embarrassé, car il ne savait pas lui-même ce qu'il faisait à Taverney.

– Madame, dit-il, j'étais…, j'étais homme de confiance.

À ces mots, prononcés avec le flegme philosophique qui caractérisait Gilbert, Chon fut prise d'un tel accès de rire, qu'elle se renversa sur sa chaise en éclatant.

– Vous en doutez ? dit Gilbert en fronçant le sourcil.

– Dieu m'en garde ! Savez-vous, mon cher ami, que vous êtes féroce et que l'on ne peut vous rien dire. Je vous demandais quels gens étaient ces Taverney. Ce n'est point pour vous désobliger, mais bien plutôt pour vous servir en vous vengeant.

– Je ne me venge pas, ou je me venge moi-même, madame.

– Très bien ; mais nous avons nous-mêmes un grief contre les Taverney ; puisque de votre côté vous en avez un, et même peut-être plusieurs, nous sommes donc naturellement alliés.

– Vous vous trompez, madame ; ma façon de me venger ne peut avoir aucun rapport avec la vôtre, car vous parlez des Taverney en général, et moi j'admets différentes nuances dans les divers sentiments que je leur porte.

– Et M. Philippe de Taverney, par exemple, est-il dans les nuances sombres ou dans les nuances tendres ?

– Je n'ai rien contre M. Philippe. M. Philippe ne m'a jamais fait ni bien ni mal. Je ne l'aime ni le déteste ; il m'est tout à fait indifférent.

– Alors vous ne déposeriez pas devant le roi ou devant M. de Choiseul contre M. Philippe de Taverney ?

– À quel propos ?

– À propos de son duel avec mon frère.

– Je dirais ce que je sais, madame, si j'étais appelé à déposer.

– Et que savez-vous ?

– La vérité.

– Voyons, qu'appelez-vous la vérité ? C'est un mot bien plastique.

– Jamais pour celui qui sait distinguer le bien du mal, le juste de l'injuste.

– Je comprends : le bien... c'est M. Philippe de Taverney ; le mal... c'est M. le vicomte du Barry.

– Oui, madame, à mon avis, et selon ma conscience, du moins.

– Voilà ce que j'ai recueilli en chemin ! dit Chon avec aigreur ; voilà comment me récompense celui qui me doit la vie !

– C'est-à-dire, madame, celui qui ne vous doit pas la mort.

– C'est la même chose.

– C'est bien différent, au contraire.

– Comment cela ?

– Je ne vous dois pas la vie ; vous avez empêché vos chevaux de me l'ôter, voilà tout, et encore ce n'est pas vous, c'est le postillon.

Chon regarda fixement le petit logicien qui marchandait si peu avec les termes.

– J'aurais attendu, dit-elle en adoucissant son sourire et sa voix, un peu plus de galanterie de la part d'un compagnon de voyage qui savait si bien, pendant la route, trouver mon bras sous un coussin et mon pied sur son genou.

Chon était si provocante avec cette douceur et cette familiarité, que Gilbert oublia Zamore, le tailleur et le déjeuner auquel on avait oublié de l'inviter.

– Allons ! allons, nous voilà redevenu gentil, dit Chon en prenant le menton de Gilbert dans sa main. Vous témoignerez contre Philippe de Taverney, n'est-ce pas ?

– Oh ! pour cela, non, fit Gilbert. Jamais !

– Pourquoi donc, entêté ?

– Parce que M. le vicomte Jean a eu tort.

– Et en quoi a-t-il eu tort, s'il vous plaît ?

– En insultant la dauphine. Tandis qu'au contraire, M. Philippe de Taverney...

– Eh bien ?

– Avait raison en la défendant.

– Ah ! nous tenons pour la dauphine, à ce qu'il semble ?

– Non, je tiens pour la justice.

– Vous êtes un fou, Gilbert ! taisez-vous, qu'on ne vous entende point parler ainsi dans ce château.

– Alors dispensez-moi de répondre quand vous m'interrogerez.

– Changeons de conversation, en ce cas.

Gilbert s'inclina en signe d'assentiment.

– Ça, petit garçon, demanda la jeune femme d'un ton de voix assez dur, que comptez-vous faire ici, si vous ne vous y rendez agréable ?

– Faut-il me rendre agréable en me parjurant ?

– Mais où donc allez-vous prendre tous ces grands mots-là ?

– Dans le droit que chaque homme a de rester fidèle à sa conscience.

– Bah ! dit Chon, quand on sert un maître, ce maître assume sur lui toute responsabilité.

– Je n'ai pas de maître, grommela Gilbert.

– Et au train dont vous y allez, petit niais, dit Chon en se levant comme une belle paresseuse, vous n'aurez jamais de maîtresse. Maintenant, je répète ma question, répondez-y catégoriquement : que comptez-vous faire chez nous ?

– Je croyais qu'il n'était pas besoin de se rendre agréable quand on pouvait se rendre utile.

– Et vous vous trompez : on ne rencontre que des gens utiles, et nous en sommes las.

– Alors je me retirerai.

– Vous vous retirerez ?

– Oui sans doute ; je n'ai point demandé à venir, n'est-ce pas ? Je suis donc libre.

– Libre ! s'écria Chon, qui commençait à se mettre en colère de cette résistance à laquelle elle n'était pas habituée. Oh ! que non !

La figure de Gilbert se contracta.

— Allons, allons, dit la jeune femme, qui vit au froncement de sourcils de son interlocuteur qu'il ne renonçait pas facilement à sa liberté. Allons, la paix ! ... Vous êtes un joli garçon, très vertueux, et en cela vous serez très divertissant, ne fût-ce que par le contraste que vous ferez avec tout ce qui nous entoure. Seulement, gardez votre amour pour la vérité.

— Sans doute, je le garderai, dit Gilbert.

— Oui ; mais nous entendons la chose de deux façons différentes. Je dis : gardez-le pour vous, et n'allez pas célébrer votre culte dans les corridors de Trianon ou dans les antichambres de Versailles.

— Hum ! fit Gilbert.

— Il n'y a pas de hum ! Vous n'êtes pas si savant, mon petit philosophe, que vous ne puissiez apprendre beaucoup de choses d'une femme ; et d'abord, premier axiome : on ne ment pas en se taisant ; retenez bien ceci.

— Mais si l'on m'interroge ?

— Qui cela ? Êtes-vous fou, mon ami ? Bon Dieu ! qui songe donc à vous au monde, si ce n'est moi ? Vous n'avez pas encore d'école, ce me semble, monsieur le philosophe. L'espèce dont vous faites partie est encore rare. Il faut courir les grands chemins et battre les buissons pour trouver vos pareils. Vous demeurerez avec moi, et je ne vous donne pas quatre fois vingt-quatre heures pour que nous vous voyions transformé en courtisan parfait.

— J'en doute, répondit impérieusement Gilbert.

Chon haussa les épaules.

Gilbert sourit.

– Mais brisons là, reprit Chon ; d'ailleurs, vous n'avez besoin de plaire qu'à trois personnes.

– Et ces trois personnes sont ?

– Le roi, ma sœur et moi.

– Que faut-il faire pour cela ?

– Vous avez vu Zamore ? demanda la jeune femme évitant de répondre directement à la question.

– Ce nègre ? fit Gilbert avec un profond mépris.

– Oui, ce nègre.

– Que puis-je avoir de commun avec lui ?

– Tâchez que ce soit la fortune, mon petit ami. Ce nègre a déjà deux mille livres de rente sur la cassette du roi. Il va être nommé gouverneur du château de Luciennes, et tel qui a ri de ses grosses lèvres et de sa couleur lui fera la cour, l'appellera monsieur et même monseigneur.

– Ce ne sera pas moi, madame, fit Gilbert.

– Allons donc ! dit Chon, je croyais qu'un des premiers préceptes des philosophes était que tous les hommes sont égaux ?

– C'est pour cela que je n'appellerai pas Zamore monseigneur.

Chon était battue par ses propres armes. Elle se mordit les lèvres à son tour.

– Ainsi, vous n'êtes pas ambitieux ? dit-elle.

– Si fait ! dit Gilbert les yeux étincelants, au contraire.

– Et votre ambition, si je me souviens bien, était d'être médecin ?

– Je regarde la mission de porter secours à ses semblables comme la plus belle qu'il y ait au monde.

– Eh bien ! votre rêve sera réalisé.

– Comment cela ?

– Vous serez médecin, et médecin du roi, même.

– Moi ! s'écria Gilbert ; moi, qui n'ai pas les premières notions de l'art médical ?... Vous riez, madame.

– Eh ! Zamore sait-il ce que c'est qu'une herse, qu'un mâchicoulis, qu'une contrescarpe ? Non, vraiment, il l'ignore et ne s'en inquiète pas. Ce qui n'empêche pas qu'il ne soit gouverneur du château de Luciennes, avec tous les privilèges attachés à ce titre.

– Ah ! oui, oui, je comprends, dit amèrement Gilbert, vous n'avez qu'un bouffon, ce n'est point assez. Le roi s'ennuie ; il lui en faut deux.

– Bien, s'écria Chon, le voilà qui reprend sa mine allongée. En vérité, vous vous rendez laid à faire plaisir, mon petit homme. Gardez toutes ces mines fantasques pour le moment où la perruque sera sur votre tête et le chapeau pointu sur la perruque ; alors, au lieu d'être laid, ce sera comique.

Gilbert fronça une seconde fois le sourcil.

– Voyons, dit Chon, vous pouvez bien accepter le poste de médecin du roi, quand M. le duc de Tresme sollicite le titre de sapajou de ma sœur ?

Gilbert ne répondit rien. Chon lui fit l'application du proverbe : « Qui ne dit mot, consent. »

– Pour preuve que vous commencez d'être en faveur, dit Chon, vous ne mangerez point aux offices.

– Ah ! merci, madame, répondit Gilbert.

– Non, j'ai déjà donné des ordres à cet effet.

– Et où mangerai-je ?

– Vous partagerez le couvert de Zamore.

– Moi ?

– Sans doute ; le gouverneur et le médecin du roi peuvent bien manger à la même table. Allez donc dîner avec lui si vous voulez.

– Je n'ai pas faim, répondit rudement Gilbert.

– Très bien, dit Chon avec tranquillité ; vous n'avez pas faim maintenant, mais vous aurez faim ce soir.

Gilbert secoua la tête.

– Si ce n'est ce soir, ce sera demain, après-demain. Ah ! vous vous adoucirez, monsieur le rebelle, et si vous nous donnez trop de mal, nous avons M. le correcteur des pages qui est à notre dévotion.

Gilbert frissonna et pâlit.

– Rendez-vous donc près du seigneur Zamore, dit Chon avec sévérité ; vous ne vous en trouverez pas mal ; la cuisine est bonne ; mais prenez garde d'être ingrat, car on vous apprendrait la recon-naissance.

Gilbert baissa la tête.

Il en était ainsi chaque fois qu'au lieu de répondre il venait de se résoudre à agir.

Le laquais qui avait amené Gilbert attendait sa sortie. Il le conduisit dans une petite salle à manger attenante à l'antichambre où il avait été introduit. Zamore était à table.

Gilbert alla s'asseoir près de lui, mais on ne put le forcer à manger.

Trois heures sonnèrent ; madame du Barry partit pour Paris. Chon, qui devait la rejoindre plus tard, donna ses instructions pour qu'on apprivoisât son ours. Force entremets sucrés s'il faisait bon visage ; force menaces, suivies d'une heure de cachot, s'il continuait de se rebeller.

À quatre heures, on apporta dans la chambre de Gilbert le costume complet du médecin malgré lui : bonnet pointu, perruque, justaucorps noir, robe de même couleur. On y avait joint la collerette, la baguette et le gros livre.

Le laquais, porteur de toute cette défroque, lui montra l'un après l'autre chacun de ces objets ; Gilbert ne témoigna aucune intention de résister.

M, Grange entra derrière le laquais, et lui apprit comment on devait mettre les différentes pièces du costume ; Gilbert écouta patiemment toute la démonstration de M. Grange.

– Je croyais, dit seulement Gilbert, que les médecins portaient autrefois une écritoire et un petit rouleau de papier.

– Ma foi ! il a raison, dit M. Grange ; cherchez-lui une longue écritoire, qu'il se pendra à la ceinture.

– Avec plume et papier, cria Gilbert. Je tiens à ce que le costume soit complet.

Le laquais s'élança pour exécuter l'ordre donné. Il était chargé en même temps de prévenir mademoiselle Chon de l'étonnante bonne volonté de Gilbert.

Mademoiselle Chon fut si ravie, qu'elle donna au messager une petite bourse contenant huit écus, et destinée à être attachée avec l'encrier à la ceinture de ce médecin modèle.

– Merci, dit Gilbert, à qui l'on apporta le tout. Maintenant, veut-on me laisser seul, afin que je m'habille ?

– Alors, dépêchez-vous, dit M. Grange, afin que mademoiselle puisse vous voir avant son départ pour Paris.

– Une demi-heure, dit Gilbert, je ne demande qu'une demi-heure.

– Trois quarts d'heure, s'il le faut, monsieur le docteur, dit l'intendant en fermant la porte de Gilbert aussi soigneusement que si c'eût été celle de sa caisse.

Gilbert s'approcha de cette porte sur la pointe du pied, écouta pour s'assurer que les pas s'éloignaient, puis il se glissa jusqu'à la fenêtre, qui donnait sur des terrasses situées à dix-huit pieds au-dessous. Ces terrasses, couvertes d'un sable fin, étaient bordées de grands arbres dont les feuillages venaient ombrager les balcons.

Gilbert déchira sa longue robe en trois morceaux qu'il attacha bout à bout, déposa sur la table le chapeau, près du chapeau la bourse, et écrivit :

« Madame,

« Le premier des biens est la liberté. Le plus saint des devoirs de l'homme est de la conserver. Vous me violentez, je m'affranchis.

« Gilbert. »

Gilbert plia la lettre, la mit à l'adresse de mademoiselle Chon, attacha ses douze pieds de serge aux barreaux de la fenêtre, entre lesquels il glissa comme une couleuvre, sauta sur la terrasse, au risque de sa vie, quand il fut au bout de la corde, et alors, quoiqu'un peu étourdi du saut qu'il venait de faire, il courut aux arbres, se cramponna aux branches, glissa sous le feuillage comme un écureuil, arriva au sol, et à toutes jambes disparut dans la direction des bois de Ville-d'Avray.

Lorsqu'au bout d'une demi-heure on revint pour le chercher, il était déjà loin de toute atteinte.

Chapitre XLII

Le vieillard

Gilbert n'avait pas voulu prendre les routes de peur d'être poursuivi ; il avait gagné, de bois en bois, une espèce de forêt dans laquelle il s'arrêta enfin. Il avait dû faire une lieue et demie à peu près en trois quarts d'heure.

Le fugitif regarda tout autour de lui : il était bien seul. Cette solitude le rassura. Il essaya de se rapprocher de la route qui devait, d'après son calcul, conduire à Paris.

Mais des chevaux qu'il aperçut sortant du village de Roquencourt, menés par des livrées orange, l'effrayèrent tellement, qu'il fut guéri de la tentation d'affronter les grandes routes et se rejeta dans les bois.

– Demeurons à l'ombre de ces châtaigniers, se dit Gilbert ; si l'on me cherche quelque part, ce sera sur le grand chemin. Ce soir, d'arbre en arbre, de carrefour en carrefour, je me faufilerai vers Paris. On dit que Paris est grand ; je suis petit, on m'y perdra.

L'idée lui parut d'autant meilleure que le temps était beau, le bois ombreux, le sol moussu. Les rayons d'un soleil âpre et intermittent qui commençait à disparaître derrière les coteaux de Marly avaient séché les herbes et tiré de la terre ces doux parfums printaniers qui participent à la fois de la fleur et de la plante.

On en était arrivé à cette heure de la journée où le silence tombe plus doux et plus profond du ciel qui commence à s'assombrir, à cette heure où les fleurs en se refermant cachent l'insecte endormi dans leur calice. Les mouches dorées et bourdonnantes regagnent le creux des chênes qui leur sert d'asile, les oiseaux passent muets dans le feuillage où l'on n'entend que le frôlement rapide de leurs ailes, et le seul chant qui retentisse encore est le sifflement accentué du merle, et le timide ramage du rouge-gorge.

Les bois étaient familiers à Gilbert ; il en connaissait les bruits et les silences. Aussi, sans réfléchir plus longtemps, sans se laisser aller à des craintes puériles, se jeta-t-il sur les bruyères parsemées çà et là des feuilles de l'hiver.

Bien plus, au lieu d'être inquiet, Gilbert ressentait une joie immense. Il aspirait à longs flots l'air libre et pur ; il sentait que, cette fois encore, il avait triomphé, en homme stoïque, de tous les pièges tendus aux faiblesses humaines. Que lui importait-il de n'avoir ni pain, ni argent, ni asile ? N'avait-il pas sa chère liberté ? Ne disposait-il pas de lui pleinement et entièrement ?

Il s'étendit donc au pied d'un châtaignier gigantesque qui lui faisait un lit moelleux entre les bras de deux grosses racines moussues, et, tout en regardant le ciel qui lui souriait, il s'endormit.

Le chant des oiseaux le réveilla ; il était jour à peine. En se soulevant sur son coude brisé par le contact du bois dur, Gilbert vit le crépuscule bleuâtre estomper la triple issue d'un carrefour, tandis que çà et là, par les sentiers humides de rosée, passaient, l'oreille penchée, des lapins rapides, tandis que le daim curieux, qui piétinait sur ses fuseaux d'acier, s'arrêtait au milieu d'une allée pour regarder cet objet inconnu, couché sous un arbre, et qui lui conseillait de fuir au plus vite.

Une fois debout, Gilbert sentit qu'il avait faim ; il n'avait pas voulu, on se le rappelle, dîner la veille avec Zamore, de sorte que, depuis son déjeuner dans les mansardes de Versailles, il n'avait rien pris. En se retrouvant sous les arceaux d'une forêt, lui, l'intrépide arpenteur des grands bois de la Lorraine et de la Champagne, il se crut encore sous les massifs de Taverney ou dans les taillis de Pierre-fitte, réveillé par l'aurore après un affût nocturne entrepris pour Andrée.

Mais alors, il trouvait toujours près de lui quelque perdreau surpris au rappel, quelque faisan tué au branché, tandis que, cette fois, il ne voyait à sa portée que son chapeau, déjà fort maltraité par la route et achevé par l'humidité du matin.

Ce n'était donc pas un rêve qu'il avait fait, comme il l'avait cru d'abord en se réveillant. Versailles et Luciennes étaient une réalité, depuis son entrée triomphale dans l'une jusqu'à sa sortie effarou-chée de l'autre.

Puis, ce qui le ramena tout à fait à la réalité, ce fut une faim de plus en plus croissante, et, par conséquent, de plus en plus aiguë.

Machinalement alors il chercha autour de lui ces mûres savou-reuses, ces prunelles sauvages, ces croquantes racines de ses forêts, dont le goût, pour être plus âpre que celui de la rave, n'en est pas moins agréable aux bûcherons, qui vont le matin chercher, leurs outils sur l'épaule, le canton du défrichement.

Mais outre que ce n'était point la saison encore, Gilbert ne re-connut autour de lui que des frênes, des ormes, des châtaigniers, et ces éternelles glandées qui se plaisent dans les sables.

– Allons, allons, se dit Gilbert à lui-même, j'irai droit à Paris. Je puis en être encore à trois ou quatre lieues, à cinq tout au plus, c'est une route de deux heures. Qu'importe que l'on souffre deux heures de plus quand on est sûr de ne plus souffrir après ! À Paris tout le monde a du pain, et en voyant un jeune homme honnête et laborieux, le premier artisan que je rencontrerai ne me refusera point du pain pour du travail.

En un jour, à Paris, on trouvera le repas du lendemain ; que me faut-il de plus ? Rien, pourvu que chaque lendemain me grandisse, m'élève et me rapproche... du but que je veux atteindre.

Gilbert doubla le pas ; il voulait regagner la grand-route, mais il avait perdu tout moyen de s'orienter. À Taverney et dans tous les bois environnants, il connaissait l'orient et l'occident ; chaque rayon de soleil lui était un indice d'heure et de chemin. La nuit, chaque étoile, tout inconnue qu'elle lui était sous son nom de Vénus, de Saturne ou de Lucifer, lui était un guide. Mais dans ce monde nouveau, il ne connaissait pas plus les choses que les hommes, et il fallait trouver, au milieu des uns et des autres, son chemin en tâtonnant au hasard.

— Heureusement, se dit Gilbert, j'ai vu des poteaux où les routes sont indiquées.

Et il s'avança jusqu'au carrefour, où il avait vu ces poteaux indicateurs.

Il y en avait trois en effet : l'un conduisait au Marais-Jaune, l'autre au Champ de l'Alouette, le troisième au Trou-Salé.

Gilbert était un peu moins avancé qu'auparavant ; il courut trois heures sans pouvoir sortir du bois, renvoyé du Rond du Roi au carrefour des Princes.

La sueur ruisselait de son front, vingt fois il avait mis bas son habit et sa veste pour escalader quelque châtaignier colossal ; mais, arrivé à sa cime, il n'avait vu que Versailles, tantôt à sa droite, tantôt à sa gauche ; Versailles vers lequel il semblait qu'une fatalité le ramenât constamment.

À demi fou de rage, n'osant s'engager sur la grand-route dans la conviction que Luciennes tout entier courait après lui, Gilbert, gardant toujours le centre des bois, finit par dépasser Viroflay, puis Chaville, puis Sèvres.

Cinq heures et demie sonnaient au château de Meudon quand il arriva au couvent des Capucins, situé entre la manufacture et Bellevue ; de là, montant sur une croix et au risque de la briser et de se faire rouer, comme Sirven, par arrêt du Parlement, il aperçut la Seine, le bourg et la fumée des premières maisons.

Mais à côté de la Seine, au milieu du bourg, devant le seuil de ces maisons, passait la grande route de Versailles, dont il avait tant d'intérêt à s'écarter.

Gilbert, un instant, n'eut plus ni fatigue ni faim. Il voyait au reste à l'horizon un grand amas de maisons perdues dans la vapeur matinale ; il jugea que c'était Paris, prit sa course de ce côté-là, et ne s'arrêta que lorsqu'il sentit l'haleine près de lui manquer.

Il se trouvait au milieu du bois de Meudon, entre Fleury et le Plessis-Piquet.

– Allons, allons, dit-il en regardant autour de lui, pas de mauvaise honte. Je ne puis manquer de rencontrer quelque ouvrier matinal, de ceux qui s'en vont à leur travail un gros morceau de pain sous le bras. Je lui dirai : « Tous les hommes sont frères et, par conséquent, doivent s'entraider. Vous avez là plus de pain qu'il ne vous en faut, non seulement pour votre déjeuner, mais même pour tout le jour, tandis que, moi, je meurs de faim. » Et alors, il me tendra la moitié de son pain.

La faim rendait Gilbert encore plus philosophe, et il continuait ses réflexions mentales.

– En effet, disait-il, tout n'est-il pas commun aux hommes sur la terre ? Dieu, cette source éternelle de toutes choses, a-t-il donné à celui-ci ou à celui-là l'air qui féconde le sol, ou le sol qui féconde les fruits ? Non ; seulement, plusieurs ont usurpé ; mais aux yeux du Seigneur comme aux yeux du philosophe, personne ne possède ; celui qui a, n'est que celui à qui Dieu a prêté.

Et Gilbert ne faisait que résumer avec une intelligence naturelle ces idées vagues et indécises à cette époque, et que les hommes sentaient flotter dans l'air et passer au-dessus de leur tête, comme ces nuages poussés vers un seul point et qui, en s'amoncelant, finissent par former une tempête.

– Quelques-uns, reprenait Gilbert tout en suivant sa route, quelques-uns retiennent de force ce qui appartient à tous. Eh bien ! à ceux-là on peut arracher de force ce qu'ils n'ont que le droit de partager. Si mon frère qui a trop de pain pour lui me refuse une portion de son pain, eh bien ! je... la prendrai de force, imitant en cela la loi animale, source de tout bon sens et de toute équité, puisqu'elle dérive de tout besoin naturel. À moins cependant que mon frère ne me dise : « Cette part que tu réclames est celle de ma femme et de mes enfants » ; ou bien : « Je suis le plus fort et je mangerai ce pain malgré toi. »

Gilbert était dans ces dispositions de loup à jeun, quand il arriva au milieu d'une clairière dont le centre était occupé par une mare aux eaux rousses, bordées de roseaux et de nymphéas.

Sur la pente herbeuse qui descendait jusqu'à l'eau rayée en tous sens par des insectes aux longues pattes, brillaient, comme un semis de turquoiscs, dc nombrcuscs touffes de myosotis.

Le fond de ce tableau, c'est-à-dire l'anneau de la circonférence, était formé d'une haie de gros trembles ; des aunes remplissaient de leur branchage touffu les intervalles que la nature avait mis entre les troncs argentés de leurs dominateurs.

Six allées donnaient entrée dans cette espèce de carrefour ; deux semblaient monter jusqu'au soleil, qui dorait la cime des arbres lointains, tandis que les quatre autres, divergentes comme les rayons d'une étoile, s'enfonçaient dans les profondeurs bleuâtres de la forêt.

Cette espèce de salle de verdure semblait plus fraîche et plus fleurie qu'aucune autre place du bois.

Gilbert y était entré par une des allées sombres.

Le premier objet qu'il aperçut lorsque, après avoir embrassé d'un coup d'œil l'horizon lointain que nous venons de décrire, il ramena son regard autour de lui, fut, dans la pénombre d'un fossé profond, le tronc d'un arbre renversé sur lequel était assis un homme à perruque grise, d'une physionomie douce et fine, vêtu d'un habit de gros drap brun, de culottes pareilles, d'un gilet de piqué gris à côtes ; ses bas de coton gris enfermaient une jambe assez bien faite et nerveuse ; ses souliers à boucles, poudreux encore par places, avaient cependant été lavés au bout de la pointe par la rosée du matin.

Près de cet homme, sur l'arbre renversé, était une boîte peinte en vert, toute grande ouverte et bourrée de plantes récemment cueillies. Il tenait entre ses jambes une canne de houx, dont la pomme arrondie reluisait dans l'ombre et qui se terminait par une petite bêche de deux pouces de large sur trois de long.

Gilbert embrassa d'un coup d'œil les différents détails que nous venons d'exposer ; mais ce qu'il aperçut tout d'abord, ce fut un morceau de pain dont le vieillard cassait les bribes pour les manger, en partageant fraternellement avec les pinsons et les verdiers qui lorgnaient de loin la proie convoitée, s'abattant sur elle aussitôt qu'elle leur était livrée et s'envolant à tire-d'aile au fond de leur massif avec des pépiements joyeux.

Puis, de temps en temps, le vieillard, qui les suivait de son œil doux et vif à la fois, plongeait sa main dans un mouchoir à carreaux de couleur, en tirait une cerise, et la savourait entre deux bouchées de pain.

– Bon ! voici mon affaire, dit Gilbert en écartant les branches et en faisant quatre pas vers le solitaire, qui sortit enfin de sa rêverie.

Mais il ne fut pas au tiers du chemin, que, voyant l'air doux et calme de cet homme, il s'arrêta et ôta son chapeau.

Le vieillard, de son côté, s'apercevant qu'il n'était plus seul, jeta un regard rapide sur son costume et sur sa lévite.

Il boutonna l'un et ferma l'autre.

Chapitre XLIII

Le botaniste

Gilbert prit sa résolution et s'approcha tout à fait. Mais il ouvrit d'abord la bouche et la referma sans avoir proféré une parole. Sa résolution chancelait ; il lui sembla qu'il demandait une aumône, et non qu'il réclamait un droit.

Le vieillard remarqua cette timidité ; elle parut le mettre à son aise lui même.

– Vous voulez me parler, mon ami ? dit-il en souriant et en posant son pain sur l'arbre.

– Oui, monsieur, répondit Gilbert.

– Que désirez-vous ?

– Monsieur, je vois que vous jetez votre pain aux oiseaux, comme s'il n'était pas dit que Dieu les nourrit.

– Il les nourrit sans doute, jeune homme, répondit l'étranger ; mais la main des hommes est un des moyens qu'il emploie pour parvenir à ce but. Si c'est un reproche que vous m'adressez, vous avez tort, car jamais, dans un bois désert ou dans une rue peuplée, le pain que l'on jette n'est perdu. Là, les oiseaux l'emportent ; ici, les pauvres le ramassent.

— Eh bien ! monsieur, dit Gilbert singulièrement ému de la voix pénétrante et douce du vieillard, bien que nous soyons ici dans un bois, je connais un homme qui disputerait votre pain aux petits oiseaux.

— Serait-ce vous, mon ami ? s'écria le vieillard, et par hasard auriez-vous faim ?

— Grand-faim, monsieur, je vous le jure, et si vous le permettez...

Le vieillard saisit aussitôt le pain avec une compassion empressée. Puis, réfléchissant tout à coup, il regarda Gilbert de son œil à la fois si vif et si profond.

Gilbert, en effet, ne ressemblait pas tellement à un affamé que la réflexion ne fût permise ; son habit était propre et cependant en quelques endroits maculé par le contact de la terre. Son linge était blanc, car à Versailles, la veille, il avait tiré une chemise de son paquet, et cependant cette chemise était fripée par l'humidité ; il était donc visible que Gilbert avait passé la nuit dans le bois.

Il avait surtout, et avec tout cela, ces mains blanches et effilées qui dénotent l'homme des vagues rêveries plutôt que l'homme des travaux matériels.

Gilbert ne manquait point de tact, il comprit la défiance et l'hésitation de l'étranger à son égard, et se hâta d'aller au-devant des conjectures qu'il comprenait ne devoir point lui être favorables.

— On a faim, monsieur, toutes les fois que l'on n'a point mangé depuis douze heures, dit-il, et il y en a maintenant vingt-quatre que je n'ai rien pris.

La vérité des paroles du jeune homme se trahissait par l'émotion de sa physionomie, par le tremblement de sa voix, par la pâleur de son visage.

Le vieillard cessa donc d'hésiter ou plutôt de craindre. Il tendit à la fois son pain et le mouchoir d'où il tirait ses cerises.

— Merci, monsieur, dit Gilbert en repoussant doucement le mouchoir, merci, rien que du pain, c'est assez.

Et il rompit en deux le morceau, dont il prit la moitié et rendit l'autre ; puis il s'assit sur l'herbe à trois pas du vieillard, qui le regardait avec un étonnement croissant.

Le repas dura peu de temps. Il y avait peu de pain, et Gilbert avait grand appétit. Le vieillard ne le troubla par aucune parole ; il continua son muet examen, mais furtivement, et en donnant, en apparence du moins, la plus grande attention aux plantes et aux fleurs de sa boite, qui, se redressant comme pour respirer, relevaient leur tête odorante au niveau du couvercle de fer-blanc.

Cependant, voyant Gilbert s'approcher de la mare, il s'écria vivement :

— Ne buvez pas de cette eau, jeune homme ; elle est infectée par le détritus des plantes mortes l'an dernier, et par les œufs de grenouille qui nagent à sa superficie. Prenez plutôt quelques cerises, elles vous rafraîchiront aussi bien que de l'eau. Prenez, je vous y invite, car vous n'êtes point, je le vois, un convive importun.

— C'est vrai, monsieur, l'importunité est tout l'opposé de ma nature, et je ne crains rien tant que d'être importun. Je viens de le prouver tout à l'heure encore à Versailles.

– Ah ! vous venez de Versailles ? dit l'étranger en regardant Gilbert.

– Oui, monsieur, répondit le jeune homme.

– C'est une ville riche ; il faut être bien pauvre ou bien fier pour y mourir de faim.

– Je suis l'un et l'autre, monsieur.

– Vous avez eu querelle avec votre maître ? demanda timidement l'étranger, qui poursuivait Gilbert de son regard interrogateur, tout en rangeant ses plantes dans sa boîte.

– Je n'ai pas de maître, monsieur.

– Mon ami, dit l'étranger en se couvrant la tête, voici une réponse trop ambitieuse.

– Elle est exacte cependant.

– Non, jeune homme, car chacun a son maître ici-bas, et ce n'est pas entendre justement la fierté que de dire : « Je n'ai pas de maître. »

– Comment ?

– Eh ! mon Dieu, oui ! vieux ou jeunes, tous tant que nous sommes, nous subissons la loi d'un pouvoir dominateur. Les uns sont régis par les hommes, les autres par les principes, et les maîtres les plus sévères ne sont pas toujours ceux qui ordonnent ou frappent avec la voix ou la main humaine.

– Soit, dit Gilbert ; alors je suis régi par des principes, j'avoue cela. Les principes sont les seuls maîtres qu'un esprit pensant puisse avouer sans honte.

– Et quels sont vos principes ? Voyons ! Vous me paraissez bien jeune, mon ami, pour avoir des principes arrêtés ?

– Monsieur, je sais que les hommes sont frères, que chaque homme contracte, en naissant, une somme d'obligations relatives envers ses frères. Je sais que Dieu a mis en moi une valeur quelconque, si minime qu'elle soit, et que, comme je reconnais la valeur des autres, j'ai le droit d'exiger des autres qu'ils reconnaissent la mienne, si toutefois je ne l'exagère point. Tant que je ne fais rien d'injuste et de déshonorant, j'ai donc droit à une portion d'estime, ne fût-ce que par ma qualité d'homme.

– Ah ! ah ! fit l'étranger, vous avez étudié ?

– Non, monsieur, malheureusement ; seulement, j'ai lu le *Discours sur l'inégalité des conditions* et le *Contrat social*. De ces deux livres viennent toutes les choses que je sais, et peut-être tous les rêves que je fais.

À ces mots du jeune homme, un feu éclatant brilla dans les yeux de l'étranger. Il fit un mouvement qui faillit briser un xéranthème aux brillantes folioles, rebelle à se ranger sous les parois concaves de sa boite.

– Et tels sont les principes que vous professez ?

– Ce ne sont peut-être pas les vôtres, répondit le jeune homme ; mais ce sont ceux de Jean-Jacques Rousseau.

– Seulement, fit l'étranger avec une défiance trop prononcée pour qu'elle ne fût pas humiliante à l'amour-propre de Gilbert, seulement, les avez-vous bien compris ?

– Mais, dit Gilbert, je comprends le français, je crois ; surtout quand il est pur et poétique...

– Vous voyez bien que non, dit en souriant le vieillard. car, si ce que je vous demande en ce moment n'est pas précisément poétique, c'est clair, au moins. Je voulais vous demander si vos études philosophiques vous avaient mis à portée de saisir le fond de cette économie du système de...

L'étranger s'arrêta presque rougissant.

– De Rousseau, continua le jeune homme. Oh ! monsieur, je n'ai pas fait ma philosophie dans un collège, mais j'ai un instinct qui m'a révélé, parmi tous les livres que j'ai lus, l'excellence et l'utilité du *Contrat social*.

– Aride matière pour un jeune homme, monsieur ; sèche contemplation pour des rêveries de vingt ans ; fleur amère et peu odorante pour une imagination de printemps, dit le vieil étranger avec une douceur triste.

– Le malheur mûrit l'homme avant la saison, monsieur, dit Gilbert, et quant à la rêverie, si on la laisse aller à sa pente naturelle, bien souvent elle conduit au mal.

L'étranger ouvrit ses yeux à demi fermés par un recueillement qui lui était habituel dans ses moments de calme, et qui donnait un certain charme à sa physionomie.

– À qui faites-vous allusion ? demanda-t-il en rougissant.

– À personne, monsieur, dit Gilbert.

– Si fait...

– Non, je vous assure.

– Vous me paraissez avoir étudié le philosophe de Genève. Faites-vous allusion à sa vie ?

– Je ne le connais pas, répondit candidement Gilbert.

– Vous ne le connaissez pas ? L'étranger poussa un soupir. Allez, jeune homme, c'est une malheureuse créature.

– Impossible ! Jean-Jacques Rousseau malheureux ! Mais il n'y aurait donc plus de justice, ni ici-bas, ni là-haut. Malheureux ! l'homme qui a consacré sa vie au bonheur de l'homme !

– Allons, allons ! je vois qu'en effet vous ne le connaissez pas ; mais parlons de vous, mon ami, s'il vous plaît.

– J'aimerais mieux continuer de m'éclairer sur le sujet qui nous occupe ; car, de moi qui ne suis rien, monsieur, que voulez-vous que je vous dise ?

– Et puis vous ne me connaissez point, et vous craignez d'être confiant avec un étranger.

– Oh ! monsieur, que puis-je craindre de qui que ce soit au monde, et qui peut me faire plus malheureux que je ne suis ? Rappelez-vous de quelle façon je me suis présenté à vos yeux, seul, pauvre et affamé.

– Où alliez-vous ?

– J'allais à Paris... Vous êtes parisien, monsieur ?

– Oui... c'est-à-dire non.

– Ah ! lequel des deux ? demanda Gilbert en souriant.

– J'aime peu à mentir, et je m'aperçois à chaque instant qu'il faut réfléchir avant que de parler. Je suis parisien, si l'on entend par parisien l'homme qui habite Paris depuis longtemps et qui vit de la vie parisienne ; mais je ne suis pas né dans cette ville. Pourquoi cette question ?

– Elle se rattachait dans mon esprit à la conversation que nous venions d'avoir. Je voulais dire que, si vous habitez Paris, vous avez dû voir M. Rousseau, dont nous parlions tout à l'heure.

– Je l'ai vu quelquefois, en effet.

– On le regarde quand il passe, n'est-ce pas ? on l'admire, on se le montre du doigt comme le bienfaiteur de l'humanité ?

– Non ; les enfants le suivent et, excités par leurs parents, lui jettent des pierres.

– Ah ! mon Dieu ! fit Gilbert avec une douloureuse stupéfaction ; tout au moins est-il riche ?

– Il se demande parfois, comme vous vous le demandiez ce matin : « Où déjeunerai-je ? »

– Mais, tout pauvre qu'il est, il est considéré, puissant, respecté ?

– Il ne sait pas, chaque soir, lorsqu'il s'endort, s'il ne se réveillera point le lendemain à la Bastille.

– Oh ! comme il doit haïr les hommes !

– Il ne les aime ni ne les hait ; il en est dégoûté, voilà tout.

– Ne point haïr les gens qui nous maltraitent ! s'écria Gilbert, je ne comprends point cela.

– Rousseau a toujours été libre, monsieur ; Rousseau a toujours été assez fort pour ne s'appuyer que sur lui seul, et c'est la force et la liberté qui font les hommes doux et bons ; seuls l'esclavage et la faiblesse font les méchants.

– Voilà pourquoi j'ai voulu demeurer libre, dit fièrement Gilbert ; je devinais ce que vous venez de m'expliquer.

– On est libre même en prison, mon ami, dit l'étranger ; demain Rousseau serait à la Bastille, ce qui lui arrivera un jour ou l'autre, qu'il écrirait ou penserait tout aussi librement que dans les montagnes de la Suisse. Je n'ai jamais cru, quant à moi, que la liberté de l'homme consistât à faire ce qu'il veut, mais bien à ce qu'aucune puissance humaine ne lui fît faire ce qu'il ne veut pas.

– Rousseau a-t-il donc écrit ce que vous dites là, monsieur ?

– Je le crois, dit l'étranger.

– Ce n'est point dans le *Contrat social* ?

– Non, c'est dans une publication nouvelle, qu'on appelle les *Rêveries du promeneur solitaire*.

– Monsieur, dit Gilbert, je crois que nous nous rencontrerons sur un point.

– Sur lequel ?

– C'est que tous deux nous aimons et admirons Rousseau.

– Parlez pour vous, jeune homme, vous êtes dans l'âge des illusions.

– On peut se tromper sur les choses, mais non sur les hommes.

– Hélas ! vous le verrez plus tard, c'est sur les hommes surtout qu'on se trompe. Rousseau est peut-être un peu plus juste que les autres hommes ; mais, croyez-moi, il a ses défauts, et de fort grands.

Gilbert secoua la tête d'un air qui marquait peu de conviction ; mais, malgré cette incivile démonstration, l'étranger continua de le traiter avec la même faveur.

– Revenons à notre point de départ, fit l'étranger. Je disais que vous aviez quitté votre maître à Versailles.

– Et moi, dit Gilbert un peu radouci, moi qui vous ai répondu que je n'avais point de maître, j'aurais pu ajouter qu'il ne tenait qu'à moi d'en avoir un fort illustre, et que je venais de refuser une condition que beaucoup d'autres eussent enviée.

– Une condition ?

– Oui, il s'agissait de servir à l'amusement de grands seigneurs désœuvrés ; mais j'ai pensé qu'étant jeune, pouvant étudier et faire mon chemin, je ne devais pas perdre ce temps précieux de la jeunesse et compromettre en ma personne la dignité de l'homme.

– C'est bien, dit gravement l'étranger ; mais, pour faire votre chemin, avez vous un plan arrêté ?

– Monsieur, j'ai l'ambition d'être médecin.

– Belle et noble carrière, dans laquelle on peut choisir entre la vraie science, modeste et martyre, et le charlatanisme effronté, doré, obèse. Si vous aimez la vérité, jeune homme, devenez médecin ; si vous aimez l'éclat, faites-vous médecin.

– Mais il faut beaucoup d'argent pour étudier, n'est-ce pas, monsieur ?

– Il en faut certainement ; mais beaucoup, c'est trop dire.

– Le fait est, reprit Gilbert, que Jean-Jacques Rousseau, qui sait tout, a étudié pour rien.

– Pour rien !... Oh ! jeune homme, dit le vieillard avec un triste sourire, vous appelez rien ce que Dieu a donné de plus précieux aux hommes : la candeur, la santé, le sommeil ; voilà ce qu'a coûté au philosophe genevois le peu qu'il est parvenu à apprendre.

– Le peu ! fit Gilbert presque indigné.

– Sans doute ; interrogez sur lui, et écoutez ce que l'on vous en dira.

– D'abord, c'est un grand musicien.

– Oh ! parce que le roi Louis XV a chanté avec passion : « J'ai perdu mon serviteur », cela ne veut pas dire que le *Devin de village* soit un bon opéra.

– C'est un grand botaniste. Voyez ses lettres, dont je n'ai jamais pu me procurer que quelques pages dépareillées ; vous devez connaître cela, vous qui cueillez les plantes dans les bois.

– Oh ! l'on se croit botaniste et souvent l'on n'est...

– Achevez.

– On n'est qu'herboriste... et encore...

– Et qu'êtes-vous ?... Herboriste ou botaniste ?

– Oh ! herboriste bien humble et bien ignorant, en face de ces merveilles de Dieu qu'on appelle les plantes et les fleurs.

– Il sait le latin ?

– Fort mal.

– Cependant, j'ai lu dans une gazette qu'il avait traduit un auteur ancien nommé Tacite.

– Parce que dans son orgueil – hélas ! tout homme est orgueilleux par moments – parce que dans son orgueil il a voulu tout entreprendre ; mais il le dit lui-même dans l'avertissement de son premier livre, du seul qu'il ait traduit, il entend assez mal le latin, et Tacite, qui est un rude jouteur, l'a bientôt eu lassé. Non, non, bon jeune homme, en dépit de votre admiration, il n'y a point d'homme universel, et presque toujours, croyez-moi, on perd en profondeur ce que l'on gagne en superficie. Il n'y a si petite rivière qui ne déborde sous un orage et qui n'ait l'air d'un lac. Mais essayez de lui faire porter bateau, et vous aurez bientôt touché le fond.

– Et, à votre avis, Rousseau est un de ces hommes superficiels ?

– Oui ; peut-être présente-t-il une superficie un peu plus étendue que celle des autres hommes, dit l'étranger, voilà tout.

– Bien des hommes seraient heureux, à mon avis, d'arriver à une superficie semblable.

– Parlez-vous pour moi ? demanda l'étranger avec une bonhomie qui désarma à l'instant même Gilbert.

– Ah ! Dieu m'en garde ! s'écria ce dernier ; il m'est trop doux de causer avec vous pour que je cherche à vous désobliger.

– Et en quoi ma conversation vous est-elle agréable ? car je ne crois pas que vous veuilliez me flatter pour un morceau de pain et quelques cerises ?

– Vous avez raison. Je ne flatterais pas pour l'empire du monde ; mais écoutez, vous êtes le premier qui m'ait parlé sans morgue, avec bonté, comme on parle à un jeune homme et non comme on parle à un enfant. Quoique nous ayons été en désaccord sur Rousseau, il y a derrière la mansuétude de votre esprit quelque chose d'élevé qui attire le mien. Il me semble, quand je cause avec vous, que je suis dans un riche salon dont les volets sont fermés, et dont, malgré l'obscurité, je devine la richesse. Il ne tiendrait qu'à vous de laisser glisser dans votre conversation un rayon de lumière, et alors je serais ébloui.

– Mais vous-même, vous parlez avec une certaine recherche qui pourrait faire croire à une meilleure éducation que celle que vous avouez ?

– C'est la première fois, monsieur, et je m'étonne moi-même des termes dans lesquels je parle ; il y en a dont je connaissais à peine la signification, et dont je me sers pour les avoir entendu dire une fois. Je les avais rencontrés dans les livres que j'avais lus, mais je ne les avais pas compris.

– Vous avez beaucoup lu ?

– Trop ; mais je relirai.

Le vieillard regarda Gilbert avec étonnement.

– Oui, j'ai lu tout ce qui m'est tombé sous la main, ou plutôt, bons et mauvais livres, j'ai tout dévoré. Oh ! si j'avais eu quelqu'un pour me guider dans mes lectures, pour me dire ce que je devais oublier et ce dont je devais me souvenir !... Mais pardon, monsieur, j'oublie que, si votre conversation m'est précieuse, il ne doit pas en être ainsi de la mienne : vous herborisiez, et je vous gêne, peut-être ?

Gilbert fit un mouvement pour se retirer, mais avec le vif désir d'être retenu. Le vieillard, dont les petits yeux gris étaient fixés sur lui, semblait lire jusqu'au fond de son cœur.

– Non pas, lui dit-il, ma boîte est presque pleine, et je n'ai plus besoin que de quelques mousses ; on m'a dit qu'il poussait de beaux capillaires dans ce canton.

– Attendez, attendez, dit Gilbert, je crois avoir vu ce que vous cherchez, tout à l'heure, sur une roche.

– Loin d'ici ?

– Non, là, à cinquante pas à peine.

– Mais comment savez-vous que les plantes que vous avez vues sont des capillaires ?

– Je suis né dans les bois, monsieur ; puis, la fille de celui chez qui j'ai été élevé s'occupait aussi de botanique ; elle avait un herbier, et au-dessous de chaque plante le nom de cette plante était écrit de sa main. J'ai souvent regardé ces plantes et cette écriture, et il me semble avoir vu des mousses que je ne connaissais, moi, que sous le nom de mousses de roche, désignées sous celui de capillaires.

– Et vous vous sentez du goût pour la botanique ?

– Ah ! monsieur, quand j'entendais dire par Nicole – Nicole était la femme de chambre de mademoiselle Andrée – quand j'entendais dire que sa maîtresse cherchait inutilement quelques plantes dans les environs de Taverney, je demandais à Nicole de tâcher de savoir la forme de cette plante. Alors souvent, sans savoir que c'était moi qui avais fait cette demande, mademoiselle Andrée la dessinait en quatre coups de crayon. Nicole aussitôt prenait le dessin et me le donnait. Alors je courais par les champs, par les prés et par les bois jusqu'à ce que j'eusse trouvé la plante en question. Puis, quand je l'avais trouvée, je l'enlevais avec une bêche, et la nuit je la transplantais au milieu de la pelouse ; de sorte qu'un beau matin, en se promenant, mademoiselle Andrée jetait un cri de joie, en disant : « Ah ! mon Dieu ! comme c'est étrange, cette plante que j'ai cherchée partout, la voilà. »

Le vieillard regarda Gilbert avec plus d'attention qu'il ne l'avait fait encore, et si Gilbert, songeant à ce qu'il venait de dire, n'eût baissé les yeux en rougissant, il eût pu voir que cette attention était mêlée d'un intérêt plein de tendresse.

– Eh bien ! lui dit-il, continuez d'étudier la botanique, jeune homme ; la botanique vous conduira par le plus court chemin à la médecine. Dieu n'a rien fait d'inutile, croyez-moi, et chaque plante aura un jour sa signification au livre de la science. Apprenez d'abord à connaître les simples, ensuite vous apprendrez quelles sont leurs propriétés.

– Il y a des écoles à Paris, n'est-ce pas ?

– Et même des écoles gratuites ; l'école de chirurgie, par exemple, est un des bienfaits du règne présent.

– Je suivrai ses cours.

– Rien de plus facile ; car vos parents, je le présume, voyant vos dispositions, vous fourniront bien une pension alimentaire.

– Je n'ai pas de parents ; mais, soyez tranquille, avec mon travail je me nourrirai.

– Certainement, et puisque vous avez lu les ouvrages de Rousseau, vous avez dû voir que tout homme, fût-il le fils d'un prince, doit apprendre un métier manuel.

– Je n'ai pas lu l'*Émile* ; car je crois que c'est dans l'*Émile* que se trouve cette recommandation, n'est-ce pas ?

– Oui.

– Mais j'ai entendu M. de Taverney qui se raillait de cette maxime et qui regrettait de n'avoir pas fait son fils menuisier.

– Et qu'en a-t-il fait ? demanda l'étranger.

– Un officier, dit Gilbert.

Le vieillard sourit.

– Oui, ils sont tous ainsi, ces nobles : au lieu d'apprendre à leurs enfants le métier qui fait vivre, ils leur apprennent le métier qui fait mourir. Aussi, vienne une révolution, et à la suite de la révolution l'exil, ils seront obligés de mendier à l'étranger ou de vendre leur épée, ce qui est bien pis encore ; mais vous qui n'êtes pas fils de noble, vous savez un état, je présume ?

– Monsieur, je vous l'ai dit, je ne sais rien ; d'ailleurs, je vous l'avouerai, j'ai une horreur invincible pour toute besogne imprimant au corps des mouvements rudes et brutaux.

– Ah ! dit le vieillard, vous êtes paresseux, alors ?

– Oh ! non, je ne suis pas paresseux ; car, au lieu de me faire travailler à quelque œuvre de force, donnez-moi des livres, donnez-moi un cabinet à demi noir, et vous verrez si mes jours et mes nuits ne se consument pas dans le genre de travail que j'aurai choisi.

L'étranger regarda les mains douces et blanches du jeune homme.

– C'est une prédisposition, dit-il, un instinct. Ces sortes de répugnances aboutissent parfois à de bons résultats ; mais il faut qu'elles soient bien dirigées. Enfin, continua-t-il, si vous n'avez pas été au collège, vous avez été du moins à l'école ?

Gilbert secoua la tête.

– Vous savez lire, écrire ?

– Ma mère, avant de mourir, avait eu le temps de m'apprendre à lire, pauvre mère ! car, me voyant frêle de corps, elle disait toujours : « Ça ne fera jamais un bon ouvrier ; il faut en faire un prêtre ou un savant. » Quand j'avais quelque répugnance à écouter ses leçons, elle me disait : « Apprends à lire, Gilbert, et tu ne fendras pas de bois, tu ne conduiras pas la charrue, tu ne tailleras pas de pierres » ; et j'apprenais. Malheureusement, je savais à peine lire lorsque ma mère mourut.

– Et qui vous apprit à écrire ?

– Moi-même.

– Vous-même ?

– Oui, avec un bâton que j'aiguisais et du sable que je faisais passer au tamis pour qu'il fût plus fin. Pendant deux ans, j'écrivis comme on imprime, copiant dans un livre, et ignorant qu'il y eût d'autres caractères que ceux que j'étais parvenu à imiter avec assez de bonheur. Enfin, un jour, il y a trois ans à peu près, mademoiselle Andrée était partie pour le couvent ; on n'en avait plus de nouvelles depuis quelques jours, quand le facteur me remit une lettre d'elle pour son père. Je vis alors qu'il existait d'autres caractères que les caractères imprimés. M. de Taverney brisa le cachet et jeta l'enveloppe ; cette enveloppe, je la ramassai précieusement, et je l'emportai ; puis la première fois que revint le facteur, je me fis lire l'adresse ; elle était conçue en ces termes : « À monsieur le baron de Taverney-Maison-Rouge, en son château, par Pierrefitte. »

« Sur chacune de ces lettres, je mis la lettre correspondante en caractère imprimé, et je vis que, sauf trois, toutes les lettres de l'alphabet étaient contenues dans ces deux lignes. Puis j'imitai les lettres tracées par mademoiselle Andrée. Au bout de huit jours, j'avais reproduit cette adresse dix mille fois peut-être et je savais écrire. J'écris donc passablement, et même plutôt bien que mal. Vous voyez, monsieur, que mes espérances ne sont pas exagérées, puisque je sais écrire, puisque j'ai lu tout ce qui m'est tombé sous la main, puisque j'ai essayé de réfléchir sur tout ce que j'ai lu. Pourquoi ne trouverais-je point un homme qui ait besoin de ma plume, un aveugle qui ait besoin de mes yeux, ou un muet qui ait besoin de ma langue ?

– Vous oubliez qu'alors vous auriez un maître, vous qui n'en voulez pas avoir. Un secrétaire ou un lecteur sont des domestiques de second ordre et pas autre chose.

– C'est vrai, murmura Gilbert en pâlissant ; mais n'importe, il faut que j'arrive. Je remuerai les pavés de Paris ; je porterai de l'eau, s'il le faut, mais j'arriverai ou je mourrai en route, et alors mon but sera atteint de même.

– Allons ! allons ! dit l'étranger, vous me paraissez être, en effet, plein de bonne volonté et de courage.

– Mais vous-même, voyons, dit Gilbert, vous-même, si bon pour moi, n'exercez-vous pas une profession quelconque ? Vous êtes vêtu comme un homme de finance.

Le vieillard sourit de son sourire doux et mélancolique.

– J'ai une profession, dit-il ; oui, c'est vrai, car tout homme doit en avoir une, mais elle est entièrement étrangère aux choses de finances. Un financier n'herboriserait point.

– Herborisez-vous par état ?

– Presque.

– Alors, vous êtes pauvre ?

– Oui.

– Ce sont les pauvres qui donnent ! Car la pauvreté les a rendus sages, et un bon conseil vaut mieux qu'un louis d'or. Donnez-moi donc un conseil.

– Je ferai mieux peut-être.

Gilbert sourit.

– Je m'en doutais, dit-il.

– Combien croyez-vous qu'il vous faille pour vivre ?

– Oh ! bien peu.

– Peut-être ne connaissez-vous point Paris ?

– C'est la première fois que je l'ai aperçu hier des hauteurs de Luciennes.

– Alors vous ignorez qu'il en coûte cher pour vivre dans la grande ville ?

– Combien à peu près ?... Établissez-moi une proportion.

– Volontiers. Tenez, par exemple, ce qui coûte un sou en province, coûte trois sous à Paris.

– Eh bien ! dit Gilbert, en supposant un abri quelconque où je puisse me reposer après avoir travaillé, il me faut pour la vie matérielle six sous par jour, à peu près.

– Bien ! bien ! mon ami, s'écria l'étranger. Voilà comme j'aime l'homme. Venez avec moi à Paris et je vous trouverai une profession indépendante, à l'aide de laquelle vous vivrez.

– Ah ! monsieur ! s'écria Gilbert ivre de joie.

Puis se reprenant :

– Il est bien entendu que je travaillerai réellement et que ce n'est point une aumône que vous me faites ?

– Non pas. Oh ! soyez tranquille, mon enfant, je ne suis pas assez riche pour faire l'aumône, et pas assez fou surtout pour la faire au hasard.

– À la bonne heure, dit Gilbert, que cette boutade misanthropique mettait à l'aise au lieu de le blesser. Voilà un langage que j'aime. J'accepte votre offre et je vous en remercie.

– C'est donc convenu que vous venez à Paris avec moi ?

– Oui, monsieur, si vous le voulez bien.

– Je le veux, puisque je vous l'offre.

– À quoi serai-je tenu envers vous ?

— À rien... qu'à travailler ; et encore, c'est vous qui réglerez votre travail ; vous aurez le droit d'être jeune, le droit d'être heureux, le droit d'être libre, et même le droit d'être oisif... quand vous aurez gagné vos loisirs, dit l'étranger en souriant comme malgré lui.

Puis levant les yeux au ciel :

— Ô jeunesse ! ô vigueur ! ô liberté ! ajouta-t-il avec un soupir.

Et à ces mots, une mélancolie d'une poésie inexprimable se répandit sur ses traits fins et purs.

Puis il se leva, s'appuyant sur son bâton.

— Et maintenant, dit-il plus gaiement, maintenant que vous avez une condition, vous plaît-il que nous remplissions une seconde boîte de plantes ? J'ai ici des feuilles de papier gris sur lesquelles nous classerons la première récolte. Mais à propos, avez-vous encore faim ? Il me reste du pain.

— Gardons-le pour l'après-midi, s'il vous plaît, monsieur.

— Tout au moins, mangez les cerises, elles nous embarrasseraient.

— Comme cela je le veux bien ; mais permettez que je porte votre boîte ; vous marcherez plus à l'aise, et je crois, grâce à l'habitude, que mes jambes lasseraient les vôtres.

– Mais tenez, vous me portez bonheur ; je crois voir là-bas le *picris hieracioïdes,* que je cherche inutilement depuis le matin ; et, sous votre pied, prenez garde ! le *cerastium aquaticum.* Attendez ! Attendez ! N'arrachez pas ! Oh ! vous n'êtes pas encore herboriste, mon jeune ami ; l'une est trop humide en ce moment pour être cueillie ; l'autre n'est point assez avancée. En repassant ce soir, à trois heures, nous arracherons le *picris hieracioïdes* et quant au *cerastium,* nous le prendrons dans huit jours. D'ailleurs, je veux le montrer sur pied à un savant de mes amis dont je compte solliciter pour vous la protection. Et maintenant, venez et conduisez-moi à cet endroit dont vous me parliez tout à l'heure, et où vous avez vu de beaux capillaires.

Gilbert marcha devant sa nouvelle connaissance ; le vieillard le suivit, et tous deux disparurent dans la forêt.

Chapitre XLIV

M. Jacques

Gilbert, enchanté de cette bonne fortune qui, dans ses moments désespérés, lui faisait toujours trouver un soutien, Gilbert, disons-nous, marchait devant, se retournant de temps en temps vers l'homme étrange qui venait de le rendre si souple et si docile avec si peu de mots.

Il le conduisit ainsi vers ses mousses, qui étaient en effet de magnifiques capillaires. Puis, lorsque le vieillard en eut fait une collection, ils se mirent en quête de plantes nouvelles.

Gilbert était beaucoup plus avancé en botanique qu'il ne le croyait lui-même. Né au milieu des bois, il connaissait comme des amies d'enfance toutes les plantes des bois : seulement, il les connaissait sous leurs noms vulgaires. À mesure qu'il les désignait ainsi, son compagnon les lui indiquait, lui, sous leur nom scientifique, que Gilbert, en retrouvant une plante de la même famille, essayait de répéter. Deux ou trois fois il estropiait ce nom grec ou latin. Alors l'étranger le lui décomposait, lui montrait les rapports du sujet avec ces mots décomposés, et Gilbert apprenait ainsi non seulement le nom de la plante, mais encore la signification du mot grec ou latin dont Pline, Linné ou de Jussieu avaient baptisé cette plante.

De temps en temps il disait :

– Quel malheur, monsieur, que je ne puisse pas gagner mes six sous à faire ainsi de la botanique toute la journée avec vous ! Je vous jure que je ne me reposerais pas un seul instant ; et même il ne me faudrait pas six sous : un morceau de pain comme celui que vous aviez ce matin suffirait à mon appétit de toute la journée. Je viens de boire à une source de l'eau aussi bonne qu'à Taverney, et la nuit dernière, au pied de l'arbre où j'ai couché, j'ai bien mieux dormi que je ne l'eusse fait sous le toit d'un bon château.

L'étranger souriait.

– Mon ami, disait-il, l'hiver viendra ; les plantes sécheront, la source sera glacée, le vent sifflera dans les arbres dépouillés, au lieu de cette douce brise qui agite si mollement les feuilles. Alors, il vous faudra un abri, des vêtements, du feu, et sur vos six sous par jour, vous n'auriez pu économiser une chambre, du bois et des habits.

Gilbert soupirait, cueillait de nouvelles plantes et faisait de nouvelles questions.

Ils coururent ainsi une bonne partie du jour dans les bois d'Aulnay, du Plessis-Piquet et de Clamart sous Meudon.

Gilbert, selon son habitude, s'était déjà mis avec son compagnon sur le pied de la familiarité. De son côté, le vieillard questionnait avec une admirable adresse ; cependant Gilbert, défiant, circonspect, craintif, se révélait le moins possible.

À Châtillon, l'étranger acheta du pain et du lait dont il fit sans peine accepter la moitié à son compagnon ; puis tous deux prirent le chemin de Paris, afin que Gilbert, de jour encore, pût entrer dans la ville.

Le cœur du jeune homme battait à cette seule idée d'être à Paris, et il ne chercha point à cacher son émotion, lorsque, des hauteurs de Vanves, il aperçut Sainte-Geneviève, les Invalides, Notre-Dame et cette mer immense de maisons dont les flots épars vont, comme une marée, battre les flancs de Montmartre, de Belleville et de Ménilmontant.

– Oh ! Paris, Paris ! murmura-t-il.

– Oui, Paris, un amas de maisons, un gouffre de maux, dit le vieillard. Sur chacune des pierres qu'il y a là-bas, vous verriez sourdre une larme ou rougir une goutte de sang, si les douleurs que ces murs renferment pouvaient apparaître au dehors.

Gilbert réprima son enthousiasme. D'ailleurs, son enthousiasme tomba bientôt de lui-même.

Ils entrèrent par la barrière d'Enfer. Le faubourg était sale et infect ; des malades qu'on portait à l'hôpital passaient sur des civières ; des enfants à demi nus jouaient dans la fange avec des chiens, des vaches et des porcs.

Le front de Gilbert se rembrunissait.

– Vous trouvez tout cela hideux, n'est-ce pas ? dit le vieillard. Eh bien, ce spectacle, vous ne le verrez même plus tout à l'heure. C'est encore une richesse qu'un porc et qu'une vache ; c'est encore une joie qu'un enfant. Quant à la fange, vous la trouverez, elle, toujours et partout.

Gilbert n'était pas mal disposé à voir Paris sous un jour sombre ; il accepta donc le tableau tel que son compagnon le lui faisait.

Quant à ce dernier, prolixe d'abord dans sa déclamation, il était devenu peu à peu, et à mesure qu'il avançait vers le centre de la ville, silencieux et muet. Il paraissait si soucieux, que Gilbert n'osa point lui demander quel était ce jardin qu'on apercevait à travers la grille, quel était ce pont sur lequel on passait la Seine. Ce jardin, c'était le Luxembourg ; ce pont, c'était le Pont-Neuf.

Cependant, comme on marchait toujours, et que l'étranger paraissait pousser la rêverie jusqu'à l'inquiétude, Gilbert se hasarda de dire :

– Logez-vous encore bien loin, monsieur ?

– Nous approchons, dit l'étranger, que cette question sembla rendre encore plus morose.

Ils côtoyèrent, rue du Four, le magnifique hôtel de Soissons, dont les bâtiments avaient vue et entrée principale sur cette rue, mais dont les jardins splendides s'étendaient sur celles de Grenelle et des Deux-Écus.

Gilbert passa devant une église qui lui parut fort belle. Il s'arrêta un instant à la regarder.

– Voilà un beau monument, dit-il.

– C'est Saint-Eustache, dit le vieillard.

Puis, levant la tête :

– Il est huit heures ! s'écria-t-il. Oh ! mon Dieu ! mon Dieu ! venez vite, jeune homme, venez.

L'étranger allongea le pas, Gilbert le suivit.

– À propos, dit l'étranger après quelques instants d'un silence si froid qu'il commençait à inquiéter Gilbert, j'oubliais de vous dire que je suis marié.

– Ah ! fit Gilbert.

– Oui, et que ma femme, en véritable Parisienne, va sans doute gronder de ce que nous rentrons tard ; en outre, je dois vous le dire, elle se défie des étrangers.

– Vous plaît-il que je me retire, monsieur ? dit Gilbert, dont cette parole glaça tout à coup l'expansion.

– Non pas, non pas, mon ami ; je vous ai invité à venir chez moi, venez.

– Je vous suis, dit Gilbert.

– Là, à droite, par ici, nous y sommes.

Gilbert leva les yeux, et, aux derniers rayons du jour mourant, il lut, à l'angle de la place, au-dessus de la boutique d'un épicier, ces mots : « Rue Plastrière ».

L'étranger continua d'accélérer sa marche, car plus il se rapprochait de sa maison, plus redoublait cette agitation fébrile que nous avons signalée. Gilbert, qui ne voulait pas le perdre de vue, se heurtait à chaque seconde, soit aux passants, soit aux fardeaux des colporteurs, soit aux timons des voitures et aux brancards des charrettes.

Son conducteur semblait l'avoir oublié complètement : il trottait menu, visiblement absorbé dans une idée fâcheuse.

Enfin, il s'arrêta devant une porte d'allée dont la partie supérieure était grillée.

Un petit cordonnet sortait par un trou, le vieillard tira le cordonnet, la porte s'ouvrit.

Il se retourna alors, et, voyant Gilbert indécis sur le seuil :

– Venez vite, dit-il.

Et il referma la porte sur eux.

Au bout de quelques pas faits dans l'obscurité, Gilbert heurta la première marche d'un escalier raide et noir. Le vieillard, habitué aux localités, avait déjà franchi une douzaine de degrés.

Gilbert le rejoignit, monta tant qu'il monta, s'arrêta tant qu'il s'arrêta.

C'était sur un paillasson usé par le frottement, sur un palier percé de deux portes.

L'étranger tira un pied de biche suspendu à un cordon de rideau, et une aigre sonnette retentit dans l'intérieur d'une chambre. Alors le pas traînard d'un personnage en savates traîna sur le carreau et la porte s'ouvrit.

Une femme de cinquante à cinquante-cinq ans parut sur le seuil.

Deux voix se mêlèrent soudain : l'une était celle de l'étranger, l'autre était celle de cette femme qui venait d'ouvrir la porte.

L'une de ces deux voix disait timidement.

— Est-ce qu'il est trop tard, bonne Thérèse ?

L'autre grommelait :

— Vous nous faites souper à une belle heure, Jacques !

— Allons, allons, nous allons réparer tout cela, répondit affectueusement l'étranger en fermant là porte et en prenant des mains de Gilbert la boîte de fer-blanc.

— Bon ! un commissionnaire ! s'écria la vieille ; il ne manquait plus que cela ! Ainsi donc, voilà que vous ne pouvez plus porter vous-même tous vos embarras d'herbages. Un commissionnaire à M. Jacques ! Excusez ! M. Jacques devient grand seigneur !

71/638

– Allons, allons, répondit celui qu'on interpellait si rudement sous le nom de Jacques, en rangeant patiemment ses plantes sur la cheminée ; allons, un peu de calme, Thérèse.

– Payez-le au moins et renvoyez-le, que nous n'ayons pas d'espions ici.

Gilbert devint pâle comme la mort et bondit vers la porte. Jacques l'arrêta.

– Monsieur, dit-il avec une certaine fermeté, n'est pas un commissionnaire et encore moins un espion. C'est un hôte que j'amène.

Les bras de la vieille retombèrent le long de ses hanches.

– Un hôte ! dit-elle, il ne nous manquait plus que cela !

– Voyons, Thérèse, reprit l'étranger d'une voix encore affectueuse, mais dans laquelle la nuance de la volonté se faisait sentir de plus en plus, allumez une chandelle. J'ai chaud et nous avons soif.

La vieille fit entendre un murmure qui, assez élevé d'abord, alla en décroissant.

Puis elle atteignit un briquet qu'elle battit au-dessus d'une boite remplie d'amadou ; les étincelles jaillirent aussitôt et embrasèrent toute la boite.

Pendant le temps qu'avait duré le dialogue, pendant les murmures et le silence qui les avait suivis, Gilbert était resté immobile, muet, et comme cloué à deux pas de cette porte qu'il commençait à regretter bien sincèrement d'avoir franchie.

Jacques s'aperçut de ce que souffrait le jeune homme.

– Avancez, monsieur Gilbert, je vous en prie, dit-il.

La vieille, pour voir celui à qui son mari parlait avec cette politesse affectée, détourna sa jaune et morose figure. Gilbert la vit aux premiers rayons de la maigre chandelle réveillée dans sa gaine de cuivre.

Cette figure ridée, couperosée et comme infiltrée en quelques endroits de fiel, ce visage aux yeux plus vifs que vivants, plus lubriques que vifs ; cette plate douceur, répandue sur des traits vulgaires, douceur que démentaient si bien la voix et l'accueil de la vieille, inspirèrent du premier coup à Gilbert une violente antipathie.

De son côté, la vieille fut loin de trouver de son goût le visage pâle et fin, le silence circonspect, et la raideur du jeune homme.

– Je crois bien que vous avez chaud et que vous devez avoir soif, messieurs, dit-elle. En effet, passer sa journée à l'ombre des bois, c'est si fatigant ; puis se baisser de temps en temps pour cueillir une herbe, voilà un travail ! Car monsieur herborise aussi, sans doute : c'est le métier de ceux qui n'en ont pas.

– Monsieur, répondit Jacques d'une voix de plus en plus ferme, est un bon et loyal jeune homme, qui m'a fait l'honneur de sa compagnie toute la journée et que ma bonne Thérèse, j'en suis sûr, va recevoir comme un ami.

– Il y a de quoi pour deux, grommela Thérèse, et non pour trois.

– Je suis sobre et il l'est aussi, dit Jacques.

– Oui, oui, c'est bon. Je connais cette sobriété là. Je vous déclare qu'il n'y a pas assez de pain à la maison pour la nourrir, votre double sobriété, et que je ne descendrai pas trois étages pour en chercher. D'ailleurs, à l'heure qu'il est, le boulanger est fermé.

– Alors c'est moi qui descendrai, dit Jacques en fronçant le sourcil. Ouvrez-moi la porte, Thérèse.

– Mais...

– Je le veux !

– C'est bien ! c'est bien ! dit alors la vieille en grommelant, mais en cédant toutefois au ton absolu auquel son opposition avait graduellement conduit Jacques. Ne suis-je pas là pour faire tous vos caprices ?... Voyons, on fera assez de ce qu'il y aura. Venez souper.

– Asseyez-vous près de moi, dit Jacques à Gilbert en le conduisant près d'une petite table dressée dans la chambre voisine, et sur laquelle, à côté de deux couverts, deux serviettes roulées et attachées, l'une avec un cordon rouge, et l'autre avec un cordon blanc, indiquaient la place de chacun des maîtres du logis.

Cette chambre, exiguë et carrée, était tapissée d'un petit papier bleu pâle, à dessins blancs. Deux grandes cartes de géographie ornaient les murailles. Le reste de l'ameublement se composait de six chaises en bois de merisier, à siège de paille, de la table en question et d'un chiffonnier rempli de bas raccommodés.

Gilbert s'assit ; la vieille plaça devant lui une assiette et lui apporta un couvert usé par le service ; puis elle ajouta à ces divers ustensiles un gobelet d'étain soigneusement poli.

– Vous ne descendez pas ? demanda Jacques à sa femme.

– C'est inutile, fit-elle d'un ton bourru qui indiquait la rancune qu'elle conservait à Jacques de la victoire remportée sur elle ; c'est inutile, j'ai retrouvé un demi-pain dans l'armoire. Cela nous fait une livre et demie à peu près, il faudra qu'on en fasse assez.

En disant ces mots, elle posa le potage sur la table.

Jacques fut servi le premier, puis Gilbert ; la vieille mangea dans la soupière.

Tous trois avaient grand appétit. Gilbert, tout intimidé de la discussion d'économie domestique à laquelle il avait donné lieu, mettait au sien tous les freins imaginables. Cependant, il eut le premier mangé la soupe.

La vieille jeta sur son assiette prématurément vide un regard tout courroucé.

– Qui est venu aujourd'hui ? demanda Jacques pour changer les idées de Thérèse.

– Oh ! fit celle-ci, toute la terre, comme d'habitude. Vous aviez promis à madame de Boufflers ses quatre cahiers, à madame d'Escars ses deux airs, un quatuor avec accompagnement à madame de Penthièvre. Les unes sont venues elles-mêmes, les autres ont envoyé. Mais, quoi ! monsieur herborisait, et, comme on ne peut pas s'amuser et travailler en même temps, ces dames se sont passées de leur musique.

Jacques ne dit pas un mot, au grand étonnement de Gilbert, qui s'attendait à le voir se fâcher. Mais, comme il était seul en jeu cette fois, il ne sourcilla point.

À la soupe succéda un petit morceau de bœuf bouilli servi sur un petit plat de faïence tout rayé par la pointe tranchante des couteaux.

Jacques servit Gilbert assez modestement, car il était sous l'œil de Thérèse, puis il prit pour lui un morceau à peu près pareil et passa le plat à la ménagère.

Celle-ci prit le pain et en donna un morceau à Gilbert.

Ce morceau était si exigu, que Jacques en rougit ; il attendit que Thérèse eût achevé de le servir, lui, et de se servir elle-même, puis, lui prenant le pain des mains :

– C'est vous qui taillerez votre pain vous-même, mon jeune ami, et taillez-le à votre faim, je vous prie ; le pain ne doit être mesuré qu'à ceux qui le perdent.

Un moment après, parurent des haricots verts assaisonnés au beurre.

– Voyez comme ils sont verts, dit Jacques ; ce sont de nos conserves, on les mange excellents ici.

Et il passa le plat à Gilbert.

– Merci, monsieur, dit celui-ci, j'ai bien dîné, je n'ai plus faim.

– Monsieur n'est pas de votre avis sur mes conserves, dit aigrement Thérèse ; il aimerait mieux des haricots frais, sans doute, mais ce sont des primeurs au-dessus de notre bourse.

– Non, madame, dit Gilbert, je les trouve appétissants, au contraire, et je les aimerais fort, mais je ne mange jamais que d'un plat.

– Et vous buvez de l'eau ? dit Jacques en lui tendant la bouteille.

– Toujours, monsieur.

Jacques se versa un doigt de vin pur.

– Maintenant, ma femme, dit-il en reposant la bouteille sur la table, vous vous occuperez, je vous prie, de coucher ce jeune homme ; il doit être bien las.

Thérèse laissa échapper sa fourchette et fixa ses deux yeux effarés sur son mari.

– Coucher ! Êtes-vous fou ? Vous amenez quelqu'un à coucher ! C'est donc dans votre lit que vous le coucherez ? Mais, en vérité, il perd la tête. Alors vous allez tenir pension désormais ? En ce cas ne comptez plus sur moi ; cherchez une cuisinière et une servante ; c'est assez d'être la vôtre, sans devenir aussi celle des autres.

– Thérèse, répondit Jacques de son ton grave et ferme, Thérèse, je vous prie de m'écouter, chère amie : c'est pour une nuit seulement. Ce jeune homme n'a jamais mis le pied à Paris ; il y vient sous ma conduite. Je ne veux pas qu'il couche à l'auberge, je ne le veux pas, dût-il prendre mon lit, comme vous le dites.

Après cette seconde manifestation de sa volonté le vieillard attendit.

Alors Thérèse, qui l'avait regardé avec attention, et qui, tandis qu'il parlait, paraissait étudier chaque muscle de son visage, sembla comprendre qu'il n'y avait pas de lutte possible en ce moment, et changea de tactique subitement.

Elle eût échoué en s'obstinant à combattre contre Gilbert ; elle se mit à combattre pour lui : il est vrai que c'était en alliée bien près de trahir.

– Au fait, dit-elle, puisque ce jeune monsieur vous a accompagné ici, c'est que vous le connaissez bien, et mieux vaut qu'il reste chez nous. Je ferai tant bien que mal un lit dans votre cabinet, près des liasses de papier.

– Non, non, dit Jacques vivement ; un cabinet n'est point un endroit où l'on couche. On peut mettre le feu à ces papiers.

– Beau malheur ! murmura Thérèse.

Puis tout haut :

– Dans l'antichambre, alors, devant le buffet ?

– Non plus.

– Alors, je vois que, malgré notre bonne volonté à tous deux, ce sera impossible ; car, à moins que de prendre votre chambre ou la mienne...

– Il me semble, Thérèse, que vous ne cherchez pas bien.

– Moi ?

– Sans doute. N'avons-nous point la mansarde ?

– Le grenier, voulez-vous dire ?

– Non, ce n'est pas un grenier, c'est un cabinet un peu mansardé, mais sain, avec une vue sur des jardins magnifiques, ce qui est rare à Paris.

– Oh ! qu'importe, monsieur, dit Gilbert, fût-ce un grenier, je m'estimerai encore heureux, je vous jure.

– Pas du tout, pas du tout, dit Thérèse. Tiens, c'est là que j'étends mon linge.

– Ce jeune homme n'y dérangera rien, Thérèse. N'est-ce pas, mon ami, vous veillerez à ce qu'il n'arrive aucun accident au linge de cette bonne ménagère ? Nous sommes pauvres, et toute perte nous est lourde.

– Oh ! soyez tranquille, monsieur.

Jacques se leva et s'approcha de Thérèse.

– Je ne veux pas, voyez-vous, chère amie, que ce jeune homme se perde. Paris est un séjour pernicieux ; ici, nous le surveillerons.

– C'est une éducation que vous faites. Il paiera donc pension, votre élève ?

– Non, mais je vous réponds qu'il ne vous coûtera rien. À partir de demain, il se nourrira lui-même. Quant au logement, comme la mansarde nous est à peu près inutile, faisons-lui cette charité.

– Comme tous les paresseux s'entendent ! murmura Thérèse en haussant les épaules.

– Monsieur, dit Gilbert, plus fatigué que son hôte lui-même de cette lutte qu'il livrait pied à pied, pour une hospitalité qui l'humiliait, je n'ai jamais gêné personne, et je ne commencerai certes point par vous, qui avez été si bon pour moi. Ainsi, permettez que je me retire. J'ai aperçu, du côté du pont que nous avons traversé, des arbres sous lesquels il y a des bancs. Je dormirai fort bien, je vous assure, couché sur un de ces bancs.

– Oui, dit Jacques, pour que le guet vous arrête comme un vagabond.

– Qu'il est, dit tout bas Thérèse en desservant.

– Venez, venez, jeune homme, dit Jacques, il y a là-haut, autant que je puis m'en souvenir, une bonne paillasse. Cela vaudra toujours mieux qu'un banc ; et puisque vous vous contenteriez d'un banc...

– Oh ! monsieur, je n'ai jamais couché que sur des paillasses, dit Gilbert.

Puis, revenant sur cette vérité par un petit mensonge :

– La laine m'échauffe trop, continua-t-il.

Jacques sourit.

– La paille est en effet rafraîchissante, dit-il. Prenez sur la table un bout de chandelle et suivez-moi.

Thérèse ne regarda même plus du côté de Jacques. Elle poussa un soupir, elle était vaincue.

Gilbert se leva gravement et suivit son protecteur.

En traversant l'antichambre, Gilbert vit une fontaine.

– Monsieur, dit-il, l'eau est-elle chère à Paris ?

– Non, mon ami ; mais, fût-elle chère, l'eau et le pain sont deux choses que l'homme n'a pas le droit de refuser à l'homme qui les demande.

– Oh ! c'est qu'à Taverney l'eau ne coûtait rien, et le luxe du pauvre, c'est la propreté.

– Prenez, mon ami, prenez, dit Jacques en indiquant du doigt à Gilbert un grand pot de faïence, prenez.

Et il précéda le jeune homme en s'étonnant de trouver, dans un enfant de cet âge, toute la fermeté du peuple unie à tous les instincts de l'aristocratie.

Chapitre XLV

La mansarde de M. Jacques

L'escalier, déjà étroit et difficile au bout de l'allée, à la place où Gilbert en avait heurté la première marche, devenait de plus en plus difficile et de plus en plus étroit à partir du troisième étage, qu'habitait Jacques. Celui-ci et son protégé arrivèrent donc péniblement à un vrai grenier. Cette fois, c'était Thérèse qui avait eu raison ; c'était bien un vrai grenier coupé en quatre compartiments, dont trois étaient inhabités.

Il est vrai de dire que tous, même celui destiné à Gilbert, étaient inhabitables.

Le toit s'abaissait si rapidement à partir du comble, qu'il formait avec le plancher un angle aigu. Au milieu de cette pente, une lucarne fermée d'un mauvais châssis sans vitres donnait le jour et l'air : le jour chichement, l'air à profusion, surtout par les vents d'hiver.

Heureusement que l'on touchait à l'été, et cependant, malgré le doux voisinage de la chaude saison, la chandelle que tenait Jacques faillit s'éteindre lorsqu'ils pénétrèrent dans le grenier.

La paillasse dont avait fastueusement parlé Jacques gisait en effet à terre et s'offrait tout d'abord aux regards comme le meuble principal de la chambre. Çà et là des piles de vieux papiers imprimés, jaunis sur leurs tranches, s'élevaient au milieu d'un amas de livres rongés par les rats.

À deux cordes placées transversalement, et à la première desquelles faillit s'étrangler Gilbert, crépitaient en dansant au vent de la nuit des sacs de papier renfermant des haricots séchés dans leurs gousses, des herbes aromatiques et des linges de ménage mêlés à de vieilles hardes de femme.

– Ce n'est pas beau, dit Jacques ; mais le sommeil et l'obscurité rendent égaux aux plus somptueux palais les plus pauvres chaumières. Dormez comme on dort à votre âge, mon jeune ami, et rien ne vous empêchera de croire demain matin que vous avez dormi dans le Louvre. Mais surtout prenez bien garde au feu !

– Oui, monsieur, dit Gilbert un peu étourdi de tout ce qu'il venait de voir et d'entendre.

Jacques sortit en lui souriant, puis il revint.

– Demain nous causerons, dit-il. Je pense que vous ne répugnerez point à travailler, n'est-ce pas ?

– Vous savez, monsieur, répondit Gilbert, que travailler, au contraire, est tout mon désir.

– Voilà qui est bien.

Et Jacques fit de nouveau un pas vers la porte.

– Travail digne, bien entendu, répondit le pointilleux Gilbert.

– Je n'en connais pas d'autre, mon jeune ami. Ainsi donc, à demain.

– Bonsoir et merci, monsieur, dit Gilbert.

Jacques sortit, ferma la porte en dehors, et Gilbert resta seul dans son galetas.

D'abord émerveillé, puis pétrifié d'être à Paris, il se demanda si c'était bien Paris, cette ville où l'on voyait des chambres pareilles à la sienne.

Puis il réfléchit qu'au bout du compte M. Jacques lui faisait l'aumône, et comme il avait vu faire l'aumône à Taverney, non seulement il ne s'étonna plus, mais l'étonnement commença de faire place à la reconnaissance.

Sa chandelle à la main, il parcourut, en prenant les précautions recommandées par Jacques, tous les coins du galetas, s'occupant peu des habits de Thérèse, dont il ne voulut pas même distraire une vieille robe pour se faire une couverture.

Il s'arrêta aux piles de papiers imprimés qui éveillaient au dernier point sa curiosité.

Elles étaient ficelées ; il n'y toucha point.

Le cou tendu, l'œil avide, il passa des liasses ficelées aux sacs de haricots.

Les sacs de haricots étaient faits d'un papier fort blanc, toujours imprimé, joint avec des épingles.

Dans un mouvement un peu brusque qu'il fit, Gilbert toucha la corde avec sa tête : un des sacs tomba.

Plus pâle, plus effaré que s'il eût forcé la serrure d'un coffre-fort, le jeune homme se hâta de ramasser les haricots épars sur le plancher et de les remettre dans le sac.

En se livrant à cette opération, il regarda machinalement le papier, machinalement encore ses yeux lurent quelques mots ; ces mots attirèrent son attention. Il repoussa les haricots, et, s'asseyant sur sa paillasse, il lut, car ces mots étaient si parfaitement en harmonie avec sa pensée et surtout avec son caractère, qu'ils semblaient écrits, non seulement pour lui, mais encore par lui.

Les voici :

« D'ailleurs, des couturières, des filles de chambre, de petites marchandes ne me tentaient guère ; il me fallait des demoiselles. Chacun a ses fantaisies ; ç'a toujours été la mienne, et je ne pense pas comme Horace sur ce point-là. Ce n'est pourtant pas du tout la vanité de l'état et du rang qui m'attire, c'est un teint mieux conservé, de plus belles mains, une parure plus gracieuse, un air de délicatesse et de propreté sur toute la personne, plus de goût dans la manière de se mettre et de s'exprimer, une robe plus fine et mieux faite, une chaussure plus mignonne, des rubans, de la dentelle, des cheveux mieux ajustés. Je préférerais toujours la moins jolie, ayant tout cela. Je trouve moi même cette préférence fort ridicule, mais mon cœur la donne malgré moi. »[1]

---

[1] « *Les Confessions* », livre IV.

Gilbert tressaillit et la sueur lui monta au front ; il était impossible de mieux exprimer sa pensée, de mieux définir ses instincts, de mieux analyser son goût. Seulement, Andrée n'était pas la *moins jolie ayant tout cela*. Andrée avait tout cela et était la plus belle.

Gilbert continua donc avidement.

À la suite des lignes que nous avons citées venait une charmante aventure d'un jeune homme avec deux jeunes filles ; l'histoire d'une cavalcade accompagnée de ces petits cris charmants qui rendent les femmes plus charmantes encore, parce qu'ils trahissent leur faiblesse ; d'un voyage en croupe derrière l'une d'elles, et d'un retour nocturne plus charmant et plus délicieux encore.

L'intérêt allait gagnant ; Gilbert avait déplié le sac et avait lu tout ce qu'il y avait d'imprimé sur le sac avec un certain battement de cour ; il interrogea la pagination et se mit à chercher si les autres pages n'y faisaient pas suite. La pagination était interrompue, mais il retrouva sept ou huit sacs qui paraissaient se suivre. Il en ôta les épingles, vida les haricots sur le plancher, les assembla et lut.

Cette fois, c'était bien autre chose encore. Ces nouvelles pages contenaient les amours d'un jeune homme pauvre, inconnu, avec une grande dame. La grande dame était descendue jusqu'à lui, ou plutôt il était monté jusqu'à elle, et la grande dame l'avait accueilli comme s'il eût été son égal, et elle en avait fait son amant, l'initiant à tous les mystères du cœur, rêves de l'adolescence qui ont une si courte réalité, qu'arrivés de l'autre côté de la vie ils ne nous apparaissent plus que comme un de ces météores brillants, mais fugitifs, qui glissent au milieu d'un ciel étoilé de printemps.

Le jeune homme n'était nommé nulle part. La grande dame s'appelait madame de Warens, nom doux et charmant à prononcer.

Gilbert rêvait au bonheur de passer ainsi toute une nuit à lire, et le plaisir s'augmentait de cette sécurité qu'il avait une longue file de sacs à dépouiller les uns après les autres, quand tout à coup un léger pétillement se fit entendre ; la chandelle, échauffée par le récipient de cuivre, s'enfonça dans la graisse liquide, une vapeur infecte monta dans le grenier, la mèche s'éteignit et Gilbert se trouva dans l'obscurité.

Cet événement était arrivé si rapide, qu'il n'y avait pas eu moyen d'y porter remède. Gilbert, interrompu au milieu de sa lecture, était près d'en pleurer de rage. Il laissa glisser la liasse de papiers sur les haricots amassés près de son lit et se coucha sur sa paillasse, où, malgré son dépit, il s'endormit bientôt profondément.

Le jeune homme dormit comme on dort à dix-huit ans ; aussi ne se réveilla-t-il qu'au bruit du cadenas criard que Jacques avait placé la veille à la porte du grenier.

Le jour était grand ; Gilbert, en ouvrant les yeux, vit son hôte entrer doucement dans sa chambre.

Ses yeux se portèrent aussitôt sur les haricots épars et sur les sacs redevenus feuillets.

Les yeux de Jacques avaient déjà pris la même direction.

Gilbert sentit le rouge de la honte lui monter aux joues, et sans trop savoir ce qu'il disait :

– Bonjour, monsieur, murmura-t-il.

– Bonjour, mon ami, dit Jacques ; avez-vous bien dormi ?

– Oui, monsieur.

– Seriez-vous somnambule, par hasard ?

Gilbert ignorait ce qu'était un somnambule, mais il comprit que la question avait pour but de lui demander une explication sur ces haricots hors de leurs sacs, et sur ces sacs veufs de leurs haricots.

– Hélas ! monsieur, dit-il, je vois bien pourquoi vous me dites cela ; oui, c'est moi qui suis coupable du méfait, et je m'accuse humblement, mais je le crois réparable.

– Sans doute. Mais pourquoi donc votre chandelle est-elle usée jusqu'au bout ?

– J'ai veillé trop tard.

– Et pourquoi avez-vous veillé ? fit Jacques, soupçonneux.

– Pour lire.

Le regard de Jacques parcourut, plus défiant encore, le grenier encombré.

– Cette première feuille, dit Gilbert en montrant le premier sac qu'il avait décroché et lu, cette première feuille, sur laquelle j'ai jeté les yeux par hasard, m'a tellement intéressé... Mais vous, monsieur, qui savez tant de choses, vous devez savoir de quel livre elle vient ?

Jacques y jeta négligemment les yeux et dit :

– Je ne sais.

– C'est un roman, sans doute, fit Gilbert, un bien beau roman.

– Un roman, croyez-vous ?

– Je le crois, car on y parle d'amour comme dans les romans, excepté qu'on en parle mieux.

– Cependant, reprit Jacques, comme je lis au bas de cette page le mot *Confessions*, je croyais...

– Vous croyiez ?

– Que ce pouvait être une histoire.

– Oh ! non, non ; l'homme qui parle ainsi ne parle pas de lui-même. Il y a trop de franchise dans ses aveux, trop d'impartialité dans son jugement.

– Et moi, je crois que vous vous trompez, dit vivement le vieillard. L'auteur, au contraire, a voulu donner cet exemple au monde, d'un homme se montrant à ses semblables tel que Dieu a fait l'homme.

– Connaissez-vous donc l'auteur ?

– L'auteur est Jean-Jacques Rousseau.

– Rousseau ! s'écria vivement le jeune homme.

– Oui. Il y a ici quelques feuillets de son dernier livre, détachés, égarés.

– Ainsi ce jeune homme, pauvre, inconnu, obscur, mendiant presque par les grands chemins qu'il parcourait à pied, c'était Rousseau, c'est-à-dire l'homme qui devait un jour faire l'*Émile* et écrire le *Contrat social ?*

– C'était lui, ou plutôt non, dit le vieillard avec une expression de mélancolie difficile à rendre. Non, ce n'était pas lui ; l'auteur du *Contrat social* et de l'*Émile* est l'homme désenchanté du monde, de la vie, de la gloire, et presque de Dieu ; l'autre... l'autre Rousseau... celui de madame de Warens, c'est l'enfant entrant dans la vie par la même porte que l'aurore entre dans le monde ; c'est l'enfant avec ses joies, ses espérances. Il y a entre les deux Rousseau un abîme qui les empêchera de jamais se joindre... trente ans de malheurs !

Le vieillard secoua la tête, laissa tomber tristement ses bras, et parut se perdre dans une rêverie profonde.

Gilbert était demeuré comme ébloui.

– Ainsi donc, dit-il, cette aventure avec mademoiselle Galley et mademoiselle de Graffenried est donc vraie ? Cet amour ardent pour madame de Warens, il l'a donc éprouvé ? Cette possession de la femme qu'il aimait, possession qui l'attristait au lieu de le transporter au ciel comme il s'y attendait, ce n'est donc pas un ravissant mensonge ?

– Jeune homme, dit le vieillard, Rousseau n'a jamais menti. Rappelez-vous sa devise : *Vitam impendere vero.*

– Je la connaissais, dit Gilbert ; mais, comme je ne sais pas le latin, je n'ai jamais pu la comprendre.

– Cela veut dire : « Donner sa vie pour la vérité. »

– Ainsi, continua Gilbert, cette chose est possible, qu'un homme parti d'où est parti Rousseau, soit aimé d'une belle dame, d'une grande dame ! Oh ! mon Dieu ! savez-vous que c'est à rendre fous d'espoir ceux qui, partis d'en bas comme lui, ont jeté les yeux au-dessus d'eux ?

– Vous aimez, dit Jacques, et vous voyez une analogie entre votre situation et celle de Rousseau ?

Gilbert rougit ; seulement, il ne répondit point à la question.

– Mais toutes les femmes ne sont point comme madame de Warens, dit-il ; il y en a de fières, de dédaigneuses, d'inaccessibles, et celles-là, c'est une folie de les aimer.

– Cependant, jeune homme, dit le vieillard, de pareilles occasions ont été plus d'une fois offertes à Rousseau.

– Oh ! oui, s'écria Gilbert, mais il était Rousseau. Bien certainement, si je sentais en moi une étincelle du feu qui a brûlé son cœur en échauffant son génie...

– Eh bien ?

– Eh bien, je me dirais qu'il n'y a pas de femme, si grande dame qu'elle soit par la naissance, qui puisse compter avec moi ; tandis que, n'étant rien, n'ayant point la conviction de mon avenir, quand je regarde au-dessus de moi, je suis ébloui. Oh ! je voudrais pouvoir parler à Rousseau !

– Pour quoi faire ?

– Pour lui demander si madame de Warens n'étant pas descendue à lui, il n'eût pas monté à elle ; pour lui dire : « Cette possession qui vous a attristé, si elle vous eût été refusée, ne l'eussiez-vous pas conquise, même... ? »

Le jeune homme s'arrêta.

– Même... ? répéta le vieillard.

– Même par un crime !

Jacques tressaillit.

– Ma femme doit être réveillée, dit-il coupant court à l'entretien ; nous allons descendre. D'ailleurs, la journée d'un travailleur ne commence jamais assez tôt : venez, jeune homme, venez.

– C'est vrai, dit Gilbert ; pardon, monsieur ; mais il y a certaines conversations qui m'enivrent, certains livres qui m'exaltent, certaines pensées qui me rendent presque fou.

– Allons, allons, vous êtes amoureux, dit le vieillard.

Gilbert ne répondit rien, et se mit à ramasser les haricots et à reformer les sacs à l'aide des épingles ; Jacques le laissa faire.

– Vous n'avez pas été somptueusement logé, lui dit-il ; mais au bout du compte vous avez ici le nécessaire, et si vous eussiez été plus matinal, il vous fût arrivé par cette fenêtre des émanations de verdure qui ont bien leur mérite au milieu des odeurs nauséabondes qui infectent la grande ville. Il y a là les jardins de la rue de la Jussienne : les tilleuls et les faux ébéniers y sont en fleurs, et les respirer le matin, n'est-ce pas, pour un pauvre captif, amasser du bonheur pour toute une journée ?

– J'aime tout cela vaguement, dit Gilbert, mais j'y suis trop accoutumé pour y faire grande attention.

– Dites qu'il n'y a pas assez longtemps que vous avez perdu la campagne pour la regretter encore. Mais vous avez fini ; allons travailler.

Et montrant le chemin à Gilbert, Jacques le fit sortir et ferma le cadenas derrière lui.

Cette fois, Jacques conduisit son compagnon droit à la pièce que Thérèse, la veille, avait désignée sous le nom de son cabinet.

Des papillons sous verre, des herbes et des minéraux encadrés dans des bordures de bois noir, des livres dans une bibliothèque de noyer, une table étroite et longue, couverte d'un petit tapis de laine verte et noire, usée par le frottement, et sur laquelle des manuscrits étaient rangés en bon ordre, quatre chaises-fauteuils de merisier, foncés et couverts de crin noir, tel était l'ameublement du cabinet ; le tout luisant, ciré, irréprochable d'ordre et de propreté, mais froid à l'œil et au cœur, tant le jour tamisé par des rideaux de siamoise était gris et faible, tant le luxe et même le bien-être semblait éloigné de cette cendre froide et de ce foyer noir.

Un petit clavecin en bois de rose porté par quatre pieds droits, et sur la cheminée un maigre cartel, signé : « Dolt, à l'Arsenal », rappelaient seuls, l'un par la vibration de ses fils d'acier éveillés par le passage des voitures dans la rue, l'autre par son balancier argentin, que quelque chose vivait dans cette espèce de tombeau.

Gilbert entra respectueusement dans le cabinet que nous venons de décrire ; il trouvait le mobilier presque somptueux, car c'était à peu près celui du château de Taverney ; le carreau ciré surtout lui imposait fort.

– Asseyez-vous, lui dit Jacques en lui montrant une seconde petite table placée dans l'embrasure d'une fenêtre, je vais vous dire quelle est l'occupation que je vous ai destinée.

Gilbert s'empressa d'obéir.

– Connaissez-vous ceci ? demanda le vieillard.

Et il montrait à Gilbert un papier rayé à intervalles égaux.

– Sans doute, répondit celui-ci ; c'est du papier de musique.

– Eh bien, lorsqu'une de ces feuilles a été noircie convenablement par moi, c'est-à-dire quand j'ai copié dessus autant de musique qu'elle peut en contenir, j'ai gagné dix sous ; c'est le prix que j'ai fixé moi-même. Croyez vous que vous apprendrez à copier de la musique ?

– Oui, monsieur, je le crois.

– Mais est-ce que ce petit barbouillage de points noirs embrochés de raies uniques, doubles ou triples, ne vous tourbillonne pas devant les yeux ?

– C'est vrai, monsieur. Au premier coup d'œil, je n'y comprends pas grand-chose ; cependant, en m'appliquant, je distinguerai les notes les unes des autres ; par exemple, voici un *fa*.

– Où cela ?

– Ici, embroché dans la ligne la plus élevée.

– Et cette autre entre les deux lignes basses ?

– C'est encore un *fa*.

– La note au-dessus de celle qui est à cheval sur la deuxième ligne ?

– C'est un *sol*.

– Mais vous savez lire la musique, alors ?

– C'est-à-dire que je connais le nom des notes, mais je n'en connais point la valeur.

– Et savez-vous quand elles sont blanches, noires, croches, doubles croches et triples croches ?

– Oh ! oui, je sais cela.

– Et ces signes ?

– Ceci, c'est un soupir.

– Et ceci ?

– Un dièse.

– Et ceci ?

– Un bémol.

– Très bien ! Ah çà ! mais, avec votre ignorance, fit Jacques, dont l'œil commençait à se voiler de cette défiance qui lui paraissait habituelle, avec votre ignorance, voilà que vous parlez musique comme vous parliez botanique, et que vous avez failli me parler amour.

– Oh ! monsieur, dit Gilbert rougissant, ne vous raillez pas de moi.

– Au contraire, mon enfant, vous m'étonnez. La musique est un art qui ne vient qu'après les autres études, et vous m'avez dit n'avoir reçu aucune éducation, vous m'avez dit n'avoir rien appris.

– C'est la vérité, monsieur.

– Ce n'est cependant pas vous qui avez imaginé tout seul que ce point noir sur la dernière ligne était un *fa* ?

– Monsieur, dit Gilbert baissant la tête et la voix, dans la maison que j'habitais, il y avait une… une jeune personne qui jouait du clavecin.

– Ah ! oui, celle qui faisait de la botanique ? fit Jacques.

– Justement, monsieur ; elle en jouait même fort bien.

– Vraiment ?

– Oui, et moi, j'adore la musique.

– Tout ceci n'est point une raison de connaître les notes.

– Monsieur, il y a dans Rousseau qu'incomplet est l'homme qui jouit de l'effet sans remonter à la cause.

– Oui ; mais il y a aussi, dit Jacques, que l'homme, en se complétant par cette recherche, perd sa joie, sa naïveté et son instinct.

– Qu'importe, dit Gilbert, s'il trouve dans l'étude des jouissances égales à celles qu'il peut perdre !

Jacques surpris se retourna.

– Allons, dit-il, vous êtes non seulement botaniste et musicien, mais vous êtes encore logicien.

– Hélas ! monsieur, je ne suis malheureusement ni botaniste, ni musicien, ni logicien ; je sais distinguer une note d'une autre note, un signe d'un autre signe, voilà tout.

– Vous solfiez alors ?

– Moi ? pas le moins du monde.

– Eh bien, n'importe, voulez-vous essayer de copier ? Voici du papier tout réglé : mais prenez garde de le gaspiller, il coûte fort cher. Et même, faites mieux, prenez du papier blanc, rayez-le et essayez sur celui-là.

– Oui, monsieur, je ferai comme vous me recommandez de faire ; mais permettez-moi de vous le dire, ce n'est point là un état pour toute ma vie ; car, pour écrire de la musique que je ne comprends pas, mieux vaut me faire écrivain public.

– Jeune homme, jeune homme, vous parlez sans réfléchir, prenez garde.

– Moi ?

– Oui, vous. Est-ce la nuit que l'écrivain public exerce son métier et gagne sa vie ?

– Non, certes.

– Eh bien ! écoutez ce que je vais vous dire : un homme habile peut, en deux ou trois heures de nuit, copier cinq de ces pages et même six, lorsqu'à force d'exercice il a acquis une note grasse et facile, un trait pur et une habitude de lecture qui lui économise les rapports de l'œil au modèle. Six pages valent trois francs ; un homme vit avec cela ; vous ne direz pas le contraire, vous qui ne demandez que six sous. Donc, avec deux heures de travail de nuit, un homme peut suivre les cours de l'école de chirurgie, de l'école de médecine et de l'école de botanique.

– Ah ! s'écria Gilbert, ah ! je vous comprends, monsieur, et je vous remercie du profond de mon cœur.

Et il se jeta sur la feuille de papier blanc que lui présentait le vieillard.

Chapitre XLVI

Ce qu'était M. Jacques

Gilbert travaillait avec ardeur, et son papier se couvrait d'essais consciencieusement étudiés lorsque le vieillard, après l'avoir regardé faire pendant quelque temps, se mit à son tour à l'autre table, et commença à corriger des feuilles imprimées, pareilles à l'enveloppe des haricots du grenier.

Trois heures s'écoulèrent ainsi, et le cartel venait de sonner neuf heures, lorsque Thérèse entra précipitamment.

Jacques leva la tête.

– Vite, vite ! dit la ménagère, passez dans la salle. Voici un prince qui nous arrive. Mon Dieu ! quand donc cette procession d'altesses finira-t-elle ? Pourvu qu'il ne lui prenne pas fantaisie de déjeuner avec nous, comme a fait l'autre jour le duc de Chartres !

– Et quel est ce prince ? demanda Jacques à voix basse.

– Monseigneur le prince de Conti.

Gilbert, à ce nom, laissa tomber sur ses portées un *sol* que Bridoison, s'il fût né à cette époque, eût appelé un pâ...aaté bien plutôt qu'une note[2].

_____

[2] « *Le mariage de Figaro* », acte III, scène XV.

– Un prince, une altesse ! fit-il tout bas.

Jacques sortit en souriant derrière Thérèse, qui referma la porte.

Alors Gilbert regarda autour de lui, et, se voyant seul, leva sa tête toute bouleversée.

– Mais où suis-je donc ici ? s'écria-t-il. Des princes, des altesses chez M. Jacques ! M. le duc de Chartres, Monseigneur le prince de Conti chez un copiste !

Il s'approcha de la porte pour écouter ; le cœur lui battait singulièrement.

Les premières salutations avaient déjà été échangées entre M. Jacques et le prince ; le prince parlait.

– J'eusse voulu vous emmener avec moi, disait-il.

– Pour quoi faire, mon prince ? demandait Jacques.

– Mais pour vous présenter à la dauphine. C'est une ère nouvelle pour la philosophie, mon cher philosophe.

– Mille grâces de votre bon vouloir, Monseigneur ; mais impossible de vous accompagner.

– Cependant, vous avez bien, il y a six ans, accompagné madame de Pompadour à Fontainebleau ?

– J'étais de six ans plus jeune ; aujourd'hui je suis cloué à mon fauteuil par mes infirmités.

– Et par votre misanthropie.

– Et quand cela serait, Monseigneur ? Ma foi, le monde n'est-il pas une chose bien curieuse, qu'il faille se déranger pour lui ?

– Eh bien ! voyons, je vous tiens quitte de Saint-Denis et du grand cérémonial, et je vous emmène à la Muette, où couchera après-demain soir Son Altesse royale.

– Son Altesse royale arrive donc après-demain à Saint-Denis ?

– Avec toute sa suite. Voyons, deux lieues sont bientôt faites et ne causent pas un grand dérangement. On dit la princesse excellente musicienne ; c'est une élève de Gluck.

Gilbert n'en entendit point davantage. À ces mots : « Après-demain, madame la dauphine arrive avec toute sa suite à Saint-Denis », il avait pensé à une chose, c'est que, le surlendemain, il allait se retrouver à deux lieues d'Andrée.

Cette idée l'éblouit comme si ses yeux eussent rencontré un miroir ardent.

Le plus fort de deux sentiments étouffa l'autre. L'amour suspendit la curiosité ; un instant il sembla à Gilbert qu'il n'y avait plus assez d'air pour sa poitrine dans ce petit cabinet ; il courut à la fenêtre dans l'intention de l'ouvrir, la fenêtre était cadenassée en dedans, sans doute pour qu'on ne pût jamais voir de l'appartement situé en face ce qui se passait dans le cabinet de M. Jacques.

Il retomba sur sa chaise.

– Oh ! je ne veux plus écouter aux portes, dit-il ; je ne veux plus pénétrer les secrets de ce petit bourgeois, mon protecteur, de ce copiste, qu'un prince appelle son ami et veut présenter à la future reine de France, à la fille des empereurs, à laquelle mademoiselle Andrée parlait presque à genoux.

« Et cependant, peut-être apprendrais-je quelque chose de mademoiselle Andrée en écoutant.

« Non, non, je ressemblerais à un laquais. La Brie aussi écoutait aux portes. »

Et il s'écarta courageusement de la cloison dont il s'était rapproché ; ses mains tremblaient, un nuage obscurcissait ses yeux.

Il éprouvait le besoin d'une distraction puissante, la copie l'eut trop peu occupé. Il saisit un livre sur le bureau de M. Jacques.

– Les *Confessions*, lut-il avec une surprise joyeuse ; les *Confessions*, dont j'ai, avec tant d'intérêt lu une centaine de pages.

« Édition ornée du portrait de l'auteur, continua-t-il.

« Oh ! et moi qui n'ai jamais vu de portrait de M. Rousseau ! s'écria-t-il. Oh ! voyons, voyons. »

Et il retourna vivement la feuille de papier joseph qui cachait la gravure, aperçut le portrait et poussa un cri.

En ce moment la porte s'ouvrit ; Jacques rentrait.

Gilbert compara la figure de Jacques au portrait qu'il tenait à la main, et, les bras étendus, tremblant de tout son corps, laissa tomber le volume en murmurant :

– Je suis chez Jean-Jacques Rousseau !

– Voyons comment vous avez copié votre musique, mon enfant, répondit en souriant Jean-Jacques, bien plus heureux au fond de cette ovation imprévue qu'il ne l'avait été des mille triomphes de sa glorieuse vie.

Et, passant devant Gilbert frémissant, il s'approcha de la table et jeta les yeux sur le papier.

– La note n'est pas mauvaise, dit-il ; vous négligez les marges, ensuite vous ne joignez pas assez du même trait les notes qui vont ensemble. Attendez, il vous manque un soupir à cette mesure ; puis, tenez, voyez, vos barres de mesure ne sont pas droites. Faites aussi les blanches de deux demi-cercles. Peu importe qu'elles joignent exactement. La note toute ronde est disgracieuse, et la queue s'y soude mal... Oui, en effet, mon ami, vous êtes chez Jean-Jacques Rousseau.

– Oh ! pardon alors, monsieur, de toutes les sottises que j'ai dites, s'écria Gilbert joignant les mains et prêt à se prosterner.

– A-t-il donc fallu, dit Rousseau en haussant les épaules, a-t-il fallu qu'il vînt ici un prince pour que vous reconnaissiez le persécuté, le malheureux philosophe de Genève ? Pauvre enfant, heureux enfant qui ignore la persécution !

– Oh ! oui, je suis heureux, bien heureux, mais c'est de vous voir, c'est de vous connaître, c'est d'être près de vous.

– Merci, mon enfant, merci ; mais ce n'est pas le tout que d'être heureux, il faut travailler. Maintenant que vos essais sont faits, prenez ce rondeau et tâchez de le copier sur du vrai papier à musique ; c'est court et peu difficile ; de la propreté surtout. Mais comment avez-vous reconnu ?...

Gilbert, le cœur gonflé, ramassa le volume des *Confessions* et montra le portrait à Jean-Jacques.

– Ah ! oui, je comprends, mon portrait brûlé en effigie sur la première page de l'*Émile* ; mais qu'importe, la flamme éclaire, qu'elle vienne du soleil ou d'un autodafé.

– Monsieur, monsieur, savez-vous que jamais je n'avais rêvé que cela, vivre auprès de vous ? Savez-vous que mon ambition ne va pas plus loin que ce désir ?

– Vous ne vivrez pas auprès de moi, mon ami, dit Jean-Jacques, car je ne fais pas d'élèves. Quant à des hôtes, vous l'avez vu, je ne suis pas assez riche pour en recevoir et surtout pour en garder.

Gilbert frissonna, Jean-Jacques lui prit la main.

– Au reste, lui dit-il, ne vous désespérez pas. Depuis que je vous ai rencontré, je vous étudie, mon enfant ; il y a en vous beaucoup de mauvais, mais aussi beaucoup de bon ; luttez avec votre volonté contre vos instincts, défiez-vous de l'orgueil, ce ver rongeur de la philosophie, et copiez de la musique en attendant mieux.

– Oh ! mon Dieu ! mon Dieu ! dit Gilbert, je suis tout étourdi de ce qui m'arrive.

– Il ne vous arrive cependant rien que de bien simple et de bien naturel, mon enfant ; il est vrai que ce sont les choses simples qui émeuvent le plus les cœurs profonds et les esprits intelligents. Vous fuyez je ne sais d'où, je ne vous ai point demandé votre secret ; vous fuyez à travers les bois ; dans ces bois, vous rencontrez un homme qui herborise, cet homme a du pain, vous n'en avez pas, il partage avec vous son pain ; vous ne savez où vous retirer, cet homme vous offre un asile ; cet homme s'appelle Rousseau, voilà tout, et cet homme vous dit :

« Le premier précepte de la philosophie est celui-ci :

« *Homme, suffis-toi à toi-même.*

« Or, mon ami, quand vous aurez copié votre rondeau, vous aurez gagné votre nourriture d'aujourd'hui. Copiez donc votre rondeau.

– Oh ! monsieur, que vous êtes bon !

– Quant au gîte, il est à vous par-dessus le marché ; seulement, pas de lecture nocturne, ou, si vous usez de la chandelle, que ce soit la votre, sinon Thérèse gronderait. Avez-vous faim, maintenant ?

– Oh ! non, monsieur, dit Gilbert suffoqué.

– Il reste du souper d'hier de quoi déjeuner ce matin ; ne faites pas de façons ; ce repas est le dernier, sauf invitation, si nous restons bons amis, que vous ferez à ma table.

Gilbert commença un geste que Rousseau interrompit d'un signe de tête.

– Il y a, continua-t-il, rue Plâtrière, une petite cuisine pour les ouvriers ; vous y mangerez à bon compte, car je vous y recommande- rai. En attendant, allons déjeuner.

Gilbert suivit Rousseau sans répondre. Pour la première fois de sa vie il était dompté ; il est vrai que c'était par un homme supérieur aux autres hommes.

Après les premières bouchées, il sortit de table et retourna tra- vailler. Il disait vrai : son estomac, trop contracté de la secousse qu'il avait reçue, ne pouvait recevoir aucune nourriture. De tout le jour il ne leva point les yeux de dessus son ouvrage, et vers huit heures du soir, après avoir déchiré trois feuilles, il était parvenu à copier lisi- blement et proprement un rondeau de quatre pages.

– Je ne veux pas vous flatter, dit Rousseau, c'est encore mau- vais, mais c'est lisible ; cela vaut dix sous, les voici.

Gilbert les prit en s'inclinant.

– Il y a du pain dans l'armoire, monsieur Gilbert, dit Thérèse, sur qui la discrétion, la douceur et l'application de Gilbert avaient produit un bon effet.

– Merci, madame, répondit Gilbert ; croyez que je n'oublierai point vos bontés.

– Tenez, dit Thérèse en lui tendant le pain.

Gilbert allait refuser ; mais il regarda Jean-Jacques et comprit, par ce sourcil qui se fronçait déjà au-dessus de cet œil subtil et par cette bouche si fine qui commençait à se crisper, que son refus pourrait bien blesser son hôte.

– J'accepte, dit-il.

Puis il se retira dans sa petite chambre, tenant en main la pièce de six sous d'argent et les quatre sous de cuivre qu'il venait de recevoir de Jean-Jacques.

– Enfin, dit-il en entrant dans sa mansarde, je suis donc mon maître, c'est-à-dire, non, pas encore, puisque j'ai là le pain de la charité.

Et, quoiqu'il eût faim, il déposa sur l'appui de sa lucarne son pain, auquel il ne toucha point.

Puis, pensant qu'il oublierait sa faim en dormant, il souffla sa chandelle et s'étendit sur sa paillasse.

Le lendemain – Gilbert avait fort peu dormi pendant toute cette nuit – le lendemain, le jour le trouva éveillé. Il se rappela ce que lui avait dit Rousseau des jardins sur lesquels donnait la fenêtre. Il se pencha hors de la lucarne, et vit en effet les arbres d'un beau jardin ; au delà de ces arbres s'élevait l'hôtel auquel appartenait ce jardin, et dont l'entrée donnait rue de la Jussienne.

Dans un coin du jardin, tout entouré de jeunes arbres et de fleurs, s'élevait un petit pavillon aux contrevents fermés.

Gilbert pensa d'abord que ces contrevents étaient fermés à cause de l'heure, et que ceux qui habitaient ce pavillon n'étaient pas encore éveillés. Mais, comme les arbres naissants avaient collé leur feuillage contre ces contrevents, Gilbert comprit bientôt que ce pavillon devait être inhabité depuis l'hiver tout au moins.

Il en revint alors à admirer les beaux tilleuls qui lui cachaient le logement principal.

Deux ou trois fois la faim avait entraîné Gilbert à jeter les yeux sur le morceau de pain que, la veille, lui avait coupé Thérèse ; mais, toujours maître de lui, et tout en le convoitant, il n'y avait pas touché.

Cinq heures sonnèrent, alors il pensa que la porte de l'allée devait être ouverte ; et lavé, brossé et peigné – Gilbert, grâce aux soins de Jean-Jacques, avait, en remontant dans son grenier, trouvé les objets nécessaires à sa modeste toilette – et lavé, brossé, peigné, disons-nous, il prit son morceau de pain et descendit.

Rousseau, qui cette fois n'avait pas été le réveiller, Rousseau, qui par un excès de défiance peut-être, et pour mieux se rendre compte des habitudes de son hôte, n'avait point fermé sa porte la veille, Rousseau l'entendit descendre et le guetta.

Il vit Gilbert sortir son pain sous le bras.

Un pauvre s'approcha de lui, il vit Gilbert lui donner son pain, puis entrer chez un boulanger, qui venait d'ouvrir sa boutique, et acheter un autre morceau de pain.

– Il va aller chez le traiteur, pensa Rousseau, et ses pauvres dix sous y passeront.

Rousseau se trompait ; tout en marchant, Gilbert mangea une partie de son pain ; puis, s'arrêtant à la fontaine qui coulait au coin de la rue, il but, mangea le reste de son pain, but encore, se rinça la bouche, se lava les mains et revint.

– Ma foi, dit Rousseau, je crois que je suis plus heureux que Diogène, et que j'ai trouvé un homme.

Et, l'entendant remonter l'escalier, il s'empressa d'aller lui ouvrir la porte.

Le jour se passa tout entier dans un travail ininterrompu. Gilbert avait appliqué à ce monotone labeur de la copie son activité, sa pénétrante intelligence et son assiduité obstinée. Ce qu'il ne comprenait pas, il le devinait ; et sa main, esclave d'une volonté de fer, traçait les caractères sans hésitation, sans erreur. De sorte que, vers le soir, il en était arrivé à sept pages d'une copie, sinon élégante, du moins irréprochable.

Rousseau regardait ce travail en juge et en philosophe à la fois. Comme juge, il critiqua la forme des notes, la finesse des déliés, les écartements des soupirs ou des points ; mais il convint qu'il y avait déjà un progrès notable sur la copie de la veille, et il donna vingt-cinq sous à Gilbert.

Comme philosophe, il admirait la force de la volonté humaine, qui peut courber douze heures de suite, sous le travail, un jeune homme de dix-huit ans, au corps souple et élastique, au tempéra-ment passionné, car Rousseau avait facilement reconnu l'ardente passion qui brûlait le cœur du jeune homme ; seulement, il ignorait si cette passion était l'ambition ou l'amour.

Gilbert pesa dans sa main l'argent qu'il venait de recevoir : c'était une pièce de vingt-quatre sous et un sou. Il mit le sou dans une poche de sa veste, probablement avec les autres sous qui lui res-taient de la veille, et, serrant avec une satisfaction ardente la pièce de vingt-quatre sous dans sa main droite, il dit :

– Monsieur, vous êtes mon maître, puisque c'est chez vous que j'ai trouvé de l'ouvrage ; vous me donnez même le logement gratis. Je pense donc que vous pourriez mal juger de moi si j'agissais sans vous communiquer mes actions.

Rousseau le regarda de son œil effarouché.

– Quoi ! dit-il, que voulez-vous donc faire ? Avez vous pour demain une intention autre que de travailler ?

– Monsieur, oui, pour demain, avec votre permission, je vou-drais être libre.

– Pour quoi faire ? dit Rousseau ; pour fainéantiser ?

– Monsieur, dit Gilbert, je voudrais aller à Saint-Denis.

– À Saint-Denis ?

– Oui ; madame la dauphine arrive demain à Saint-Denis.

– Ah ! c'est vrai ; demain il y a des fêtes à Saint-Denis pour la réception de madame la dauphine.

– C'est cela, dit Gilbert.

– Je vous aurais cru moins badaud, mon jeune ami, dit Rousseau, et vous m'avez fait d'abord l'effet de bien autrement mépriser les pompes du pouvoir absolu.

– Monsieur...

– Regardez-moi, moi que vous prétendez quelquefois prendre pour modèle. Hier, un prince royal est venu me solliciter d'aller à la cour, non pas comme vous irez, pauvre enfant, en vous hissant sur la pointe des pieds pour regarder, par-dessus l'épaule d'un garde-française, passer la voiture du roi, à laquelle on portera les armes comme on fait pour le Saint-Sacrement, mais pour paraître devant les princes, pour voir le sourire des princesses. Eh bien ! moi, obscur citoyen, j'ai refusé l'invitation de ces grands.

Gilbert approuva de la tête.

– Et pourquoi ai-je refusé cela ? continua Rousseau avec vé-hémence, parce que l'homme ne peut être double, parce que la main qui a écrit que la royauté était un abus, ne peut pas aller demander à un roi l'aumône d'une faveur ; parce que moi qui sais que toute fête enlève au peuple un peu de ce bien-être dont il lui reste à peine pour ne pas se révolter, je proteste par mon absence contre toutes ces fêtes.

– Monsieur, dit Gilbert, je vous prie de croire que j'ai compris tout ce qu'il y a de sublime dans votre philosophie.

– Sans doute ; cependant, puisque vous ne la pratiquez pas, permettez-moi de vous dire...

– Monsieur, dit Gilbert, je ne suis pas philosophe.

– Dites au moins ce que vous allez faire à Saint-Denis.

– Monsieur, je suis discret.

Le mot frappa Rousseau : il comprit qu'il y avait quelque mystère caché sous cet entêtement, et il regarda le jeune homme avec une espèce d'admiration que lui inspirait ce caractère.

– À la bonne heure, dit-il, vous avez un motif. J'aime mieux cela.

– Oui, monsieur, j'ai un motif, et qui ne ressemble en rien, je vous jure, à la curiosité que l'on a d'un spectacle.

– Tant mieux, ou peut-être tant pis, car votre regard est profond, jeune homme, et j'y cherche en vain la candeur et le calme de la jeunesse.

– Je vous ai dit, monsieur, répliqua tristement Gilbert, que j'avais été malheureux, et que, pour les malheureux, il n'y avait pas de jeunesse. Ainsi c'est convenu, vous me donnez le jour de demain ?

– Je vous le donne, mon ami.

– Merci, monsieur.

– Seulement, dit Rousseau, à l'heure où vous regarderez passer toutes les pompes du monde, je développerai un de mes herbiers et je passerai en revue toutes les magnificences de la nature.

– Monsieur, dit Gilbert, n'eussiez-vous point abandonné tous les herbiers de la terre, le jour où vous allâtes pour revoir mademoiselle Galley après lui avoir jeté un bouquet de cerises dans son sein ?

– Voilà qui est bien, dit Rousseau ; c'est vrai, vous êtes jeune. Allez à Saint-Denis, mon enfant.

Puis, lorsque Gilbert tout joyeux fut sorti refermant la porte derrière lui :

– Ce n'est pas de l'ambition, dit-il, c'est de l'amour !

Chapitre XLVII

La femme du sorcier

Au moment où Gilbert, après sa journée si bien remplie, grignotait dans son grenier son pain trempé d'eau fraîche et humait de tous ses poumons l'air des jardins d'alentour, en ce moment, disons-nous, une femme vêtue avec une élégance un peu étrange, ensevelie sous un long voile, après avoir suivi au galop d'un superbe cheval arabe cette route de Saint-Denis, déserte encore, mais qui devait le lendemain s'encombrer de tant de monde, mettait pied à terre devant le couvent des carmélites de Saint-Denis et heurtait de son doigt délicat au barreau du tour, tandis que son cheval, dont elle tenait la bride passée à son bras, piaffait et creusait le sable avec impatience.

Quelques bourgeois de la ville s'arrêtèrent par curiosité autour de l'inconnue. Ils étaient attirés à la fois, nous l'avons dit, d'abord par l'étrangeté de sa mine, ensuite par son insistance à heurter.

— Que désirez-vous, madame ? lui demanda l'un d'eux.

— Vous le voyez, monsieur, répondit l'étrangère avec un accent italien des plus prononcés, je désire entrer.

— Alors, vous vous adressez mal. Ce tour ne s'ouvre qu'une fois le jour aux pauvres, et l'heure à laquelle il s'ouvre est passée.

— Comment fait-on alors pour parler à la supérieure ? demanda celle qui heurtait.

– On frappe à la petite porte au bout du mur, ou bien on sonne à la grande porte.

Un autre s'approcha.

– Vous savez, madame, dit-il, que maintenant la supérieure est Son Altesse royale Madame Louise de France ?

– Je le sais, merci.

– Vertudieu ! le beau cheval ! s'écria un dragon de la reine regardant la monture de l'étrangère. Savez-vous que, si ce cheval n'est pas hors d'âge, il vaut cinq cents louis, aussi vrai que le mien vaut cent pistoles ?

Ces mots produisirent beaucoup d'effet sur la foule.

En ce moment, un chanoine, qui, tout au contraire du dragon, regardait la cavalière sans s'inquiéter du cheval, se fraya un sentier jusqu'à elle, et, grâce à un secret connu de lui, ouvrit la porte du tour.

– Entrez, madame, dit-il, et tirez après vous votre cheval.

La femme, pressée d'échapper aux regards avides de cette foule, regards qui semblaient effroyablement lui peser, se hâta de suivre le conseil et disparut derrière la porte avec sa monture.

Une fois seule dans la vaste cour, l'étrangère secoua la bride de son cheval, lequel agita si brusquement tout son caparaçon et battit si vigoureusement le pavé de son fer, que la sœur tourière, qui avait quitté un instant son petit logement placé près de la porte, s'élança de l'intérieur du couvent.

– Que voulez-vous, madame ? s'écria-t-elle, et comment vous êtes-vous introduite ici ?

– C'est un bon chanoine qui m'a ouvert la porte, dit-elle ; quant à ce que je veux, je veux, si c'est possible, parler à la supérieure.

– Madame ne recevra pas ce soir.

– On m'avait dit cependant qu'il était du devoir des supérieures de couvent de recevoir celles de leurs sœurs du monde qui viennent leur demander secours, à toute heure du jour et de la nuit.

– C'est possible dans les circonstances ordinaires ; mais Son Altesse, arrivée d'avant-hier seulement, est à peine installée et ce soir tient chapitre.

– Madame ! Madame ! reprit l'étrangère, j'arrive de bien loin, j'arrive de Rome. Je viens de faire soixante lieues à cheval, je suis à bout de mon courage.

– Que voulez-vous ! l'ordre de Madame est formel.

– Ma sœur, j'ai à révéler à votre abbesse des choses de la plus haute importance.

– Revenez demain.

– Impossible… Je suis restée un jour à Paris, et déjà, pendant cette journée… d'ailleurs, je ne puis pas coucher à l'hôtellerie.

– Pourquoi cela ?

– Parce que je n'ai point d'argent.

La sœur tourière parcourut d'un œil stupéfait cette femme couverte de pierreries et maîtresse d'un beau cheval, qui prétendait n'avoir point d'argent pour payer son gîte d'une nuit.

– Oh ! ne faites point attention à mes paroles, non plus qu'à mes habits, dit la jeune femme ; non, ce n'est point la vérité exacte que j'ai dite en disant que je n'avais point d'argent, car dans toute hôtellerie, on me ferait crédit sans doute. Non ! non ! ce que je viens chercher ici, ce n'est point un gîte, c'est un refuge.

– Madame, ce couvent n'est point le seul qu'il y ait à Saint-Denis, et chacun de ces couvents a son abbesse.

– Oui, oui, je le sais bien ; mais ce n'est point à une abbesse vulgaire que je puis m'adresser, ma sœur.

– Je crois que vous vous tromperiez en insistant. Madame Louise de France ne s'occupe plus des choses de ce monde.

– Qu'importe ! Annoncez-lui toujours que je veux lui parler.

– Il y a un chapitre, vous dis-je.

– Après le chapitre.

– Le chapitre commence à peine.

– J'entrerai dans l'église et j'attendrai en priant.

– Je suis désespérée, madame.

– Quoi ?

– Vous ne pouvez pas attendre.

– Je ne puis pas attendre ?

– Non.

– Oh ! je me trompais donc ! je ne suis donc pas dans la maison du bon Dieu ? s'écria l'étrangère avec une telle énergie dans le regard et dans la voix, que la sœur, n'osant prendre sur elle de résister plus longtemps, répliqua :

– S'il en est ainsi, je vais essayer.

– Oh ! dites bien à Son Altesse, ajouta l'étrangère, que j'arrive de Rome ; que je n'ai pris, l'exception de deux haltes que j'ai faites, l'une à Mayence, l'autre à Strasbourg, que je n'ai pris en chemin que le temps nécessaire pour dormir, et que, depuis quatre jours surtout, je ne me suis reposée que pour retrouver la force de me tenir sur mon cheval, et pour donner à mon cheval la force de me porter.

– Je le dirai, ma sœur.

Et la religieuse s'éloigna.

Un instant après, une sœur converse parut.

La tourière marchait derrière elle.

– Eh bien ? demanda l'étrangère provoquant la réponse, tant elle était impatiente de l'entendre.

– Son Altesse royale a dit, madame, répondit la sœur converse, que ce soir il était de toute impossibilité qu'elle vous donnât audience, mais que l'hospitalité ne vous en serait pas moins offerte au couvent, puisque vous pensiez avoir un si urgent besoin de trouver un asile. Vous pouvez donc entrer, ma sœur, et, si vous venez d'accomplir cette longue course, si vous êtes aussi fatiguée que vous le dites, vous n'avez qu'à vous mettre au lit.

– Mais mon cheval ?

– On en aura soin ; soyez tranquille, ma sœur.

– Il est doux comme un mouton. Il s'appelle Djérid et vient à ce nom quand on l'appelle. Je vous le recommande instamment, car c'est un merveilleux animal.

– Il sera traité comme le sont les propres chevaux du roi.

– Merci.

– Maintenant, conduisez madame à sa chambre, dit la sœur converse à la sœur tourière.

– Non, pas à ma chambre, à l'église. Je n'ai pas besoin de dormir, j'ai besoin de prier.

– La chapelle vous est ouverte, ma sœur, dit la religieuse en montrant du doigt une petite porte latérale donnant dans l'église.

– Et je verrai madame la supérieure ? demanda l'étrangère.

– Demain.

– Demain matin ?

– Oh ! demain matin, ce sera encore chose impossible.

– Et pourquoi cela ?

– Parce que demain matin il y aura grande réception.

– Oh ! qui peut être reçu qui soit plus pressé ou plus malheureux que moi ?

– Madame la dauphine nous fait l'honneur de s'arrêter deux heures en passant demain. C'est une grande faveur pour notre couvent, une grande solennité pour nos pauvres sœurs ; de sorte que vous comprenez...

– Hélas !

– Madame l'abbesse désire que tout soit ici digne des hôtes royaux que nous recevons.

– Et en attendant, dit l'étrangère regardant avec un frisson visible autour d'elle, en attendant que je puisse voir l'auguste supérieure, je serai en sûreté ici ?

– Oui, ma sœur, sans doute. Notre maison est un asile même pour les coupables, à plus forte raison pour les...

–Fugitifs, dit l'étrangère ; bien. De sorte que personne n'entre ici, n'est-ce pas ?

– Sans ordre, non, personne.

– Oh ! et s'il obtenait cet ordre, mon Dieu, mon Dieu, dit l'étrangère, lui qui est si puissant, que sa puissance m'épouvante parfois.

– Qui, lui ? demanda la sœur.

– Personne, personne.

– Voilà une pauvre folle, murmura la religieuse.

– L'église, l'église ! répéta l'étrangère comme pour justifier l'opinion que l'on commençait à prendre d'elle.

– Venez, ma sœur, je vais vous y conduire.

– C'est qu'on me poursuit, voyez-vous ; vite, vite, l'église !

– Oh ! les murailles de Saint-Denis sont bonnes, fit la sœur converse avec un sourire compatissant, de sorte que, si vous m'en croyez, fatiguée comme vous l'êtes, vous vous en rapporterez à ce que je vous dis, et vous irez vous reposer dans un bon lit, au lieu de meurtrir vos genoux sur la dalle de la chapelle.

– Non, non, je veux prier ; je veux prier afin que Dieu écarte de moi ceux qui me poursuivent, s'écria la jeune femme en disparaissant par la porte que lui avait indiquée la religieuse et en fermant la porte derrière elle.

La religieuse, curieuse comme une religieuse, fit le tour par la grande porte, et, s'avançant doucement, elle vit au pied de l'autel la femme inconnue priant et sanglotant la face contre terre.

Chapitre XLVIII

Les bourgeois de Paris

Le chapitre était assemblé en effet, comme l'avaient dit les religieuses à l'étrangère, afin d'aviser au moyen de faire à la fille des Césars une brillante réception.

Son Altesse royale Madame Louise inaugurait ainsi à Saint-Denis son commandement suprême.

Le trésor de la fabrique était un peu en baisse ; l'ancienne supérieure, en résignant ses pouvoirs, avait emporté la majeure partie des dentelles qui lui appartenaient en propre, ainsi que les reliquaires et les ostensoirs, que prêtaient à leurs communautés ces abbesses tirées toutes des meilleures familles, en se vouant au service du Seigneur aux conditions les plus mondaines.

Madame Louise, en apprenant que la dauphine s'arrêterait à Saint-Denis, avait envoyé un exprès à Versailles, et, la nuit même, un chariot était arrivé chargé de tapisseries, de dentelles et d'ornements.

Il y en avait pour six cent mille livres.

Aussi, quand la nouvelle se fut répandue des splendeurs royales de cette solennité, vit-on redoubler cette ardente, cette effrayante curiosité des Parisiens, qui, en petit tas, comme disait Mercier, peuvent bien faire rire, mais qui font toujours réfléchir et pleurer lorsqu'ils vont tous ensemble.

Aussi, dès l'aube, comme l'itinéraire de madame la dauphine avait été rendu public, on vit arriver, dix par dix, cent par cent, mille par mille, les Parisiens sortis de leurs tanières.

Les gardes-françaises, les suisses, les régiments cantonnés à Saint-Denis avaient pris les armes et se plaçaient en haie pour contenir les flots mouvants de cette marée, formant déjà ses terribles remous autour des porches de la basilique et se hissant aux sculptures des portails de la communauté. Il y avait des têtes partout, des enfants sur les auvents des portes, des hommes et des femmes aux fenêtres, enfin des milliers de curieux arrivés trop tard ou préférant, comme Gilbert, leur liberté aux exigences qu'impose toujours une place gardée ou conquise dans la foule – des milliers de curieux, disons-nous, pareils à des fourmis actives, grimpaient contre les troncs et s'éparpillaient sur les branches des arbres qui, de Saint-Denis à la Muette, formaient la haie sur le passage de la dauphine.

La cour, encore riche et nombreuse d'équipages et de livrées, avait cependant diminué depuis Compiègne. À moins d'être un fort grand seigneur, on ne pouvait guère suivre le roi doublant et triplant les étapes ordinaires, grâce aux relais de chevaux qu'il avait placés sur la route.

Les petits étaient demeurés à Compiègne, ou avaient pris la poste pour revenir à Paris et laisser souffler leur attelage.

Mais, après un jour de repos chez eux, maîtres et gens rentraient en campagne et couraient Saint-Denis, autant pour voir la foule que pour revoir la dauphine, qu'ils avaient déjà vue.

Et puis, outre la cour, n'y avait-il pas à cette époque mille équipages : le Parlement, les finances, le gros commerce, les femmes à la mode et l'Opéra ; n'y avait-il pas les chevaux et les carrosses de louage, ainsi que les *carabas*, qui, vers Saint-Denis, roulaient entassés vingt-cinq Parisiens et Parisiennes s'étouffant au petit trot et arrivant à destination plus tard, bien certainement, qu'ils n'eussent fait à pied ?

On se fait donc facilement une idée de l'armée formidable qui se dirigea vers Saint-Denis le matin du jour où les gazettes et les placards avaient annoncé que madame la dauphine y devait arriver, et qui alla s'entasser juste en face du couvent des carmélites, et, quand il n'y eut plus moyen de trouver de place dans le rayon privilégié, s'étendant tout le long du chemin par lequel devaient arriver et partir madame la dauphine et sa suite.

Maintenant qu'on se figure dans cette foule, épouvantail du Parisien lui-même, qu'on se figure Gilbert, petit, seul, indécis, ignorant les localités, et si fier que jamais il n'eût voulu demander un renseignement ; car, depuis qu'il était à Paris, il tenait à passer pour un Parisien pur, lui qui n'avait jamais vu plus de cent personnes assemblées !

D'abord, sur son chemin, les promeneurs apparurent clairsemés, puis ils commencèrent à multiplier à la Chapelle ; puis, enfin, en arrivant à Saint-Denis, ils semblaient sortir de dessous les pavés, et paraissaient aussi drus que des épis de blé dans un champ immense.

Gilbert depuis longtemps n'y voyait plus, perdu qu'il était dans la foule ; il allait sans savoir où, où la foule allait ; il eût fallu s'orienter cependant. Des enfants montaient sur un arbre ; il n'osa pas ôter son habit pour faire comme eux, quoiqu'il en eût grande envie, mais il s'approcha du tronc. Des malheureux, privés comme lui de tout horizon, qui marchaient sur les pieds des autres, et sur les pieds desquels on marchait, eurent l'heureuse idée d'interroger les ascensionnaires, et apprirent de l'un d'eux qu'il y avait un grand espace vide entre le couvent et les gardes.

Gilbert, encouragé par cette première question, demanda à son tour si l'on voyait les carrosses.

On ne les voyait pas encore ; seulement, on apercevait sur la route, à un quart de lieue au delà de Saint-Denis, une grande poussière. C'était ce que voulait savoir Gilbert ; les carrosses n'étaient pas encore arrivés, il ne s'agissait plus que de savoir de quel côté précisément les carrosses arriveraient.

À Paris, quand on traverse toute une foule sans lier conversation avec quelqu'un, c'est qu'on est anglais ou sourd et muet.

À peine Gilbert se fut-il jeté en arrière pour se dégager de toute cette multitude, qu'il trouva, au revers d'un fossé, une famille de petits bourgeois qui déjeunaient.

Il y avait la fille, grande personne blonde, aux yeux bleus, modeste et timide.

Il y avait la mère, grosse, petite et rieuse femme, aux dents blanches et au teint frais.

Il y avait le père, enfoui dans un grand habit de bouracan qui ne sortait de l'armoire que tous les dimanches, qu'il avait tiré de l'armoire pour cette occasion solennelle, et dont il se préoccupait plus que de sa femme et de sa fille, certain qu'elles se tireraient toujours d'affaire.

Il y avait une tante, grande, maigre, sèche et quinteuse.

Il y avait une servante qui riait toujours.

Cette dernière avait apporté, dans un énorme panier, un déjeuner complet. Sous ce poids, la vigoureuse fille n'avait pas cessé de rire et de chanter, encouragée par son maître, qui la relayait au besoin.

Alors, un serviteur était de la famille ; il y avait une grande analogie entre lui et le chien de la maison : battu, quelquefois ; exclu, jamais.

Gilbert contempla du coin de l'œil cette scène, complètement nouvelle pour lui. Enfermé au château de Taverney depuis sa naissance, il savait ce que c'était que le seigneur et que la valetaille, mais il ignorait entièrement le bourgeois.

Il vit chez ces braves gens, dans l'usage matériel des besoins de la vie, l'emploi d'une philosophie qui, sans procéder de Platon ni de Socrate, participait un peu de Bias, *in extenso*.

On avait apporté avec soi le plus possible, et on en tirait le meilleur parti possible.

Le père découpait un de ces appétissants morceaux de veau rôti, si cher aux petits bourgeois de Paris. Le comestible, déjà dévoré par les yeux de tous, reposait doré, friand et onctueux dans le plat de terre vernissé où l'avait enseveli la veille, parmi des carottes, des oignons et des tranches de lard, la ménagère soucieuse du lendemain. Puis la servante avait porté le plat chez le boulanger, qui, tout en cuisant son pain, avait donné asile dans son four à vingt plats pareils, tous destinés à rôtir et à se dorer de compagnie à la chaleur posthume des fagots.

Gilbert choisit au pied d'un orme voisin une petite place dont il épousseta l'herbe souillée avec son mouchoir à carreaux.

Il ôta son chapeau, posa son mouchoir sur cette herbe et s'assit.

Il ne donnait aucune attention à ses voisins ; ce que voyant ceux-ci, ils le remarquèrent tout naturellement.

– Voilà un jeune homme soigneux, dit la mère.

La jeune fille rougit.

La jeune fille rougissait toutes les fois qu'il était question d'un jeune homme devant elle ; ce qui faisait pâmer de satisfaction les auteurs de ses jours.

– Voilà un jeune homme soigneux, avait dit la mère.

En effet, chez la bourgeoise parisienne, la première observation portera toujours sur un défaut ou sur une qualité morale.

Le père se retourna.

– Et un joli garçon, dit-il.

La rougeur de la jeune fille augmenta.

– Il paraît bien fatigué, dit la servante ; il n'a pourtant rien porté.

– Paresseux ! dit la tante.

– Monsieur, dit la mère s'adressant à Gilbert avec cette familiarité d'interrogation qu'on ne trouve que chez les Parisiens, est-ce que les carrosses du roi sont encore loin ?

Gilbert se retourna, et, voyant que c'était à lui que l'on adressait la parole, il se leva et salua.

– Voilà un jeune homme poli, dit la mère.

La jeune fille devint pourpre.

– Mais je ne sais, madame, répondit Gilbert ; seulement, j'ai entendu dire que l'on voyait de la poussière à un quart de lieue à peu près.

– Approchez-vous, monsieur, dit le bourgeois, et si le cœur vous en dit...

Il lui montrait le déjeuner appétissant étendu sur l'herbe.

Gilbert s'approcha. Il était à jeun : l'odeur des mets lui paraissait séduisante ; mais il sentit ses vingt-cinq ou ses vingt-six sous dans sa poche, et, songeant que pour le tiers de sa fortune il aurait un déjeuner presque aussi succulent que celui qui lui était offert, il ne voulut rien accepter de gens qu'il voyait pour la première fois.

– Merci, monsieur, dit-il, grand merci, j'ai déjeuné.

– Allons, allons, dit la bourgeoise, je vois que vous êtes homme de précaution, monsieur, mais vous ne verrez rien de ce côté-ci.

– Mais vous, dit Gilbert en souriant, vous ne verrez donc rien non plus, puisque vous y êtes comme moi ?

– Oh ! nous, dit la bourgeoise, c'est autre chose, nous avons notre neveu qui est sergent dans les gardes-françaises.

La jeune fille devint violette.

– Il se tiendra ce matin devant le *Paon bleu*, c'est son poste.

– Et sans indiscrétion, demanda Gilbert, où est le *Paon bleu* ?

– Juste en face du couvent des carmélites, reprit la mère ; il nous a promis de nous placer derrière son escouade ; nous aurons là son banc, et nous verrons à merveille descendre de carrosse.

Ce fut au tour de Gilbert à sentir le rouge lui monter au visage ; il n'osait se mettre à table avec ces braves gens, mais il mourait d'envie de les suivre.

Cependant sa philosophie, ou plutôt cet orgueil dont Rousseau l'avait tant engagé à se défier, lui souffla tout bas :

– C'est bon pour des femmes d'avoir besoin de quelqu'un ; mais moi, un homme ! n'ai-je pas des bras et des épaules ?

– Tous ceux qui ne seront pas là, continua la mère, comme si elle eût deviné la pensée de Gilbert et qu'elle y répondît, tous ceux qui ne seront pas là ne verront rien que les carrosses vides, et, ma foi ! les carrosses vides, on peut les voir quand on veut ; ce n'est point la peine de venir à Saint-Denis pour cela.

– Mais, madame, dit Gilbert, beaucoup de gens, ce me semble, auront la même idée que vous.

– Oui ; mais tous n'auront pas un neveu aux gardes pour les faire passer.

– Ah ! c'est vrai, dit Gilbert.

Et, en prononçant ce *c'est vrai*, sa figure exprima un désappointement que remarqua bien vite la perspicacité parisienne.

– Mais, dit le bourgeois, habile à deviner tout ce que désirait sa femme, monsieur peut bien venir avec nous, s'il lui plaît.

– Oh ! monsieur, dit Gilbert, je craindrais de vous gêner.

– Bah ! au contraire, dit la femme, vous nous aiderez à parvenir jusque-là. Nous n'avions qu'un homme pour nous soutenir, nous en aurons deux.

Aucun argument ne valait celui-là pour déterminer Gilbert. L'idée qu'il serait utile et payerait ainsi, par cctte utilitć, l'appui qu'on lui offrait, mettait sa conscience à couvert et lui ôtait d'avance tout scrupule.

Il accepta.

– Nous verrons un peu à qui il offrira son bras, dit la tante.

Ce secours tombait, pour Gilbert, bien véritablement du ciel. En effet, comment franchir cet insurmontable obstacle d'un rempart de trente mille personnes toutes plus recommandables que lui par le rang, les richesses, la force, et surtout l'habitude de se placer dans ces fêtes, où chacun prend la place la plus large qu'il peut se faire !

C'eût été, au reste, pour notre philosophe, s'il eût été moins théoricien et plus pratique, une admirable étude dynamique de la société.

Le carrosse à quatre chevaux passait comme un boulet de canon dans la masse, et chacun se rangeait devant le coureur au chapeau à plumes, au justaucorps bariolé de couleurs vives et à la grosse canne, qui lui-même se faisait précéder parfois par deux chiens irrésistibles.

Le carrosse à deux chevaux donnait une espèce de mot de passe à l'oreille d'un garde, et venait prendre son rang dans le rond-point attenant au couvent.

Les cavaliers au pas, mais dominant la foule, arrivaient au but lentement, après mille chocs, mille heurts, mille murmures essuyés.

Enfin le piéton, foulé, refoulé, harcelé, flottant comme une vague poussée par des milliers de vagues, se haussant sur la pointe des pieds, soulevé par ses voisins, s'agitant comme Antée, pour retrouver cette mère commune qu'on appelle la terre, cherchant son chemin pour sortir de la multitude, le trouvant et tirant après lui sa famille, composée presque toujours d'une troupe de femmes que le Parisien, seul entre tous les peuples, sait et ose conduire à tout, partout, toujours, et faire respecter sans rodomontades.

Par-dessus tout, ou plutôt par-dessus tous, l'homme de la lie du peuple, l'homme à la face barbue, à la tête coiffée d'un reste de bonnet, aux bras nus, à la culotte maintenue avec une corde ; infatigable, ardent, jouant des coudes, des épaules, des pieds, riant de son rire qui grince en riant, se frayait un chemin parmi les gens de pied aussi facilement que Gulliver dans les blés de Lilliput.

Gilbert, qui n'était ni grand seigneur à quatre chevaux, ni parlementaire en carrosse, ni militaire à cheval, ni parisien, ni homme du peuple, eût immanquablement été écrasé, meurtri, broyé dans cette foule. Mais, une fois qu'il fut sous la protection du bourgeois, il se sentit fort.

Il offrit résolument le bras à la mère de famille.

– L'impertinent ! dit la tante.

On se mit en marche ; le père était entre sa sœur et sa fille ; derrière venait la servante, le panier au bras.

– Messieurs, je vous prie, disait la bourgeoise avec son rire franc ; messieurs, de grâce ! messieurs, soyez assez bons...

Et l'on s'écartait, et on la laissait passer, elle et Gilbert, et dans leur sillage glissait tout le reste de la société.

Pas à pas, pied à pied, on conquit les cinq cents toises de terrain qui séparaient la place du déjeuner de la place du couvent, et l'on parvint jusqu'à la haie de ces redoutables gardes-françaises dans lesquels le bourgeois et sa famille avaient mis tout leur espoir.

La jeune fille avait repris peu à peu ses couleurs naturelles.

Arrivé là, le bourgeois se haussa sur les épaules de Gilbert, et aperçut à vingt pas de lui le neveu de sa femme qui se tortillait la moustache.

Le bourgeois fit avec son chapeau des gestes si extravagants, que son neveu finit par l'apercevoir, vint à lui, et demanda un peu d'espace à ses camarades, qui dessoudèrent les rangs sur un point.

Aussitôt, par cette gerçure se glissèrent Gilbert et la bourgeoise, le bourgeois, sa sœur et sa fille, puis la servante, qui jeta bien dans la traversée quelques gros cris en se retournant avec des yeux féroces, mais à qui ses patrons ne songèrent pas même à demander la raison de ses cris.

Une fois la chaussée franchie, Gilbert comprit qu'il était arrivé. Il remercia le bourgeois ; le bourgeois le remercia. La mère essaya de le retenir : la tante l'invita à s'en aller, et l'on se sépara pour ne plus se revoir.

Dans l'endroit où se trouvait Gilbert, il n'y avait que des privilégiés ; il gagna donc facilement le tronc d'un gros tilleul, monta sur une pierre, se fit un appui de la première branche et attendit.

Une demi-heure environ après cette installation, le tambour roula, le canon retentit, et la cloche majestueuse de la cathédrale lança un premier bourdonnement dans les airs.

Chapitre XLIX

Les carrosses du roi

Un murmure criard dans le lointain, mais qui devint plus grave et plus ample en se rapprochant, fit dresser l'oreille à Gilbert, qui sentit tout son corps se hérisser sous un frisson aigu.

On criait : *Vive le roi* !

C'était encore l'usage alors.

Une nuée de chevaux hennissants, dorés, couverts de pourpre, s'élança sur la chaussée : c'étaient les mousquetaires, les gendarmes et les Suisses à cheval.

Puis un carrosse massif et magnifique apparut.

Gilbert aperçut un cordon bleu, une tête couverte et majestueuse. Il vit l'éclair froid et pénétrant du regard royal, devant lequel tous les fronts s'inclinaient et se découvraient.

Fasciné, immobile, enivré, pantelant, il oublia d'ôter son chapeau.

Un coup violent le tira de son extase ; son chapeau venait de rouler à terre.

Il fit un bond, ramassa son chapeau, releva la tête, et reconnut le neveu du bourgeois qui le regardait avec ce sourire narquois particulier aux militaires.

– Eh bien ! dit-il, on n'ôte donc pas son chapeau au roi ?

Gilbert pâlit, regarda son chapeau couvert de poussière et répondit :

– C'est la première fois que je vois le roi, monsieur, et j'ai oublié de le saluer, c'est vrai. Mais je ne savais pas...

– Vous ne saviez pas ? dit le soudard en fronçant le sourcil.

Gilbert craignit qu'on ne le chassât de cette place où il était si bien pour voir Andrée ; l'amour qui bouillonnait dans son cœur brisa son orgueil.

– Excusez-moi, dit-il, je suis de province.

– Et vous êtes venu faire votre éducation à Paris, mon petit bonhomme ?

– Oui, monsieur, répondit Gilbert dévorant sa rage.

– Eh bien, puisque vous êtes en train de vous instruire, dit le sergent en arrêtant la main de Gilbert, qui s'apprêtait à remettre son chapeau sur sa tête, apprenez encore ceci : c'est qu'on salue madame la dauphine comme le roi, messeigneurs les princes comme madame la dauphine ; c'est qu'on salue enfin toutes les voitures où il y a des fleurs de lis... Connaissez-vous les fleurs de lis, mon petit, ou faut-il vous les faire connaître ?

– Inutile, monsieur, dit Gilbert ; je les connais.

– C'est bien heureux, grommela le sergent.

Les voitures royales passèrent.

La file se prolongeait ; Gilbert regardait avec des yeux tellement avides, qu'ils en semblaient hébétés. Successivement, en arrivant en face de la porte de l'abbaye, les voitures s'arrêtaient, les seigneurs de la suite en descendaient, opération qui, de cinq minutes en cinq minutes, occasionnait un mouvement de halte sur toute la ligne.

À l'une de ces haltes, Gilbert sentit comme un feu brûlant qui lui eût traversé le cœur. Il eut un éblouissement, pendant lequel toutes choses s'effacèrent à ses yeux, et un tremblement si violent s'empara de lui, qu'il fut forcé de se cramponner à sa branche pour ne pas tomber.

C'est qu'en face de lui, à dix pas au plus, dans l'une de ces voitures à fleurs de lis que le sergent lui avait recommandé de saluer, il venait d'apercevoir la resplendissante, la lumineuse figure d'Andrée vêtue toute de blanc, comme un ange ou comme un fantôme.

Il poussa un faible cri, puis, triomphant de toutes ces émotions qui s'étaient emparées de lui à la fois, il commanda à son cœur de cesser de battre, à son regard de se fixer sur le soleil.

Et la puissance du jeune homme sur lui-même était si grande qu'il y réussit.

De son côté, Andrée, qui voulait voir pourquoi les voitures avaient cessé de marcher, Andrée se pencha hors de la portière et, en étendant autour d'elle son beau regard d'azur, elle aperçut Gilbert et le reconnut.

Gilbert se doutait qu'en l'apercevant, Andrée allait s'étonner, se retourner et parler à son père, assis dans la voiture à ses côtés.

Il ne se trompait point, Andrée s'étonna, se retourna et appela sur Gilbert l'attention du baron de Taverney, qui, orné de son grand cordon rouge, posait fort majestueusement dans le carrosse du roi.

– Gilbert ! s'écria le baron réveillé comme en sursaut ; Gilbert ici ! Et qui donc aura soin de Mahon là-bas ?

Gilbert entendit parfaitement ces paroles. Il se mit aussitôt à saluer avec un respect étudié Andrée et son père.

Il lui fallut toutes ses forces pour accomplir ce salut.

– C'est pourtant vrai ! s'écria le baron en apercevant notre philosophe. C'est ce drôle-là en personne.

L'idée que Gilbert fût à Paris se trouvait si loin de son esprit, qu'il n'avait pas voulu en croire d'abord les yeux de sa fille, et qu'il avait en ce moment encore toutes les peines du monde à en croire ses propres yeux.

Quant au visage d'Andrée, que Gilbert observait alors avec une attention soutenue, il n'exprimait qu'un calme parfait après un léger nuage d'étonnement.

Le baron penché hors la portière appela Gilbert du geste.

Gilbert voulut aller à lui, le sergent l'arrêta.

– Vous voyez bien que l'on m'appelle, dit-il.

– Où cela ?

– De cette voiture.

Les regards du sergent suivirent la direction indiquée par le doigt de Gilbert, et se fixèrent sur le carrosse de M. de Taverney.

– Permettez, sergent, dit le baron, je voudrais parler à ce garçon, deux mots seulement.

– Quatre, monsieur, quatre, dit le sergent ; vous avez du temps de reste ; on lit une harangue sous le porche ; vous en avez pour une bonne demi-heure. Passez, jeune homme.

– Venez ça, drôle ! dit le baron à Gilbert, qui affectait de marcher de son pas ordinaire ; dites-moi par quel hasard, quand vous devriez être à Taverney, on vous trouve à Saint-Denis ?

Gilbert salua une seconde fois Andrée et le baron et répondit :

– Ce n'est point le hasard, monsieur, qui m'amène ici ; c'est l'acte de ma volonté.

– Comment ! de votre volonté, maroufle ! Auriez-vous une volonté, par hasard ?

– Pourquoi pas ? Tout homme libre a le droit d'en avoir une.

– Tout homme libre ! Ah çà ! vous vous croyez donc libre, petit malheureux ?

– Oui, sans doute, puisque je n'ai enchaîné ma liberté à personne.

– Voilà, sur ma foi, un plaisant maraud ! s'écria M. de Taverney, interdit de l'aplomb avec lequel parlait Gilbert. Quoi ! vous à Paris, et comment venu, je vous prie ?... et avec quelles ressources, s'il vous plaît ?

– À pied, dit laconiquement Gilbert.

– À pied ! répéta Andrée avec une certaine expression de pitié.

– Et que viens-tu faire à Paris ? Je te le demande, s'écria le baron.

– Mon éducation d'abord, ma fortune ensuite.

– Ton éducation ?

– J'en suis sûr.

– Ta fortune ?

– Je l'espère.

– Et que fais-tu en attendant ? Tu mendies ?

– Mendier ! fit Gilbert avec un superbe dédain.

– Tu voles, alors ?

– Monsieur, dit Gilbert avec un accent de fermeté fière et sauvage qui fixa un instant sur l'étrange jeune homme l'attention de mademoiselle de Taverney, est-ce que je vous ai jamais volé ?

– Que fais-tu alors avec tes mains de fainéant ?

– Ce que fait un homme de génie auquel je veux ressembler, ne fût-ce que par ma persévérance, répondit Gilbert. Je copie de la musique.

Andrée tourna la tête de son côté.

– Vous copiez de la musique ? dit-elle.

– Oui, mademoiselle.

– Vous la savez donc ? ajouta-t-elle dédaigneusement et du même ton qu'elle eût dit : « Vous mentez. »

– Je connais mes notes, et c'est assez pour être copiste, répondit Gilbert.

– Et où diable les as-tu apprises, tes notes, drôle ?

– Oui, fit en souriant Andrée.

– Monsieur le baron, j'aime profondément la musique, et, comme tous les jours mademoiselle passait une heure ou deux à son clavecin, je me cachais pour écouter.

– Fainéant !

– J'ai d'abord retenu les airs ; puis, comme ces airs étaient écrits dans une méthode, j'ai peu à peu, et à force de travail, appris à lire dans cette méthode.

– Dans ma méthode ! fit Andrée au comble de l'indignation, vous osiez toucher à ma méthode ?

– Non, mademoiselle, jamais je ne me fusse permis cela, dit Gilbert ; mais elle restait ouverte sur votre clavecin, tantôt à une place, tantôt à une autre. Je n'y touchais pas ; j'essayais de lire, voilà tout : mes yeux ne pouvaient en salir les pages.

– Vous allez voir, dit le baron, que ce coquin-là va nous annoncer tout à l'heure qu'il joue du piano comme Haydn.

– J'en saurais jouer probablement, dit Gilbert, si j'avais osé poser mes doigts sur les touches.

Et Andrée, malgré elle, jeta un second regard sur ce visage animé par un sentiment dont rien ne peut donner l'idée, si ce n'est le fanatisme avide du martyre.

Mais le baron, qui n'avait point dans l'esprit la calme et intelligente lucidité de sa fille, avait senti s'allumer sa colère en songeant que ce jeune homme avait raison, et que l'on avait eu avec lui, en le laissant à Taverney en compagnie de Mahon, des torts d'inhumanité.

Or, on pardonne difficilement à un inférieur le tort dont il peut nous convaincre ; de sorte que, s'échauffant à mesure que sa fille s'adoucissait :

– Ah ! brigandeau ! s'écria-t-il ; tu désertes, tu vagabondes ; et lorsqu'on te demande compte de ta conduite, tu as recours à des balivernes comme celles que nous venons d'entendre ! Eh bien, comme je ne veux pas que, par ma faute, le pavé du roi soit embarrassé de filous et de bohèmes...

Andrée fit un mouvement pour calmer son père ; elle sentait que l'exagération excluait la supériorité.

Mais le baron écarta la main protectrice de sa fille et continua :

– Je te recommanderai à M. de Sartine, et tu iras faire un tour à Bicêtre, mauvais garnement de philosophe !

Gilbert fit un pas de retraite, enfonça son chapeau, et, pâle de colère :

– Monsieur le baron, dit-il, apprenez que, depuis que je suis à Paris, j'ai trouvé des protecteurs qui lui font faire antichambre, à votre M. de Sartine !

– Ah ! oui-da ! s'écria le baron ; eh bien, si tu échappes à Bicêtre, tu n'échapperas point aux étrivières. Andrée, Andrée, appelez votre frère, qui est là tout près.

Andrée se baissa vers Gilbert et lui dit impérieusement :

– Voyons, monsieur Gilbert, retirez-vous !

– Philippe, Philippe ! cria le vieillard.

– Retirez-vous, dit Andrée au jeune homme, qui demeurait muet et immobile à sa place, comme dans une contemplation extatique.

Un cavalier, attiré par l'appel du baron, accourut à la portière du carrosse : c'était Philippe de Taverney, avec un uniforme de capitaine. Le jeune homme était tout à la fois joyeux et splendide :

– Tiens ! Gilbert ! dit-il avec bonhomie en reconnaissant le jeune homme. Gilbert ici ! Bonjour, Gilbert... Que désirez-vous de moi, mon père ?

– Bonjour, monsieur Philippe, répondit le jeune homme.

– Ce que je désire, s'écria le baron pâle de fureur, c'est que tu prennes la gaine de ton épée et que tu en châties ce drôle-là !

– Mais qu'a-t-il fait ? demanda Philippe en regardant tour à tour et avec un étonnement croissant la fureur du baron et l'effrayante impassibilité de Gilbert.

– Il a fait, il a fait !... s'écria le baron. Frappe, Philippe, comme sur un chien.

Taverney se retourna vers sa sœur.

– Qu'a-t-il donc fait, Andrée ? Dites, vous aurait-il insultée ?

– Moi ! s'écria Gilbert.

– Non, rien, Philippe, répondit Andrée, non ; il n'a rien fait, mon père s'égare. M. Gilbert n'est plus à notre service, il a donc parfaitement le droit d'être où il lui plaît d'aller. Mon père ne veut pas comprendre cela, et, en le retrouvant ici, il s'est mis en colère.

– C'est là tout ? demanda Philippe.

– Absolument, mon frère, et je ne comprends rien au courroux de M. de Taverney, surtout à un pareil propos et quand choses et gens ne méritent pas même un regard. Voyez, Philippe, si nous avançons.

Le baron se tut, dompté par la sérénité toute royale de sa fille.

Gilbert baissa la tête, écrasé par ce mépris. Il y eut un éclair qui passa à travers son cœur et qui ressemblait à celui de la haine. Il eût préféré un coup mortel de l'épée de Philippe, et même un coup sanglant de son fouet.

Il faillit s'évanouir.

Par bonheur, en ce moment, la harangue était achevée ; il en résulta que les carrosses reprirent leur mouvement.

Celui du baron s'éloigna peu à peu, d'autres le suivirent ; Andrée s'effaçait comme dans un rêve.

Gilbert demeura seul, prêt à pleurer, prêt à rugir, incapable, il le croyait du moins, de soutenir le poids de son malheur.

Alors une main se posa sur son épaule.

Il se retourna et vit Philippe, qui, ayant mis pied à terre et donné son cheval à tenir à un soldat de son régiment, revenait tout souriant à lui.

– Voyons, qu'est-il donc arrivé, mon pauvre Gilbert, et pourquoi es-tu à Paris ?

Ce ton franc et cordial toucha le jeune homme.

– Eh ! monsieur, dit-il avec un soupir arraché à son stoïcisme
farouche, qu'eussé-je fait à Taverney ? Je vous le demande. J'y fusse
mort de désespoir, d'ignorance et de faim !

Philippe tressaillit, car son esprit impartial était frappé, comme
l'avait été Andrée, du douloureux abandon où l'on avait laissé le
jeune homme.

– Et tu crois donc réussir à Paris, pauvre enfant, sans argent,
sans protection, sans ressources ?

– Je le crois, monsieur ; l'homme qui veut travailler meurt rarement de faim, là où il y a d'autres hommes qui désirent ne rien
faire.

Philippe tressaillit à cette réponse. Jamais il n'avait vu dans
Gilbert qu'un familier sans importance.

– Manges-tu, au moins ? dit-il.

– Je gagne mon pain, monsieur Philippe, et il n'en faut pas davantage à celui qui ne s'est jamais fait qu'un reproche, c'est de manger celui qu'il ne gagnait pas.

– Tu ne dis pas cela, je l'espère, pour celui qu'on t'a donné à Taverney, mon enfant ? Ton père et ta mère étaient de bons serviteurs du château, et toi même te rendais facilement utile.

– Je ne faisais que mon devoir, monsieur.

– Écoute, Gilbert, continua le jeune homme ; tu sais que je t'ai toujours aimé ; je t'ai toujours vu autrement que les autres ; est-ce à tort ? est-ce à raison ? l'avenir me l'apprendra. Ta sauvagerie m'a paru délicatesse ; ta rudesse, je l'appelle fierté.

– Ah ! monsieur le chevalier ! fit Gilbert respirant.

– Je te veux donc du bien, Gilbert.

– Merci, monsieur.

– J'étais jeune comme toi, malheureux comme toi dans ma position ; de là vient peut-être que je t'ai compris. La fortune un jour m'a souri ; eh bien, laisse-moi t'aider, Gilbert, en attendant que la fortune te sourie à ton tour.

– Merci, merci, monsieur.

– Que veux-tu faire ? Voyons, tu es trop sauvage pour te mettre en condition.

Gilbert secoua la tête avec un méprisant sourire.

– Je veux étudier, dit-il.

– Mais, pour étudier, il faut des maîtres, et, pour payer des maîtres, il faut de l'argent.

– J'en gagne, monsieur.

– Tu en gagnes ! dit Philippe en souriant ; et combien gagnes-tu ? Voyons !

– Je gagne vingt-cinq sous par jour, et j'en puis gagner trente et même quarante.

– Mais c'est tout juste ce qu'il faut pour manger.

Gilbert sourit.

– Voyons, je m'y prends mal peut-être pour t'offrir mes services.

– Vos services à moi, monsieur Philippe ?

– Sans doute, mes services. Rougis-tu de les accepter ?

Gilbert ne répondit point.

– Les hommes sont ici-bas pour s'entraider, continua Maison-Rouge ; ne sont-ils pas frères ?

Gilbert releva la tête et attacha ses yeux si intelligents sur la noble figure du jeune homme.

– Ce langage t'étonne ? dit Philippe.

– Non, monsieur, dit Gilbert, c'est le langage de la philosophie ; seulement, je n'ai pas l'habitude de l'entendre chez des gens de votre condition.

– Tu as raison, et cependant ce langage est celui de notre génération. Le dauphin lui-même partage ces principes. Voyons, ne fais pas le fier avec moi, continua Philippe, et ce que je t'aurai prêté, tu me le rendras plus tard. Qui sait si tu ne seras pas un jour un Colbert ou un Vauban ?

– Ou un Tronchin, dit Gilbert.

– Soit. Voici ma bourse, partageons.

– Merci, monsieur, dit l'indomptable jeune homme, touché, sans vouloir en convenir, de cette admirable expansion de Philippe ; merci, je n'ai besoin de rien ; seulement... seulement, je vous suis reconnaissant bien plus que si j'eusse accepté votre offre, soyez-en sûr.

Et là-dessus, saluant Philippe stupéfait, il regagna vivement la foule, dans laquelle il se perdit.

Le jeune capitaine attendit plusieurs secondes, comme s'il ne pouvait en croire ni ses yeux ni ses oreilles ; mais, voyant que Gilbert ne reparaissait point, il remonta sur son cheval et regagna son poste.

Chapitre L

La possédée

Tout le fracas de ces chars retentissants, tout le bruit de ces cloches chantant à pleines volées, tous ces roulements de tambours joyeux, toute cette majesté, reflet des majestés du monde perdu pour elle, glissèrent sur l'âme de Madame Louise et vinrent expirer, comme le flot inutile, au pied des murs de sa cellule.

Quand le roi fut parti, après avoir inutilement essayé de rappeler en père et en souverain, c'est-à-dire par un sourire auquel succédèrent des prières qui ressemblaient à des ordres, sa fille au monde ; quand la dauphine, que frappa du premier coup d'œil cette grandeur d'âme véritable de son auguste tante, eut disparu avec son tourbillon de courtisans, la supérieure des carmélites fit descendre les tentures, enlever les fleurs, détacher les dentelles.

De toute la communauté encore émue, elle seule ne sourcilla point quand les lourdes portes du couvent, un instant ouvertes sur le monde, roulèrent pesamment et se refermèrent avec bruit entre le monde et la solitude.

Puis elle fit venir la trésorière.

– Pendant ces deux jours de désordre, demanda-t-elle, les pauvres ont-ils reçu les aumônes accoutumées ?

– Oui, Madame.

– Les malades ont-ils été visités comme de coutume ?

– Oui, Madame.

– A-t-on congédié les soldats un peu rafraîchis ?

– Tous ont reçu le pain et le vin que Madame avait fait préparer.

– Ainsi rien n'est en souffrance dans la maison ?

– Rien, Madame.

Madame Louise s'approcha de la fenêtre et aspira doucement la fraîcheur embaumée qui montait du jardin sur l'aile humide des heures voisines de la nuit.

La trésorière attendait respectueusement que l'auguste abbesse donnât un ordre ou un congé.

Madame Louise, Dieu seul sait à quoi songeait la pauvre recluse royale en ce moment, Madame Louise effeuillait des roses à haute tige qui montaient jusqu'à sa fenêtre, et des jasmins qui tapissaient les murailles de la cour.

Tout à coup un violent coup de pied de cheval ébranla la porte des communs et fit tressaillir la supérieure.

– Qui donc est resté à Saint-Denis de tous les seigneurs de la cour ? demanda Madame Louise.

– Son Éminence le cardinal de Rohan, Madame.

– Les chevaux sont-ils donc ici ?

– Non, Madame, ils sont au chapitre de l'abbaye, où il passera la nuit.

– Qu'est-ce donc que ce bruit, alors ?

– Madame, c'est le bruit que fait le cheval de l'étrangère.

– Quelle étrangère ? demanda Madame Louise cherchant à rappeler ses souvenirs.

– Cette Italienne qui est venue hier au soir demander l'hospitalité à Son Altesse.

– Ah ! c'est vrai. Où est-elle ?

– Dans sa chambre ou à l'église.

– Qu'a-t-elle fait depuis hier ?

– Depuis hier, elle a refusé toute nourriture, excepté le pain, et toute la nuit elle a prié dans la chapelle.

– Quelque grande coupable, sans doute ! dit la supérieure fronçant le sourcil.

– Je l'ignore, Madame, elle n'a parlé à personne.

– Quelle femme est-ce ?

– Belle et d'une physionomie douce et fière à la fois.

– Ce matin, pendant la cérémonie, où se tenait-elle ?

– Dans sa chambre, près de sa fenêtre, où je l'ai vue, abritée derrière ses rideaux, fixer sur chaque personne un regard plein d'anxiété, comme si dans chaque personne qui entrait elle eût craint un ennemi.

– Quelque femme de ce pauvre monde où j'ai vécu, où j'ai régné. Faites entrer.

La trésorière fit un pas pour se retirer.

– Ah ! sait-on son nom ? demanda la princesse.

– Lorenza Feliciani.

– Je ne connais personne de ce nom, dit Madame Louise rêvant ; n'importe, introduisez cette femme.

La supérieure s'assit dans un fauteuil séculaire ; il était de bois de chêne, avait été sculpté sous Henri II et avait servi aux neuf dernières abbesses des carmélites.

C'était un tribunal redoutable, devant lequel avaient tremblé bien des pauvres novices, prises entre le spirituel et le temporel.

La trésorière entra un moment après, amenant l'étrangère au long voile que nous connaissons déjà.

Madame Louise avait l'œil perçant de la famille ; cet œil fut fixé sur Lorenza Feliciani du moment où elle entra dans le cabinet : mais elle reconnut dans la jeune femme tant d'humilité, tant de grâce, tant de beauté sublime, elle vit enfin tant d'innocence dans ses grands yeux noirs noyés de larmes encore récentes, que ses dispositions envers elle, d'hostiles qu'elles étaient d'abord, devinrent bienveillantes et fraternelles.

– Approchez, madame, dit la princesse, et parlez.

La jeune femme fit un pas en tremblant et voulut mettre un genou en terre.

La princesse la releva.

– N'est-ce pas vous, madame, dit-elle, qu'on appelle Lorenza Feliciani ?

– Oui, Madame.

– Et vous désirez me confier un secret ?

– Oh ! j'en meurs de désir !

– Mais pourquoi n'avez-vous pas recours au tribunal de la pénitence ? Je n'ai pouvoir que de consoler, moi ; un prêtre console et pardonne.

Madame Louise prononça ces derniers mots en hésitant.

– Je n'ai besoin que de consolation, Madame, répondit Lorenza, et d'ailleurs c'est à une femme seulement que j'oserais dire ce que j'ai à vous raconter.

– C'est donc un récit bien étrange que celui que vous allez me faire ?

– Oui, bien étrange. Mais écoutez-moi patiemment, Madame ; c'est à vous seule que je puis parler, je vous le répète, parce que vous êtes toute puissante, et qu'il me faut presque le bras de Dieu pour me défendre.

– Vous défendre ! Mais on vous poursuit donc ? Mais on vous attaque donc ?

– Oh ! oui, Madame, oui, l'on me poursuit, s'écria l'étrangère avec un indicible effroi.

– Alors, madame, réfléchissez à une chose, dit la princesse, c'est que cette maison est un couvent et non une forteresse ; c'est que rien de ce qui agite les hommes n'y pénètre que pour s'éteindre ; c'est que rien de ce qui peut les servir contre les autres hommes ne s'y trouve ; ce n'est point ici la maison de la justice, de la force et de la répression, c'est tout simplement la maison de Dieu.

– Oh ! voilà, voilà ce que je cherche justement, dit Lorenza. Oui, c'est la maison de Dieu, car dans la maison de Dieu seulement je puis vivre en repos.

– Mais Dieu n'admet pas les vengeances ; comment voulez-vous que nous vous vengions de votre ennemi ? Adressez-vous aux magistrats.

– Les magistrats ne peuvent rien, Madame, contre celui que je redoute.

– Qu'est-il donc ? fit la supérieure avec un secret et involontaire effroi.

Lorenza se rapprocha de la princesse sous l'empire d'une mystérieuse exaltation.

– Ce qu'il est, Madame ? dit-elle. C'est, j'en suis certaine, un de ces démons qui font la guerre aux hommes, et que Satan, leur prince, a doués d'une puissance surhumaine.

– Que me dites-vous là ? fit la princesse en regardant cette femme pour bien s'assurer qu'elle n'était pas folle.

– Et moi, moi ! oh ! malheureuse que je suis ! s'écria Lorenza en tordant ses beaux bras, qui semblaient moulés sur ceux d'une statue antique ; moi, je me suis trouvée sur le chemin de cet homme ! et moi, moi, je suis...

– Achevez.

Lorenza se rapprocha encore de la princesse ; puis, tout bas, et comme épouvantée elle-même de ce qu'elle allait dire :

– Moi, je suis possédée ! murmura-t-elle.

– Possédée ! s'écria la princesse ; voyons, madame, dites, êtes-vous dans votre bon sens, et ne seriez-vous point... ?

– Folle, n'est-ce pas ? c'est ce que vous voulez dire. Non, je ne suis pas folle, mais je pourrais bien le devenir si vous m'abandonnez.

– Possédée ! répéta la princesse.

– Hélas ! hélas !

– Mais, permettez-moi de vous le dire, je vous vois en toutes choses semblable aux autres créatures les plus favorisées de Dieu ; vous paraissez riche, vous êtes belle, vous vous exprimez raisonnablement, votre visage ne porte aucune trace de cette terrible et mystérieuse maladie qu'on appelle la possession.

– Madame, c'est dans ma vie, c'est dans les aventures de cette vie que réside le secret sinistre que je voudrais me cacher à moi-même.

– Expliquez-vous, voyons. Suis-je donc la première à qui vous parlez de votre malheur ? Vos parents, vos amis ?

– Mes parents ! s'écria la jeune femme en croisant les mains avec douleur ; pauvres parents ! les reverrai-je jamais ? Des amis, ajouta-t-elle avec amertume, hélas ! Madame, est-ce que j'ai des amis !

– Voyons, procédons par ordre, mon enfant, dit Madame Louise essayant de tracer un chemin aux paroles de l'étrangère. Quels sont vos parents, et comment les avez-vous quittés ?

– Madame, je suis romaine, et j'habitais Rome avec eux. Mon père est de vieille noblesse ; mais, comme tous les patriciens de Rome, il est pauvre. J'ai de plus ma mère et un frère aîné. En France, m'a-t-on dit, lorsqu'une famille aristocratique comme l'est la mienne a un fils et une fille, on sacrifie la dot de la fille pour acheter l'épée du fils. Chez nous, on sacrifie la fille pour pousser le fils dans les ordres. Or, je n'ai, moi, reçu aucune éducation, parce qu'il fallait faire l'éducation de mon frère, qui étudie, comme disait naïvement ma mère, afin de devenir cardinal.

– Après ?

– Il en résulte, Madame, que mes parents s'imposèrent tous les sacrifices qu'il était en leur pouvoir de s'imposer pour aider mon frère, et que l'on résolut de me faire prendre le voile chez les carmélites de Subiaco.

– Et vous, que disiez-vous ?

– Rien, Madame. Dès ma jeunesse, on m'avait présenté cet avenir comme une nécessité. Je n'avais ni force ni volonté. On ne me consultait pas, d'ailleurs, on ordonnait, et je n'avais pas autre chose à faire que d'obéir.

– Cependant...

– Madame, nous n'avons, nous autres filles romaines, que désirs et impuissance. Nous aimons le monde comme les damnés aiment le paradis, sans le connaître. D'ailleurs, j'étais entourée d'exemples qui m'eussent condamnée si l'idée m'était venue de résister, mais elle ne me vint pas. Toutes les amies que j'avais connues et qui, comme moi, avaient des frères, avaient payé leur dette à l'illustration de la famille. J'aurais été mal fondée à me plaindre ; on ne me demandait rien qui sortît des habitudes générales. Ma mère me caressa un peu plus seulement, quand le jour s'approcha pour moi de la quitter.

« Enfin le jour où je devais commencer mon noviciat arriva, mon père réunit cinq cents écus romains destinés à payer ma dot au couvent, et nous partîmes pour Subiaco.

« Il y a huit à neuf lieues de Rome à Subiaco ; mais les chemins de la montagne sont si mauvais, que, cinq heures après notre départ, nous n'avions fait encore que trois lieues. Cependant le voyage, tout fatigant qu'il était en réalité, me plaisait. Je lui souriais comme à mon dernier bonheur, et tout le long du chemin je disais tout bas adieu aux arbres, aux buissons, aux pierres, aux herbes desséchées même. Qui savait si là-bas, au couvent, il y avait de l'herbe, des pierres, des buissons et des arbres !

« Tout à coup, au milieu de mes rêves, et comme nous passions entre un petit bois et une masse de rochers crevassés, la voiture s'arrêta, j'entendis ma mère pousser un cri, mon père fit un mouvement pour saisir des pistolets. Mes yeux et mon esprit retombèrent du ciel sur la terre ; nous étions arrêtés par des bandits.

— Pauvre enfant ! dit Madame Louise, qui prenait de plus en plus intérêt à ce récit.

— Eh bien, vous le dirai-je, Madame ? je ne fus pas fort effrayée, car ces hommes nous arrêtaient pour notre argent, et l'argent qu'ils allaient nous prendre était destiné à payer ma dot au couvent. S'il n'y avait plus de dot, mon entrée au couvent était retardée pour tout le temps qu'il faudrait à mon père pour en trouver une autre, et je savais la peine et le temps que ces cinq cents écus avaient coûté à réunir.

« Mais quand, après ce premier butin partagé, au lieu de nous laisser continuer notre route, les bandits s'élancèrent sur moi, quand je vis les efforts de mon père pour me défendre, quand je vis les larmes de ma mère pour les supplier, je compris qu'un grand malheur, qu'un malheur inconnu me menaçait, et je me mis à crier miséricorde, par ce sentiment naturel qui vous porte à appeler au secours ; car je savais bien que j'appelais inutilement, et que dans ce lieu sauvage personne ne m'entendrait.

« Aussi, sans s'inquiéter de mes cris, des larmes de ma mère, des efforts de mon père, les bandits me lièrent les mains derrière le dos, et, me brûlant de leurs regards hideux que je compris alors tant la terreur me faisait clairvoyante, ils se mirent, avec des dés qu'ils tirèrent de leur poche, à jouer sur le mouchoir de l'un d'eux.

« Ce qui m'effraya le plus, c'est qu'il n'y avait point d'enjeu sur l'ignoble tapis.

« Pendant le temps que les dés passèrent de main en main, je frissonnai ; car je compris que j'étais la chose qu'ils jouaient.

« Tout à coup, l'un d'eux, poussant un rugissement de triomphe, se leva, tandis que les autres blasphémaient en grinçant des dents, courut à moi, me saisit dans ses bras et posa ses lèvres sur les miennes.

« Le contact d'un fer rouge ne m'eût point fait pousser un cri plus déchirant.

« – Oh ! la mort, la mort, mon Dieu ! m'écriai-je.

« Ma mère se roulait sur la terre, mon père s'évanouit.

« Je n'avais plus qu'un espoir : c'est que l'un ou l'autre des bandits qui avaient perdu me tuerait, dans un moment de rage, d'un coup du couteau qu'ils serraient dans leurs mains crispées.

« J'attendais le coup, je l'espérais, je l'invoquais.

« Tout à coup un homme à cheval parut dans le sentier.

« Il avait parlé bas à une des sentinelles, qui l'avait laissé passer en échangeant un signe avec lui.

« Cet homme, de taille moyenne, d'une physionomie imposante, d'un coup d'œil résolu, continua de s'avancer calme et tranquille au pas ordinaire de son cheval.

« Arrivé en face de moi, il s'arrêta.

« Le bandit, qui déjà m'avait prise dans ses bras, et qui commençait à m'emmener, se retourna au premier coup de sifflet que cet homme donna dans le manche de son fouet.

« Le bandit me laissa glisser jusqu'à terre.

« – Viens ici, dit l'inconnu.

« Et, comme le bandit hésitait, l'inconnu forma un angle avec son bras, posa deux doigts écartés sur sa poitrine. Et, comme si ce signe eût été l'ordre d'un maître tout-puissant, le bandit s'approcha de l'inconnu.

« Celui-ci se pencha à l'oreille du bandit, et tout bas prononça ce mot :

« – *Mac.*

« Il ne prononça que ce seul mot, j'en suis sûre, moi qui regardais comme on regarde le couteau qui va vous tuer, moi qui écoutais comme on écoute quand la parole qu'on attend doit être la mort ou la vie.

« – *Benac*, répondit le brigand.

« Puis, dompté comme un lion et rugissant comme lui, il revint à moi, détacha la corde qui me liait les poignets, et alla en faire autant à mon père et à ma mère.

« Alors, comme l'argent était déjà partagé, chacun vint à son tour déposer sa part sur une pierre. Pas un écu ne manqua aux cinq cents écus.

« Pendant ce temps, je me sentais revivre aux bras de mon père et de ma mère.

« – Maintenant, allez..., dit l'inconnu aux bandits.

« Les bandits obéirent et rentrèrent dans le bois jusqu'au dernier.

« – Lorenza Feliciani, dit alors l'étranger en me couvrant de son regard surhumain, continue ta route maintenant, tu es libre.

« Mon père et ma mère remercièrent l'étranger qui me connaissait, et que nous ne connaissions pas, nous. Puis ils remontèrent dans la voiture. Je les suivis comme à regret, car je ne sais quelle puissance étrange, irrésistible m'attirait vers mon sauveur.

« Lui était resté immobile à la même place, comme pour continuer de nous protéger.

« Je l'avais regardé tant que j'avais pu le voir, et ce n'est que lorsque je l'eus perdu de vue tout à fait que l'oppression qui serrait ma poitrine disparut.

« Deux heures après, nous étions à Subiaco.

– Mais quel était donc cet homme extraordinaire ? demanda la princesse, émue de la simplicité de ce récit.

– Daignez encore m'écouter, Madame, dit Lorenza. Hélas ! tout n'est pas fini !

– J'écoute, dit Madame Louise.

La jeune femme continua :

– Nous arrivâmes à Subiaco deux heures après cet événement.

« Pendant toute la route, nous n'avions fait que nous entretenir, mon père, ma mère et moi, de ce singulier sauveur qui nous était venu tout à coup, mystérieux et puissant, comme un envoyé du ciel.

« Mon père, moins crédule que moi, le soupçonnait chef d'une de ces bandes qui, bien que divisées en fragments autour de Rome, relèvent de la même autorité, et sont inspectées de temps en temps par le chef suprême, lequel, investi d'une autorité absolue, récompense, punit et partage.

« Mais moi, moi qui cependant ne pouvais lutter d'expérience avec mon père ; moi qui obéissais à mon instinct, qui subissais le pouvoir de ma reconnaissance, je ne croyais pas, je ne pouvais pas croire que cet homme fût un bandit.

« Aussi, dans mes prières de chaque soir à la Vierge, je consacrais une phrase destinée à appeler les grâces de la madone sur mon sauveur inconnu.

« Dès le même jour, j'entrai au couvent. La dot était retrouvée, rien n'empêchait qu'on ne m'y reçût. J'étais plus triste, mais aussi plus résignée que jamais. Italienne et superstitieuse, cette idée m'était venue que Dieu tenait à me posséder pure, entière et sans tache, puisqu'il m'avait délivrée de ces bandits, suscités sans doute par le démon pour souiller la couronne d'innocence que Dieu seul devait détacher de mon front. Aussi m'élançai-je avec toute l'ardeur de mon caractère dans les empressements de mes supérieurs et de mes parents. On me fit adresser une demande au souverain pontife à l'effet de me voir dispensée du noviciat. Je l'écrivis, je la signai. Elle avait été rédigée par mon père dans les termes d'un si violent désir, que Sa Sainteté crut voir dans cette demande l'ardente aspiration d'une âme dégoûtée du monde vers la solitude. Elle accorda tout ce qu'on lui demandait, et le noviciat d'un an, de deux ans quelquefois pour les autres, fut, par faveur spéciale, fixé pour moi à un mois.

« On m'annonça cette nouvelle, qui ne me causa ni douleur ni joie. On eût dit que j'étais déjà morte au monde, et que l'on opérait sur un cadavre auquel son ombre impassible survivait seule.

« Quinze jours on me tint renfermée, de crainte que l'esprit mondain me vînt saisir. Vers le matin de ce quinzième jour, je reçus l'ordre de descendre à la chapelle avec les autres sœurs.

« En Italie, les chapelles des couvents sont des églises publiques. Le pape ne croit pas sans doute qu'il soit permis à un prêtre de confisquer Dieu en quelque endroit qu'il se manifeste à ses adorateurs.

« J'entrai dans le chœur, et je pris ma stalle. Il y avait entre les toiles vertes qui formaient les grilles de ce chœur, ou plutôt qui affectaient de les fermer, il y avait, dis-je, un espace assez grand pour que l'on distinguât la nef.

« Je vis, par cet espace donnant pour ainsi dire sur la terre, un homme demeuré seul debout au milieu de la foule prosternée. Cet homme me regardait, ou plutôt il me dévorait des yeux. Je sentis alors cet étrange mouvement de malaise que j'avais déjà éprouvé ; cet effet surhumain qui m'attirait pour ainsi dire hors de moi-même, comme à travers une feuille de papier, une planche, un plat même, j'avais vu mon frère attirer une aiguille avec un fer aimanté.

« Hélas ! vaincue, subjuguée, sans force contre cette attraction, je me penchai vers lui, je joignis les mains comme on les joint devant Dieu, et des lèvres et du cœur à la fois je lui dis :

« – Merci, merci !

« Mes sœurs me regardèrent avec surprise ; elles n'avaient rien compris à mon mouvement, rien compris à mes paroles ; elles suivirent la direction de mes mains, de mes yeux, de ma voix. Elles se haussèrent sur leurs stalles pour regarder à leur tour dans la nef. Je regardai aussi en tremblant.

« L'étranger avait disparu.

« Elles m'interrogèrent, mais je ne sus que rougir, pâlir et balbutier.

« Depuis ce moment, Madame, s'écria Lorenza avec désespoir, depuis ce moment, je suis au pouvoir du démon !

– Je ne vois rien de surnaturel en tout cela cependant, ma sœur, répondit la princesse avec un sourire ; calmez-vous donc et continuez.

– Oh ! parce que vous ne pouvez pas sentir ce que j'éprouvais, moi.

– Qu'éprouvâtes-vous ?

– La possession tout entière : mon cœur, mon âme, ma raison, le démon possédait tout.

– Ma sœur, j'ai bien peur que ce démon ne fût l'amour ! dit Madame Louise.

– Oh ! l'amour ne m'eût point fait souffrir ainsi, l'amour n'eût point oppressé mon cœur, l'amour n'eût point secoué tout mon corps comme le vent d'orage fait d'un arbre, l'amour ne m'eût pas donné la mauvaise pensée qui me vint.

– Dites cette mauvaise pensée, mon enfant.

– J'aurais dû tout avouer à mon confesseur, n'est-ce pas, Madame ?

– Sans doute.

– Eh bien, le démon qui me possédait me souffla tout bas, au contraire, de garder le secret. Pas une religieuse, peut-être, n'était entrée dans le cloître sans laisser dans le monde qu'elle abandonnait un souvenir d'amour, beaucoup avaient un nom dans le cœur en invoquant le nom de Dieu. Le directeur était habitué à de pareilles confidences. Eh bien, moi, si pieuse, si timide, si candidement innocente, moi qui, avant ce fatal voyage de Subiaco, n'avais jamais échangé une seule parole avec un autre homme que mon frère, moi qui depuis lors n'avais croisé que deux fois mon regard avec l'inconnu, je me figurai, Madame, qu'on m'attribuerait avec cet homme une de ces intrigues qu'avant de prendre le voile chacune de nos sœurs avait eues avec leurs regrettés amants.

– Mauvaise pensée, en effet, dit Madame Louise ; mais c'est encore un démon bien innocent que celui qui n'inspire à la femme qu'il possède que de semblables pensées. Continuez.

– Le lendemain, on me demanda au parloir. Je descendis ; je trouvai une de mes voisines de la via Frattina, à Rome, jeune femme qui me regrettait beaucoup, parce que chaque soir nous causions et chantions ensemble.

« Derrière elle, auprès de la porte, un homme enveloppé d'un manteau l'attendait comme eût fait un valet. Cet homme ne se tourna point vers moi ; cependant, moi, je me tournai vers lui. Il ne me parla point, et cependant je le devinai ; c'était encore mon protecteur inconnu.

« Le même trouble que j'avais déjà éprouvé se répandit dans mon cœur. Je me sentis tout entière envahie par la puissance de cet homme. Sans les barreaux qui me retenaient captive, j'eusse bien certainement été à lui. Il y avait dans l'ombre de son manteau des rayonnements étranges qui m'éblouissaient. Il y avait dans son silence obstiné des bruits entendus de moi seule, et qui me parlaient une langue harmonieuse.

« Je pris sur moi-même toute la puissance que je pouvais avoir, et demandai à ma voisine de la via Frattina quel était cet homme qui l'accompagnait.

« Elle ne le connaissait point. Son mari devait venir avec elle ; mais, au moment de partir, il était rentré accompagné de cet homme, et lui avait dit :

« – Je ne puis te conduire à Subiaco, mais voici mon ami qui t'accompagnera.

« Elle n'en avait pas demandé davantage, tant elle avait envie de me revoir, et elle était venue dans la compagnie de l'inconnu.

« Ma voisine était une sainte femme ; elle vit dans un coin du parloir une madone qui avait la réputation d'être fort miraculeuse, elle ne voulut point sortir sans y avoir fait sa prière, elle alla s'agenouiller devant elle.

« Pendant ce temps, l'homme entra sans bruit, s'approcha lentement de moi, ouvrit son manteau et plongea ses regards dans les miens comme il eût fait de deux rayons ardents.

« J'attendais qu'il parlât ; ma poitrine se soulevait pour ainsi dire, montant comme une vague au-devant de sa parole ; mais il se contenta d'étendre ses deux mains au-dessus de ma tête en les approchant de la grille qui nous séparait. Aussitôt, une extase inouïe s'empara de moi ; il me souriait. Je lui rendis son sourire tout en fermant les yeux comme écrasée sous une langueur infinie. Pendant ce temps, comme s'il n'avait pas désiré autre chose que de s'assurer de sa puissance sur moi, il disparut ; à mesure qu'il s'éloignait, je reprenais mes sens ; cependant j'étais encore sous l'empire de cette étrange hallucination, quand ma voisine de la via Frattina, ayant achevé sa prière, se releva, prit congé de moi, m'embrassa et sortit à son tour.

« En me déshabillant le soir, je trouvai sous ma guimpe un billet qui contenait seulement ces trois lignes :

« À Rome, celui qui aime une religieuse est puni de mort. Donnerez vous la mort à qui vous devez la vie ? »

« De ce jour, Madame, la possession fut complète, car je mentis à Dieu, en ne lui avouant pas que je songeais à cet homme autant et plus qu'à lui. »

Lorenza, effrayée elle-même de ce qu'elle venait de dire, s'arrêta pour interroger la physionomie si douce et si intelligente de la princesse.

– Tout cela n'est point de la possession, dit Madame Louise de France avec fermeté. C'est une malheureuse passion, je vous le répète, et, je vous l'ai dit, les choses du monde ne doivent point entrer jusqu'ici, sinon à l'état de regrets.

– Des regrets, Madame ? s'écria Lorenza. Quoi ! vous me voyez en larmes, en prières, vous me voyez à genoux vous suppliant de me soustraire au pouvoir infernal de cet homme, et vous me demandez si j'ai des regrets ? Oh ! j'ai plus que des regrets ; j'ai des remords !

– Cependant, jusqu'à cette heure..., dit Madame Louise.

– Attendez, attendez jusqu'au bout, fit Lorenza, et alors ne me jugez pas trop sévèrement, je vous en supplie, Madame.

– L'indulgence et la douceur me sont recommandées, et je suis aux ordres de la souffrance.

– Merci ! oh ! merci ! vous êtes véritablement l'ange consolateur que j'étais venue chercher.

« Nous descendions à la chapelle trois jours par semaine ; à chacun de ces offices, l'inconnu assista. J'avais voulu résister ; j'avais dit que j'étais malade ; j'avais résolu que je ne descendrais point. Faiblesse humaine ! quand venait l'heure, je descendais malgré moi, et, comme si une force supérieure à ma volonté m'eût poussée, alors, s'il n'était point arrivé, j'avais quelques instants de calme et de bien-être ; mais, à mesure qu'il approchait, je le sentais venir. J'aurais pu dire : il est à cent pas, il est au seuil de la porte, il est dans l'église, et cela sans regarder de son côté ; puis, dès qu'il était arrivé à sa place accoutumée, mes yeux fussent-ils fixés sur mon livre de prières pour l'invocation la plus sainte, mes yeux se détournaient pour s'arrêter sur lui.

« Alors, si longtemps que se prolongeât l'office, je ne pouvais plus lire ni prier. Toute ma pensée, toute ma volonté, toute mon âme étaient dans mes regards, et tous mes regards étaient pour cet homme, qui, je le sentais bien, me disputait à Dieu.

« D'abord, je n'avais pu le regarder sans crainte ; ensuite, je le désirai ; enfin, je courus avec la pensée au-devant de lui. Et souvent, comme on voit dans un songe, il me semblait le voir la nuit dans la rue ou le sentir passer sous ma fenêtre.

« Cet état n'avait point échappé à mes compagnes. La supérieure en fut avertie ; elle prévint ma mère. Trois jours avant celui où je devais prononcer mes vœux, je vis entrer dans ma cellule les trois seuls parents que j'eusse au monde : mon père, ma mère, mon frère.

« Ils venaient pour m'embrasser encore une fois, disaient-ils, mais je vis bien qu'ils avaient un autre but, car, restée seule avec moi, ma mère m'interrogea. Dans cette circonstance, il est facile de reconnaître l'influence du démon, car, au lieu de lui tout dire, comme j'eusse dû le faire, je niai tout obstinément.

« Le jour où je devais prendre le voile était venu au milieu d'une étrange lutte que je soutenais en moi-même, désirant et re-

175/638

doutant l'heure qui me donnerait tout entière à Dieu, et sentant bien que, si le démon avait quelque tentative suprême à faire sur moi, ce serait à cette heure solennelle qu'il l'essayerait.

— Et cet homme étrange ne vous avait pas écrit depuis la première lettre que vous trouvâtes dans votre guimpe ? demanda la princesse.

— Jamais, Madame.

— À cette époque, vous ne lui aviez jamais parlé ?

— Jamais, sinon mentalement.

— Ni écrit ?

— Oh ! jamais.

— Continuez. Vous en étiez au jour où vous prîtes le voile.

— Ce jour-là, comme je le disais à Votre Altesse, je devais enfin voir finir mes tortures ; car, tout mêlé qu'il était d'une douceur étrange, c'était un supplice inimaginable pour une âme restée chrétienne que l'obsession d'une pensée, d'une forme toujours présente et imprévue, toujours railleuse par l'à-propos qu'elle mettait à m'apparaître juste dans mes moments de lutte contre elle et par son obstination à me dominer alors invinciblement. Aussi il y avait des moments où j'appelais cette heure sainte de tous mes vœux. Quand je serai à Dieu, me disais-je, Dieu saura bien me défendre, comme il m'a défendue lors de l'attaque des bandits. J'oubliais que, lors de l'attaque des bandits, Dieu ne m'avait défendue que par l'entremise de cet homme.

« Cependant, l'heure de la cérémonie était venue. J'étais descendue à l'église, pâle, inquiète, et cependant moins agitée que d'habitude ; mon père, ma mère, mon frère, cette voisine de la via Frattina qui m'était venue voir, tous nos autres amis étaient dans l'église, tous les habitants des villages voisins étaient accourus, car le bruit s'était répandu que j'étais belle, et une belle victime, dit-on, est plus agréable au Seigneur. L'office commença.

« Je le hâtais de tous mes vœux, de toutes mes prières, car il n'était pas dans l'église, et je me sentais, lui absent, assez maîtresse de mon libre arbitre. Déjà le prêtre se tournait vers moi, me montrant le Christ auquel j'allais me consacrer, déjà j'étendais les bras vers ce seul et unique Sauveur donné à l'homme, quand le tremblement habituel qui m'annonçait son approche commença d'agiter mes membres, quand le coup qui comprimait ma poitrine m'indiqua qu'il venait de mettre le pied sur le seuil de l'église, quand enfin l'attraction irrésistible amena mes yeux du côté opposé à l'autel, quelques efforts qu'ils fissent pour rester fidèles au Christ.

« Mon persécuteur était debout près de la chaire et plus appliqué que jamais à me regarder.

« De ce moment, je lui appartenais ; plus d'office, plus de cérémonie, plus de prières.

« Je crois que l'on me questionna selon le rite, mais je ne répondis pas. Je me souviens que l'on me tira par le bras et que je vacillai comme une chose inanimée que l'on déplace de sa base. On me montra des ciseaux sur lesquels un rayon du soleil venait refléter son éclair terrible : l'éclair ne me fit pas sourciller. Un instant après, je sentis le froid du fer sur mon cou, le grincement de l'acier dans ma chevelure.

« En ce moment, il me sembla que toutes les forces me manquaient, que mon âme s'élançait de mon corps pour aller à lui, et je tombai étendue sur la dalle, non pas, chose étrange, comme une personne évanouie, mais comme une personne prise de sommeil. J'entendis un grand murmure puis je devins sourde, muette, insensible. La cérémonie fut interrompue avec un épouvantable tumulte. »

La princesse joignit les mains avec compassion.

– N'est-ce pas, dit Lorenza, que c'est là un terrible événement, et dans lequel il est facile de reconnaître l'intervention de l'ennemi de Dieu et des hommes ?

– Prenez garde, dit la princesse avec un accent de tendre compassion, prenez garde, pauvre femme, je crois que vous avez trop de pente à attribuer au merveilleux ce qui n'est que l'effet d'une faiblesse naturelle. En voyant cet homme, vous vous êtes évanouie, et voilà tout ; il n'y a rien autre chose ; continuez.

– Oh ! Madame, Madame, ne me dites pas cela, s'écria Lorenza, ou, du moins, attendez, pour porter un jugement, que vous ayez tout entendu. Rien de merveilleux ! continua-t-elle ; mais alors n'est-ce pas, je fusse revenue à moi, dix minutes, un quart d'heure, une heure après mon évanouissement ? Je me serais entretenue avec mes sœurs, j'aurais repris courage et foi parmi elles ?

– Sans doute, dit Madame Louise. Eh bien ! n'est-ce pas ainsi que la chose est arrivée ?

– Madame, dit Lorenza d'une voix sourde et accélérée, lorsque je revins à moi, il faisait nuit. Un mouvement rapide et saccadé me fatiguait depuis quelques minutes. Je soulevai ma tête, croyant être sous la voûte de la chapelle ou sous les rideaux de ma cellule. Je vis des rochers, des arbres, des nuages ; puis, au milieu de tout cela, je sentais une haleine tiède qui me caressait le visage, je crus que la sœur infirmière me prodiguait ses soins, et je voulus la remercier... Madame, ma tête reposait sur la poitrine d'un homme, et cet homme était mon persécuteur. Je portai les yeux et les mains sur moi-même pour m'assurer si je vivais ou du moins si je veillais. Je poussai un cri. J'étais vêtue de blanc. J'avais sur le front une couronne de roses blanches, comme une fiancée ou comme une morte.

La princesse poussa un cri ; Lorenza laissa tomber sa tête dans ses deux mains.

– Le lendemain, continua en sanglotant Lorenza, le lendemain je vérifiai le temps qui s'était écoulé : nous étions au mercredi. J'étais donc restée pendant trois jours sans connaissance ; pendant ces trois jours, j'ignore entièrement ce qui s'est passé.

Chapitre LI

Le comte de Fœnix

Pendant longtemps un silence profond laissa les deux femmes, l'une à ses méditations douloureuses, l'autre à son étonnement, facile à comprendre.

Enfin Madame Louise rompit la première le silence.

— Et vous n'avez rien fait pour faciliter cet enlèvement ? dit-elle.

— Rien, Madame.

— Et vous ignorez comment vous êtes sortie du couvent ?

— Je l'ignore.

— Cependant un couvent est bien fermé, bien gardé ; il y a des barreaux aux fenêtres, des murs presque infranchissables, une tourière qui ne quitte pas ses clefs. Cela est ainsi, en Italie surtout, où les règles sont plus sévères encore qu'en France.

— Que vous dirai-je, Madame, quand moi-même depuis ce moment je m'abîme à creuser mes souvenirs sans y rien trouver ?

– Mais vous lui reprochâtes votre enlèvement ?

– Sans doute.

– Que vous répondit-il pour s'excuser ?

– Qu'il m'aimait.

– Que lui dites-vous ?

– Qu'il me faisait peur.

– Vous ne l'aimiez donc pas ?

– Oh ! non, non !

– En étiez-vous bien sûre ?

– Hélas ! Madame, c'était un sentiment étrange que j'éprouvais pour cet homme. Lui là, je ne suis plus moi, je suis lui ; ce qu'il veut, je le veux ; ce qu'il ordonne, je le fais ; mon âme n'a plus de puissance, mon esprit plus de volonté : un regard me dompte et me fascine. Tantôt il semble pousser jusqu'au fond de mon cœur des pensées qui ne sont pas miennes, tantôt il semble attirer au dehors de moi des idées si bien cachées jusqu'alors à moi-même, que je ne les avais pas devinées. Oh ! vous voyez bien, Madame, qu'il y a magie.

– C'est étrange, au moins, si ce n'est pas surnaturel, dit la princesse. Mais, après cet événement, comment viviez-vous avec cet homme ?

– Il me témoignait une vive tendresse, un sincère attachement.

– C'était un homme corrompu peut-être ?

– Je ne le crois pas ; au contraire, il y a quelque chose de l'apôtre dans sa manière de parler.

– Allons, vous l'aimez, avouez-le.

– Non, non, Madame, dit la jeune femme avec une douloureuse volonté, non, je ne l'aime pas.

– Alors vous auriez dû fuir, vous auriez dû en appeler aux autorités, vous réclamer de vos parents.

– Madame, il me surveillait tellement, que je ne pouvais fuir.

– Que n'écriviez-vous ?

– Nous nous arrêtions partout sur la route dans des maisons qui semblaient lui appartenir, où chacun lui obéissait. Plusieurs fois je demandai du papier, de l'encre et des plumes ; mais ceux à qui je m'adressais étaient renseignés par lui ; jamais aucun ne me répondit.

– Mais en route, comment voyagiez-vous ?

– D'abord en chaise de poste ; mais à Milan nous trouvâmes non plus une chaise de poste, mais une espèce de maison roulante dans laquelle nous continuâmes notre chemin.

– Mais enfin il était obligé parfois de vous laisser seule ?

– Oui. Alors il s'approchait de moi ; il me disait : « Dormez. » Et je m'endormais, et ne me réveillais qu'à son retour.

Madame Louise secoua la tête d'un air d'incrédulité.

– Vous ne désiriez pas fuir bien énergiquement, dit-elle ; sans quoi, vous y fussiez parvenue.

– Hélas ! il me semble cependant que si, Madame... Mais aussi peut-être étais-je fascinée !

– Par ses paroles d'amour, par ses caresses ?

– Il me parlait rarement d'amour, Madame, et, à part un baiser sur le front le soir et un autre baiser au front le matin, je ne me rappelle point qu'il m'ait jamais fait d'autres caresses.

– Étrange, étrange, en vérité ! murmura la princesse.

Cependant, sous l'empire d'un soupçon, elle reprit :

– Voyons, répétez-moi que vous ne l'aimez pas.

– Je vous le répète, Madame.

– Redites-moi que nul lien terrestre ne vous attache à lui.

– Je vous le redis.

– Que, s'il vous réclame, il n'aura aucun droit à faire valoir.

– Aucun !

– Mais enfin, continua la princesse, comment êtes-vous venue ici ? Voyons, car je m'y perds.

– Madame, j'ai profité d'un violent orage qui nous surprit un peu au delà d'une ville qu'on appelle, je crois, Nancy. Il avait quitté sa place près de moi ; il était entré dans le second compartiment de sa voiture, pour causer avec un vieillard qui habitait ce second compartiment, je sautai sur son cheval et je m'enfuis.

– Et qui vous fit donner la préférence à la France, au lieu de retourner en Italie ?

– Je réfléchis que je ne pouvais retourner à Rome, puisque bien certainement on devait croire que j'avais agi de complicité avec cet homme ; j'y étais déshonorée, mes parents ne m'eussent point reçue.

« Je résolus donc de fuir à Paris et d'y vivre cachée, ou bien de gagner quelque autre capitale où je pusse me perdre à tous les regards et aux siens surtout.

« Quand j'arrivai à Paris, toute la ville était émue de votre retraite aux Carmélites, Madame ; chacun vantait votre piété, votre sollicitude pour les malheureux, votre compassion pour les affligés. Ce me fut un trait de lumière, Madame ; je fus frappée de cette conviction que vous seule étiez assez généreuse pour m'accueillir, assez puissante pour me défendre.

– Vous en appelez toujours à ma puissance, mon enfant ; il est donc bien puissant, lui ?

– Oh ! oui.

– Mais qui est-il ? Voyons ! Par délicatesse, j'ai jusqu'à présent tardé à vous le demander ; cependant, si je dois vous défendre, faut-il encore que je sache contre qui.

– Oh ! Madame, voilà encore en quoi il m'est impossible de vous éclairer. J'ignore complètement qui il est et ce qu'il est : tout ce que je sais, c'est qu'un roi n'inspire pas plus de respect, un dieu plus d'adorations que n'en ont pour lui les gens auxquels il daigne se révéler.

– Mais son nom ? comment s'appelle-t-il ?

– Madame, je l'ai entendu appeler de bien des noms différents. Cependant, deux seulement me sont restés dans la mémoire. L'un est celui que lui donne ce vieillard dont je vous ai déjà parlé et qui fut notre compagnon de voyage depuis Milan jusqu'à l'heure où je l'ai quitté : l'autre est celui qu'il se donnait lui-même.

– Quel était le nom dont l'appelait le vieillard ?

– Acharat... N'est-ce pas un nom antichrétien, dites, Madame ?...

– Et celui qu'il se donnait à lui-même ?

– Joseph Balsamo.

– Et lui ?

– Lui !... connaît tout le monde, devine tout le monde ; il est contemporain de tous les temps ; il vécut dans tous les âges ; il parle... oh ! mon Dieu ! pardonnez-lui de pareils blasphèmes ! non seulement d'Alexandre, de César, de Charlemagne, comme s'il les avait connus, et cependant, je crois que tous ces hommes-là sont morts depuis bien longtemps, mais encore de Caïphe, de Pilate, de Notre Seigneur Jésus-Christ, enfin, comme s'il eût assisté à son martyre.

– C'est quelque charlatan alors, dit la princesse.

– Madame, je ne sais peut-être point parfaitement ce que veut dire en France le nom que vous venez de prononcer ; mais ce que je sais, c'est que c'est un homme dangereux, terrible, devant lequel tout plie, tout tombe, tout s'écroule ; que l'on croit sans défense, et qui est armé ; que l'on croit seul, et qui fait sortir des hommes de terre. Et cela sans force, sans violence, avec un mot, un geste... en souriant.

– C'est bien, dit la princesse, quel que soit cet homme, rassurez-vous, mon enfant, vous serez protégée contre lui.

– Par vous, n'est-ce pas, Madame ?

– Oui, par moi, et cela tant que vous ne renoncerez pas vous-même à cette protection. Mais ne croyez plus, mais surtout ne cherchez plus à me faire croire aux surnaturelles visions que votre esprit malade a enfantées. Les murs de Saint-Denis, en tout cas, vous seront un rempart assuré contre le pouvoir infernal, et même, croyez-moi, contre un pouvoir bien plus à craindre, contre le pouvoir humain. Maintenant, madame, que comptez-vous faire ?

– Avec ces bijoux qui m'appartiennent, Madame, je compte payer ma dot dans un couvent, dans celui-ci, si c'est possible.

Et Lorenza déposa sur une table de précieux bracelets, des bagues de prix, un diamant magnifique et de superbes boucles d'oreilles. Le tout pouvait valoir vingt mille écus.

– Ces bijoux sont à vous ? demanda la princesse.

– Ils sont à moi, Madame ; il me les a donnés, et je les rends à Dieu. Je ne désire qu'une chose.

– Laquelle ? Dites !

– C'est que son cheval arabe Djérid, qui fut l'instrument de ma délivrance, lui soit rendu s'il le réclame.

– Mais vous, à aucun prix, n'est-ce pas, vous ne voulez retourner avec lui ?

– Moi, je ne lui appartiens pas.

– C'est vrai, vous l'avez dit. Ainsi, madame, vous continuez à vouloir entrer à Saint-Denis et à continuer les pratiques de religion interrompues à Subiaco par l'étrange événement que vous m'avez raconté ?

– C'est mon vœu le plus cher, Madame, et je sollicite cette faveur à vos genoux.

– Eh bien ! soyez tranquille, mon enfant, dit la princesse, dès aujourd'hui vous vivrez parmi nous, et, lorsque vous nous aurez montré combien vous tenez à obtenir cette faveur ; lorsque, par votre exemplaire conduite, à laquelle je m'attends, vous l'aurez méritée, ce jour-là vous appartiendrez au Seigneur et je vous réponds que nul ne vous enlèvera de Saint-Denis lorsque la supérieure veillera sur vous.

Lorenza se précipita aux pieds de sa protectrice, lui prodiguant les plus tendres, les plus sincères remerciements.

Mais tout à coup elle se releva sur un genou, écouta, pâlit, trembla.

– Oh ! mon Dieu ! dit-elle, mon Dieu ! mon Dieu !

– Quoi ? demanda Madame Louise.

– Tout mon corps tremble ! Ne le voyez-vous pas ? Il vient ! Il vient !

– Qui cela ?

– Lui ! Lui qui a juré de me perdre.

– Cet homme ?

– Oui, cet homme. Ne voyez-vous pas comme mes mains tremblent ?

– En effet.

– Oh ! s'écria-t-elle, le coup au cœur ; il approche, il approche !

– Vous vous trompez.

– Non, non, Madame. Tenez, malgré moi, il m'attire, voyez ; retenez-moi, retenez-moi.

Madame Louise saisit la jeune femme par le bras.

– Mais remettez-vous, pauvre enfant, dit-elle ; fût-ce lui, mon Dieu, vous êtes ici en sûreté.

– Il approche, il approche, vous dis-je ! s'écria Lorenza, terrifiée, anéantie, les yeux fixes, le bras étendu vers la porte de la chambre.

– Folie ! Folie ! dit la princesse. Est-ce que l'on entre ainsi chez Madame Louise de France ?... Il faudrait que cet homme fût porteur d'un ordre du roi.

– Oh ! Madame, je ne sais comment il est entré, s'écria Lorenza en se renversant en arrière ; mais ce que je sais, ce dont je suis certaine, c'est qu'il monte l'escalier... c'est qu'il est à dix pas d'ici à peine... c'est que le voilà !

Tout à coup la porte s'ouvrit ; la princesse recula, épouvantée malgré elle de cette coïncidence bizarre.

Une sœur parut.

– Qui est là ? demanda Madame, et que voulez-vous ?

– Madame, répondit la sœur, un gentilhomme vient de se présenter au couvent, qui veut parler à Votre Altesse royale.

– Son nom ?

– Monsieur le comte de Fœnix.

– Est-ce lui ? demanda la princesse à Lorenza, et connaissez-vous ce nom ?

– Je ne connais pas ce nom ; mais c'est lui, Madame, c'est lui.

– Que veut-il ? demanda la princesse à la religieuse.

– Chargé d'une mission près du roi de France par Sa Majesté le roi de Prusse, il voudrait, dit-il, avoir l'honneur d'entretenir un instant Votre Altesse royale.

Madame Louise réfléchit un instant ; puis, se retournant vers Lorenza :

– Entrez dans ce cabinet, dit-elle.

Lorenza obéit.

– Et vous, ma sœur, continua la princesse, faites entrer ce gentilhomme.

La sœur s'inclina et sortit.

La princesse s'assura que la porte du cabinet était bien close, et revint à son fauteuil, où elle s'assit, attendant, non sans une certaine émotion, l'événement qui allait s'accomplir.

Presque aussitôt, la sœur reparut. Derrière elle marchait cet homme que nous avons vu, le jour de la présentation, se faire annoncer chez le roi sous le nom du comte de Fœnix.

Il était revêtu du même costume, qui était un uniforme prussien, sévère dans sa coupe ; il portait la perruque militaire et le col noir ; ses grands yeux, si expressifs, s'abaissèrent en présence de Madame Louise, mais seulement pour donner au respect tout ce qu'un homme, si haut placé qu'il soit comme simple gentilhomme, doit de respect à une fille de France.

Mais les relevant aussitôt comme s'il eut craint d'être aussi d'une trop grande humilité :

– Madame, je rends grâce à Votre Altesse royale de la faveur qu'elle veut bien me faire. J'y comptais cependant, connaissant que Votre Altesse soutient généreusement tout ce qui est malheureux.

– En effet, monsieur, j'y essaie, dit la princesse avec dignité, car elle comptait terrasser, après dix minutes d'entretien, celui qui venait impudemment réclamer la protection d'autrui après avoir abusé de ses propres forces.

Le comte s'inclina sans paraître avoir compris le double sens des paroles de la princesse.

– Que puis-je donc pour vous, monsieur ? continua Madame Louise sur le même ton d'ironie.

– Tout, Madame.

– Parlez.

– Votre Altesse, que je ne fusse point, sans de graves motifs, venu importuner dans la retraite qu'elle s'est choisie, a donné, je le crois du moins, asile à une personne qui m'intéresse en tout point.

– Comment nommez-vous cette personne, monsieur ?

– Lorenza Feliciani.

– Et que vous est cette personne ? Est-ce votre alliée, votre parente, votre sœur ?

– C'est ma femme.

– Votre femme ? dit la princesse en élevant la voix, afin d'être entendue du cabinet ; Lorenza Feliciani est la comtesse de Fœnix ?

– Lorenza Feliciani est la comtesse de Fœnix, oui, Madame, répondit le comte avec le plus grand calme.

– Je n'ai point de comtesse de Fœnix aux Carmélites, monsieur, répliqua sèchement la princesse.

Mais le comte ne se regarda point comme battu et continua :

– Peut-être bien, Madame, Votre Altesse n'est-elle pas bien persuadée encore que Lorenza Feliciani et la comtesse de Fœnix sont une seule et même personne ?

– Non, je l'avoue, dit la princesse, et vous avez deviné juste, monsieur ; ma conviction n'est point entière sur ce point.

– Votre Altesse veut-elle donner l'ordre que Lorenza Feliciani soit amenée devant elle, et alors elle ne conservera plus aucun doute. Je demande à Son Altesse pardon d'insister ainsi ; mais je suis tendrement attaché à cette jeune femme, et elle-même regrette, je crois, d'être séparée de moi.

– Le croyez-vous ?

– Oui, Madame, je le crois, si pauvre que soit mon mérite.

« Oh ! pensa la princesse, Lorenza avait dit vrai, et cet homme est effectivement un homme dangereux. »

Le comte gardait une contenance calme et se renfermait dans la plus stricte politesse de cour.

« Essayons de mentir », continua de penser Madame Louise.

– Monsieur, dit-elle, je n'ai point à vous remettre une femme qui n'est point ici. Je comprends que vous la cherchiez avec tant d'insistance, si vous l'aimez véritablement comme vous le dites ; mais, si vous voulez avoir quelque chance de la trouver, cherchez-la ailleurs, croyez-moi.

Le comte, en entrant, avait jeté un regard rapide sur tous les objets que renfermait la chambre de Madame Louise, et ses yeux s'étaient arrêtés un instant, rien qu'un instant, c'est vrai, mais ce seul regard avait suffi, sur la table placée dans un angle obscur de l'appartement, et c'était sur cette table que Lorenza avait placé ses bijoux, qu'elle avait offerts pour entrer aux Carmélites. Aux étincelles qu'ils jetaient dans l'ombre, le comte de Fœnix les avait reconnus.

– Si Votre Altesse royale voulait bien rappeler ses souvenirs, insista le comte, et c'est une violence que je la prie de vouloir bien se faire, elle se rappellerait que Lorenza Feliciani était tout à l'heure dans cette chambre, et qu'elle a déposé sur cette table les bijoux qui y sont, et qu'après avoir eu l'honneur de conférer avec Votre Altesse, elle s'est retirée.

Le comte de Fœnix saisit au passage le regard que jetait la princesse du côté du cabinet.

– Elle s'est retirée dans ce cabinet, acheva-t-il.

La princesse rougit, le comte continua :

– De sorte que je n'attends que l'agrément de Son Altesse pour lui ordonner d'entrer ; ce qu'elle fera à l'instant même, je n'en doute pas.

La princesse se rappela que Lorenza s'était enfermée en dedans, et que, par conséquent, rien ne pouvait la forcer de sortir que l'impulsion de sa propre volonté.

– Mais, dit-elle, ne cherchant plus à dissimuler le dépit qu'elle éprouvait d'avoir menti inutilement devant cet homme à qui l'on ne pouvait rien cacher, si elle entre, que fera-t-elle ?

– Rien, Madame ; elle dira seulement à Votre Altesse qu'elle désire me suivre, étant ma femme.

Ce dernier mot rassura la princesse, car elle se rappelait les protestations de Lorenza.

– Votre femme ! dit-elle, en êtes-vous bien sûr ?

Et l'indignation perçait sous ses paroles.

– On croirait, en vérité, que Votre Altesse ne me croit pas, dit poliment le comte. Ce n'est pas cependant une chose bien incroyable que le comte de Fœnix ait épousé Lorenza Feliciani, et que, l'ayant épousée, il redemande sa femme.

– Sa femme, encore ! s'écria Madame Louise avec impatience ; vous osez dire que Lorenza Feliciani est votre femme ?

– Oui, Madame, répondit le comte avec un naturel parfait, j'ose le dire, car cela est.

– Marié, vous êtes marié ?

– Je suis marié.

– Avec Lorenza ?

– Avec Lorenza.

– Légitimement ?

– Sans doute, et, si vous insistez, Madame, dans une dénégation qui me blesse...

– Eh bien, que ferez-vous ?

– Je mettrai sous vos yeux mon acte de mariage parfaitement en règle et signé du prêtre qui nous a unis.

La princesse tressaillit ; tant de calme brisait ses convictions.

Le comte ouvrit un portefeuille et développa un papier plié en quatre.

– Voilà la preuve de la vérité de ce que j'avance, Madame, et du droit que j'ai de réclamer cette femme ; la signature fait foi... Votre Altesse veut elle lire l'acte et interroger la signature ?

– Une signature ! murmura la princesse avec un doute plus humiliant que ne l'avait été sa colère ; mais si cette signature... ?

– Cette signature est celle du curé de Saint-Jean de Strasbourg, bien connu de M. le prince Louis, cardinal de Rohan, et si Son Éminence était ici...

– Justement M. le cardinal est ici, s'écria la princesse attachant sur le comte des regards enflammés. Son Éminence n'a pas quitté Saint-Denis ; elle est dans ce moment-ci chez les chanoines de la cathédrale ; ainsi rien n'est plus aisé que cette vérification que vous nous proposez.

– C'est un grand bonheur pour moi, Madame, répondit le comte en remettant flegmatiquement son acte dans son portefeuille ; car, par cette vérification, je l'espère, je verrai se dissiper tous les soupçons injustes que Votre Altesse a contre moi.

– Tant d'impudence me révolte en vérité, dit la princesse en agitant vivement sa sonnette. Ma sœur ! ma sœur !

La religieuse qui avait un instant auparavant introduit le comte de Fœnix accourut.

– Que l'on fasse monter à cheval mon piqueur, dit la princesse, et qu'on l'envoie porter ce billet à M. le cardinal de Rohan ; on le trouvera au chapitre de la cathédrale ; qu'il vienne ici sans retard, je l'attends.

Et, tout en parlant, la princesse écrivit à la hâte deux mots qu'elle remit à la religieuse.

Puis elle ajouta tout bas :

– Que l'on place dans le corridor deux archers de la maréchaussée, et que personne ne sorte sans mon congé ; allez !

Le comte avait suivi les différentes phases de cette résolution, bien arrêtée maintenant chez Madame Louise, de lutter avec lui jusqu'au bout ; et tandis que la princesse écrivait, décidée sans doute à lui disputer la victoire, il s'était approché du cabinet, et là, l'œil fixé sur la porte, les mains étendues et agitées d'un mouvement plus méthodique que nerveux, il avait prononcé quelques mots tout bas.

La princesse, en se retournant, le vit dans cette attitude.

– Que faites-vous là, monsieur ? dit-elle.

– Madame, dit le comte, j'adjure Lorenza Feliciani de venir ici en personne vous confirmer, par ses paroles et de sa pleine volonté, que je ne suis ni un imposteur ni un faussaire, et cela sans préjudice de toutes les autres preuves qu'exigera Votre Altesse.

– Monsieur !

– Lorenza Feliciani, cria le comte dominant tout, même la volonté de la princesse ; Lorenza Feliciani, sortez de ce cabinet, et venez ici, venez !

Mais la porte resta close.

– Venez, je le veux ! répéta le comte.

Alors la clef grinça dans la serrure, et la princesse, avec un indicible effroi, vit entrer la jeune femme, dont les yeux étaient fixés sur le comte, sans aucune expression de colère ni de haine.

– Que faites-vous donc, mon enfant, que faites-vous ? s'écria Madame Louise, et pourquoi revenir à cet homme que vous aviez fui ? Vous étiez en sûreté ici ; je vous l'avais dit.

– Elle est en sûreté aussi dans ma maison, Madame, répondit le comte.

Puis se retournant vers la jeune femme :

– N'est-ce pas, Lorenza, dit-il, que vous êtes en sûreté chez moi ?

– Oui, répondit la jeune fille.

La princesse, au comble de l'étonnement, joignit les mains et se laissa retomber dans son fauteuil.

– Maintenant, Lorenza, dit le comte d'une voix douce mais dans laquelle néanmoins l'accent du commandement se faisait sentir, maintenant on m'accuse de vous avoir fait violence. Dites, vous ai-je violentée en quelque chose que ce soit ?

– Jamais, répondit la jeune femme d'une voix claire et précise, mais sans accompagner cette dénégation d'aucun mouvement.

– Alors, s'écria la princesse, que signifie toute cette histoire d'enlèvement que vous m'avez faite ?

Lorenza demeura muette ; elle regardait le comte comme si la vie et la parole, qui en est l'expression, devaient lui venir de lui.

– Son Altesse désire sans doute savoir comment vous êtes sortie du couvent, Lorenza. Racontez tout ce qui s'est passé depuis le moment où vous vous êtes évanouie dans le chœur jusqu'à celui où vous vous êtes réveillée dans la chaise de poste.

Lorenza demeura silencieuse.

– Racontez la chose dans tous ses détails, continua le comte, sans rien omettre. Je le veux.

Lorenza ne put comprimer un frémissement.

– Je ne me rappelle point, dit-elle.

– Cherchez dans vos souvenirs, et vous vous rappellerez.

– Ah ! oui, oui, en effet, dit Lorenza avec le même accent monotone, je me souviens.

– Parlez !

– Lorsque je me fus évanouie, au moment même où les ciseaux touchaient mes cheveux, on m'emporta dans ma cellule et l'on me coucha sur mon lit. Jusqu'au soir, ma mère resta près de moi, et, comme je demeurais toujours sans connaissance, on envoya chercher le chirurgien du village, lequel me tâta le pouls, passa un miroir devant mes lèvres et, reconnaissant que mes artères étaient sans battements et ma bouche sans haleine, déclara que j'étais morte.

– Mais comment savez-vous tout cela ? demanda la princesse.

– Son Altesse désire connaître comment vous savez tout cela, répéta le comte.

– Chose étrange ! dit Lorenza, je voyais et j'entendais ; seulement, je ne pouvais ouvrir les yeux, parler ni remuer ; j'étais en léthargie.

– En effet, dit la princesse, Tronchin m'a parlé parfois de personnes tombées en léthargie et qui avaient été enterrées vivantes.

– Continuez, Lorenza.

– Ma mère se désespérait et ne voulait point croire à ma mort ; elle déclara qu'elle passerait encore près de moi la nuit et la journée du lendemain.

« Elle le fit ainsi qu'elle l'avait dit ; mais les trente-six heures pendant lesquelles elle me veilla s'écoulèrent sans que je fisse un mouvement, sans que je poussasse un soupir.

« Trois fois le prêtre était venu, et chaque fois il avait dit à ma mère que c'était se révolter contre Dieu que de vouloir retenir mon corps sur la terre, quand déjà il avait mon âme ; car il ne doutait pas qu'étant morte dans toutes les conditions du salut et au moment où j'allais prononcer les paroles qui scellaient mon éternelle alliance avec le Seigneur, il ne doutait pas, disait-il, que mon âme ne fût montée droit au ciel.

« Ma mère insista tant qu'elle obtint de me veiller encore pendant toute la nuit du lundi au mardi.

« Le mardi matin, j'étais toujours dans le même état d'insensibilité.

« Ma mère se retira vaincue. Les religieuses criaient au sacrilège. Les cierges étaient allumés dans la chapelle, où je devais, selon l'habitude, être exposée un jour et une nuit.

« Ma mère une fois sortie, les ensevelisseuses entrèrent dans ma chambre ; comme je n'avais pas prononcé mes vœux, on me mit une robe blanche, on ceignit mon front d'une couronne de roses blanches, on plaça mes bras en croix sur ma poitrine, puis on demanda :

« – La bière !

« La bière fut apportée dans ma chambre ; un profond frisson-
nement courut par tout mon corps ; car, je vous le répète, à travers
mes paupières fermées, je voyais tout comme si mes yeux eussent été
tout grands ouverts.

« On me prit et l'on me déposa dans le cercueil.

« Puis, le visage découvert, comme c'est l'habitude chez nous
autres Italiennes, on me descendit dans la chapelle et l'on me plaça
au milieu du chœur, avec des cierges allumés tout autour de moi et
un bénitier à mes pieds.

« Toute la journée, les paysans de Subiaco entrèrent dans la
chapelle, prièrent pour moi et jetèrent de l'eau bénite sur mon corps.

« Le soir vint. Les visites cessèrent ; on ferma en dedans les
portes de la chapelle, moins la petite porte, et la sœur infirmière
resta seule près de moi.

« Cependant une pensée terrible m'agitait pendant mon sommeil ; c'était le lendemain que devait avoir lieu l'enterrement, et je
sentais que j'allais être enterrée toute vive, si quelque puissance inconnue ne venait à mon secours.

« J'entendais les unes après les autres les heures : neuf heures
sonnèrent, puis dix heures, puis onze heures.

« Chaque coup retentissait dans mon cour ; car j'entendais,
chose effrayante ! le glas de ma propre mort.

« Ce que je fis d'efforts pour vaincre ce sommeil glacé, pour rompre ces liens de fer qui m'attachaient au fond de mon cercueil, Dieu seul le sait ; mais il le vit, puisqu'il eut pitié de moi.

« Minuit sonna.

« Au premier coup, il me sembla que tout mon corps était secoué par un mouvement convulsif pareil à celui que j'avais l'habitude d'éprouver quand Acharat s'approchait de moi ; puis j'éprouvai une commotion au cœur ; puis je le vis apparaître à la porte de la chapelle.

— Est-ce de l'effroi que vous éprouvâtes alors ? demanda le comte de Fœnix.

— Non, non, ce fût du bonheur, ce fut de la joie, ce fut de l'extase, car je comprenais qu'il venait m'arracher à cette mort désespérée que je redoutais tant. Il marcha lentement vers mon cercueil, me regarda un instant avec un sourire plein de tristesse, puis il me dit :

« – Lève-toi et marche.

« Les liens qui retenaient mon corps étendu se rompirent aussitôt ; à cette voix puissante, je me levai, et je mis un pied hors de mon cercueil.

« – Es-tu heureuse de vivre ? me demanda-t-il.

« – Oh ! oui, répondis-je.

« – Eh bien, alors suis-moi.

« L'infirmière, habituée au funèbre office qu'elle remplissait près de moi, après l'avoir rempli près de tant d'autres sœurs, dormait sur sa chaise. Je passai près d'elle sans l'éveiller, et je suivis celui qui, pour la seconde fois, m'arrachait à la mort.

« Nous arrivâmes dans la cour. Je revis ce ciel tout parsemé d'étoiles brillantes que je n'espérais plus revoir. Je sentis cet air frais de la nuit que les morts ne sentent plus, mais qui est si doux aux vivants.

« – Maintenant, me demanda-t-il, avant de quitter ce couvent, choisissez entre Dieu et moi. Voulez-vous être religieuse ? Voulez-vous me suivre ?

« – Je veux vous suivre, répondis-je.

« – Alors, venez, dit-il une seconde fois.

« Nous arrivâmes à la porte du tour ; elle était fermée.

« – Où sont les clefs ? me demanda-t-il.

« – Dans les poches de la sœur tourière.

« – Et où sont ces poches ?

« – Sur une chaise, près de son lit.

« – Entrez chez elle sans bruit, prenez les clefs, choisissez celle de la porte, et apportez-la-moi.

« J'obéis. La porte de la loge n'était point fermée en dedans. J'entrai. J'allai droit à la chaise. Je fouillai dans les poches ; je trouvai les clefs ; parmi le trousseau, je trouvai celle du tour et je l'apportai.

« Cinq minutes après, le tour s'ouvrait et nous étions dans la rue.

« Alors je pris son bras et nous courûmes vers l'extrémité du village de Subiaco. À cent pas de la dernière maison, une chaise de poste attendait toute attelée. Nous montâmes dedans, et elle partit au galop.

– Et aucune violence ne vous fut faite ? aucune menace ne fut proférée ? vous suivîtes cet homme volontairement ?

Lorenza resta muette.

– Son Altesse royale vous demande, Lorenza, si par quelque menace ou quelque violence je vous forçai de me suivre ?

– Non.

– Et pourquoi le suivîtes-vous ?

– Dites, pourquoi m'avez-vous suivi ?

– Parce que je vous aimais, dit Lorenza.

Le comte de Fœnix se retourna vers la princesse avec un sourire triomphant.

Chapitre LII

Son Éminence le cardinal de Rohan

Ce qui se passait sous les yeux de la princesse était tellement extraordinaire, qu'elle se demandait, elle, l'esprit fort et tendre à la fois, si l'homme qu'elle avait devant les yeux n'était pas véritablement un magicien disposant des cœurs et des esprits à sa volonté.

Mais le comte de Fœnix ne voulut point s'en tenir là.

– Ce n'est pas tout, Madame, dit-il, et Votre Altesse n'a entendu de la bouche même de Lorenza qu'une partie de notre histoire ; elle pourrait donc conserver des doutes si, de sa bouche encore, elle n'entendait le reste.

Alors, se retournant vers la jeune femme :

– Vous souvient-il, chère Lorenza, dit-il, de la suite de notre voyage, et que nous avons visité ensemble Milan, le lac Majeur, l'Oberland, le Righi et le Rhin magnifique, qui est le Tibre du Nord ?

– Oui, dit la jeune femme avec son même accent monotone, oui, Lorenza a vu tout cela.

– Entraînée par cet homme, n'est-ce pas, mon enfant ? cédant à une force irrésistible dont vous ne vous rendiez pas compte vous-même ? demanda la princesse.

– Pourquoi croire cela, Madame, quand loin de là, tout ce que Votre Altesse vient d'entendre lui prouve le contraire ? Eh ! d'ailleurs, tenez, s'il vous faut une preuve plus palpable encore, un témoin matériel, voici une lettre de Lorenza elle-même. J'avais été obligé de la laisser malgré moi, seule à Mayence ; eh bien, elle me regrettait, elle me désirait, car, en mon absence, elle m'écrivait ce billet que Votre Altesse peut lire.

Le comte tira une lettre de son portefeuille et la remit à la princesse.

La princesse lut :

« Reviens, Acharat ; tout me manque quand tu me quittes. Mon Dieu ! quand donc serai-je à toi pour l'éternité ?

« Lorenza »

La princesse se leva, la flamme de la colère au front, et s'approcha de Lorenza le billet à la main.

Celle-ci la laissa s'approcher sans la voir, sans l'entendre : elle semblait ne voir et n'entendre que le comte.

– Je comprends, dit vivement celui-ci, qui paraissait décidé à se faire jusqu'au bout l'interprète de la jeune femme. Votre Altesse doute et veut savoir si le billet est bien d'elle. Soit : Votre Altesse sera éclaircie par elle même. Lorenza, répondez : qui a écrit ce billet ?

Il prit le billet, le mit dans la main de sa femme, qui appliqua aussitôt cette main sur son cœur.

– C'est Lorenza, dit-elle.

– Et Lorenza sait-elle ce qu'il y a dans cette lettre ?

– Sans doute.

– Eh bien, dites à la princesse ce qu'il y a dans cette lettre, afin qu'elle ne croie pas que je la trompe quand je lui dis que vous m'aimez. Dites-lui. Je le veux.

Lorenza parut faire un effort ; mais, sans déplier le billet, sans le porter à ses yeux, elle lut :

« Reviens, Acharat ; tout me manque quand tu me quittes. Mon Dieu ! quand donc serai-je à toi pour l'éternité ?

« Lorenza »

– C'est à ne pas croire, dit la princesse, et je ne vous crois pas, car il y a dans tout ceci quelque chose d'inexplicable, de surnaturel.

– Ce fut cette lettre, continua le comte de Fœnix, comme s'il n'eût point entendu Madame Louise, ce fut cette lettre qui me détermina à presser notre union. J'aimais Lorenza autant qu'elle m'aimait. Notre position était fausse. D'ailleurs, dans cette vie aventureuse que je mène, un malheur pouvait arriver : je pouvais mourir, et si je mourais, je voulais que tous mes biens appartinssent à Lorenza : aussi, en arrivant à Strasbourg, nous nous mariâmes.

– Vous vous mariâtes ?

– Oui.

– Impossible !

– Pourquoi cela, Madame ? dit en souriant le comte, et qu'y avait-il d'impossible, je vous le demande, à ce que le comte de Fœnix épousât Lorenza Feliciani ?

– Mais elle m'a dit elle-même qu'elle n'était point votre femme.

Le comte, sans répondre à la princesse, se retourna vers Lorenza :

– Vous rappelez-vous quel jour nous nous mariâmes ? lui demanda-t-il.

– Oui, répondit-elle, ce fut le 3 de mai !

– Où cela ?

– À Strasbourg.

– Dans quelle église ?

– Dans la cathédrale même, à la chapelle Saint-Jean.

– Opposâtes-vous quelque résistance à cette union ?

– Non ; j'étais trop heureuse.

– C'est que, vois-tu, Lorenza, continua le comte, la princesse croit qu'on t'a fait violence. On lui a dit que tu me haïssais.

Et, en disant ces paroles, le comte prit la main de Lorenza.

Le corps de la jeune femme frissonna tout entier de bonheur.

– Moi, dit-elle, te haïr ? Oh ! non ; je t'aime. Tu es bon, tu es généreux, tu es puissant !

– Et depuis que tu es ma femme, dis, Lorenza, ai-je jamais abusé de mes droits d'époux ?

– Non, tu m'as respectée comme ta fille, et je suis ton amie pure et sans tache.

Le comte se retourna vers la princesse, comme pour lui dire : « Vous entendez ? »

Saisie d'épouvante, Madame Louise avait reculé jusqu'aux pieds du Christ d'ivoire appliqué sur un fond de velours noir au mur du cabinet.

– Est-ce là tout ce que Votre Altesse désire savoir ? dit le comte en laissant retomber la main de Lorenza.

– Monsieur, monsieur, s'écria la princesse, ne m'approchez pas, ni elle non plus.

En ce moment, on entendit le bruit d'un carrosse qui s'arrêtait à la porte de l'abbaye.

– Ah ! s'écria la princesse, voilà le cardinal ; nous allons savoir enfin à quoi nous en tenir.

Le comte de Fœnix s'inclina, dit quelques mots à Lorenza et attendit avec le calme d'un homme qui aurait le don de diriger les événements.

Un instant après, la porte s'ouvrit et l'on annonça Son Éminence M. le cardinal de Rohan.

La princesse, rassurée par la présence d'un tiers, vint reprendre sa place sur son fauteuil en disant :

– Faites entrer.

Le cardinal entra. Mais il n'eut pas plutôt salué la princesse, qu'apercevant Balsamo :

– Ah ! c'est vous, monsieur ! dit-il avec surprise.

– Vous connaissez monsieur ? demanda la princesse de plus en plus étonnée.

– Oui, dit le cardinal.

– Alors, s'écria Madame Louise, vous allez nous dire qui il est ?

– Rien de plus facile, dit le cardinal : monsieur est sorcier.

– Sorcier ! murmura la princesse.

– Pardon, Madame, dit le comte, Son Éminence s'expliquera tout à l'heure, et à la satisfaction de tout le monde, je l'espère.

– Est-ce que monsieur aurait fait aussi quelque prédiction à Son Altesse royale, que je la vois bouleversée à ce point ? demanda M. de Rohan.

– L'acte de mariage ! L'acte, sur-le-champ ! s'écria la princesse.

Le cardinal regardait étonné, car il ignorait ce que pouvait signifier cette exclamation.

– Le voici, dit le comte en le présentant au cardinal.

– Qu'est-ce là ? demanda celui-ci.

– Monsieur, dit la princesse, il s'agit de savoir si cette signature est bonne et si cet acte est valide.

Le cardinal lut le papier que lui présentait la princesse.

– Cet acte est un acte de mariage parfaitement en forme, et cette signature est celle de M. Remy, curé de la chapelle Saint-Jean ; mais qu'importe à Votre Altesse ?

– Oh ! il m'importe beaucoup, monsieur. Ainsi la signature... ?

– Est bonne ; mais rien ne me dit qu'elle n'ait pas été extorquée.

– Extorquée, n'est-ce pas ? c'est possible, s'écria la princesse.

– Et le consentement de Lorenza aussi, n'est-ce pas ? dit le comte avec une ironie qui s'adressait directement à la princesse.

– Mais par quels moyens, voyons, monsieur le cardinal, par quels moyens aurait-on pu extorquer cette signature ? Dites, le savez-vous ?

– Par ceux qui sont au pouvoir de monsieur par des moyens magiques.

– Magiques ! Cardinal, mais est-ce bien vous ?...

– Monsieur est sorcier ; je l'ai dit et je ne m'en dédis pas.

– Votre Éminence veut plaisanter.

– Non pas, et la preuve, c'est que, devant vous, je veux avoir avec monsieur une sérieuse explication.

– J'allais la demander à Votre Éminence, dit le comte.

– À merveille, mais n'oubliez pas que c'est moi qui interroge, dit le cardinal avec hauteur.

– Et moi, dit le comte, n'oubliez pas qu'à toutes vos interrogations je répondrai, même devant Son Altesse, si vous y tenez. Mais vous n'y tiendrez pas, j'en suis certain.

Le cardinal sourit.

– Monsieur, dit-il, c'est un rôle difficile à jouer de notre temps que celui de sorcier. Je vous ai vu à l'œuvre ; vous y avez eu un grand succès ; mais tout le monde, je vous en préviens, n'aura pas la patience et surtout la générosité de madame la dauphine.

– De madame la dauphine ? s'écria la princesse.

– Oui, Madame, dit le comte, j'ai eu l'honneur d'être présenté à Son Altesse royale.

– Et comment avez-vous reconnu cet honneur, monsieur ? Dites, dites.

– Hélas ! reprit le comte, plus mal que je n'eusse voulu ; car je n'ai point de haine personnelle contre les hommes, et surtout contre les femmes.

– Mais qu'a donc fait monsieur à mon auguste nièce ? dit Madame Louise.

– Madame, dit le comte, j'ai eu le malheur de lui dire la vérité qu'elle me demandait.

– Oui, la vérité, une vérité qui l'a fait évanouir.

– Est-ce ma faute, reprit le comte de cette voix puissante qui devait si bien tonner en certains moments ; est-ce ma faute, si cette vérité était si terrible qu'elle devait produire de semblables effets ? Est-ce moi qui ai cherché la princesse ? Est-ce moi qui ai demandé à lui être présenté ? Non, je l'évitais, au contraire ; on m'a amené près d'elle presque de force ; elle m'a interrogé en ordonnant.

– Mais qu'était-ce donc que cette vérité si terrible que vous lui avez dite, monsieur ? demanda la princesse.

– Cette vérité, Madame, répondit le comte, c'est le voile de l'avenir que j'ai déchiré.

– De l'avenir ?

– Oui, Madame, de cet avenir qui a paru si menaçant à Votre Altesse royale, qu'elle a essayé de le fuir dans un cloître, de le combattre au pied des autels par ses prières et par ses larmes.

– Monsieur !

– Est-ce ma faute, Madame, si cet avenir, que vous avez pressenti comme sainte, m'a été révélé, à moi, comme prophète, et si madame la dauphine, épouvantée de cet avenir qui la menace personnellement, s'est évanouie lorsqu'il lui a été révélé ?

– Vous l'entendez ? dit le cardinal.

– Hélas ! dit la princesse.

– Car son règne est condamné, s'écria le comte, comme le règne le plus fatal et le plus malheureux de toute la monarchie.

– Monsieur ! s'écria la princesse.

– Quant à vous, Madame, continua le comte, peut-être vos prières ont-elles obtenu grâce ; mais vous ne verrez rien de tout cela, car vous serez dans les bras du Seigneur quand ces choses arriveront. Priez ! Madame, priez !

La princesse, dominée par cette voix prophétique qui répondait si bien aux terreurs de son âme, tomba à genoux aux pieds du crucifix et se mit effectivement à prier avec ferveur.

Alors le comte, se tournant vers le cardinal, et le précédant dans l'embrasure d'une fenêtre :

– À nous deux, monsieur le cardinal ; que me vouliez-vous ?

Le cardinal alla rejoindre le comte.

Les personnages étaient disposés ainsi :

La princesse, au pied du crucifix, priait avec ferveur ; Lorenza, immobile, muette, les yeux ouverts et fixes comme s'ils ne voyaient pas, était debout au milieu de l'appartement. Les deux hommes se tenaient dans l'embrasure de la fenêtre, le comte appuyé sur l'espagnolette, le cardinal à moitié caché par le rideau.

– Que me voulez-vous ? répéta le comte. Parlez.

– Je veux savoir qui vous êtes.

– Vous le savez.

– Moi ?

– Sans doute. N'avez-vous pas dit que j'étais sorcier ?

– Très bien. Mais, là-bas, on vous nommait Joseph Balsamo ; ici, l'on vous nomme le comte de Fœnix.

– Eh bien, que prouve cela ? Que j'ai changé de nom, voilà tout.

– Oui ; mais savez-vous que de pareils changements, de la part d'un homme comme vous, donneraient fort à penser à M. de Sartine ?

Le comte sourit.

– Oh ! monsieur, dit-il, que voilà une petite guerre pour un Rohan ! Comment, Votre Éminence argumente sur des mots ! *Verba et voces*, dit le latin. N'a-t on rien de pis à me reprocher ?

– Vous devenez railleur, je crois, dit le cardinal.

– Je ne le deviens pas, c'est mon caractère.

– Alors, je vais me donner une satisfaction.

– Laquelle ?

– Celle de vous faire baisser le ton.

– Faites, monsieur.

– Ce sera, j'en suis certain, faire ma cour à madame la dauphine.

– Ce qui ne sera pas du tout inutile dans les termes où vous êtes avec elle, dit flegmatiquement Balsamo.

– Et si je vous faisais arrêter, monsieur de l'horoscope, que diriez-vous ?

– Je dirais que vous avez grand tort, monsieur le cardinal.

– En vérité ! dit l'Éminence avec un mépris écrasant ; et qui donc trouverait cela ?

– Vous-même, monsieur le cardinal.

– Je vais donc en donner l'ordre de ce pas ; alors, on saura quel est au juste ce baron Joseph Balsamo, comte de Fœnix, rejeton illustre d'un arbre généalogique dont je n'ai vu la graine en aucun champ héraldique de l'Europe.

– Monsieur, dit Balsamo, que ne vous êtes-vous informé de moi à votre ami M. de Breteuil ?

– M. de Breteuil n'est pas mon ami.

– C'est-à-dire qu'il ne l'est plus, mais il l'a été et de vos meilleurs même ; car vous lui avez écrit certaine lettre…

– Quelle lettre ? demanda le cardinal en se rapprochant.

– Plus près, monsieur le cardinal, plus près ; je ne voudrais point parler haut de peur de vous compromettre.

Le cardinal se rapprocha encore.

– De quelle lettre voulez-vous parler ? dit-il.

– Oh ! vous le savez bien.

– Dites toujours.

– Eh bien, d'une lettre que vous écrivîtes de Vienne à Paris, à l'effet de faire manquer le mariage du dauphin.

Le prélat laissa échapper un mouvement d'effroi.

– Cette lettre... ? balbutia-t-il.

– Je la sais par cœur.

– C'est une trahison de M. de Breteuil, alors ?

– Pourquoi cela ?

– Parce que, lorsque le mariage fut décidé, je la lui redemandai.

– Et il vous dit ?...

– Qu'elle était brûlée.

– C'est qu'il n'osa vous dire qu'elle était perdue.

– Perdue ?

– Oui... Or, une lettre perdue, vous comprenez, il se peut qu'on la retrouve.

– Si bien que cette lettre que j'ai écrite à M. de Breteuil ?...

– Oui.

– Qu'il m'a dit avoir brûlée ?...

– Oui.

– Et qu'il avait perdue ?...

– Je l'ai retrouvée. Oh ! mon Dieu ! par hasard, en passant dans la cour de marbre à Versailles.

– Et vous ne l'avez pas fait remettre à M. de Breteuil ?

– Je m'en serais bien gardé.

– Pourquoi cela ?

– Parce que, en ma qualité de sorcier, je savais que Votre Éminence, à qui je veux tant de bien, moi, me voulait mal de mort. Alors vous comprenez : un homme désarmé qui sait qu'en traversant un bois il va être attaqué, et qui trouve un pistolet tout chargé sur la lisière de ce bois...

– Eh bien ?

– Eh bien, cet homme est un sot s'il se dessaisit de ce pistolet.

Le cardinal eut un éblouissement et s'appuya sur le rebord de la fenêtre.

Mais, après un instant d'hésitation, dont le comte dévorait les variations sur son visage :

– Soit, dit-il. Mais il ne sera pas dit qu'un prince de ma maison aura plié devant la menace d'un charlatan. Cette lettre eût-elle été perdue, l'eussiez-vous trouvée, dût-elle être montrée à madame la dauphine elle-même ; cette lettre dût-elle me perdre comme homme politique, je soutiendrai mon rôle de sujet loyal, de fidèle ambassadeur. Je dirai ce qui est vrai, c'est-à-dire que je trouvais cette alliance nuisible aux intérêts de mon pays, et mon pays me défendra ou me plaindra.

– Et si quelqu'un, dit le comte, se trouve là, qui dise que l'ambassadeur, jeune, beau, galant, ne doutant de rien, vu son nom de Rohan et son titre de prince, ne disait point cela parce qu'il croyait l'alliance autrichienne nuisible aux intérêts de la France, mais parce que, gracieusement reçu d'abord par l'archiduchesse Marie-Antoinette, cet orgueilleux ambassadeur avait eu la vanité de voir dans cette affabilité quelque chose de plus que... de l'affabilité, que répondra le fidèle sujet, le loyal ambassadeur ?

– Il niera, monsieur, car de ce sentiment que vous prétendez avoir existé, il ne reste aucune preuve.

– Ah ! si fait, monsieur, vous vous trompez : il reste la froideur de madame la dauphine pour vous.

Le cardinal hésita.

– Tenez, mon prince, dit le comte, croyez-moi, au lieu de nous brouiller, comme ce serait déjà fait si je n'avais plus de prudence que vous, restons bons amis.

– Bons amis ?

– Pourquoi pas ? Les bons amis sont ceux qui nous rendent des services.

– En ai-je jamais réclamé de vous ?

– C'est le tort que vous avez eu ; car depuis deux jours que vous êtes à Paris...

– Moi ?

– Oui, vous. Eh ! mon Dieu, pourquoi vouloir me cacher cela, à moi qui suis sorcier ? Vous avez quitté la princesse à Soissons, vous êtes venu en poste à Paris par Villers-Cotterêts et Dammartin, c'est-à-dire par la route la plus courte, et vous êtes venu demander à vos bons amis de Paris des services qu'ils vous ont refusés. Après lesquels refus, vous êtes reparti en poste pour Compiègne, et cela désespéré.

Le cardinal semblait anéanti.

– Et quel genre de services pouvais-je donc attendre de vous, demanda-t-il, si je m'étais adressé à vous ?

– Les services qu'on demande à un homme qui fait de l'or.

– Et que m'importe que vous fassiez de l'or ?

– Peste ! quand on a cinq cent mille francs à payer dans les quarante-huit heures... Est-ce bien cinq cent mille francs ? Dites.

– Oui, c'est bien cela.

– Vous demandez à quoi importe d'avoir un ami qui fait de l'or ? Cela importe que les cinq cent mille francs qu'on n'a pu trouver chez personne, on les trouvera chez lui.

– Et où cela ? demanda le cardinal.

– Rue Saint-Claude, au Marais.

– À quoi reconnaîtrai-je la maison ?

– À une tête de griffon en bronze qui sert de marteau à la porte.

– Quand pourrai-je m'y présenter ?

– Après-demain, monseigneur, vers six heures du soir, s'il vous plaît, et ensuite...

– Ensuite ?

– Toutes et quantes fois il vous fera plaisir d'y venir. Mais, tenez, notre conversation finit à temps, voici la princesse qui a terminé sa prière.

Le cardinal était vaincu ; il n'essaya point de résister plus longtemps, et, s'approchant de la princesse :

– Madame, dit-il, je suis forcé d'avouer que M. le comte de Fœnix a parfaitement raison, que l'acte dont il est porteur est on ne peut plus valable, et qu'enfin les explications qu'il m'a données m'ont complètement satisfait.

Le comte s'inclina.

– Qu'ordonne Votre Altesse royale ? demanda-t-il.

– Un dernier mot à cette jeune femme.

Le comte s'inclina une seconde fois en signe d'assentiment.

– C'est de votre propre et entière volonté que vous voulez quitter le couvent de Saint-Denis, où vous étiez venue me demander un refuge ?

– Son Altesse, reprit vivement Balsamo, demande si c'est de votre propre et entière volonté que vous voulez quitter le couvent de Saint-Denis où vous étiez venue demander un asile ? Répondez, Lorenza.

– Oui, dit la jeune femme, c'est de ma propre volonté.

— Et cela pour suivre votre mari, le comte de Fœnix ?

— Et cela pour me suivre ? répéta le comte.

— Oh ! oui, dit la jeune femme.

— En ce cas, dit la princesse, je ne vous retiens ni l'un ni l'autre, car ce serait faire violence aux sentiments. Mais, s'il y a quelque chose dans tout ceci qui sorte de l'ordre naturel des choses, que la punition du Seigneur retombe sur celui qui, à son profit ou dans ses intérêts, aura troublé l'harmonie de la nature... Allez, monsieur le comte de Fœnix ; allez, Lorenza Feliciani, je ne vous retiens plus... Seulement, reprenez vos bijoux.

— Ils sont aux pauvres, Madame, dit le comte de Fœnix ; et, distribuée par vos mains, l'aumône sera deux fois agréable à Dieu. Je ne redemande que mon cheval Djérid.

— Vous pouvez le réclamer en passant, monsieur. Allez !

Le comte s'inclina devant la princesse et présenta son bras à Lorenza, qui vint s'y appuyer et qui sortit avec lui sans prononcer une parole.

— Ah ! monsieur le cardinal, dit la princesse en secouant tristement la tête, il y a des choses incompréhensibles et fatales dans l'air que nous respirons.

Chapitre LIII

Le retour de Saint-Denis

En s'éloignant de Philippe, Gilbert, comme nous l'avons dit, était rentré dans la foule.

Mais cette fois ce n'était plus le cœur bondissant d'attente et de joie qu'il se jetait dans le flot bruissant, c'était l'âme ulcérée par une douleur que le bon accueil de Philippe et ses obligeantes offres de service n'avaient pu adoucir.

Andrée ne se doutait pas qu'elle eût été cruelle pour Gilbert. La belle et sereine jeune fille ignorait complètement qu'il pût y avoir entre elle et le fils de sa nourrice aucun point de contact, ni pour la douleur ni pour la joie. Elle passait au-dessus des sphères inférieures, jetant sur elles son ombre ou sa lumière, selon qu'elle était elle-même souriante ou sombre. Cette fois, l'ombre de son dédain avait glacé Gilbert ; et comme elle n'avait fait que suivre l'impulsion de sa propre nature, elle ignorait elle-même qu'elle avait été dédaigneuse.

Mais Gilbert, comme un athlète désarmé, avait tout reçu en plein cœur, regards de mépris et paroles superbes ; et Gilbert n'avait pas encore assez de philosophie pour ne pas se donner, tout saignant comme il l'était, la consolation du désespoir.

Aussi, à partir du moment où il fut rentré dans la foule, ne s'inquiéta-t-il plus ni des chevaux, ni des hommes. Rassemblant ses forces, au risque de s'égarer ou de se faire broyer, il s'élança comme un sanglier blessé à travers la multitude et se fit ouvrir un passage.

Lorsque les couches les plus épaisses du peuple eurent été franchies, le jeune homme commença de respirer plus librement, et, jetant les yeux autour de lui, il vit la verdure, la solitude et l'eau.

Sans savoir où il allait, il avait couru jusqu'à la Seine, et se trouvait presque en face de l'île Saint-Denis. Alors, épuisé, non de la fatigue du corps, mais des angoisses de l'esprit, il se laissa rouler sur le gazon, et, enfermant sa tête dans ses deux mains, il se mit à rugir frénétiquement comme si cette langue du lion rendait mieux ses douleurs que le cri et la parole de l'homme.

En effet, tout cet espoir vague et indécis, qui jusque-là avait laissé tomber quelques lueurs furtives sur ces désirs insensés dont il n'osait pas même se rendre compte, tout cet espoir n'était-il pas éteint d'un coup ? À quelque degré de l'échelle sociale qu'à force de génie, de science ou d'étude, montât Gilbert, il restait toujours Gilbert pour Andrée, c'est-à-dire une chose ou un homme (c'étaient ses propres expressions) dont son père avait eu tort de prendre le moindre souci, et qui ne valait pas la peine qu'on abaissât les yeux jusqu'à lui.

Un instant il avait cru qu'en le voyant à Paris, qu'en apprenant qu'il y était venu à pied, qu'en connaissant cette résolution où il était de lutter avec son obscurité, jusqu'à ce qu'il l'eût terrassée, Andrée applaudirait à cet effort. Et voilà que non seulement le *macte animo* avait manqué au généreux enfant, mais encore il n'avait recueilli de tant de fatigue et d'une si haute résolution que la dédaigneuse indifférence qu'Andrée avait toujours eue pour le Gilbert de Taverney.

Bien plus, n'avait-elle pas failli se fâcher quand elle avait su que ses yeux avaient eu l'audace de plonger dans son solfège ? Si Gilbert eut touché seulement le solfège du bout du doigt, sans doute il n'eût plus été bon qu'à être brûlé.

Dans les cœurs faibles, une déception, un mécompte, ne sont rien autre chose qu'un coup sous lequel l'amour ploie pour se relever plus fort et plus persévérant. Ils témoignent leurs souffrances par des plaintes, par des larmes : ils ont la passivité du mouton sous le couteau. Il y a plus, l'amour de ces martyrs s'accroît souvent des douleurs qui le devraient tuer ; ils se disent que leur douceur aura sa récompense ; cette récompense, c'est le but vers lequel ils marchent, que le chemin soit bon ou mauvais ; seulement, si le chemin est mauvais, ils arriveront plus tard, voilà tout, mais ils arriveront.

Il n'en est point ainsi des cœurs forts, des tempéraments volontaires, des organisations puissantes. Ces cœurs-là s'irritent à la vue de leur sang qui coule, et leur énergie s'en accroît si sauvagement, qu'on les croirait dès lors plus haineux qu'aimants. Il ne faut pas les accuser ; chez eux, l'amour et la haine se touchent de si près, qu'ils ne sentent point le passage de l'un à l'autre.

Aussi, quand Gilbert se roulait ainsi, terrassé par sa douleur, savait-il s'il aimait ou s'il haïssait Andrée ? Non, il souffrait, voilà tout. Seulement, comme il n'était pas capable d'une longue patience, il se jeta hors de son abattement, décidé à se mettre à la poursuite de quelque énergique résolution.

– Elle ne m'aime pas, pensa-t-il, c'est vrai ; mais aussi je ne pouvais point, je ne devais point espérer qu'elle m'aimât. Ce que j'avais le droit d'exiger d'elle, c'était ce doux intérêt qui s'attache aux malheureux qui ont l'énergie de lutter contre leur malheur. Ce qu'a compris son frère, elle ne l'a pas compris, elle. Il m'a dit : « Qui sait ? peut-être deviendras-tu un Colbert, un Vauban ! » Si je devenais l'un ou l'autre, lui me rendrait justice et me donnerait sa sœur en récompense de ma gloire acquise, comme il me l'eût donnée en échange de mon aristocratie native, si j'étais venu au monde son égal. Mais pour elle ! oh ! oui, je le sens bien... Oh ! Colbert, oh ! Vauban, seraient toujours Gilbert, car ce qu'elle méprise en moi, c'est ce que rien ne peut effacer, ce que rien ne peut dorer, ce que rien ne peut couvrir... c'est l'infirmité de ma naissance. Comme si, en supposant que j'arrivasse à mon but, je n'avais pas eu plus à grandir pour arriver jusqu'à elle que si j'étais né à côté d'elle ! Oh ! créature folle ! être insensé ! Oh ! femme, femme ! c'est-à-dire imperfection.

« Fiez-vous à ce beau regard, à ce front développé, à ce sourire intelligent, à ce port de reine ! voilà mademoiselle de Taverney, c'est-à-dire une femme que sa beauté fait digne de gouverner le monde... Vous vous trompez : c'est une provinciale guindée, gourmée, emmaillotée dans les préjugés aristocratiques. Tous ces beaux jeunes gens au cerveau vide, à l'esprit éventé, qui ont eu toutes les ressources pour tout apprendre et qui ne savent rien, sont pour elle des égaux ; ceux-là, ce sont des choses et des hommes auxquels elle doit faire attention... Gilbert c'est un chien, moins qu'un chien ; elle a demandé, je crois, des nouvelles de Mahon, elle n'eût point demandé des nouvelles de Gilbert !

« Oh ! elle ignore donc que je suis aussi fort qu'eux ; que, lorsque je porterai des habits pareils aux leurs, je serai aussi beau qu'eux ; que j'ai, de plus qu'eux, une volonté inflexible, et que si je veux... »

Un sourire terrible se dessina sur les lèvres de Gilbert, qui laissa mourir la phrase inachevée.

Puis lentement, et en fronçant le sourcil, il abaissa sa tête sur sa poitrine.

Que se passa-t-il en ce moment dans cette âme obscure ? sous quelle terrible idée s'inclina ce front pâle, déjà jauni par les veilles, déjà creusé par la pensée ? qui le dira ?

Est-ce le marinier qui descendait le fleuve sur sa toue, en fredonnant la chanson de Henri IV ? Est-ce la joyeuse lavandière qui revenait de Saint-Denis après avoir vu le cortège, et qui, se détournant de son chemin pour passer à distance de lui, prit peut-être pour un voleur ce jeune oisif étendu sur le gazon au milieu des perches chargées de linge ?

Au bout d'une demi-heure de méditation profonde, Gilbert se releva froid et résolu ; il descendit à la Seine, but un large coup d'eau, regarda autour de lui, et vit à sa gauche les flots lointains du peuple au sortir de Saint-Denis.

Au milieu de cette foule, on distinguait les premiers carrosses, marchant au pas, pressés qu'ils étaient par la cohue ; ils suivaient la route de Saint-Ouen.

La dauphine avait voulu que son entrée fût une fête de famille. Aussi, la famille usa-t-elle du privilège ; on la vit se placer tellement près du spectacle royal, que bon nombre de Parisiens montèrent sur les sièges de la livrée et se pendirent, sans être inquiétés, aux lourdes soupentes des voitures.

Gilbert eut bien vite reconnu le carrosse d'Andrée, Philippe galopait ou plutôt piaffait à la portière de la voiture.

– C'est bien, dit-il. Il faut que je sache où elle va ; et, pour que je sache où elle va, il faut que je la suive.

Gilbert suivit.

La dauphine devait aller souper à la Muette, en petit comité, avec le roi, le dauphin, M. le comte de Provence, M. le comte d'Artois ; et, il faut le dire, Louis XV avait poussé l'oubli des convenances jusque-là : à Saint-Denis, le roi avait invité madame la dauphine, et lui avait donné la liste des convives en lui présentant un crayon et en l'invitant à rayer ceux de ces convives qui ne lui conviendraient pas.

Arrivée au nom de madame du Barry, placé le dernier, la dauphine avait senti ses lèvres blêmir et trembler ; mais, soutenue par les instructions de l'impératrice sa mère, elle avait appelé toutes ses forces à son secours, et, avec un charmant sourire, elle avait rendu la liste et le crayon au roi, en lui disant qu'elle était bien heureuse d'être admise du premier coup dans l'intimité de sa famille.

Gilbert ignorait cela, et ce ne fut qu'à la Muette qu'il reconnut les équipages de madame du Barry et Zamore, hissé sur son grand cheval blanc.

Heureusement, il faisait déjà sombre ; Gilbert se jeta dans un massif, se coucha ventre à terre, et attendit.

Le roi fit souper sa bru avec sa maîtresse, et se montra d'une gaieté charmante, surtout lorsqu'il eut vu madame la dauphine accueillir madame du Barry mieux encore qu'elle ne l'avait fait à Compiègne.

Mais M. le dauphin, sombre et soucieux, prétexta un grand mal de tête et se retira avant qu'on se mît à table.

Le souper se prolongea jusqu'à onze heures.

Cependant, les gens de la suite, et force était à la fière Andrée d'avouer qu'elle était de ces gens là, cependant les gens de la suite soupèrent aux pavillons, au son de la musique que leur envoya le roi. En outre, comme les pavillons étaient trop petits, cinquante maîtres soupèrent à des tables dressées sur le gazon, servis par cinquante valets à la livrée royale.

Gilbert, toujours dans son taillis, ne perdit rien de ce coup d'œil. Il tira de sa poche un morceau de pain qu'il avait acheté à Clichy-la-Garenne et soupa comme les autres, tout en surveillant ceux qui partaient.

Madame la dauphine, après le souper, parut sur le balcon : elle venait prendre congé de ses hôtes. Le roi se tenait près d'elle ; madame du Barry, avec le tact que ses ennemis même admiraient en elle, se tint au fond de la chambre et demeura hors de vue.

Chacun passa au pied du balcon pour saluer le roi, et Son Altesse royale madame la dauphine connaissant déjà beaucoup de ceux qui l'avaient accompagnée, le roi lui nommait ceux qu'elle ne connaissait pas. De temps en temps un mot gracieux, un heureux à-propos tombait de ses lèvres et faisait la joie de ceux auxquels il était adressé.

Gilbert voyait de loin toute cette bassesse, et se disait :

– Je suis plus grand que tous ces gens-là, car, pour tout l'or du monde, je ne ferais pas ce qu'ils font.

Le tour vint de M. de Taverney et de sa famille. Gilbert se souleva sur un genou.

– Monsieur Philippe, dit la dauphine, je vous donne congé pour conduire monsieur votre père et mademoiselle votre sœur à Paris.

Gilbert entendit ces paroles, qui, dans le silence de la nuit et au milieu du recueillement de ceux qui écoutaient et regardaient, vinrent vibrer à ses oreilles.

Madame la dauphine ajouta :

– Monsieur de Taverney, je ne puis vous loger encore ; partez donc avec mademoiselle pour Paris, jusqu'à ce que j'aie installé ma maison à Versailles ; mademoiselle, pensez un peu à moi.

Gilbert vit la blanche figure d'Andrée s'incliner sous ces paroles avec un respect mêlé d'attendrissement.

– Bon, murmura Gilbert, elle retourne à Paris où je demeure aussi, moi.

Le baron passa avec son fils et sa fille. Beaucoup d'autres venaient après eux, à qui la dauphine avait encore de pareilles choses à dire, mais peu importait à Gilbert.

Il se glissa hors du taillis et suivit le baron au milieu des cris confus de deux cents laquais courant après leurs maîtres, de cinquante cochers répondant aux laquais, et de soixante voitures roulant sur le pavé comme autant de tonnerres.

Comme M. de Taverney avait un carrosse de la cour, ce carrosse attendait à part. Il y monta avec Andrée et Philippe, puis la portière se referma sur eux.

– Mon ami, dit Philippe au laquais qui refermait la portière, montez sur le siège avec le cocher.

– Pourquoi donc ? pourquoi donc ? demanda le baron.

– Parce que le pauvre diable se tient debout depuis le matin et doit être fatigué, dit Philippe.

Le baron grommela quelques paroles que Gilbert ne put entendre. Le laquais monta près du cocher.

Gilbert s'approcha.

Au moment où la voiture allait se mettre en route, on s'aperçut qu'un des traits était détaché.

Le cocher descendit, et la voiture demeura un instant encore stationnaire.

– Il est bien tard, dit le baron.

– Je suis horriblement fatiguée, murmura Andrée ; trouverons-nous à coucher, au moins ?

– Je l'espère, dit Philippe. J'ai envoyé directement La Brie et Nicole de Soissons à Paris. Je leur ai donné une lettre pour un de mes amis, le chargeant de retenir un petit pavillon que sa mère et sa sœur ont habité l'année passée. Ce n'est pas un logement de luxe, mais c'est une demeure commode. Vous ne cherchez point à paraître, vous ne demandez qu'à attendre.

– Ma foi, dit le baron, cela vaudra toujours bien Taverney.

– Malheureusement, oui, mon père, dit Philippe en souriant avec mélancolie.

– Aurai-je des arbres ? demanda Andrée.

– Oui, et de fort beaux. Seulement, selon toute probabilité, vous n'en jouirez pas longtemps ; car, aussitôt le mariage fait, vous serez présentée.

– Allons, nous faisons un beau rêve : tâchons de ne pas nous réveiller trop tôt. Philippe, as-tu donné l'adresse au cocher ?

Gilbert écouta avec anxiété.

– Oui, mon père, dit Philippe.

Gilbert, qui avait tout entendu, avait eu un instant l'espoir d'entendre l'adresse.

– N'importe, dit-il, je les suivrai. Il n'y a qu'une lieue d'ici à Paris.

Le trait était rattaché, le cocher remonté sur son siège, le carrosse se mit à rouler.

Mais les chevaux du roi vont vite, quand la file ne les force point à aller doucement ; si vite, qu'ils rappelèrent au pauvre Gilbert la route de la Chaussée, son évanouissement, son impuissance.

Il fit un effort, atteignit le marchepied de derrière, laissé vacant par le laquais. Fatigué, Gilbert s'y cramponna, s'y assit et roula.

Mais presque aussitôt la pensée lui vint qu'il était monté derrière la voiture d'Andrée, c'est-à-dire à la place d'un laquais.

– Eh bien, non ! murmura l'inflexible jeune homme, il ne sera pas dit que je n'ai point lutté jusqu'au dernier moment ; mes jambes sont fatiguées, mais mes bras ne le sont point.

Et, saisissant de ses deux mains le marchepied, sur lequel il avait posé la pointe de ses souliers, il se fit traîner au-dessous du siège, et, malgré les cahots, les secousses, il se maintint par la vigueur de ses bras dans cette position difficile, plutôt que de capituler avec sa conscience.

– Je saurai son adresse, murmura-t-il, je la saurai. Encore une mauvaise nuit à passer ; mais demain je me reposerai sur mon siège, en copiant de la musique. Il me reste de l'argent, d'ailleurs, et je puis m'accorder deux heures de sommeil si je veux.

Puis il pensait que Paris était bien grand, et qu'il allait être perdu, lui qui ne le connaissait pas, quand le baron, son fils et sa fille seraient rentrés dans la maison que leur avait choisie Philippe.

Heureusement qu'il était près de minuit et que le jour venait à trois heures et demie du matin.

Comme il réfléchissait à tout cela, Gilbert remarqua qu'il traversait une grande place au milieu de laquelle s'élevait une statue équestre.

– Tiens, l'on dirait la place des Victoires, fit-il joyeux et surpris à la fois.

La voiture tourna, Andrée mit sa tête à la portière.

Philippe dit :

– C'est la statue du feu roi. Nous arrivons.

On descendit par une pente assez rapide ; Gilbert faillit rouler sous les roues.

– Nous voici arrivés, dit Philippe.

Gilbert laissa ses pieds toucher la terre et s'élança de l'autre côté de la rue, où il se tapit derrière une borne.

Philippe sauta le premier hors de la voiture, sonna, et, se retournant, reçut Andrée dans ses bras.

Le baron descendit le dernier.

– Eh bien ! dit-il, ces marauds-là vont-ils nous faire passer la nuit ici ?

En ce moment les voix de La Brie et de Nicole résonnèrent, et une porte s'ouvrit.

Les trois voyageurs s'engloutirent dans une sombre cour dont la porte se referma sur eux.

La voiture et les laquais partirent ; ils retournaient aux écuries du roi.

La maison dans laquelle venaient de disparaître les trois voyageurs n'avait rien de remarquable ; mais la voiture, en passant, éclaira la maison voisine, et Gilbert put lire :

Hôtel d'Armenonville.

Il lui restait à connaître la rue.

Il gagna l'extrémité la plus voisine, celle d'ailleurs par laquelle s'était éloigné le carrosse, et, à son grand étonnement, à cette extrémité il rencontra la fontaine à laquelle il avait l'habitude de boire.

Il fit dix pas dans une rue en retour parallèle à celle qu'il quittait, et reconnut le boulanger qui lui vendait son pain.

Il doutait encore et revint jusqu'à l'angle de la rue. À la lueur lointaine d'un réverbère, il put lire alors sur un fond de pierre blanche les deux mots qu'il avait lus trois jours auparavant en revenant d'herboriser avec Rousseau dans les bois de Meudon :

« Rue Plâtrière. »

Ainsi Andrée était à cent pas de lui, moins loin qu'il n'y avait, à Taverney, de sa petite chambre près de la grille au château.

Alors, il regagna sa porte, espérant que le bienheureux bout de ficelle qui soulevait le loquet intérieur ne serait point tiré en dedans.

Gilbert était dans son jour de chance. Il en passait quelques fils ; à l'aide de ces fils, il attira le tout à lui : la porte céda.

Le jeune homme trouva l'escalier à tâtons, monta marche à marche, sans faire de bruit, et finit par toucher des doigts le cadenas de sa chambre, auquel Rousseau, par complaisance, avait laissé la clef.

Au bout de dix minutes, la fatigue l'avait emporté sur la préoccupation, et Gilbert s'endormait dans l'impatience du lendemain.

Chapitre LIV

Le pavillon

Rentré tard, couché vite, endormi lourdement, Gilbert avait oublié de placer sur sa lucarne le lambeau de toile à l'aide duquel il interceptait la lumière du soleil levant.

Ce soleil, frappant sur ses yeux à cinq heures du matin, le réveilla bientôt ; il se leva, inquiet d'avoir trop dormi.

Gilbert, homme des champs, savait à merveille reconnaître l'heure au gisement du soleil et à la couleur plus ou moins chaude de ses rayons. Il courut consulter son horloge.

La pâleur de la lumière, éclairant à peine le faîte des hauts arbres, le rassura ; au lieu de s'être levé trop tard, il s'était levé trop tôt.

Gilbert fit sa toilette à sa lucarne, songeant aux événements de la veille, et exposa avec délices son front brûlant et alourdi à la brise fraîche du matin ; puis il se souvint qu'Andrée logeait dans une rue voisine, près de l'hôtel d'Armenonville, et il chercha à deviner dans laquelle de toutes ces maisons logeait Andrée.

La vue des ombrages qu'il dominait lui rappela une des paroles de la jeune fille qu'il avait entendues la veille.

« Y a-t-il des arbres ? » avait demandé Andrée à Philippe.

– Que n'avait-elle choisi le pavillon inhabité du jardin, se disait Gilbert.

Cette réflexion ramena naturellement le jeune homme à s'occuper de ce pavillon.

Par une coïncidence étrange avec sa pensée, un bruit et un mouvement inaccoutumés appelaient d'ailleurs son regard de ce côté ; une des fenêtres de ce pavillon, fenêtre qui semblait depuis si longtemps condamnée, s'ébranlait sous une main maladroite ou faible ; le bois cédait par en haut ; mais, attaché sans doute par l'humidité au rebord de la croisée, il résistait en refusant de se développer au dehors.

Enfin une secousse plus violente fit crier le chêne, et les deux battants, brusquement chassés, laissèrent entrevoir une jeune fille, toute rouge encore des efforts qu'elle venait de faire, et secouant ses mains poudreuses.

Gilbert jeta un cri d'étonnement et se retira en arrière. Cette jeune fille, toute bouffie encore de sommeil, et qui se détirait au grand air, c'était mademoiselle Nicole.

Il n'y avait pas un doute à conserver. La veille, Philippe avait annoncé à son père et à sa sœur que La Brie et Nicole préparaient leur logement. Ce pavillon était donc le logement préparé. Cette maison de la rue Coq-Héron, où s'étaient engouffrés les voyageurs, avait donc ses jardins contigus au derrière de la rue Plâtrière.

Le mouvement de Gilbert avait été si accentué, que, si Nicole, assez éloignée du reste, n'eût pas été si occupée de cette contemplation oisive qui devient un bonheur au moment du réveil, elle eût vu notre philosophe au moment où il se retirait de sa lucarne.

Mais Gilbert s'était retiré d'autant plus rapidement, qu'il ne se fût pas arrangé d'être découvert par Nicole à la lucarne d'un toit ; peut-être s'il eût habité un premier étage, et si, par sa fenêtre ouverte, on eût pu apercevoir derrière lui de riches tapisseries et des meubles somptueux, Gilbert eût-il moins craint de se faire voir. mais la mansarde du cinquième le classait encore trop bas dans les infériorités sociales pour qu'il ne mît pas une grande attention à se dérober. D'ailleurs, il y a toujours un grand avantage dans ce monde à voir sans être vu.

Puis, si Andrée savait qu'il était là, ne serait-ce pas suffisant ou pour faire déménager Andrée, ou pour qu'Andrée ne se promenât point dans le jardin ?

Hélas ! l'orgueil de Gilbert le grandissait encore à ses propres yeux. Qu'importait Gilbert à Andrée et en quoi Andrée pouvait-elle remuer un pied pour s'approcher ou pour s'éloigner de Gilbert ? N'était-elle pas de cette race de femmes qui sortent du bain devant un laquais ou un paysan, parce qu'un laquais ou un paysan ne sont point des hommes ?

Mais Nicole, elle, n'était point de cette race-là, et il fallait éviter Nicole.

Voilà surtout pourquoi Gilbert s'était retiré si brusquement.

Mais Gilbert ne pouvait s'être retiré pour demeurer éloigné de la fenêtre ; il se rapprocha donc doucement et hasarda son œil à l'angle de la lucarne.

Une seconde fenêtre venait de s'ouvrir, située au rez-de-chaussée, exactement au-dessous de la première, et une forme blanche apparaissait à cette fenêtre : c'était Andrée qui venait de s'éveiller, en peignoir du matin et occupée à chercher sa mule, qui venait de s'échapper de son petit pied encore tout endormi et qui s'était égarée sous une chaise.

Gilbert avait beau se jurer, chaque fois qu'il voyait Andrée, de se faire un rempart de sa haine, au lieu de se laisser aller à son amour, le même effet était reproduit par la même cause ; il fut obligé de s'appuyer à la muraille, son cœur battait comme s'il allait se rompre, et ses battements faisaient bouillonner le sang par tout son corps.

Cependant peu à peu les artères du jeune homme se calmèrent, et il put réfléchir. Il s'agissait, comme nous l'avons dit de voir sans être vu. Il prit une des robes de Thérèse, l'attacha avec une épingle à une corde qui traversait sa fenêtre dans toute sa largeur, et, sous ce rideau improvisé, il put voir Andrée sans crainte d'en être vu.

Andrée imita Nicole ; elle étendit ses beaux bras blancs, qui, un instant, par leur extension, disjoignirent le peignoir ; puis elle se pencha sur la rampe de sa fenêtre pour interroger plus à son aise les jardins environnants.

Alors son visage exprima une satisfaction marquée ; elle qui souriait si rarement aux hommes, elle sourit sans arrière-pensée aux choses. De tous côtés elle était ombragée par de grands arbres, de tous côtés elle était entourée de verdure.

La maison de Gilbert attira les regards d'Andrée comme toutes les autres maisons qui faisaient ceinture au jardin. De la place où était Andrée, on ne pouvait en voir que les mansardes, de même que les mansardes seules aussi pouvaient voir chez Andrée. Elle n'attira donc point son attention. Que pouvait importer à la fière jeune fille la race qui demeurait là-haut ?

Andrée demeura donc convaincue, après son examen, qu'elle était seule, invisible, et que sur les limites de cette tranquille retraite n'apparaissait aucun visage curieux ou jovial de ces Parisiens moqueurs, si redoutés des femmes de province.

Ce résultat fut immédiat. Andrée, laissant sa fenêtre toute grande ouverte, pour que l'air matinal pût baigner jusqu'aux derniers recoins de sa chambre, alla vers sa cheminée, tira le cordon d'une sonnette et commença de s'habiller, ou plutôt de se déshabiller, dans la pénombre de la chambre.

Nicole arriva, détacha les courroies d'un nécessaire de chagrin qui datait de la reine Anne, prit le peigne d'écaille et déroula les cheveux d'Andrée.

En un moment les longues tresses et les boucles touffues glissèrent comme un manteau sur les épaules de la jeune fille.

Gilbert poussa un soupir étouffé. À peine s'il reconnaissait ces beaux cheveux d'Andrée, que la mode et l'étiquette venaient de couvrir de poudre. mais il reconnaissait Andrée, Andrée à moitié dévêtue, cent fois plus belle de sa négligence qu'elle ne l'eût été des plus pompeux apprêts. Sa bouche crispée n'avait plus de salive, ses doigts brûlaient de fièvre, son œil s'éteignait à force de fixité.

Le hasard fit que, tout en se faisant coiffer, Andrée leva la tête et que ses yeux se fixèrent sur la mansarde de Gilbert.

– Oui, oui, regarde, regarde, murmura Gilbert ; tu auras beau regarder, tu ne verras rien, et moi je vois tout.

Gilbert se trompait, Andrée voyait quelque chose ; c'était cette robe flottante, enroulée autour de la tête du jeune homme et qui lui servait de turban.

Elle montra du doigt cet étrange objet à Nicole.

Nicole interrompit la besogne compliquée qu'elle avait entreprise, et, désignant la lucarne avec le peigne, elle parut demander à sa maîtresse si c'était bien là l'objet qu'elle désignait.

Cette télégraphie, que dévorait Gilbert et dont il jouissait éperdument, avait, sans qu'il s'en doutât, un troisième spectateur.

Gilbert, tout à coup, sentit une main brusque arracher de son front la robe de Thérèse et tomba foudroyé en apercevant Rousseau.

– Que diable faites-vous là, monsieur ? s'écria le philosophe avec un sourcil froncé et une grimace fâcheuse, et un examen scrutateur de la robe empruntée à sa femme.

Gilbert s'efforça de détourner l'attention de Rousseau de la lucarne.

– Rien ! monsieur, dit-il, absolument rien.

– Rien... Alors, pourquoi vous cachiez-vous sous cette robe ?

– Le soleil me blessait.

– Nous sommes au couchant, et le soleil vous blesse au moment où il se lève ? Vous avez les yeux bien délicats, jeune homme.

Gilbert balbutia quelques mots, et, sentant qu'il s'enferrait, finit par cacher sa tête dans ses deux mains.

– Vous mentez et vous avez peur, dit Rousseau ; donc, vous faisiez mal.

Et à la suite de cette terrible logique, qui acheva de bouleverser Gilbert, Rousseau vint se camper carrément devant la fenêtre.

Par un sentiment trop naturel pour qu'il ait besoin d'être expliqué, Gilbert, qui tout à l'heure tremblait d'être vu à cette fenêtre, s'y élança dès que Rousseau y fut.

– Ah ! ah ! dit celui-ci d'un ton qui figea le sang dans les veines de Gilbert, le pavillon est habité maintenant.

Gilbert ne souffla point le mot.

– Et par des gens, continua le philosophe ombrageux, par des gens qui connaissent ma maison, car ils se la montrent.

Gilbert, qui comprit qu'il s'était trop avancé, fit un mouvement en arrière.

Ni le mouvement ni la cause qui l'avait produit n'échappèrent à Rousseau ; il comprit que Gilbert tremblait d'être vu.

– Non pas, dit-il en saisissant le jeune homme par le poignet ; non pas, mon jeune ami ; il y a là-dessous quelque trame ; on désigne votre mansarde ; placez-vous là, s'il vous plaît.

Et il l'emmena en face de la fenêtre, découvert, éclatant.

– Oh ! non, monsieur, non, par grâce ! s'écria Gilbert en se tordant pour échapper.

Mais, pour échapper, ce qui était facile à un jeune homme fort et agile comme Gilbert, il fallait engager une lutte avec son dieu ; le respect le retenait.

– Vous connaissez ces femmes, dit Rousseau, et elles vous connaissent ?

– Non, non, non, monsieur.

– Alors, si vous ne les connaissez pas et que vous leur soyez inconnu, pourquoi ne pas vous montrer ?

– Monsieur Rousseau, vous avez eu parfois des secrets dans votre vie, n'est ce pas ? Eh bien, pitié pour un secret.

– Ah ! traître ! s'écria Rousseau, oui, je connais les secrets de cette espèce ; tu es une créature des Grimm, des d'Holbach ; ils t'ont fait apprendre un rôle pour capter ma bienveillance, tu t'es introduit chez moi et tu me livres ; oh ! triple sot que je suis, oh ! stupide amant de la nature, je crois secourir un de mes semblables, et j'amène chez moi un espion.

– Un espion ! s'écria Gilbert révolté.

– Voyons ! quel jour me vendras-tu, Judas ? dit Rousseau se drapant avec la robe de Thérèse, qu'il avait machinalement gardée à sa main, et se croyant sublime de douleur, quand malheureusement il n'était que risible.

– Monsieur, vous me calomniez, dit Gilbert.

– Te calomnier, petit serpent, s'écria Rousseau, quand je te trouve occupé à correspondre par gestes avec mes ennemis, à leur raconter par signes, peut être, que sais-je, le sujet de mon dernier ouvrage !

– Monsieur, si j'étais venu chez vous pour trahir le secret de votre travail, j'aurais plus tôt fait de copier vos manuscrits qui sont sur votre bureau, que de raconter par signes le sujet qu'ils traitent.

C'était vrai, et Rousseau sentit si bien qu'il avait dit une de ces énormités qui lui échappaient dans ses monomanies de terreur, qu'il se fâcha.

– Monsieur, dit-il, j'en suis désespéré pour vous, mais l'expérience m'a rendu sévère ; ma vie s'est écoulée dans les décep- tions ; j'ai été trahi par tous, renié par tous, livré, vendu, martyrisé par tous. Je suis, vous le savez, un des illustres malheureux que les gouvernements mettent au ban de la société. Dans une pareille situa- tion, il est permis d'être soupçonneux, or, vous m'êtes suspect, et vous allez sortir de chez moi.

Gilbert ne s'attendait pas à cette péroraison.

Lui, être chassé !

Il ferma ses poings crispés, et un éclair qui fit frissonner Rousseau passa dans ses yeux.

Mais cet éclair passa sans durer et s'éteignit sans bruit.

Gilbert avait réfléchi qu'en partant il allait perdre le bonheur si doux de voir Andrée à chaque instant du jour, et cela en perdant l'amitié de Rousseau : c'était à la fois le malheur et la honte.

Il tomba du haut de son orgueil sauvage, et joignant les deux mains :

– Monsieur, dit-il, écoutez-moi ; un mot, un seul.

– Je suis impitoyable, s'écria Rousseau ; les hommes m'ont rendu, par leurs injustices, plus féroce qu'un tigre. Vous correspondez avec mes ennemis, allez les rejoindre, je ne vous en empêche pas : liguez-vous avec eux, je ne m'y oppose pas, mais sortez de chez moi.

– Monsieur, ces deux jeunes filles ne sont pas vos ennemies : c'est mademoiselle Andrée et Nicole.

– Qu'est-ce que mademoiselle Andrée ? demanda Rousseau, à qui ce nom, prononcé déjà deux ou trois fois par Gilbert, n'était pas tout à fait étranger ; qu'est-ce que mademoiselle Andrée ? Dites !

– Mademoiselle Andrée, monsieur, est la fille du baron de Taverney ; c'est, oh ! excusez-moi de vous dire de telles choses, mais c'est vous qui m'y forcez, c'est celle que j'aime plus que vous n'avez aimé mademoiselle Galley, madame de Warrens, ni personne ; c'est celle que j'ai suivie à pied, sans argent, sans pain, jusqu'à ce que je tombasse sur la route écrasé de fatigue et brisé de douleur. c'est celle que j'ai été revoir hier à Saint-Denis, derrière laquelle j'ai couru jusqu'à la Muette, que j'ai de nouveau accompagnée sans qu'elle me vit de la Muette à la rue voisine de la vôtre ; c'est celle que par hasard j'ai retrouvée ce matin habitant ce pavillon ; c'est celle enfin pour laquelle je voudrais devenir ou Turenne, ou Richelieu, ou Rousseau !

Rousseau connaissait le cœur humain et savait le diapason de ses cris ; il savait que le meilleur comédien ne pouvait avoir cet accent trempé de larmes avec lequel Gilbert parlait, et ce geste fiévreux avec lequel il accompagnait ses paroles.

– Ainsi, dit-il, cette jeune dame, c'est mademoiselle Andrée ?

– Oui, monsieur Rousseau.

– Donc, vous la connaissez ?

– Je suis le fils de sa nourrice.

– Alors, vous mentiez donc tout à l'heure quand vous disiez que vous ne la connaissiez pas, et, si vous n'êtes pas un traître, vous êtes un menteur.

– Monsieur, dit Gilbert, vous me déchirez le cœur, et, en vérité, vous me feriez moins de mal en me tuant à cette place.

— Bah ! phraséologie, style de Diderot et de Marmontel ; vous êtes un menteur, monsieur.

— Eh bien ! oui, dit Gilbert, je suis un menteur, monsieur, et tant pis pour vous si vous ne comprenez pas un pareil mensonge. Un menteur ! un menteur !... Ah ! je pars... adieu ! Je pars désespéré, et vous aurez mon désespoir sur la conscience.

Rousseau se caressait le menton en regardant ce jeune homme, qui avait avec lui-même de si frappantes analogies.

— Voilà un grand cœur ou un grand fourbe, se dit-il ; mais, après tout, si l'on conspire contre moi, pourquoi ne tiendrais-je pas dans ma main les fils de la conspiration ?

Gilbert avait fait quatre pas vers la porte, et, la main posée sur la serrure, il attendait un dernier mot qui le chassât tout à fait ou qui le rappelât.

— Assez sur ce sujet, mon fils, dit Rousseau. Si vous êtes amoureux au point que vous le dites, hélas ! tant pis pour vous. Mais voilà qu'il se fait tard, vous avez perdu la journée d'hier, nous avons trente pages de copie à faire aujourd'hui entre nous deux. Alerte, Gilbert, alerte !

Gilbert saisit la main du philosophe et l'appuya contre ses lèvres ; il n'en eût certes pas tant fait de la main d'un roi.

Mais, avant de sortir, et tandis que Gilbert tout ému se tenait contre la porte, Rousseau s'approcha une dernière fois de la fenêtre et regarda les deux jeunes filles.

En ce moment, Andrée justement venait de laisser tomber son peignoir, et prenait une robe des mains de Nicole.

Elle vit cette tête pâle, ce corps immobile, fit un brusque mouvement en arrière et ordonna à Nicole de fermer la fenêtre.

Nicole obéit.

– Allons, dit Rousseau, ma vieille tête lui a fait peur ; cette jeune figure ne l'effrayait pas tantôt. Oh ! belle jeunesse ! ajouta-t-il en soupirant :

O gioventù primavera del età !

O primavera gioventù del anno ![3]

Et rattachant au clou la robe de Thérèse, il descendit mélancoliquement l'escalier sur les pas de Gilbert, contre la jeunesse duquel il eût peut-être échangé en ce moment cette réputation qui balançait celle de Voltaire, et partageait avec elle l'admiration du monde entier.

_____

[3] *Ô jeunesse, printemps de la vie !*
  Ô printemps, jeunesse de l'année !

Chapitre LV

La maison de la rue Saint-Claude

La rue Saint-Claude, dans laquelle le comte de Fœnix avait donné rendez-vous au cardinal de Rohan, n'était pas tellement différente à cette époque de ce qu'elle est maintenant, qu'on n'y puisse retrouver encore les vestiges des localités que nous allons essayer de peindre.

Elle aboutissait, comme elle le fait aujourd'hui, à la rue Saint-Louis et au boulevard, passant par cette même rue Saint-Louis entre le couvent des Filles du Saint-Sacrement et l'hôtel de Voysins, tandis qu'aujourd'hui elle sépare à son bout une église et un magasin d'épiceries.

Comme aujourd'hui, elle rejoignait le boulevard par une pente assez rapide.

Elle était riche de quinze maisons et de sept lanternes.

Deux impasses s'y remarquaient.

L'une, à gauche, et celle-là formait enclave sur l'hôtel de Voysins ; l'autre, à droite, nord, sur le grand jardin des Filles du Saint-Sacrement.

Cette dernière impasse, ombragée à droite par les arbres du couvent, était bordée à gauche par le grand mur gris d'une maison qui s'élevait dans la rue Saint-Claude.

Ce mur, semblable au visage d'un cyclope, n'avait qu'un œil, ou, si l'on aime mieux, qu'une fenêtre, encore cette fenêtre, treillissée, grillagée, barrée, était-elle abominablement noire.

Juste au-dessous de cette fenêtre qui jamais ne s'ouvrait, on le voyait aux toiles d'araignée qui la tapissaient au dehors ; juste au dessous de cette fenêtre, disons-nous, était une porte garnie de larges clous et d'un marteau en tête de griffon, laquelle indiquait, non point qu'on entrait, mais qu'on pouvait entrer de ce côté dans la maison.

Pas d'habitations dans ce cul-de-sac ; deux habitants seulement : un savetier dans une boîte de bois et une ravaudeuse dans un tonneau, tous deux s'abritant sous les acacias du couvent, qui, dès neuf heures du matin, versaient une large fraîcheur au sol poudreux.

Le soir, la ravaudeuse regagnait son domicile ; le savetier cadenassait son palais, et rien ne surveillait plus la ruelle, sinon l'œil sombre et morne de cette fenêtre dont nous avons déjà parlé.

Outre la porte que nous avons dite, la maison que nous avons entrepris de décrire le plus exactement possible avait une entrée principale dans la rue Saint-Claude. Cette entrée, qui était une porte cochère avec des sculptures d'un relief qui rappelait l'architecture du temps de Louis XIII, était ornée de ce marteau à tête de griffon que le comte de Fœnix avait indiqué comme renseignement positif au cardinal de Rohan.

Quant aux fenêtres, elles avaient vue sur le boulevard, et, dès le matin, étaient visitées pour le soleil levant.

Paris, à cette époque, et dans ce quartier surtout, n'était pas bien sûr. On ne s'étonnait donc pas d'y voir les fenêtres grillées et les murailles hérissées d'artichauts de fer.

Nous disons cela parce que le premier étage de notre maison ne ressemblait pas mal à une forteresse. Contre les ennemis, contre les larrons et contre les amants, il offrait des balcons de fer aux mille pointes acérées ; un fossé profond ceignait le bâtiment du côté du boulevard, et quant à parvenir dans ce fort par la rue, il eût fallu des échelles de trente pieds pour y parvenir. Le mur en avait trente-deux, et il masquait ou plutôt enterrait la cour d'honneur.

Cette maison, devant laquelle tout passant, étonné, inquiet et curieux, s'arrêterait aujourd'hui, n'avait cependant point, en 1770, un aspect bien étrange. Tout au contraire, elle était en harmonie avec le quartier, et si les bons habitants de la rue Saint-Louis et les habitants non moins bons de la rue Saint-Claude fuyaient les alentours de cet hôtel, ce n'était point à cause de l'hôtel lui-même, car sa réputation était encore intacte, mais à cause du boulevard désert de la porte Saint-Louis, assez mal famé, et du pont aux Choux, dont les deux arches, jetées sur un égout, paraissaient à tout Parisien un peu au courant des traditions les infranchissables colonnes de Gadés.

En effet, le boulevard, de ce côté, ne conduisait à rien qu'à la Bastille. On n'y voyait pas dix maisons en l'espace d'un quart de lieue : aussi l'édilité n'ayant pas jugé à propos d'éclairer ce rien, ce vide, ce néant, passé huit heures l'été et quatre heures l'hiver, c'était le chaos, plus les voleurs.

Ce fut cependant par ce boulevard, le soir, vers neuf heures, que rentra un carrosse rapide, trois quarts d'heure environ après la visite de Saint-Denis.

Les armes du comte de Fœnix décoraient les panneaux de ce carrosse.

Quant au comte, il précédait le carrosse à vingt pas, monté sur Djérid, qui faisait siffler sa longue queue en aspirant la chaleur opaque du pavé poudreux.

Dans le carrosse aux rideaux fermés reposait Lorenza, endormie sur des coussins.

La porte s'ouvrit comme par enchantement devant le bruit des roues, et le carrosse, après s'être engouffré dans les noires profondeurs de la rue Saint Claude, disparut dans la cour de la maison que nous venons de décrire.

La porte se referma derrière lui.

Il n'était certes pas besoin cependant d'un si grand mystère : personne n'était là pour voir rentrer le comte de Fœnix ou pour le gêner en quelque chose que ce fût, eût-il rapporté de Saint-Denis le trésor abbatial dans les coffres de sa voiture.

Maintenant, quelques mots sur l'intérieur de cette maison, qu'il est important pour nous de faire connaître à nos lecteurs, notre intention étant de les y ramener plus d'une fois.

Dans cette cour dont nous parlions et dont l'herbe vivace, jouant comme une mine continue, essayait, par un travail incessant, de disjoindre les pavés, on voyait à droite les écuries, à gauche les remises, et au fond un perron conduisant vers une porte à laquelle on montait indifféremment, d'un côté ou de l'autre, par un double escalier de douze marches.

Par le bas, l'hôtel, du moins ce qui en était accessible, se composait d'une immense antichambre, d'une salle à manger remarquable par un grand luxe d'argenterie entassée dans des dressoirs, et enfin d'un salon qui paraissait meublé tout récemment, exprès peut-être pour recevoir ses nouveaux locataires.

En sortant de ce salon et en rentrant dans l'antichambre, on se trouvait en face d'un grand escalier conduisant au premier étage. Ce premier étage se composait de trois chambres de maître.

Mais un géomètre habile, en mesurant de l'œil la circonférence de l'hôtel et en calculant le diamètre, aurait pu s'étonner de trouver si peu de logement dans une pareille étendue.

C'est que, dans cette première maison apparente, il existait une seconde maison cachée, et connue seulement de celui qui l'habitait.

En effet, dans l'antichambre, à côté d'une statue du dieu Harpocrate qui, les doigts sur les lèvres, semblait recommander le silence dont il est l'emblème, jouait, mise en mouvement par un ressort, une petite porte perdue dans les ornements d'architecture. Cette porte donnait accès à un escalier pris dans un corridor et de la largeur de ce corridor qui, à la hauteur de l'autre premier étage à peu près, conduisait à une petite chambre prenant son jour par deux fenêtres grillées, donnant sur une cour intérieure.

Cette cour intérieure était la boîte qui renfermait et cachait à tous les yeux la seconde maison.

La chambre à laquelle conduisait cet escalier était évidemment une chambre d'homme. Les descentes de lit et les tapis placés devant les fauteuils et les canapés étaient des plus magnifiques fourrures que fournissent l'Afrique et l'Inde. C'étaient des peaux de lion, de tigre et de panthère, aux yeux étincelants et aux dents encore menaçantes ; les murailles, tendues en cuir de Cordoue, du dessin le plus large et le plus harmonieux, étaient décorées d'armes de toute espèce, depuis le tomahawk du Huron jusqu'au criss du Malais, depuis l'épée en croix des anciens chevaliers jusqu'au cangiar de l'Arabe, depuis l'arquebuse incrustée d'ivoire du XVIe jusqu'au fusil damasquiné d'or du XVIIIe.

On eût inutilement cherché à cette chambre une issue autre que celle de l'escalier ; peut-être y en avait-il une ou plusieurs, mais inconnues, mais invisibles.

Un domestique allemand, de vingt-cinq à trente ans, le seul qu'on eût vu depuis plusieurs jours errer dans la vaste maison, referma au verrou la porte cochère, et, ouvrant la porte de la voiture pendant que le cocher impassible dételait déjà les chevaux, il tira du carrosse Lorenza endormie et la porta entre ses bras jusqu'à l'antichambre ; là, il la déposa sur une table couverte d'un tapis rouge et abaissa sur ses pieds, avec discrétion, le long voile blanc qui enveloppait la jeune femme.

Puis il sortit pour aller allumer aux lanternes de la voiture un chandelier à sept branches qu'il rapporta tout enflammé.

Mais, pendant cet intervalle, si court qu'il eût été, Lorenza avait disparu.

En effet, derrière le valet de chambre, le comte de Fœnix était entré ; il avait pris Lorenza entre ses bras à son tour ; il l'avait portée par la porte dérobée et par l'escalier secret dans la chambre des armes, après avoir avec soin refermé les deux portes derrière lui.

Une fois là, du bout du pied, il pressa un ressort placé dans l'angle de la cheminée à haut manteau. Aussitôt une porte, qui n'était autre que la plaque de cette cheminée, roula sur deux gonds silencieux, et le comte, passant sous le chambranle, disparut, refermant avec le pied, comme il l'avait ouverte, cette porte mystérieuse.

De l'autre côté de la cheminée, il avait trouvé un second escalier, et, après avoir monté quinze marches tapissées de velours d'Utrecht, il avait atteint le seuil d'une chambre élégamment tendue de satin broché de fleurs aux couleurs si vives et aux formes si bien dessinées, qu'on eût pu les prendre pour des fleurs naturelles.

Le meuble pareil était de bois doré ; deux grandes armoires d'écaille incrustées de cuivre, un clavecin et une toilette en bois de rose, un beau lit tout diapré, des porcelaines de Sèvres, composaient la partie indispensable du mobilier ; des chaises, des fauteuils et des sofas, disposés avec symétrie, dans un espace de trente pieds carrés, ornaient le reste de l'appartement, qui, au reste, ne se composait que d'un cabinet de toilette et d'un boudoir attenant à la chambre.

Deux fenêtres masquées par d'épais rideaux donnaient le jour à cette chambre ; mais, comme il faisait nuit à cette heure, les rideaux n'avaient rien à cacher.

Le boudoir et le cabinet de toilette n'avaient aucune ouverture. Des lampes consumant une huile parfumée les éclairaient le jour comme la nuit, et, s'enlevant à travers le plafond, étaient entretenues par des mains invisibles.

Dans cette chambre, pas un bruit, pas un souffle ; on eût dit être à cent lieues du monde. Seulement, l'or y brillait de tous côtés, de belles peintures souriaient sur les murailles, et de longs cristaux de Bohême, aux facettes chatoyantes, s'illuminaient comme des yeux ardents, lorsque, après avoir déposé Lorenza sur un sofa, le comte, mal satisfait de la lumière tremblante du boudoir, fit jaillir le feu de cet étui d'argent qui avait tant préoccupé Gilbert, et alluma sur la cheminée deux candélabres chargés de bougies roses.

Alors il revint vers Lorenza, et, mettant sur une pile de coussins un genou en terre devant elle :

– Lorenza ! dit-il.

La jeune femme, à cet appel, se souleva sur un coude, quoique ses yeux restassent fermés. Mais elle ne répondit point.

– Lorenza, répéta-t-il, dormez-vous de votre sommeil ordinaire ou du sommeil magnétique ?

– Je dors du sommeil magnétique, répondit Lorenza.

– Alors, si je vous interroge, vous pourrez répondre ?

– Je crois que oui.

– Bien.

Il se fit un instant de silence ; puis le comte de Fœnix continua :

– Regardez dans la chambre de Madame Louise que nous venons de quitter, il y a trois quarts d'heure à peu près.

– J'y regarde, répondit Lorenza.

– Et y voyez-vous ?

– Oui.

– Le cardinal de Rohan s'y trouve-t-il encore ?

– Je ne l'y vois pas.

– Que fait la princesse ?

– Elle prie avant de se mettre au lit.

– Regardez dans les corridors et dans les cours du couvent si vous voyez Son Éminence ?

– Je ne la vois pas.

– Regardez à la porte si sa voiture y est encore.

– Elle n'y est plus.

– Suivez la route que nous avons suivie.

– Je la suis.

– Voyez-vous des carrosses sur la route ?

– Oh ! oui, plusieurs.

– Et dans ces carrosses reconnaissez-vous le cardinal ?

– Non.

– Rapprochez-vous de Paris.

– Je m'en rapproche.

– Encore.

– Oui.

– Encore.

– Ah ! je le vois.

– Où cela ?

– À la Barrière.

– Est-il arrêté ?

– Il s'arrête en ce moment. Un valet de pied descend de derrière la voiture.

– Il lui parle ?

– Il va lui parler.

– Écoutez, Lorenza. Il est important que je sache ce que le cardinal a dit à cet homme.

– Vous ne m'avez pas ordonné d'écouter à temps. Mais attendez, attendez, le valet de chambre parle au cocher.

– Que lui dit-il ?

– Rue Saint-Claude, au Marais, par le boulevard.

– Bien, Lorenza, merci.

Le comte écrivit quelques mots sur un papier, plia le papier autour d'une petite plaque de cuivre, destinée sans doute à lui donner du poids, tira le cordon d'une sonnette, poussa un bouton au-dessous duquel s'ouvrit une gueule, laissa glisser le billet dans l'ouverture, qui se referma après l'avoir englouti.

C'était la manière dont le comte, lorsqu'il était enfermé dans les chambres intérieures, correspondait avec Fritz.

Puis, revenant à Lorenza :

– Merci, répéta-t-il.

– Tu es donc content de moi ? demanda la jeune femme.

– Oui, chère Lorenza !

– Eh bien, ma récompense alors !

Balsamo sourit et approcha ses lèvres de celles de Lorenza, dont tout le corps frissonna au voluptueux contact.

– Oh ! Joseph ! Joseph ! murmura-t-elle avec un soupir presque douloureux. Joseph ! que je t'aime !

Et la jeune femme étendit ses deux bras pour serrer Balsamo contre son cœur.

Chapitre LVI

La double existence – Le sommeil

Balsamo se recula vivement, les deux bras de Lorenza ne saisirent que l'air et retombèrent en croix sur sa poitrine.

– Lorenza, dit Balsamo, veux-tu causer avec ton ami ?

– Oh ! oui, dit-elle ; mais parle-moi toi-même souvent... j'aime tant ta voix !

– Lorenza, tu m'as dit souvent que tu serais bien heureuse si tu pouvais vivre avec moi, séparée du monde entier.

– Oui, ce serait le bonheur.

– Eh bien, j'ai réalisé ton vœu, Lorenza. Dans cette chambre, nul ne peut nous poursuivre, nul ne peut nous atteindre ; nous sommes seuls, bien seuls.

– Ah ! tant mieux.

– Dis-moi si cette chambre est de ton goût.

– Ordonne-moi de voir alors.

– Vois !

– Oh ! la charmante chambre ! dit-elle.

– Elle te plaît donc ? demanda le comte avec douceur.

– Oh ! oui : voilà mes fleurs favorites, mes héliotropes vanille, mes roses pourpres, mes jasmins de la Chine. Merci, mon tendre Joseph ; que tu es bon !

– Je fais ce que je peux pour te plaire, Lorenza.

– Oh ! tu fais cent fois plus que je ne mérite.

– Tu en conviens donc ?

– Oui.

– Tu avoues donc que tu as été bien méchante ?

– Bien méchante ! Oh ! oui. Mais tu me pardonnes, n'est-ce pas ?

– Je te pardonnerai quand tu m'auras expliqué cet étrange mystère contre lequel je lutte depuis que je te connais.

– Écoute, Balsamo. C'est qu'il y a en moi deux Lorenza bien distinctes : une qui t'aime et une qui te déteste, comme il y a en moi deux existences opposées : l'une pendant laquelle j'absorbe toutes les joies du paradis, l'autre pendant laquelle j'éprouve tous les tourments de l'enfer.

– Et ces deux existences sont, l'une, le sommeil, n'est-ce pas, et l'autre, la veille ?

– Oui.

– Et tu m'aimes quand tu dors, et tu me détestes quand tu veilles ?

– Oui.

– Pourquoi cela ?

– Je ne sais.

– Tu dois le savoir.

– Non.

– Cherche bien, regarde en toi-même, sonde ton propre cœur.

– Ah ! oui... Je comprends maintenant.

– Parle.

– Quand Lorenza veille, c'est la Romaine, c'est la fille superstitieuse de l'Italie ; elle croit que la science est un crime et l'amour un
péché. Alors elle a peur du savant Balsamo, elle a peur du beau Joseph. Son confesseur lui a dit qu'en t'aimant elle perdrait son âme, et
elle te fuira, toujours, sans cesse, jusqu'au bout du monde.

– Et quand Lorenza dort ?

– Oh ! c'est autre chose alors ; elle n'est plus romaine, elle n'est
plus superstitieuse, elle est femme, Alors elle voit dans le cœur et
dans l'esprit de Balsamo. elle voit que ce génie rêve des choses su-
blimes. Alors elle comprend combien elle est peu de chose, compa-
rée à lui. Et elle voudrait vivre et mourir près de lui, afin que l'avenir
prononçât tout bas le nom de Lorenza, en même temps qu'il pronon-
cera tout haut le nom de... Cagliostro !

– C'est donc sous ce nom que je deviendrai célèbre ?

– Oui, oui, c'est sous ce nom.

– Chère Lorenza ! tu aimeras donc ce nouveau logement ?

– Il est bien plus riche que tous ceux que tu m'as déjà donnés ;
mais ce n'est pas pour cela que je l'aime.

– Et pourquoi l'aimes-tu ?

– Parce que tu promets de l'habiter avec moi.

– Ah ! quand tu dors, tu sais donc bien que je t'aime ardemment, avec passion ?

La jeune femme ramena contre elle ses deux genoux qu'elle prit dans ses bras, et, tandis qu'un pâle sourire effleurait ses lèvres :

– Oui, je le vois, dit-elle. Oui, je le vois, et cependant, cependant, ajouta-t elle avec un soupir, il y a quelque chose que tu aimes plus que Lorenza.

– Et quoi donc ? demanda Balsamo en tressaillant.

– Ton rêve.

– Dis mon œuvre.

– Ton ambition.

– Dis ma gloire.

– Oh ! mon Dieu ! mon Dieu !

Le cœur de la jeune femme s'oppressa, des larmes silencieuses coulèrent à travers ses paupières fermées.

– Que vois-tu donc ? demanda Balsamo, étonné de cette effrayante lucidité qui parfois l'épouvantait lui-même.

– Oh ! je vois des ténèbres parmi lesquelles glissent des fantômes ; il y en a qui tiennent à la main leurs têtes couronnées, et toi, toi, tu es au milieu de tout cela, comme un général au milieu de la mêlée. Il me semble que tu as les pouvoirs de Dieu, tu commandes, et l'on obéit.

– Eh bien, dit Balsamo avec joie, cela ne te rend pas fière de moi ?

– Oh ! tu es assez bon pour ne pas être grand. D'ailleurs, je me cherche dans tout ce monde qui t'entoure, et je ne me vois pas. Oh ! je n'y serai plus... Je n'y serai plus, murmura-t-elle tristement.

– Et où seras-tu ?

– Je serai morte.

Balsamo frissonna.

– Toi morte, ma Lorenza ? s'écria-t-il. Non, non, nous vivrons ensemble et pour nous aimer.

– Tu ne m'aimes pas.

– Oh ! si fait.

– Pas assez, du moins, pas assez ! s'écria-t-elle en saisissant de ses deux bras la tête de Joseph. Pas assez, ajouta-t-elle en appuyant sur son front des lèvres ardentes qui multipliaient leurs caresses.

– Que me reproches-tu ?

– Ta froideur. Vois, tu te recules. Est-ce que je te brûle avec mes lèvres, que tu fuis devant mes baisers ? Oh ! rends-moi ma tranquillité de jeune fille, mon couvent de Subiaco, les nuits de ma cellule solitaire. Rends-moi les baisers que tu m'envoyais sur l'aile des brises mystérieuses, et que, dans mon sommeil, je voyais venir à moi comme des sylphes aux ailes d'or, et qui fondaient mon âme dans les délices.

– Lorenza ! Lorenza !

– Oh ! ne me fuis pas, Balsamo, ne me fuis pas, je t'en supplie ; donne-moi ta main, que je la presse, tes yeux, que je les embrasse ; je suis ta femme, enfin !

– Oui, oui, ma Lorenza chérie, oui, tu es ma femme bien-aimée.

– Et tu souffres que je passe ainsi près de toi, inutile, délaissée ! Tu as une fleur chaste et solitaire dont le parfum t'appelle, et tu repousses son parfum ! Ah ! je le sens bien, je ne suis rien pour toi.

– Tu es tout, au contraire, ma Lorenza, puisque c'est toi qui fais ma force, ma puissance, mon génie, puisque sans toi je ne pourrais plus rien. Cesse donc de m'aimer de cette fièvre insensée qui trouble les nuits des femmes de ton pays. Aime-moi comme je t'aime, moi.

– Oh ! ce n'est pas de l'amour, ce n'est pas de l'amour que tu as pour moi.

– C'est au moins tout ce que je demande de toi ; car tu me donnes tout ce que je désire, car cette possession de l'âme me suffit pour être heureux.

– Heureux ! dit Lorenza d'un air de mépris ; tu appelles cela être heureux ?

– Oui, car, pour moi, être heureux, c'est être grand.

Lorenza poussa un long soupir.

– Oh ! si tu savais ce que c'est, ma douce Lorenza, que de lire à découvert dans le cœur des hommes pour les dominer avec leurs propres passions !

– Oui, je vous sers à cela, je le sais bien.

– Ce n'est pas tout. Tes yeux lisent pour moi dans le livre fermé de l'avenir. Ce que je n'ai pu apprendre avec vingt années de labeurs et de misères, toi, ma douce colombe, innocente et pure, quand tu veux, tu me l'apprends. Mes pas, sur lesquels tant d'ennemis jettent des embûches, tu les éclaires ; mon esprit, dont dépendent ma vie, ma fortune, ma liberté, tu le dilates comme l'œil du lynx qui voit pendant la nuit. Tes beaux yeux, en se fermant au jour de ce monde, s'ouvrent à une clarté surhumaine ! Ils veillent pour moi. C'est toi qui me fais libre, qui me fais riche, qui me fais puissant.

– Et toi, en échange, tu me fais malheureuse ! s'écria Lorenza tout éperdue d'amour.

Et, plus avide que jamais, elle entoura de ses deux bras Balsamo, qui, lui-même, tout imprégné de la flamme électrique, ne résistait plus que faiblement.

Il fit cependant un effort, et dénoua le lien vivant qui l'enveloppait.

– Lorenza ! Lorenza ! dit-il, par pitié !...

– Je suis ta femme, s'écria-t-elle, et non ta fille ! Aime-moi comme un époux aime sa femme, et non comme mon père m'aimait.

– Lorenza, dit Balsamo tout frémissant lui-même de désirs, ne me demande pas, je t'en supplie, un autre amour que celui que je te puis donner.

– Mais, s'écria la jeune femme en levant ses deux bras désespérés au ciel, ce n'est point de l'amour, cela, ce n'est point de l'amour !

– Oh ! si, c'est de l'amour... mais de l'amour saint et pur, comme on le doit à une vierge.

La jeune femme fit un brusque mouvement qui déroula les longues nattes de ses cheveux noirs. Son bras, si blanc et si nerveux à la fois, s'élança presque menaçant vers le comte.

– Oh ! que signifie donc cela ? dit-elle d'une voix brève et désolée. Et pourquoi m'as-tu fait abandonner mon pays, mon nom, ma famille, tout, jusqu'à mon Dieu ? Car ton Dieu ne ressemble pas au mien. Pourquoi as-tu pris sur moi cet empire absolu, qui fait de moi ton esclave, qui fait de ma vie ta vie, de mon sang ton sang ? Entends-tu bien ? Pourquoi as-tu fait toutes ces choses, si c'est pour m'appeler la vierge Lorenza ?

Balsamo soupira à son tour, écrasé sous l'immense douleur de cette femme au cœur brisé.

– Hélas ! dit-il, c'est ta faute, ou plutôt la faute de Dieu. Pourquoi Dieu a-t-il fait de toi cet ange au regard infaillible à l'aide duquel je soumettrai l'univers ? Pourquoi lis-tu dans tous les cœurs au travers de leur enveloppe matérielle comme on lit une page derrière une vitre ? C'est parce que tu es l'ange de pureté, Lorenza ! c'est parce que tu es le diamant sans tache, c'est parce que rien ne fait ombre en ton esprit ; c'est que Dieu, voyant cette forme immaculée, pure et radieuse, comme celle de sa sainte Mère, veut bien y laisser descendre, quand je l'invoque, au nom des éléments qu'il a faits, son Saint-Esprit, qui d'ordinaire plane au-dessus des êtres vulgaires et sordides, faute de trouver en eux une place sans souillure sur laquelle il puisse se reposer. Vierge, tu es voyante, ma Lorenza ; femme, tu ne serais plus que matière.

– Et tu n'aimes pas mieux mon amour, s'écria Lorenza en frappant avec rage dans ses belles mains, qui s'empourprèrent, et tu n'aimes pas mieux mon amour que tous les rêves que tu poursuis, que toutes les chimères que tu crées ? Et tu me condamnes à la chasteté de la religieuse, avec les tentations de l'ardeur inévitable de ta présence ? Ah ! Joseph, Joseph, tu commets un crime ! c'est moi qui te le dis.

– Ne blasphème pas, ma Lorenza, s'écria Balsamo ; car, comme toi, je souffre. Tiens, tiens, lis dans mon cœur, je le veux, et dis encore que je ne t'aime pas.

– Mais alors, pourquoi résistes-tu à toi-même ?

– Parce que je veux t'élever avec moi sur le trône du monde.

– Oh ! ton ambition, Balsamo, murmura la jeune femme, ton ambition te donnera-t-elle jamais ce que te donne mon amour ?

Éperdu à son tour, Balsamo laissa aller sa tête sur la poitrine de Lorenza.

– Oh ! oui, oui, s'écria-t-elle, oui, je vois enfin que tu m'aimes plus que ton ambition, plus que ta puissance, plus que ton espoir. Oh ! tu m'aimes comme je t'aime, enfin !

Balsamo essaya de secouer le nuage enivrant qui commençait à noyer sa raison. Mais son effort fut inutile.

– Oh ! puisque tu m'aimes tant, dit-il, épargne-moi.

Lorenza n'écoutait plus ; elle venait de faire de ses deux bras une de ces invincibles chaînes plus tenaces que les crampons d'acier, plus solides que le diamant.

– Je t'aime comme tu voudras, dit-elle, sœur ou femme, vierge ou épouse, mais un baiser, un seul.

Balsamo était subjugué ; vaincu, brisé par tant d'amour, sans force pour résister davantage, les yeux ardents, la poitrine haletante, la tête renversée, il s'approchait de Lorenza, aussi invinciblement attiré que l'est le fer par l'aimant.

Ses lèvres allaient toucher les lèvres de la jeune femme !

Soudain la raison lui revint.

Ses mains fouettèrent l'air chargé d'enivrantes vapeurs.

– Lorenza ! s'écria-t-il, réveillez-vous, je le veux !

Aussitôt cette chaîne, qu'il n'avait pu briser, se relâcha, les bras qui l'enlaçaient se détendirent, le sourire ardent qui écartait les lèvres desséchées de Lorenza s'effaça languissant comme un reste de vie au dernier soupir ; ses yeux fermés s'ouvrirent, ses pupilles dilatées se resserrèrent ; elle secoua les bras avec effort, fit un grand mouvement de lassitude et retomba étendue, mais éveillée, sur le sofa.

Balsamo, assis à trois pas d'elle, poussa un profond soupir.

– Adieu le rêve, murmura-t-il ; adieu le bonheur.

Chapitre LVII

La double existence – La veille

Aussitôt que le regard de Lorenza eut recouvré sa puissance, elle jeta un rapide coup d'œil autour d'elle.

Après avoir examiné chaque chose sans qu'aucun de ces mille riens qui font la joie des femmes parût dérider la gravité de sa physionomie, la jeune femme arrêta ses yeux sur Balsamo avec un tressaillement douloureux.

Balsamo était assis et attentif à quelques pas d'elle.

– Encore vous ! fit-elle en se reculant.

Et tous les signes de l'effroi apparurent sur sa physionomie ; ses lèvres pâlirent, la sueur perla à la racine de ses cheveux.

Balsamo ne répondit point.

– Où suis-je ? demanda-t-elle.

– Vous savez d'où vous venez, madame, dit Balsamo ; cela doit vous conduire naturellement à deviner où vous êtes.

– Oui, vous avez raison de rappeler mes souvenirs ; je me souviens en effet. Je sais que j'ai été persécutée par vous, poursuivie par vous, arrachée par vous aux bras de la royale intermédiaire que j'avais choisie entre Dieu et moi.

– Alors vous savez aussi que cette princesse, toute puissante qu'elle est, n'a pu vous défendre.

– Oui, vous l'avez vaincue par quelque violence magique ! s'écria Lorenza en joignant les mains. Oh ! mon Dieu ! mon Dieu ! délivrez-moi de ce démon !

– Où voyez-vous en moi un démon, madame ? dit Balsamo en haussant les épaules. Une fois pour toutes, laissez donc, je vous prie, ce bagage de croyances puériles apportées de Rome, et tout ce fatras de superstitions absurdes que vous avez traînées à votre suite depuis votre sortie du couvent.

– Oh ! mon couvent ! qui me rendra mon couvent ? s'écria Lorenza en fondant en larmes.

– En effet, dit Balsamo, c'est une chose bien regrettable qu'un couvent !

Lorenza s'élança vers une des fenêtres, elle en ouvrit les rideaux, puis, après les rideaux, elle leva l'espagnolette, et sa main étendue s'arrêta sur un des barreaux épais et recouverts d'un grillage de fer caché sous des fleurs, qui lui faisaient perdre beaucoup de sa signification sans lui rien ôter de son efficacité.

– Prison pour prison, dit-elle, j'aime mieux celle qui conduit au ciel que celle qui mène à l'enfer.

Et elle appuya furieusement ses poings délicats sur les tringles.

– Si vous étiez plus raisonnable, Lorenza, vous ne trouveriez à votre fenêtre que des fleurs sans barreaux.

– N'étais-je pas raisonnable quand vous m'enfermiez dans cette autre prison roulante avec ce vampire que vous appelez Althotas ? Non, et cependant vous ne me perdiez pas de vue ; cependant j'étais votre prisonnière ; cependant, quand vous me quittiez, vous souffliez en moi cet esprit qui me possède et que je ne puis combattre ! Où est-il cet effrayant vieillard qui me fait mourir de terreur ? Là, dans quelque coin, n'est-ce pas ? Taisons-nous tous deux, et nous entendrons sortir de terre sa voix de fantôme !

– Vous vous frappez l'imagination comme un enfant, madame, dit Balsamo. Althotas, mon précepteur, mon ami, mon second père, est un vieillard inoffensif, qui ne vous a jamais vue, jamais approchée, ou qui, s'il vous a approchée ou vue, n'a pas même fait attention à vous, lancé qu'il est à la poursuite de son œuvre.

– Son œuvre ! murmura Lorenza ; et quelle est son œuvre ? Dites.

– Il cherche l'élixir de vie, ce que tous les esprits supérieurs ont cherché depuis six mille ans.

– Et vous, que cherchez-vous ?

– Moi ? la perfection humaine.

– Oh ! les démons ! les démons ! dit Lorenza en levant les mains au ciel.

– Bon ! dit Balsamo en se levant, voilà votre accès qui va vous reprendre.

– Mon accès ?

– Oui, votre accès ; il y a une chose que vous ignorez, Lorenza : c'est que votre vie est séparée en deux périodes égales ; pendant l'une, vous êtes douce, bonne et raisonnable ; pendant l'autre, vous êtes folle.

– Et c'est sous le vain prétexte de cette folie que vous m'enfermez ?

– Hélas ! il le faut bien.

– Oh ! soyez cruel, barbare, sans pitié ; emprisonnez-moi, tuez-moi, mais ne soyez pas hypocrite, et n'ayez pas l'air de me plaindre en me déchirant.

– Voyons, dit Balsamo sans se fâcher et même avec un sourire bienveillant, est-ce une torture que d'habiter une chambre élégante, commode ?

– Des grilles, des grilles de tous les côtés ; des barreaux, des barreaux, pas d'air !

– Ces grilles sont là dans l'intérêt de votre vie, entendez-vous, Lorenza ?

– Oh ! s'écria-t-elle, il me fait mourir à petit feu, et il me dit qu'il songe à ma vie, qu'il prend intérêt à ma vie !

Balsamo s'approcha de la jeune femme, et avec un geste amical il lui voulut prendre la main ; mais elle, se reculant comme si un serpent l'eût effleurée :

– Oh ! ne me touchez point ! dit-elle.

– Vous me haïssez donc, Lorenza ?

– Demandez au patient s'il hait son bourreau.

– Lorenza, Lorenza, c'est parce que je ne veux pas le devenir que je vous ôte un peu de votre liberté. Si vous pouviez aller et venir à votre volonté, qui peut savoir ce que vous feriez dans un de vos instants de folie ?

– Ce que je ferais ? Oh ! que je sois libre un jour, et vous verrez !

– Lorenza, vous traitez mal l'époux que vous avez choisi devant Dieu.

– Moi, vous avoir choisi ? Jamais !

– Vous êtes ma femme, cependant.

– Oh ! voilà où est l'œuvre du démon.

– Pauvre insensée ! dit Balsamo avec un tendre regard.

– Mais je suis romaine, murmura Lorenza, et un jour, un jour je me vengerai.

Balsamo secoua doucement la tête.

– N'est-ce pas que vous dites cela pour m'effrayer, Lorenza ? demanda-t-il en souriant.

– Non, non, je le ferai comme je le dis.

– Femme chrétienne, que dites-vous ? s'écria Balsamo avec une autorité surprenante. Votre religion, qui dit de rendre le bien pour le mal, n'est donc qu'hypocrisie, puisque vous prétendez suivre cette religion et que vous rendez, vous, le mal pour le bien ?

Lorenza parut un instant frappée de ces paroles.

– Oh ! dit-elle, ce n'est pas une vengeance que de dénoncer à la société ses ennemis, c'est un devoir.

– Si vous me dénoncez comme un nécroman, comme un sorcier, ce n'est pas la société que j'offense, c'est Dieu que je brave.

Pourquoi alors, si je brave Dieu, Dieu, qui n'a qu'un signe à faire pour me foudroyer, ne se donne-t-il pas la peine de me punir, et laisse-t-il ce soin aux hommes, faibles comme moi, soumis à l'erreur comme moi ?

– Il oublie, il tolère, murmura la jeune femme ; il attend que vous vous réformiez.

Balsamo sourit.

– Et, en attendant, dit-il, il vous conseille de trahir votre ami, votre bienfaiteur, votre époux.

– Mon époux ? Ah ! Dieu merci, jamais votre main n'a touché la mienne sans me faire rougir ou frissonner.

– Et, vous le savez, j'ai toujours généreusement cherché à vous épargner ce contact.

– C'est vrai, vous êtes chaste, et c'est la seule compensation qui soit accordée à mes malheurs. Oh ! s'il m'eût fallu subir votre amour !

– Oh ! mystère, mystère impénétrable ! murmura Balsamo, qui semblait suivre sa pensée plutôt que répondre à celle de Lorenza.

– Terminons, dit Lorenza ; pourquoi me prenez-vous ma liberté ?

– Pourquoi, après me l'avoir donnée volontairement, voulez-vous la reprendre ? Pourquoi fuyez-vous celui qui vous protège ? Pourquoi allez-vous demander appui à une étrangère contre celui qui vous aime ? Pourquoi menacez-vous sans cesse celui qui ne vous menace jamais de révéler des secrets qui ne sont point à vous, et dont vous ignorez la portée ?

– Oh ! dit Lorenza sans répondre à l'interrogation, le prisonnier qui veut fermement redevenir libre le redevient toujours, et vos barreaux ne m'arrêteront pas plus que ne l'a fait votre cage ambulante.

– Ils sont solides... heureusement pour vous, Lorenza ! dit Balsamo avec une menaçante tranquillité.

– Dieu m'enverra quelque orage comme celui de la Lorraine, quelque tonnerre qui les brisera !

– Croyez-moi, priez Dieu de n'en rien faire ; croyez-moi, défiez-vous de ces exaltations romanesques, Lorenza ; je vous parle en ami, écoutez-moi.

Il y avait tant de colère concentrée dans la voix de Balsamo, tant de feu sombre couvait dans ses yeux, sa main blanche et musculeuse se crispait d'une façon si étrange à chacune des paroles qu'il prononçait lentement et presque solennellement, que Lorenza, étourdie au plus fort de sa rébellion, écouta malgré elle.

– Voyez-vous, mon enfant, continua Balsamo sans que sa voix eût rien perdu de sa menaçante douceur, j'ai tâché de rendre cette prison habitable pour une reine ; fussiez-vous reine, rien ne vous y manquera. Calmez donc cette exaltation folle. Vivez ici comme vous eussiez vécu dans votre couvent. Habituez-vous à ma présence ; aimez-moi comme un ami, comme un frère. J'ai de grands chagrins, je vous les confierai ; d'effroyables déceptions, parfois un sourire de vous me consolera. Plus je vous verrai bonne, attentive, patiente, plus j'amincirai les barreaux de votre cellule. Qui sait ? dans un an, dans six mois, peut-être serez vous aussi libre que moi, en ce sens que vous ne voudrez plus me voler votre liberté.

– Non, non, s'écria Lorenza, qui ne pouvait comprendre qu'une résolution si terrible s'alliât avec une si douce voix, non, plus de promesses, plus de mensonges : vous m'avez enlevée, enlevée violemment ; je suis à moi et à moi seule ; rendez-moi donc au moins à Dieu, si vous ne voulez pas me rendre à moi-même. Jusqu'ici, j'ai toléré votre despotisme, parce que je me souviens que vous m'avez arrachée à des brigands qui allaient me déshonorer, mais déjà cette reconnaissance s'affaiblit. Encore quelques jours de cette prison qui me révolte, et je ne serai plus votre obligée, et plus tard, plus tard, prenez garde, j'en arriverai peut-être à croire que vous aviez avec ces brigands des rapports mystérieux.

– Me feriez-vous l'honneur de voir en moi un chef de bandits ? demanda ironiquement Balsamo.

– Je ne sais, mais tout au moins, ai-je surpris des signes, des paroles.

– Vous avez surpris des signes, des paroles ? s'écria Balsamo en pâlissant.

– Oui, oui, dit Lorenza, je les ai surpris, je les sais, je les connais.

– Mais vous ne les direz jamais ? Vous ne les redirez à âme qui vive, vous les enfermerez au plus profond de votre souvenir, afin qu'ils y meurent étouffés ?

– Oh ! tout au contraire ! s'écria Lorenza, heureuse comme on l'est dans la colère, de trouver enfin l'endroit vulnérable de son antagoniste. Je les garderai précieusement dans ma mémoire, ces mots ! Je les redirai tout bas tant que je serai seule, et tout haut à la première occasion ; je les ai déjà dits.

– Et à qui ? demanda Balsamo.

– À la princesse.

– Eh bien ! Lorenza, écoutez bien ceci, dit Balsamo en enfonçant ses doigts dans sa chair pour en éteindre l'effervescence et pour refouler son sang révolté, si vous les avez dits, vous ne les redirez plus ; vous ne les redirez plus, parce que je tiendrai les portes closes, parce que j'aiguiserai les pointes de ces barreaux, parce que j'élèverai, s'il le faut, les murs de cette cour aussi haut que ceux de Babel.

– Je vous l'ai dit, Balsamo, s'écria Lorenza, on sort de toute prison, surtout quand l'amour de la liberté se renforce de la haine du tyran.

– À merveille, sortez-en donc, Lorenza ; mais écoutez ceci : vous n'avez plus que deux fois à en sortir : à la première je vous châtierai si cruellement que vous répandrez toutes les larmes de votre corps ; à la seconde, je vous frapperai si impitoyablement que vous répandrez tout le sang de vos veines.

– Mon Dieu ! mon Dieu ! il m'assassinera ! hurla la jeune femme arrivée au dernier paroxysme de la colère, en s'arrachant les cheveux et en se roulant sur le tapis.

Balsamo la considéra un instant avec un mélange de colère et de pitié. Enfin, la pitié parut l'emporter sur la colère.

– Voyons, Lorenza, dit-il, revenez à vous, soyez calme ; un jour viendra où vous serez grandement récompensée de ce que vous aurez souffert ou cru souffrir.

– Enfermée ! enfermée ! criait Lorenza sans écouter Balsamo.

– Patience.

– Frappée !

– C'est un temps d'épreuve.

– Folle ! Folle !

– Vous guérirez.

– Oh ! jetez-moi tout de suite dans un hôpital de fous ! Enfermez-moi tout à fait dans une vraie prison !

– Non pas ! vous m'avez trop bien prévenu de ce que vous feriez contre moi.

– Eh bien ! hurla Lorenza, la mort alors ! la mort tout de suite !

Et, se relevant avec la souplesse et la rapidité d'une bête fauve, elle s'élança pour se briser la tête contre la muraille.

Mais Balsamo n'eut qu'à étendre la main vers elle et à prononcer du fond de sa volonté, bien plus encore que des lèvres, un seul mot pour l'arrêter en route : Lorenza, lancée, s'arrêta tout à coup, chancela et tomba endormie dans les bras de Balsamo.

L'étrange enchanteur, qui semblait s'être soumis tout le côté matériel de cette femme, mais qui luttait en vain contre le côté moral, souleva Lorenza entre ses bras et la porta sur son lit ; alors il déposa sur ses lèvres un long baiser, tira les rideaux de son lit, puis ceux des fenêtres, et sortit.

Quant à Lorenza, un sommeil doux et bienfaisant l'enveloppa comme le manteau d'une bonne mère enveloppe l'enfant volontaire qui a beaucoup souffert, beaucoup pleuré.

Chapitre LVIII

La visite

Lorenza ne s'était pas trompée : une voiture, après être entrée par la barrière Saint-Denis, après avoir suivi dans toute sa longueur le faubourg du même nom, avait tourné entre la porte et l'angle formé par la dernière maison, et longeait le boulevard.

Cette voiture renfermait, comme l'avait dit la voyante, Mgr Louis de Rohan, évêque de Strasbourg, que son impatience portait à venir trouver, avant le temps fixé, le sorcier dans son antre.

Le cocher, que bon nombre d'aventures galantes du beau prélat aguerrissaient contre l'obscurité, les fondrières et les dangers de certaines rues mystérieuses, ne se rebuta pas le moins du monde, lorsque, après avoir suivi les boulevards Saint-Denis et Saint-Martin, encore peuplés et éclairés, il lui fallut aborder le boulevard désert et sombre de la Bastille.

La voiture s'arrêta au coin de la rue Saint-Claude, sur le boulevard même, et, d'après l'ordre du maître, alla se cacher sous les arbres, à vingt pas.

Alors M. de Rohan, en habit de ville, se glissa dans la rue et vint frapper trois fois à la porte de l'hôtel, qu'il avait facilement reconnu à la description que lui en avait faite le comte de Fœnix.

Le pas de Fritz retentit dans la cour, la porte s'ouvrit.

– N'est-ce point ici que demeure M. le comte de Fœnix ? demanda le prince.

– Oui, monseigneur, répondit Fritz.

– Est-il au logis ?

– Oui, monseigneur.

– Bien, annoncez.

– Son Éminence le cardinal de Rohan, n'est-ce pas, monseigneur ?

Le prince demeura tout étourdi. Il regarda sur lui, autour de lui, si quelque chose pouvait, dans son costume ou dans son entourage, avoir trahi sa qualité. Il était seul et vêtu en laïque.

– Comment savez-vous mon nom ? demanda-t-il.

– Monsieur vient de me dire, à l'instant même, qu'il attendait Son Éminence.

– Oui, mais demain, après-demain ?

– Non, monseigneur, ce soir.

– Votre maître vient de vous dire qu'il m'attendait ce soir ?

– Oui, monseigneur.

– Bien, annoncez-moi alors, dit le cardinal en mettant un double louis dans la main de Fritz.

– Alors, dit Fritz, que Votre Éminence prenne la peine de me suivre.

Le cardinal fit de la tête un signe annonçant qu'il y consentait.

Fritz marcha d'un pas empressé vers la porte de l'antichambre, qu'un grand candélabre de bronze doré éclairait de ses douze bougies.

Le cardinal suivait tout surpris et tout rêveur.

– Mon ami, dit-il en s'arrêtant à la porte du salon, il y a sans doute méprise, et, dans ce cas, je ne voudrais pas déranger le comte ; il est impossible que je sois attendu par lui, puisqu'il ignore que je devais venir.

– Monseigneur est bien Son Éminence le cardinal prince de Rohan, évêque de Strasbourg ? demanda Fritz.

– Oui, mon ami.

– Alors, c'est bien monseigneur que M. le comte attend.

Et, allumant successivement les bougies de deux autres candé-labres, Fritz s'inclina et sortit.

Cinq minutes s'écoulèrent pendant lesquelles le cardinal, en proie à une singulière émotion, regarda l'ameublement plein d'élégance de ce salon et les huit tableaux de maîtres suspendus à ses lambris.

La porte s'ouvrit et le comte de Fœnix parut sur le seuil.

– Bonsoir, monseigneur, dit-il simplement.

– On m'a dit que vous m'attendiez ! s'écria le cardinal sans ré-pondre à cette salutation, que vous m'attendiez ce soir ? C'est impos-sible.

– J'en demande pardon à monseigneur, mais je l'attendais, ré-pondit le comte. Peut-être doute-t-il de la vérité de mes paroles en voyant l'accueil indigne que je lui fais ; mais, arrivé à Paris depuis quelques jours, je suis installé à peine. Que Son Éminence veuille donc m'excuser.

– Vous m'attendiez ! Et qui vous a prévenu de ma visite ?

– Vous-même, monseigneur.

– Comment cela ?

– N'avez-vous pas arrêté votre voiture à la barrière Saint-Denis ?

– Oui.

– N'avez-vous pas appelé votre valet de pied, qui est venu parler à Son Éminence à la portière de son carrosse ?

– Oui.

– Ne lui avez-vous pas dit : « Rue Saint-Claude, au Marais, par le faubourg Saint-Denis et le boulevard », paroles qu'il a répétées au cocher ?

– Oui. Mais vous m'avez donc vu ? Vous m'avez donc entendu ?

– Je vous ai vu, monseigneur, je vous ai entendu.

– Vous étiez donc là ?

– Non, monseigneur, je n'étais pas là.

– Et où étiez-vous ?

– J'étais ici.

– Vous m'avez vu, vous m'avez entendu d'ici ?

– Oui, monseigneur.

– Allons donc !

– Monseigneur oublie que je suis sorcier.

– Ah ! c'est vrai, j'oubliais, monsieur... Comment faut-il que je vous appelle ? M. le baron Balsamo, ou M. le comte de Fœnix ?

– Chez moi, monseigneur, je n'ai pas de nom : je m'appelle le *Maître*.

– Oui, c'est le titre hermétique. Ainsi donc, maître, vous m'attendiez ?

– Je vous attendais.

– Et vous aviez chauffé votre laboratoire ?

– Mon laboratoire est toujours chauffé, monseigneur.

– Et vous me permettrez d'y entrer ?

– J'aurai l'honneur d'y conduire Votre Éminence.

– Et je vous y suivrai, mais à une condition.

– Laquelle ?

– C'est que vous me promettrez de ne pas me mettre personnellement en rapport avec le diable. J'ai grand-peur de Sa Majesté Lucifer.

– Oh ! monseigneur !

– Oui, d'ordinaire, on prend pour faire le diable de grands coquins de gardes-françaises réformés, ou des maîtres d'armes à plumet, qui, pour jouer au naturel le rôle de Satan, rouent les gens de chiquenaudes et de nasardes après avoir éteint les chandelles.

– Monseigneur, dit Balsamo en souriant, jamais mes diables à moi n'oublient qu'ils ont l'honneur d'avoir affaire à des princes, et ils se souviennent toujours du mot de M. de Condé, qui promit à l'un d'eux, s'il ne se tenait pas tranquille, de rosser si bien son fourreau, qu'il serait forcé d'en sortir, ou de s'y conduire plus décemment.

– Bien, dit le cardinal, voilà qui me ravit ; passons au laboratoire.

– Votre Éminence veut-elle prendre la peine de me suivre ?

– Marchons.

Chapitre LIX

L'or

Le cardinal de Rohan et Balsamo enfilèrent un petit escalier qui conduisait, parallèlement au grand, dans les salons du premier étage. Là, sous une voûte, Balsamo trouva une porte qu'il ouvrit, et un corridor sombre apparut aux yeux du cardinal, qui s'y engagea résolument.

Balsamo referma la porte.

Au bruit que cette porte fit en se refermant, le cardinal regarda derrière lui avec une certaine émotion.

– Monseigneur, nous voici arrivés, dit Balsamo ; nous n'avons plus qu'à ouvrir devant nous et à refermer derrière nous cette dernière porte ; seulement, ne vous étonnez point du son étrange qu'elle rendra, elle est de fer.

Le cardinal, que le bruit de la première porte avait fait tressaillir, fut heureux d'avoir été prévenu à temps, car les grincements métalliques des gonds et de la serrure eussent fait vibrer désagréablement des nerfs moins susceptibles que les siens.

Il descendit trois marches et entra.

Un grand cabinet avec des solives nues au plafond, une vaste lampe et son abat-jour, force livres, beaucoup d'instruments de chimie et de physique, tel était l'aspect premier de ce nouveau logis.

Au bout de quelques secondes, le cardinal sentit qu'il ne respirait plus que péniblement.

– Que veut dire cela ? demanda-t-il. On étouffe ici, maître, la sueur me coule. Quel est ce bruit ?

– Voici la cause, monseigneur, comme dit Shakespeare, fit Balsamo en tirant un grand rideau d'amiante et en découvrant un vaste fourneau de briques, au centre duquel deux trous étincelaient comme les yeux du lion dans les ténèbres.

Ce fourneau tenait le centre d'une seconde pièce, d'une grandeur double de la première, et que le prince n'avait pas aperçue, masquée qu'elle était par le rideau d'amiante.

– Oh ! oh ! dit le prince en reculant, ceci est assez effrayant, ce me semble.

– C'est un fourneau, monseigneur.

– Oui, sans doute ; mais vous avez cité Shakespeare ; moi, je citerai Molière : il y a fourneau et fourneau ; celui-ci a un air tout à fait diabolique, et son odeur ne me plaît pas ; que diable cuit-on là dedans ?

– Mais ce que Votre Éminence m'a demandé.

– Plaît-il ?

– Sans doute, Votre Éminence m'a, je crois, fait la grâce d'accepter un échantillon de mon savoir-faire. Je devais ne me mettre à l'œuvre que demain soir, puisque Votre Éminence ne devait venir qu'après-demain ; mais, Votre Éminence ayant changé d'avis, j'ai, aussitôt que je l'ai vue en route pour la rue Saint-Claude, allumé le fourneau et fait la mixtion ; il en résulte que le fourneau bout et que dans dix minutes vous aurez votre or. Permettez que j'ouvre le vasistas pour établir un courant d'air.

– Quoi ! ces creusets placés sur le fourneau ?...

– Dans dix minutes nous donneront de l'or aussi pur que les sequins de Venise et les florins de Toscane.

– Voyons ! si l'on peut voir toutefois ?

– Sans doute ; seulement, prenons quelques précautions indispensables.

– Lesquelles ?

– Appliquez sur votre visage ce masque d'amiante aux yeux de verre ; sans quoi, le feu pourrait bien, tant il est ardent, vous brûler la vue.

– Peste ! prenons-y garde ! je tiens à mes yeux, et je ne les donnerais pas pour les cent mille écus que vous m'avez promis.

– C'est ce que je pensais, monseigneur ; les yeux de Votre Éminence sont beaux et bons.

Le compliment ne déplut aucunement au prince, très jaloux de ses avantages personnels.

– Ah ! ah ! fit-il en ajustant le masque, nous disons donc que nous allons voir de l'or ?

– Je l'espère, monseigneur.

– Pour cent mille écus ?

– Deux cents livres, cent marcs, oui, monseigneur ; peut-être y en aura-t-il un peu plus, car j'ai fait la mixtion abondante.

– Vous êtes en vérité un généreux sorcier, dit le prince avec un joyeux battement de cœur.

– Moins que Votre Éminence, qui veut bien me le dire. Maintenant, monseigneur, veuillez vous écarter un peu, je vous prie, que j'ouvre la plaque du creuset.

Balsamo revêtit une courte chemise d'amiante, saisit d'un bras vigoureux une pince de fer, et leva un couvercle rougi par l'ardeur du feu, lequel laissa à découvert quatre creusets de forme pareille contenant les uns une mixture rouge comme du vermillon, et les autres une matière blanchissant déjà, mais avec un reste de transparence purpurine.

– Et voilà l'or ! dit le prélat à mi-voix, comme s'il eut craint de troubler par une parole trop haute le mystère qui s'accomplissait devant lui.

– Oui, monseigneur, ces quatre creusets sont étagés : les uns ont douze heures de cuisson, les autres onze. La mixtion, et ceci est un secret que je révèle à un ami de la science, ne se jette dans la matière qu'au moment de l'ébullition. Mais, comme Votre Éminence peut le voir, voici le premier creuset qui blanchit ; il est temps de transvaser la matière arrivée à point. Veuillez vous reculer, monseigneur.

Le prince obéit avec la même ponctualité qu'un soldat à l'ordre de son chef. Et Balsamo, quittant la pince de fer déjà chaude par le contact des creusets rouges, approcha du fourneau une sorte d'enclume à roulettes, sur laquelle étaient enchâssés dans des formes de fer huit moules cylindriques de même capacité.

– Qu'est ceci, cher sorcier ? demanda le prince.

– Ceci, monseigneur, c'est le moule commun et uniforme dans lequel je vais couler vos lingots.

– Ah ! ah ! fit le prince.

Et il redoubla d'attention.

Balsamo étendit sur la dalle un lit d'étoupes blanches en guise de rempart. Il se plaça entre l'enclume et le fourneau, ouvrit un grand livre, récita, baguette en main, une incantation, puis, saisissant une tenaille gigantesque destinée à enfermer le creuset dans ses bras tordus :

– L'or sera superbe, dit-il, monseigneur, et de première qualité.

– Comment ! demanda le prince, vous allez enlever ce pot de feu ?

– Qui pèse cinquante livres, oui, monseigneur ; oh ! peu de fondeurs, je vous le déclare, ont mes muscles et ma dextérité ; ne craignez donc rien.

– Cependant, si le creuset éclatait...

– Cela m'est arrivé une fois, monseigneur ; c'était en 1399, je faisais une expérience avec Nicolas Flamel, en sa maison de la rue des Écrivains, près la chapelle Saint-Jacques-la-Boucherie. Le pauvre Flamel faillit y perdre la vie, et moi, j'y perdis vingt-sept marcs d'une substance plus précieuse que l'or.

– Que diable me dites-vous là, maître ?

– La vérité.

– En 1399, vous poursuiviez le grand œuvre ?

– Oui, monseigneur.

– Avec Nicolas Flamel ?

– Avec Nicolas Flamel. Nous trouvâmes le secret ensemble, cinquante ou soixante ans auparavant, en travaillant avec Pierre le Bon, dans la ville de Pola. Il ne boucha point le creuset assez vite, et j'eus l'œil droit perdu pendant dix ou douze ans par l'évaporation.

– Pierre le Bon ?

– Celui qui composa le fameux ouvrage de la *Margarita pre-tiosa*, ouvrage que vous connaissez, sans doute.

– Oui, et qui porte la date de 1330.

– C'est justement cela, monseigneur.

– Et vous avez connu Pierre le Bon et Flamel ?

– J'ai été l'élève de l'un et le maître de l'autre.

Et tandis que le cardinal, épouvanté, se demandait si ce n'était pas le diable en personne et non un de ses suppôts qui se trouvait à ses côtés, Balsamo plongea dans la fournaise sa tenaille aux longs bras.

L'étreinte fut sûre et rapide. L'alchimiste engloba le creuset à quatre pouces au-dessous du bord, s'assura, en le soulevant de quelques pouces seulement, qu'il le tenait bien ; puis, par un effort vigoureux, il raidit les muscles, et enleva l'effrayante marmite de son fourneau ardent ; les mains de la tenaille rougirent aussitôt ; puis on vit courir sur l'argile incandescente des sillons blancs comme des éclairs dans une nuée sulfureuse ; puis les bords du creuset se foncè-rent en rouge brun, tandis que le fond conique apparaissait encore rose et argent sur la pénombre du fourneau ; puis, enfin. le métal ruisselant sur lequel s'était formée une crème violette, frisée de plis d'or, siffla par la gouttière du creuset, et tomba en jets flamboyants dans le moule noir, à l'orifice duquel apparut, furieuse et écumante, la nappe d'or, insultant par ses frissonnements au vil métal qui la contenait.

– Au second, dit Balsamo en passant à un second moule.

Et le second moule fut rempli avec la même force et la même dextérité.

La sueur dégouttait du front de l'opérateur : le spectateur se signait dans l'ombre.

En effet, c'était un tableau d'une sauvage et majestueuse horreur. Balsamo, éclairé par les fauves reflets de la flamme métallique, ressemblait aux damnés que Michel-Ange et Dante tordent dans le fond de leurs chaudières.

Puis il y avait l'émotion de l'inconnu.

Balsamo ne respira point entre les deux opérations, le temps pressait.

– Il y aura un peu de déchet, dit-il après avoir rempli le second moule ; j'ai laissé bouillir la mixture un centième de minute de trop.

– Un centième de minute ! s'écria le cardinal, ne cherchant plus à cacher sa stupéfaction.

– C'est énorme en hermétique, monseigneur, répliqua naïvement Balsamo ; mais, en attendant, Éminence, voici deux creusets vides, deux moules remplis, et cent livres d'or fin.

Et, saisissant à l'aide de ses puissantes tenailles le premier moule, il le jeta dans l'eau, qui tourbillonna et fuma longtemps ; puis il l'ouvrit et en tira un morceau d'or irréprochable, ayant la forme d'un petit pain de sucre aplati aux deux pôles.

– Nous avons près d'une heure à attendre pour les deux autres creusets, dit Balsamo ; en attendant, Votre Éminence veut-elle s'asseoir ou respirer le frais ?

– Et c'est de l'or ? demanda le cardinal sans répondre à l'interrogation de l'opérateur.

Balsamo sourit. Le cardinal était bien à lui.

– En douteriez-vous, monseigneur ?

– Écoutez donc, la science s'est trompée tant de fois...

– Vous ne dites pas votre pensée tout entière, mon prince, dit Balsamo. Vous croyez que je vous trompe, et que je vous trompe sciemment. Monseigneur, je serais bien peu de chose à mes propres yeux si j'agissais ainsi ; car mes ambitions n'iraient pas au delà des murs de mon cabinet, qui vous verrait sortir tout émerveillé pour aller perdre votre admiration chez le premier batteur d'or venu. Allons, allons, faites-moi plus d'honneur, mon prince, et croyez que, si je voulais tromper, ce serait plus adroitement et dans un but plus élevé. Au surplus, Votre Éminence sait comment on éprouve l'or ?

– Sans doute, par la pierre à toucher.

– Monseigneur n'a pas manqué de faire l'expérience lui-même, ne fût-ce que sur les onces d'Espagne, qui sont fort courues au jeu,

307/638

étant de l'or le plus fin que l'on puisse trouver, mais parmi lesquelles il s'en trouve beaucoup de fausses ?

– Cela m'est arrivé effectivement.

– Eh bien ! monseigneur, voici une pierre et de l'acide.

– Non, je suis convaincu.

– Monseigneur, faites-moi le plaisir de vous assurer que ces lingots sont non seulement de l'or, mais encore de l'or sans alliage.

Le cardinal paraissait répugner à donner cette preuve d'incrédulité ; et cependant il était visible qu'il n'était point convaincu.

Balsamo toucha lui-même les lingots et soumit le résultat à l'expérience de son hôte.

– Vingt-huit carats, dit-il ; je vais verser les deux autres.

Dix minutes après, les deux cents livres d'or étaient étalées en quatre lingots sur l'étoupe échauffée par le contact.

– Votre Éminence est venue en carrosse, n'est-ce pas ? Du moins, c'est en carrosse que je l'ai vue venir.

– Oui.

– Monseigneur fera approcher son carrosse de la porte, et mon laquais portera les lingots dans son carrosse.

– Cent mille écus ! murmura le cardinal en ôtant son masque, comme pour voir par ses propres yeux l'or gisant à ses pieds.

– Et celui-là, monseigneur, vous pourrez dire d'où il vient, n'est-ce pas ? car vous l'avez vu faire.

– Oh ! oui, et j'en témoignerai.

– Non pas, non pas, dit vivement Balsamo, on n'aime pas les savants en France ; ne témoignez de rien, monseigneur. Oh ! si je faisais des théories au lieu de faire de l'or, je ne dis pas.

– Alors que puis-je faire pour vous ? dit le prince en soulevant avec peine un lingot de cinquante livres dans ses mains délicates.

Balsamo le regarda fixement, et, sans aucun respect, se mit à rire.

– Qu'y a-t-il donc de risible dans ce que je vous dis ? demanda le cardinal.

– Votre Éminence m'offre ses services, je crois !

– Sans doute.

– En vérité, ne serait-il pas plus à propos que je lui offrisse les miens ?

La figure du cardinal s'assombrit.

– Vous m'obligez, monsieur, dit-il, et cela je m'empresse de le reconnaître, mais si cependant la reconnaissance que je vous garde devait être plus lourde que je ne le crois, je n'accepterais point le service. Il y a encore, Dieu merci, dans Paris assez d'usuriers pour que je trouve, moitié sur gage, moitié sur ma signature, cent mille écus d'ici à après-demain, et rien que mon anneau épiscopal vaut quarante mille livres.

Et le prélat étendit sa main blanche comme celle d'une femme, à l'annulaire duquel brillait un diamant gros comme une noisette.

– Mon prince, dit Balsamo en s'inclinant, il est impossible que vous ayez pu croire un instant à mon intention de vous offenser ?

Puis, comme s'il se parlait à lui-même :

– Il est étrange, continua-t-il, que la vérité fasse cet effet à quiconque s'appelle prince.

– Comment cela ?

– Eh ! sans doute ! Votre Éminence me propose ses services à moi ! Je vous le demande à vous-même, monseigneur, de quelle nature peuvent être les services que Votre Éminence est à même de me rendre ?

– Mais mon crédit à la cour d'abord.

– Monseigneur, monseigneur, vous savez vous-même que ce crédit est bien ébranlé, et j'aimerais presque autant celui de M. de Choiseul, qui n'a plus que quinze jours peut-être à rester ministre... Tenez, mon prince, en fait de crédit, tenons-nous en au mien. Voici de bel et bon or. Chaque fois que Votre Éminence en voudra, elle me le fera dire la veille ou le matin même, et je lui en fournirai à son désir ; et avec de l'or, on a tout, n'est-ce pas, monseigneur ?

– Non, pas tout, murmura le cardinal, tombé au rang de protégé et ne cherchant même plus à reprendre sa position de protecteur.

– Ah ! c'est vrai. J'oubliais, dit Balsamo, que monseigneur désire autre chose que de l'or, un bien plus précieux que toutes les richesses du monde ; mais ceci ne regarde plus la science, c'est du ressort de la magie. Monseigneur, dites un mot, et l'alchimiste est prêt à faire place au magicien.

– Merci, monsieur, je n'ai plus besoin de rien, je ne désire plus rien, dit tristement le cardinal.

Balsamo s'approcha de lui.

– Monseigneur, dit-il, un prince jeune, ardent, beau, riche, et qui s'appelle Rohan, ne peut pas faire une pareille réponse à un magicien.

– Et pourquoi cela ?

– Parce que le magicien lit au fond du cœur et sait le contraire.

– Je ne désire rien, je ne veux rien, monsieur, reprit le cardinal presque épouvanté.

– J'aurais cru, au contraire, que les désirs de Son Éminence étaient tels, qu'elle n'osait se les avouer à elle-même, reconnaissant que c'étaient des désirs de roi.

– Monsieur, dit le cardinal en tressaillant, vous faites allusion, je crois, à quelques paroles que vous m'avez déjà dites chez la princesse.

– Oui, je l'avoue, monseigneur.

– Monsieur, alors vous vous êtes trompé et vous vous trompez encore maintenant.

– Oubliez-vous, monseigneur, que je vois aussi clairement dans votre cœur ce qui s'y passe en ce moment, que j'ai vu clairement votre carrosse sortir des Carmélites de Saint-Denis, dépasser la barrière, prendre le boulevard et s'arrêter sous les arbres, à cinquante pas de ma maison ?

– Alors expliquez-vous et dites-moi quelque chose qui me frappe.

– Monseigneur, il a toujours fallu aux princes de votre maison un amour grand et hasardeux ; vous ne dégénérez pas. C'est la loi.

– Je ne sais ce que vous voulez dire, comte, balbutia le prince.

– Au contraire, vous me comprenez à merveille. J'aurais pu toucher plusieurs des cordes qui vibrent en vous ; mais pourquoi l'inutile ? J'ai été droit à celle qu'il faut attaquer ; oh ! celle-là vibre profondément, j'en suis sûr.

Le cardinal releva la tête, et, par un dernier effort de défiance, interrogea le regard si clair et si assuré de Balsamo.

Balsamo souriait avec une telle expression de supériorité, que le cardinal baissa les yeux.

– Oh ! vous avez raison, monseigneur, vous avez raison, ne me regardez point ; car alors je vois trop clairement ce qui se passe dans votre cœur ; car votre cœur est comme un miroir qui garderait la forme des objets qu'il a réfléchis.

– Silence, comte de Fœnix ; silence, dit le cardinal subjugué.

– Oui, vous avez raison, silence, car le moment n'est pas encore venu de laisser voir un pareil amour.

– Pas encore, avez-vous dit ?

– Pas encore.

– Cet amour a donc un avenir ?

– Pourquoi pas ?

– Et vous pourriez me dire, vous, si cet amour n'est pas insensé, comme je l'ai cru moi-même, comme je le crois encore, comme je le croirai jusqu'au moment où une preuve du contraire me sera donnée ?

– Vous demandez beaucoup, monseigneur ; je ne puis rien vous dire sans être mis en contact avec la personne qui vous inspire cet amour, ou avec quelque objet venant d'elle.

– Et quel objet faudrait-il pour cela ?

– Une tresse de ses beaux cheveux dorés, si petite qu'elle soit, par exemple.

– Oh ! oui vous êtes un homme profond ! Oui, vous l'avez dit, vous lisez dans les cœurs comme je lirais, moi, dans un livre.

– Hélas ! c'est ce que me disait votre pauvre arrière-grand-oncle, le chevalier Louis de Rohan, lorsque je lui fis mes adieux sur la plate-forme de la Bastille, au pied de l'échafaud sur lequel il monta si courageusement.

– Il vous dit cela… que vous étiez un homme profond ?

– Et que je lisais dans les cœurs. Oui, car je l'avais prévenu que le chevalier de Préault le trahirait, il ne voulut pas me croire, et le chevalier de Préault le trahit.

– Quel singulier rapprochement faites-vous entre mon ancêtre et moi ? dit le cardinal en pâlissant malgré lui.

– C'est uniquement pour vous rappeler qu'il s'agit d'être prudent, monseigneur, en vous procurant des cheveux qu'il vous faudra couper sous une couronne.

– N'importe où il faudra les aller prendre, vous les aurez, monsieur.

– Bien, maintenant voici votre or, monseigneur ; j'espère que vous ne doutez plus que ce soit bien de l'or.

– Donnez-moi une plume et du papier.

– Pour quoi faire, monseigneur ?

– Pour vous faire un reçu des cent mille écus que vous me prêtez si gracieusement.

– Y pensez-vous, monseigneur ? un reçu à moi, et pour quoi faire ?

– J'emprunte souvent, mon cher comte, dit le cardinal ; mais je vous préviens que je ne reçois jamais.

– Comme il vous plaira, mon prince.

Le cardinal prit une plume sur la table, et écrivit d'une énorme et illisible écriture un reçu dont l'orthographe ferait peur à la gouvernante d'un sacristain d'aujourd'hui.

– Est-ce bien cela ? demanda-t-il en le présentant à Balsamo.

– Parfaitement, répliqua le comte, le mettant dans sa poche sans même jeter les yeux dessus.

– Vous ne le lisez pas, monsieur ?

– J'avais la parole de Votre Éminence, et la parole des Rohan vaut mieux qu'un gage.

– Monsieur le comte de Fœnix, dit le cardinal avec un demi-salut bien significatif de la part d'un homme de cette qualité, vous êtes un galant homme, et, si je ne puis vous faire mon obligé, vous me permettrez d'être heureux de demeurer le vôtre.

Balsamo s'inclina à son tour et tira une sonnette, au bruit de laquelle Fritz apparut.

Le comte lui dit quelques mots en allemand.

Fritz se baissa, et, comme un enfant qui emporterait huit oranges, un peu embarrassé, mais nullement courbé ou retardé, il enleva les huit lingots d'or dans leur enveloppe d'étoupe.

– Mais c'est un Hercule que ce gaillard-là ! dit le cardinal.

– Il est assez fort, oui, monseigneur, répondit Balsamo ; mais il est vrai de dire que, depuis qu'il est à mon service, je lui laisse boire chaque matin trois gouttes d'un élixir composé par mon savant ami le docteur Althotas ; aussi le voilà qui commence à profiter ; dans un an, il portera les cent marcs d'une seule main.

— Merveilleux ! incompréhensible ! murmura le cardinal. Oh ! je ne pourrai résister au désir de parler de tout cela !

— Faites, monseigneur, faites, répondit Balsamo en riant ; mais n'oubliez pas que parler de tout cela, c'est prendre l'engagement de venir éteindre vous-même la flamme de mon bûcher, si par hasard il prenait envie au Parlement de me faire rôtir en place de Grève.

Et ayant escorté son illustre visiteur jusque sous la porte co-chère, il prit congé de lui avec un salut respectueux.

— Mais votre valet, le seigneur Fritz, je ne le vois pas, dit le car-dinal.

— Il est allé porter l'or dans votre voiture, monseigneur.

— Il sait donc où elle est ?

— Sous le quatrième arbre à droite en tournant le boulevard. C'est cela que je lui disais en allemand, monseigneur.

Le cardinal leva les mains au ciel et disparut dans l'ombre.

Balsamo attendit que Fritz fût rentré, et remonta chez lui en fermant toutes les portes.

Chapitre LX

L'élixir de vie

Balsamo, demeuré seul, vint écouter à la porte de Lorenza.

Elle dormait d'un sommeil égal et doux.

Il entrouvrit alors un guichet fixé en dehors et la contempla quelque temps dans une douce et tendre rêverie. Puis, repoussant le guichet et traversant la chambre que nous avons décrite et qui séparait l'appartement de Lorenza du cabinet de physique, il s'empressa d'aller éteindre ses fourneaux, en ouvrant un immense conduit qui dégagea toute la chaleur par la cheminée, et donna passage à l'eau d'un réservoir placé sur la terrasse.

Puis, serrant précieusement dans un portefeuille de maroquin noir le reçu du cardinal :

– La parole des Rohan est bonne, murmura-t-il, mais pour moi seulement, et là-bas il est bon que l'on sache à quoi j'emploie l'or des frères.

Ces paroles s'éteignaient sur ses lèvres, quand trois coups secs, frappés au plafond, lui firent lever la tête.

– Oh ! oh ! dit-il, voici Althotas qui m'appelle.

Puis, comme il donnait de l'air au laboratoire, rangeait toute chose avec méthode, replaçait la plaque sur les briques, les coups redoublèrent.

– Ah ! il s'impatiente ; c'est bon signe.

Balsamo prit une longue tringle de fer, et frappa à son tour.

Puis il alla détacher de la muraille un anneau de fer, et, au moyen d'un ressort qui se détendit, une trappe se détacha du pla-fond et s'abaissa jusqu'au sol du laboratoire. Balsamo se plaça au centre de la machine, qui, au moyen d'un autre ressort, remonta doucement, enlevant son fardeau avec la même facilité que les gloires de l'opéra enlèvent les dieux et les déesses, et l'élève se trouva chez le maître.

Cette nouvelle habitation du vieux savant pouvait avoir de huit à neuf pieds de hauteur sur seize de diamètre ; elle était éclairée par le haut à la manière des puits et hermétiquement fermée sur les quatre façades.

Cette chambre était, comme on le voit, un palais relativement à son habitation dans la voiture.

Le vieillard était assis dans son fauteuil roulant, au centre d'une table de marbre taillée en fer à cheval, et encombrée de tout un monde, ou plutôt de tout un chaos de plantes, de fioles, d'outils, de livres, d'appareils et de papiers chargés de caractères cabalistiques.

Il était si préoccupé qu'il ne se dérangea point quand Balsamo apparut.

La lumière d'une lampe astrale, attachée au point culminant du vitrage, tombait sur son crâne nu et luisant.

Il ressassait entre ses doigts une bouteille de verre blanc dont il interrogeait la transparence, à peu près comme une ménagère qui fait son marché elle-même mire à la lumière les œufs qu'elle achète.

Balsamo le regarda d'abord en silence ; puis, au bout d'un instant :

– Eh bien, dit-il, il y a donc du nouveau ?

– Oui ! oui ! Arrive, Acharat ! tu me vois enchanté, ravi ; j'ai trouvé, j'ai trouvé !...

– Quoi ?

– Ce que je cherchais, pardieu !

– L'or ?

– Ah bien... oui, l'or ! allons donc !

– Le diamant ?

– Bon ! le voilà qui extravague. L'or, le diamant, belles trouvailles, ma foi, et il y aurait de quoi se réjouir, sur mon âme, si j'avais trouvé cela !

– Alors, demanda Balsamo, ce que vous avez trouvé, c'est donc votre élixir ?

– Oui, mon ami, c'est mon élixir ; c'est-à-dire la vie, que dis-je, la vie ! l'éternité de la vie.

– Oh ! oh ! fit Balsamo attristé, car il regardait cette recherche comme une œuvre folle, c'est encore de ce rêve que vous vous occupez ?

Mais Althotas, sans l'écouter, mirait amoureusement sa fiole.

– Enfin, dit-il, la combinaison est trouvée : élixir d'Aristée, vingt grammes ; baume de mercure, quinze grammes ; précipité d'or, quinze grammes ; essence de cèdre du Liban, vingt-cinq grammes.

– Mais il me semble, qu'à l'élixir d'Aristée près, c'est votre dernière combinaison, maître ?

– Oui, mais il y manquait l'ingrédient principal, celui qui relie tous les autres, celui sans lequel les autres ne sont rien.

– Et vous l'avez trouvé, celui-là ?

– Je l'ai trouvé.

– Vous pouvez vous le procurer ?

– Pardieu !

– Quel est-il ?

– Il faut ajouter aux matières déjà combinées dans cette fiole les trois dernières gouttes du sang artériel d'un enfant.

– Eh bien, mais cet enfant, dit Balsamo épouvanté, où l'aurez-vous ?

– Tu me le procureras.

– Moi ?

– Oui, toi.

– Vous êtes fou, maître.

– Eh bien, quoi ? demanda l'impassible vieillard en promenant avec délice sa langue sur l'extérieur du flacon où, par le bouchon mal clos, suintait une goutte d'eau ; eh bien, quoi ?...

– Et vous voulez avoir un enfant pour prendre les trois dernières gouttes de son sang artériel ?

– Oui.

– Mais il faut tuer l'enfant pour cela ?

– Sans doute, il faut le tuer ; plus il sera beau, mieux cela vaudra.

– Impossible, dit Balsamo en haussant les épaules, on ne prend pas ici les enfants pour les tuer.

– Bah ! s'écria le vieillard avec une atroce naïveté, qu'est-ce donc qu'on en fait ?

– On les élève, pardieu !

– Ah çà ! le monde est donc changé ? Il y a trois ans, on venait nous en offrir tant que nous en voulions, des enfants, pour quatre charges de poudre ou une demi-bouteille d'eau-de-vie.

–C'était au Congo, maître.

– Eh bien, oui, c'était au Congo. Il m'est égal que l'enfant soit noir, à moi. Ceux qu'on nous offrait, je me le rappelle, étaient très gentils, très frisés, très folâtres.

– À merveille ! dit Balsamo ; mais malheureusement, cher maître, nous ne sommes pas au Congo.

– Ah ! nous ne sommes pas au Congo ? dit Althotas. Eh bien, où sommes nous donc ?

– À Paris.

– À Paris. Eh bien ! en nous embarquant à Marseille, nous pouvons y être en six semaines, au Congo.

– Oui, cela se pourrait, sans doute, mais il faut que je reste en France.

– Il faut que tu restes en France ! et pourquoi cela ?

– Parce que j'y ai affaire.

– Tu as affaire en France ?

– Oui, et sérieusement.

Le vieillard partit d'un long et lugubre éclat de rire.

– Affaire, dit-il, affaire en France. Ah ! oui, c'est vrai, j'avais oublié, moi. Tu as des clubs à organiser, n'est-ce pas ?

– Oui, maître.

– Des conspirations à ourdir ?

– Oui, maître.

– Tes affaires, enfin, comme tu appelles cela.

Et le vieillard se reprit à rire de son air faux et moqueur.

Balsamo garda le silence, tout en amassant des forces contre l'orage qui se préparait et qu'il sentait venir.

– Et où en sont ces affaires ? Voyons ! dit le vieillard en se retournant péniblement sur son fauteuil et en attachant ses grands yeux gris sur son élève.

Balsamo sentit pénétrer en lui ce regard comme un rayon lumineux.

– Où j'en suis ? demanda-t-il.

– Oui.

– J'ai lancé la première pierre, l'eau est troublée.

– Et quel limon as-tu remué ? Parle, voyons.

– Le bon, le limon philosophique.

– Ah ! oui, tu vas mettre en jeu tes utopies, tes rêves creux, tes brouillards : des drôles qui discutent sur l'existence ou la non-existence de Dieu, au lieu d'essayer comme moi de se faire dieux

eux-mêmes. Et quels sont ces fameux philosophes auxquels tu te relies ? Voyons.

– J'ai déjà le plus grand poète et le plus grand athée de l'époque ; un de ces jours, il doit rentrer en France, d'où il est à peu près exilé, pour se faire recevoir maçon, à la loge que j'organise rue du Pot-de-Fer, dans l'ancienne maison des jésuites.

– Et tu l'appelles ?

– Voltaire.

– Je ne le connais pas ; après, qui as-tu encore ?

– On doit m'aboucher prochainement avec le plus grand re-mueur d'idées du siècle, avec un homme qui a fait le *Contrat social*.

– Et tu l'appelles ?

– Rousseau.

– Je ne le connais pas.

– Je le crois bien, vous ne connaissez, vous qu'Alphonse X, Raymond Lulle, Pierre de Tolède, et le grand Albert.

– C'est que ce sont les seuls hommes qui aient réellement vécu, puisque ce sont les seuls qui ont agité, toute leur vie, cette grande question d'être ou de ne pas être.

– Il y a deux façons de vivre, maître.

– Je n'en connais qu'une, moi : c'est d'exister ; mais revenons à tes deux philosophes. Tu les appelles, dis-tu ?

– Voltaire, Rousseau.

– Bon ! je me rappellerai ces noms-là ; et tu prétends, grâce à ces deux hommes... ?

– M'emparer du présent et saper l'avenir.

– Oh ! oh ! ils sont donc bien bêtes, dans ce pays-ci, qu'ils se laissent mener avec des idées ?

– Au contraire, c'est parce qu'ils ont trop d'esprit que les idées ont plus d'influence sur eux que les faits. Et puis j'ai un auxiliaire plus puissant que tous les philosophes de la terre.

– Lequel ?

– L'ennui... Il y a quelque seize cents ans que la monarchie dure en France, et les Français sont las de la monarchie.

– De sorte qu'ils vont renverser la monarchie ?

– Oui.

– Tu crois cela ?

– Sans doute.

– Et tu pousses, tu pousses ?

– De toutes mes forces.

– Imbécile !

– Comment ?

– Que t'en reviendra-t-il, à toi, du renversement de cette monarchie ?

– À moi, rien ; mais à tous, le bonheur.

– Voyons, aujourd'hui, je suis content, et je veux bien perdre mon temps à te suivre. Explique-moi d'abord comment tu arriveras au bonheur, et ensuite ce que c'est que le bonheur.

– Comment j'arriverai ?

– Oui, au bonheur de tous, ou au renversement de la monarchie, ce qui est pour toi l'équivalent du bonheur général. J'écoute.

– Eh bien ! un ministère existe en ce moment, qui est le dernier rempart qui défende la monarchie ; c'est un ministère intelligent, industrieux et brave qui pourrait soutenir vingt ans encore, peut-être, cette monarchie usée et chancelante ; ils m'aideront à le renverser.

– Qui cela ? Tes philosophes ?

– Non pas : les philosophes le soutiennent au contraire.

– Comment ! tes philosophes soutiennent un ministère qui soutient la monarchie, eux qui sont les ennemis de la monarchie ? Oh ! les grands imbéciles que les philosophes !

– C'est que le ministre est un philosophe lui-même.

– Ah ! je comprends, et qu'ils gouvernent dans la personne de ce ministre. Je me trompe alors, ce ne sont pas des imbéciles, ce sont des égoïstes.

– Je ne veux pas discuter sur ce qu'ils sont, dit Balsamo, que l'impatience commençait à gagner, je n'en sais rien ; mais ce que je sais, c'est que, ce ministère renversé, tous crieront haro sur le ministère suivant.

– Bien !

– Ce ministère aura contre lui d'abord les philosophes, puis le Parlement. Les philosophes crieront, le Parlement criera, le ministère persécutera les philosophes et cassera le Parlement. Alors, dans l'intelligence et dans la matière s'organisera une ligue sourde, une opposition entêtée, tenace, incessante, qui attaquera tout, à toute heure creusera, minera, ébranlera. À la place des Parlements, on nommera des juges ; ces juges nommés par la royauté feront tout pour la royauté. On les accusera, et à raison, de vénalité, de concussion, d'injustice. Le peuple se soulèvera, et enfin la royauté aura contre elle la philosophie qui est l'intelligence, les Parlements qui sont la bourgeoisie, et le peuple qui est le peuple, c'est-à-dire ce levier que cherchait Archimède et avec lequel on soulève le monde.

– Eh bien, quand tu auras soulevé le monde, il faudra bien que tu le laisses retomber.

– Oui, mais, en retombant, la royauté se brisera.

– Et, quand elle sera brisée, voyons, je veux bien suivre tes images fausses, parler ta langue emphatique, quand elle sera brisée, la royauté vermoulue, que sortira-t-il de ses ruines ?

– La liberté.

– Ah ! les Français seront donc libres ?

– Cela ne peut manquer d'arriver un jour.

– Libres, tous ?

– Tous.

– Il y aura alors en France trente millions d'hommes libres ?

– Oui.

– Et parmi ces trente millions d'hommes libres, tu crois qu'il ne se rencontrera pas un homme un peu mieux fourni de cervelle que les autres, lequel confisquera un beau matin la liberté de ses vingt-neuf millions neuf cent quatre-vingt-dix-neuf mille neuf cent quatre-vingt-dix-neuf concitoyens, pour avoir un peu plus de liberté à lui seul ? Te rappelles-tu ce chien que nous avions à Médine, et qui mangeait à lui seul la part de tous les autres ?

– Oui. mais, un beau jour, les autres se sont unis contre lui et l'ont étranglé.

– Parce que c'étaient des chiens ; des hommes n'eussent rien dit.

– Vous mettez donc l'intelligence de l'homme au-dessous de celle du chien, maître ?

– Dame ! les exemples sont là.

– Et quels exemples ?

– Il me semble qu'il y a eu chez les anciens un certain César Auguste, et chez les modernes un certain Olivier Cromwell, qui mordirent ardemment le gâteau romain et le gâteau anglais, sans que ceux auxquels ils l'arrachaient aient dit ou fait grand-chose contre eux.

– Eh bien ! en supposant que cet homme surgisse, cet homme sera mortel, cet homme mourra, et avant de mourir, il aura fait du bien à ceux mêmes qu'il aura opprimés, car il aura changé la nature de l'aristocratie ; obligé de s'appuyer sur quelque chose, il aura choisi la chose la plus forte c'est-à-dire le peuple. À l'égalité qui abaisse, il aura substitué l'égalité qui élève. L'égalité n'a point de barrière fixe, c'est un niveau qui subit la hauteur de celui qui la fait. Or, en élevant le peuple, il aura consacré un principe inconnu jusqu'à lui. La Révolution aura fait les Français libres. le protectorat d'un autre César Auguste ou d'un autre Olivier Cromwell les aura faits égaux.

Althotas fit un brusque mouvement sur son fauteuil.

– Oh ! que cet homme est stupide ! s'écria-t-il. Occupez donc vingt ans de votre vie à élever un enfant, à essayer de lui apprendre ce que vous savez, pour que cet enfant, à trente ans, vienne vous dire : « Les hommes seront égaux !... »

– Sans doute, les hommes seront égaux, égaux devant la loi.

– Et devant la mort, imbécile, devant la mort, cette loi des lois, seront-ils égaux, quand l'un mourra à trois jours et quand l'autre mourra à cent ans ? Égaux ! les hommes égaux, tant que les hommes n'auront pas vaincu la mort ! Oh ! la brute ! la double brute !

Et Althotas se renversa pour rire plus librement, tandis que Balsamo, sérieux et sombre, s'asseyait la tête basse.

Althotas le regarda en pitié.

– Je suis donc l'égal, dit-il, du manœuvre qui mord dans son pain grossier, du bambin qui tête sa nourrice, du vieillard hébété qui boit son petit-lait et pleure ses yeux éteints ?... Oh ! malheureux sophiste que tu es, réfléchis donc à une chose, c'est que les hommes ne seront égaux que lorsqu'ils seront immortels ; car, lorsqu'ils seront immortels, ils seront dieux, et il n'y a que les dieux qui soient égaux.

– Immortels ! murmura Balsamo ; immortels. Chimère !

– Chimère ! s'écria Althotas. chimère ! oui, chimère, comme la vapeur, chimère comme le fluide, chimère comme tout ce qu'on cherche, qu'on n'a pas encore découvert et qu'on découvrira. Mais remue donc avec moi la poussière des mondes, mets à nu les unes après les autres ces couches superposées qui chacune représentent une civilisation ; et dans ces couches humaines, dans ce détritus de royaumes, dans ces filons de siècles, que coupe comme des tranches le fer de l'investigation moderne, que lis-tu ? C'est qu'en tout temps les hommes ont cherché ce que je cherche sous les différents titres du mieux, du bien, de la perfection. Et quand cherchaient-ils cela ? Au temps d'Homère où les hommes vivaient deux cents ans, au temps des patriarches, quand ils vivaient huit siècles ! Ils ne l'ont pas trouvé, ce mieux, ce bien, cette perfection : car, s'ils l'eussent trouvé, ce monde décrépit, ce monde serait frais, vierge et rose comme l'aube matinale. Au lieu de cela, la souffrance, le cadavre, le fumier. Est-ce doux, la souffrance ? Est-ce beau, le cadavre ? Est-ce désirable, le fumier ?

– Eh bien, dit Balsamo répondant au vieillard, qu'une petite toux sèche venait d'interrompre ; eh bien, vous dites que personne n'a trouvé encore cet élixir de vie. Je vous dis, moi, que personne ne le trouvera. Confessez Dieu.

– Niais ! personne n'a trouvé tel secret ; donc, personne ne le trouvera. À ce compte, il n'y aurait jamais eu de découvertes. Or, crois-tu que les découvertes soient des choses nouvelles qu'on invente ? Non, ce sont des choses oubliées qu'on retrouve. Et pourquoi les choses une fois trouvées s'oublient-elles ? Parce que la vie est trop courte pour que l'inventeur puisse tirer de son invention toutes les déductions qu'elle enferme. Vingt fois, cet élixir de vie, on a failli le trouver. Crois-tu que le Styx soit une imagination d'Homère ?

Crois-tu que cet Achille presque immortel, puisqu'il n'est vulnérable qu'au talon, soit une fable ? Non. Achille était l'élève de Chiron comme tu es le mien. Chiron veut dire supérieur ou pire. Chiron était un savant qu'on représente sous la forme d'un centaure, parce que sa science avait doué l'homme de la force et de la légèreté du cheval. Eh bien ! il avait à peu près trouvé l'élixir d'immortalité, lui aussi. Il ne lui manquait peut-être à lui aussi, comme à moi, que ces trois gouttes de sang que tu me refuses. Ces trois gouttes de sang absentes ont rendu Achille vulnérable au talon ; la mort a trouvé un passage, elle est entrée. Oui, je le répète, Chiron, l'homme universel, l'homme supérieur, l'homme pire, n'est qu'un autre Althotas empêché par un autre Acharat de compléter l'œuvre qui eût sauvé l'humanité tout entière, en l'arrachant à l'effet de la malédiction divine. Eh bien ! qu'as-tu à dire à cela ?

– Je dis, répondit Balsamo, visiblement ébranlé, je dis que j'ai mon œuvre et que vous avez la vôtre. Accomplissons-la, chacun de notre côté, et à nos risques et périls. Je ne vous seconderai pas par un crime.

– Par un crime ?

– Oui, et quel crime encore ! un de ceux qui lancent après vous toute une population aboyante ; un crime qui vous fait accrocher à ces potences infâmes dont votre science n'a pas encore plus garanti les hommes supérieurs que les hommes pires.

Althotas frappa de ses deux mains sèches sur la table de marbre.

– Voyons, voyons, dit-il, ne sois pas un idiot humanitaire, la pire race d'idiots qui existe au monde. Voyons, viens, et causons un peu de la loi, de ta brutale et absurde loi écrite par des animaux de ton espèce, que révolte une goutte de sang versée intelligemment, mais qu'affriandent des torrents de liqueur vitale répandus sur les places publiques, au pied des remparts des villes, dans ces plaines qu'on appelle des champs de bataille ; de ta loi toujours inepte et égoïste qui sacrifie l'homme de l'avenir à l'homme présent, et qui a pris pour devise : « Vive aujourd'hui ! meure demain ! » Causons de cette loi, veux-tu ?

— Dites ce que vous avez à dire, je vous écoute, répondit Balsamo de plus en plus sombre.

— As-tu un crayon, une plume ? Nous allons faire un petit calcul.

— Je calcule sans plume et sans crayon. Dites ce que vous avez à dire.

— Voyons ton projet. Oh ! je me le rappelle... tu renverses un ministère, tu casses les Parlements, tu établis des juges iniques, tu amènes une banqueroute, tu fomentes des révoltes, tu allumes une révolution, tu renverses une monarchie, tu laisses s'élever un protectorat, et tu précipites le protecteur.

« La Révolution t'aura donné la liberté.

« Le protectorat, l'égalité.

« Or, les Français étant libres et égaux, ton œuvre est accomplie.

« N'est-ce pas cela ?

— Oui ; regardez-vous la chose comme impossible ?

335/638

– Je ne crois pas à l'impossibilité. Tu vois que je te fais beau jeu, moi !

– Eh bien ?

– Attends ; d'abord, la France n'est pas comme l'Angleterre, où l'on fit tout ce que tu veux faire, plagiaire que tu es ; la France n'est pas une terre isolée où l'on puisse renverser les ministères, casser les Parlements, établir des juges iniques, amener une banqueroute, fomenter des révoltes, allumer des révolutions, renverser des monarchies, élever des protectorats et culbuter les protecteurs, sans que les autres nations se mêlent un peu de ces mouvements. La France est soudée à l'Europe, comme le foie aux entrailles de l'homme ; elle a des racines chez toutes les autres nations, des fibres chez tous les peuples ; essaye d'arracher le foie à cette grande machine qu'on appelle le continent européen, et pendant vingt ans, trente ans, quarante ans peut-être, tout le corps frémira ; mais je cote au plus bas, et je prends vingt ans ; est-ce trop, sage philosophe ?

– Non, ce n'est pas trop, dit Balsamo, ce n'est pas même assez.

– Eh bien ! moi, je m'en contente. Vingt ans de guerre, de lutte acharnée, mortelle, incessante ; voyons, je mets cela à deux cent mille morts par année, ce n'est pas trop quand on se bat à la fois en Allemagne, en Italie, en Espagne, que sais-je, moi ! Deux cent mille hommes par année, pendant vingt ans, cela fait quatre millions d'hommes ; en accordant à chaque homme dix-sept livres de sang, c'est à peu près le compte de la nature, cela fait, multipliez... 17 par 4, voyons... cela fait soixante-huit millions de livres de sang versé pour arriver à ton but. Moi, je t'en demandais trois gouttes. Dis maintenant quel est le fou, le sauvage, le cannibale de nous deux ? Eh bien ! tu ne réponds pas ?

– Si fait, maître, je vous réponds que ce ne serait rien, trois gouttes de sang, si vous étiez sûr de réussir.

– Et toi, toi qui en répands soixante-huit millions de livres, es-tu sûr ? Dis ! Alors lève-toi, et, la main sur ton cœur, réponds : « Maître, moyennant ces quatre millions de cadavres, je garantis le bonheur de l'humanité. »

– Maître, dit Balsamo en éludant la réponse, maître, au nom du ciel, cherchez autre chose.

– Ah ! tu ne réponds pas, tu ne réponds pas ? s'écria Althotas triomphant.

– Vous vous abusez, maître, sur l'efficacité du moyen : il est impossible.

– Je crois que tu me conseilles, je crois que tu me nies, je crois que tu me démens, dit Althotas roulant avec une froide colère ses yeux gris sous ses sourcils blancs.

– Non, maître, mais je réfléchis, moi qui vis chacun de mes jours en contact avec les choses de ce monde, en contradiction avec les hommes, en lutte avec les princes, et non pas, comme vous, séquestré dans un coin, indifférent à tout ce qui se passe, à tout ce qui se défend, ou à tout ce qui s'autorise, pure abstraction du savant et du citateur ; moi, enfin, qui sais les difficultés, je les signale, voilà tout.

– Ces difficultés, tu les vaincrais bien vite si tu voulais.

– Dites si je croyais.

– Tu ne crois donc pas ?

– Non, dit Balsamo.

– Tu me tentes ! tu me tentes ! s'écria Althotas.

– Non, je doute.

– Eh bien, voyons ; crois-tu à la mort ?

– Je crois à ce qui est, or, la mort *est*.

Althotas haussa les épaules.

– Donc la mort *est*, dit-il ; c'est un point que tu ne contestes pas ?

– C'est une chose incontestable.

– C'est une chose infinie, invincible, n'est-ce pas ? ajouta le vieux savant avec un sourire qui fit frissonner son adepte.

– Oh ! oui, maître, invincible, infinie surtout.

– Et quand tu vois un cadavre, la sueur te monte au front, le regret te vient au cœur ?

– La sueur ne me monte pas au front, parce que je suis familiarisé avec toutes les misères humaines ; le regret ne me vient pas au cœur, parce que j'estime la vie peu de chose ; mais je me dis en présence du cadavre : « Mort ! mort ! tu es puissante comme Dieu ! Tu règnes souverainement, ô mort ! et nul ne prévaut contre toi ! »

Althotas écouta Balsamo en silence et sans donner d'autre signe d'impatience que de tourmenter un scalpel entre ses doigts ; et, lorsque son élève eut achevé la phrase douloureuse et solennelle, le vieillard jeta en souriant un regard autour de lui, et ses yeux, si ardents, qu'il semblait que pour eux la nature ne dût point avoir de secrets, ses yeux s'arrêtèrent sur un coin de la salle où, couché sur quelques brins de paille, tremblait un pauvre chien noir, le seul qui restât de trois animaux de même espèce qu'Althotas avait demandé pour ses expériences, et que Balsamo lui avait fait apporter.

– Prends ce chien, dit Althotas à Balsamo, et apporte-le sur cette table.

Balsamo obéit ; il alla prendre le chien noir et l'apporta sur le marbre.

L'animal, qui semblait pressentir sa destinée, et qui déjà sans doute s'était rencontré sous la main de l'expérimentateur, se mit à frissonner, à se débattre et à hurler lorsqu'il sentit le contact du marbre.

– Eh ! eh ! dit Althotas, tu crois à la vie, n'est-ce pas, puisque tu crois à la mort ?

– Sans doute.

– Voilà un chien qui me paraît très vivant, qu'en dis-tu ?

– Assurément, puisqu'il crie, puisqu'il se débat, puisqu'il a peur.

– Que c'est laid, les chiens noirs ! Tâche, la première fois, de m'en procurer des blancs.

– J'y tâcherai.

– Ah ! nous disons donc que celui-ci est vivant ! Aboie, petit, ajouta le vieillard avec son rire lugubre, aboie, pour convaincre le seigneur Acharat que tu es vivant.

Et il toucha le chien du doigt sur un certain muscle, et le chien aboya, ou plutôt gémit aussitôt.

– Bon ! avance la cloche ; c'est cela : introduis le chien dessous... Là !... À propos, j'oubliais de te demander à quelle mort tu crois le mieux.

– Je ne sais ce que vous voulez dire, maître ; la mort est la mort.

– C'est juste, très juste, ce que tu viens de me dire là, et c'est mon avis, à moi aussi. Eh bien ! puisque la mort est la mort, fais le vide, Acharat.

Balsamo tourna une roue qui dégagea par un tuyau l'air enfermé sous la cloche avec le chien, et peu à peu l'air s'enfuit avec un sifflement aigu. Le petit chien s'inquiéta d'abord, puis il chercha, fouilla, leva la tête, respira bruyamment et précipitamment, et enfin il tomba suffoqué, gonflé, inanimé.

– Voilà le chien mort d'apoplexie, n'est-ce pas ? dit Althotas. Une belle mort qui ne fait pas souffrir longtemps !

– Oui.

– Il est bien mort ?

– Sans doute.

– Tu ne me parais pas bien convaincu, Acharat ?

– Si fait, au contraire.

– Oh ! c'est que tu connais mes ressources, n'est-ce pas ? Tu supposes que j'ai trouvé l'insufflation, hein ? cet autre problème qui consiste à faire circuler la vie avec l'air dans un corps intact, comme on le peut faire dans une outre qui n'est pas percée ?

– Non, je ne suppose rien ; je crois que le chien est mort, voilà tout.

– N'importe, pour plus grande sécurité, nous allons le tuer deux fois. Lève la cloche, Acharat.

Acharat enleva l'appareil de cristal, le chien ne bougea point ; ses paupières étaient closes, son cœur ne battait plus.

– Prends ce scalpel, et, tout en laissant le larynx intact, tranche-lui la colonne vertébrale.

– C'est uniquement pour vous obéir.

– Et aussi pour achever le pauvre animal, au cas où il ne serait pas tout à fait mort, répondit Althotas avec ce sourire d'opiniâtreté particulier aux vieillards.

Balsamo donna un seul coup de la lame tranchante. L'incision sépara la colonne vertébrale à deux pouces du cervelet à peu près, et ouvrit une large plaie sanglante.

L'animal ou plutôt le cadavre de l'animal demeura immobile.

– Oui, ma foi, il était bien mort, dit Althotas ; pas une fibre ne tressaille, pas un muscle ne frémit, pas un atome de chair ne s'insurge contre ce nouvel attentat. N'est-ce pas, il est mort, et bien mort ?

– Je le reconnais autant de fois que vous désirerez que je le reconnaisse, dit Balsamo impatient.

– Et voilà un animal inerte, glacé, à jamais immobile. Rien ne prévaut contre la mort, as-tu dit. Nul n'a la puissance de rendre la vie ni même l'apparence de la vie à la pauvre bête.

– Nul, si ce n'est Dieu !

– Oui, mais Dieu ne sera pas assez inconséquent pour le faire. Quand Dieu tue, comme il est la suprême sagesse, c'est qu'il a une raison ou un bénéfice à tuer. Un assassin, je ne sais plus comment on l'appelle, un assassin disait cela, et c'était fort bien dit. La nature a un intérêt dans la mort.

« Ainsi voilà un chien aussi mort que possible, et la nature a pris son intérêt sur lui.

Althotas attacha son œil perçant sur Balsamo. Celui-ci, fatigué d'avoir soutenu si longtemps le radotage du vieillard, inclina la tête pour toute réponse.

– Eh bien, que dirais-tu, continua Althotas, si ce chien ouvrait l'œil et te regardait ?

– Cela m'étonnerait beaucoup, maître, répondit Balsamo en souriant.

– Cela t'étonnerait ? Ah ! c'est bien heureux !

En achevant ces paroles avec son rire faux et lugubre, le vieillard attira près du chien un appareil composé de pièces de métal séparées par des tampons de drap. Le drap de cet appareil trempait dans un mélange d'eau acidulée ; les deux extrémités ou les deux pôles, comme on les appelle, sortaient du baquet.

– Quel œil veux-tu qu'il ouvre, Acharat ? demanda le vieillard.

– Le droit.

Les deux extrémités rapprochées, mais séparées l'une de l'autre par un morceau de soie, s'arrêtèrent sur un muscle du cou.

Aussitôt l'œil droit du chien s'ouvrit, et regarda fixement Balsamo, qui recula effrayé.

– Maintenant, passons à la gueule, veux-tu ?

Balsamo ne répondit rien, il était sous l'empire d'un profond étonnement.

Althotas toucha un autre muscle, et à la place de l'œil, qui s'était refermé, ce fut la gueule qui s'ouvrit, laissant voir les dents blanches et aiguës, à la racine desquelles la gencive rouge frémissait comme dans la vie.

Balsamo eut peur et ne put cacher son émotion.

– Oh ! voilà qui est étrange ! dit-il.

– Vois comme la mort est peu de chose, dit Althotas triomphant de la stupéfaction de son élève, puisqu'un pauvre vieillard comme moi, qui va lui appartenir bientôt, la fait dévier de son inexorable chemin.

Et tout à coup, avec un rire strident et nerveux :

– Prends garde, Acharat, dit-il, voilà un chien mort qui tout à l'heure voulait te mordre, et qui maintenant va courir après toi. Prends garde !

Et en effet, le chien, avec son cou tranché, sa gueule béante et son œil tressaillant, se leva soudain sur ses quatre pattes, et, la tête hideusement pendante, vacilla sur ses jambes.

Balsamo sentit ses cheveux se hérisser ; la sueur lui tomba du front, et il alla à reculons se coller contre la porte d'entrée, incertain s'il devait fuir ou demeurer.

– Allons, allons, je ne veux pas te faire mourir de peur en essayant de t'instruire, dit Althotas repoussant le cadavre et la machine, assez d'expériences comme cela.

Aussitôt le cadavre, cessant d'être en rapport avec la pile, retomba morne et immobile comme auparavant.

– Aurais-tu cru cela de la mort, Acharat ? dit le vieillard, et la croyais-tu d'aussi bonne composition, dis ?

– Étrange, en effet, étrange ! dit Balsamo en se rapprochant.

– Tu vois qu'on peut arriver à ce que je disais, mon enfant, et que le premier pas est fait. Qu'est-ce que prolonger la vie, quand on est déjà parvenu à annuler la mort ?

– Mais on ne le sait pas encore, objecta Balsamo, car cette vie que vous lui avez rendue est une vie factice.

– Ayons du temps et nous retrouverons la vie réelle. N'as-tu pas lu dans les poètes romains que Cassidée rendait la vie aux cadavres ?

– Dans les poètes, oui.

– Les Romains appelaient les poètes *vates*, mon ami, n'oublie pas cela.

– Voyons, dites-moi cependant...

– Une objection encore ?

– Oui. Si votre élixir de vie était composé et que vous en fissiez prendre à ce chien, il vivrait donc éternellement ?

– Sans doute.

– Et s'il tombait dans les mains d'un expérimentateur comme vous qui l'égorgeât ?

– Bon, bon ! s'écria le vieillard avec joie et en frappant ses deux mains l'une contre l'autre, voilà où je t'attendais.

– Alors, si vous m'attendiez là, répondez-moi.

– Je ne demande pas mieux.

– L'élixir empêchera-t-il une cheminée de tomber sur une tête, une balle de percer un homme d'outre en outre, un cheval d'ouvrir d'un coup de pied le ventre de son cavalier ?

Althotas regardait Balsamo du même œil qu'un spadassin doit regarder son adversaire dans un coup qui va lui permettre de le toucher.

– Non, non, non, dit-il, et tu es vraiment logicien, mon cher Acharat. Non, la cheminée, non, la balle, non, le coup de pied de cheval, ne pourront pas être évités tant qu'il y aura des maisons, des fusils et des chevaux.

– Il est vrai que vous ressusciterez les morts.

– Momentanément, oui ; indéfiniment, non. Il faudrait d'abord pour cela que je trouvasse l'endroit du corps où l'âme est logée, et cela pourrait être un peu long ; mais j'empêcherai cette âme de sortir du corps par la blessure qui aura été faite.

– Comment cela ?

– En la refermant.

– Même si cette blessure tranche une artère ?

– Sans doute.

– Ah ! je voudrais voir cela.

– Eh bien, regarde, dit le vieillard.

Et, avant que Balsamo eût pu l'arrêter, il se piqua la veine du bras gauche avec une lancette.

Il restait si peu de sang dans le corps du vieillard, et ce sang roulait si lentement, qu'il fut quelque temps à venir aux lèvres de la plaie ; mais enfin il y vint, et, ce passage ouvert, il sortit bientôt abondamment.

– Grand Dieu ! s'écria Balsamo.

– Eh bien, quoi ? dit Althotas.

– Vous êtes blessé, et grièvement.

– Puisque tu es comme saint Thomas, et que tu ne crois qu'en voyant et qu'en touchant, il faut bien te faire voir, il faut bien te faire toucher.

Il prit alors une petite fiole qu'il avait placée à la portée de sa main, et, en versant quelques gouttes sur la plaie :

– Regarde ! dit-il.

Alors, devant cette eau presque magique, le sang s'écarta, la chair se resserra, fermant la veine, et la blessure devint une piqûre trop étroite pour que cette chair coulante qu'on appelle le sang pût s'en échapper.

Cette fois, Balsamo regardait le vieillard avec stupéfaction.

– Voilà encore ce que j'ai trouvé ; qu'en dis-tu, Acharat ?

– Oh ! je dis, maître, que vous êtes le plus savant des hommes.

– Et que, si je n'ai pas vaincu tout à fait la mort, n'est-ce pas ? je lui ai du moins porté un coup dont il lui sera difficile de se relever. Vois-tu, mon fils, le corps humain a des os fragiles et qui peuvent se briser : je rendrai ces os aussi durs que l'acier. Le corps humain a du sang qui, lorsqu'il s'échappe, emmène avec lui la vie : j'empêcherai que le sang ne sorte du corps. La chair est molle et facile à entamer, je la rendrai invulnérable comme celle des paladins du Moyen Âge, sur laquelle s'émoussait le fil des épées et le tranchant des haches. Il ne faut pour cela qu'un Althotas qui vive trois cents ans. Eh bien, donne-moi ce que je te demande, et j'en vivrai mille. Oh ! mon cher Acharat, cela dépend de toi. Rends-moi ma jeunesse, rends-moi la vigueur de mon corps, rends-moi la fraîcheur de mes idées, et tu verras si je crains l'épée, la balle, le mur qui croule, ou la bête brute qui mord ou qui rue. À ma quatrième jeunesse, Acharat, c'est-à-dire avant que j'aie vécu l'âge de quatre hommes, j'aurai renouvelé la face de la terre, et, je te le dis, j'aurai fait pour moi et pour l'humanité régénérée un monde à mon usage, un monde sans cheminées, sans épées, sans balles de mousquet, sans chevaux qui ruent ; car alors, les hommes comprendront qu'il vaut mieux vivre, s'entraider, s'aimer, que de se déchirer et de se détruire.

– C'est vrai, ou du moins, c'est possible, maître.

– Eh bien ! apporte-moi l'enfant, alors.

– Laissez-moi réfléchir encore, et réfléchissez vous-même.

Althotas lança à son adepte un regard de souverain mépris.

– Va ! dit-il, va, je te convaincrai plus tard, et d'ailleurs, le sang de l'homme n'est pas un ingrédient si précieux qu'il ne puisse se remplacer peut-être par une autre matière. Va ! je chercherai, je trouverai. Je n'ai pas besoin de toi. Va !

Balsamo frappa du pied la trappe, et descendit dans l'appartement inférieur, muet, immobile, et tout courbé sous le génie de cet homme, qui forçait de croire aux choses impossibles, en faisant lui-même des choses impossibles.

Chapitre LXI

Les renseignements

Cette nuit si longue, si fertile en événements et que nous avons promenée, comme le nuage des dieux mythologiques, de Saint-Denis à la Muette, de la Muette à la rue Coq-Héron, de la rue Coq-Héron à la rue Plâtrière, et de la rue Plâtrière à la rue Saint-Claude, cette nuit, madame du Barry l'avait employée à essayer de pétrir l'esprit du roi, selon ses vues, d'une politique nouvelle.

Elle avait surtout beaucoup insisté sur le danger qu'il y aurait à laisser les Choiseul gagner du terrain auprès de la dauphine.

Le roi avait répondu, en haussant les épaules, que madame la dauphine était une enfant et M. de Choiseul un vieux ministre ; qu'en conséquence il n'y avait pas de danger, attendu que l'une ne saurait pas travailler et que l'autre ne saurait pas amuser.

Puis, enchanté de ce bon mot, le roi avait coupé court aux explications.

Il n'en avait pas été de même de madame du Barry, qui avait cru remarquer des distractions chez le roi.

Louis XV était coquet. Son grand bonheur consistait à donner de la jalousie à ses maîtresses, pourvu cependant que cette jalousie ne se traduisît point par des querelles et des bouderies trop prolongées.

Madame du Barry était jalouse, d'abord par amour-propre, ensuite par crainte. Sa position lui avait donné trop de peine à conquérir, et la position élevée où elle se trouvait était trop éloignée de son point de départ pour qu'elle osât, comme madame de Pompadour, tolérer d'autres maîtresses au roi, et lui en chercher même quand Sa Majesté paraissait s'ennuyer, ce qui, on le sait, lui arrivait souvent.

Donc, madame du Barry étant jalouse, comme nous l'avons dit, elle voulut connaître à fond les causes de la distraction du roi.

Le roi répondit ces paroles mémorables, dont il ne pensait pas un seul mot :

— Je m'occupe beaucoup du bonheur de ma bru, et je ne sais vraiment si M. le dauphin lui donnera tout le bonheur.

— Et pourquoi pas, sire ?

— Parce que M. Louis, à Compiègne, à Saint-Denis et à la Muette, m'a paru regarder beaucoup les autres femmes et très peu la sienne.

— En vérité, sire, si Votre Majesté elle-même ne me disait une pareille chose, je ne le croirais pas : madame la dauphine est jolie, cependant.

— Elle est un peu maigre.

— Elle est si jeune !

– Bon ! voyez mademoiselle de Taverney, elle a l'âge de l'archiduchesse.

– Eh bien ?

– Eh bien, elle est parfaitement belle.

Un éclair brilla dans les yeux de la comtesse et avertit le roi de son étourderie.

– Mais vous-même, chère comtesse, reprit vivement le roi, vous qui parlez, à seize ans vous étiez ronde, j'en suis sûr, comme les bergères de notre ami Boucher.

Cette petite adulation raccommoda un peu les choses ; cependant, le coup avait porté.

Aussi madame du Barry prit-elle l'offensive en minaudant.

– Ah çà ! dit-elle, elle est donc bien belle, cette demoiselle de Taverney ?

– Eh ! le sais-je ? dit Louis XV.

– Comment ! vous la vantez et vous ne savez pas, dites-vous, si elle est belle ?

– Je sais qu'elle n'est pas maigre, voilà tout.

– Donc, vous l'avez vue et examinée.

– Ah ! chère comtesse, vous me poussez dans des traquenards. Vous savez que j'ai la vue basse. Une masse me frappe, au diable les détails. Chez madame la dauphine, j'ai vu des os, voilà tout.

– Et, chez mademoiselle de Taverney, vous avez vu des masses, comme vous dites ; car madame la dauphine est une beauté distinguée, et mademoiselle de Taverney est une beauté vulgaire.

– Allons donc ! dit le roi ; à ce compte, Jeanne, vous ne seriez donc pas une beauté distinguée ? Vous vous moquez, je crois.

– Bon ! un compliment, dit tout bas la comtesse ; malheureusement, ce compliment sert d'enveloppe à un autre compliment qui n'est point pour moi.

Puis, tout haut :

– Ma foi, dit-elle, je serais bien contente que madame la dauphine se choisît des dames d'honneur un peu ragoûtantes ; c'est affreux, une cour de vieilles femmes.

– À qui le dites-vous, chère amie ? Je le répétais encore hier au dauphin ; mais la chose lui est indifférente, à ce mari-là.

– Et pour commencer, tenez, si elle prenait cette demoiselle de Taverney ?

– Mais on la prend, je crois, répondit Louis XV.

– Ah ! vous savez cela, sire ?

– Je crois l'avoir entendu dire, du moins.

– C'est une fille sans fortune.

– Oui, mais elle est née. Ces Taverney-Maison-Rouge sont de bonne maison et d'anciens serviteurs.

– Qui les pousse ?

– Je n'en sais rien. Mais je les crois gueux, comme vous dites.

– Alors ce n'est pas M. de Choiseul, car ils crèveraient de pensions.

– Comtesse, comtesse, ne parlons pas politique, je vous en supplie.

– C'est donc parler politique de dire que les Choiseul vous ruinent ?

– Certainement, dit le roi.

Et il se leva.

Une heure après, Sa Majesté avait regagné le grand Trianon, toute joyeuse d'avoir inspiré de la jalousie, mais en redisant à demi-voix, comme eût pu le faire M. de Richelieu à trente ans :

— En vérité, c'est bien ennuyeux, les femmes jalouses !

Aussitôt le roi parti, madame du Barry se leva à son tour et passa dans son boudoir, où l'attendait Chon, impatiente de savoir des nouvelles.

— Eh bien, dit-elle, tu as eu un fier succès ces jours-ci : présentée avant hier à la dauphine, admise à sa table hier.

— C'est vrai. Eh bien, la belle affaire !

— Comment ! la belle affaire ? Sais-tu qu'il y a à cette heure cent voitures courant après ton sourire du matin sur la route de Luciennes ?

— J'en suis fâchée.

— Pourquoi cela ?

— Parce que c'est du temps perdu ; ni voiture ni gens n'auront mon sourire ce matin.

— Oh ! oh ! comtesse, le temps est à l'orage ?

– Oui, ma foi ! Mon chocolat, vite, mon chocolat !

Chon sonna.

Zamore parut.

– Mon chocolat, fit la comtesse.

Zamore partit lentement, comptant ses pas et faisant le gros dos.

– Ce drôle-là veut donc me faire mourir de faim ! cria la comtesse ; cent coups de fouet, s'il ne court pas.

– Moi pas courir, moi gouverneur ! dit majestueusement Zamore.

– Ah ! toi gouverneur ! dit la comtesse saisissant une petite cravache à pomme de vermeil, destinée à maintenir la paix entre les épagneuls et les griffons de la comtesse ; ah ! toi gouverneur ! attends, attends, tu vas voir, gouverneur !

Zamore, à cette vue, prit sa course en ébranlant toutes les cloisons et en poussant de grands cris.

– Mais vous êtes féroce aujourd'hui, Jeanne, dit Chon.

– J'en ai le droit, n'est-ce pas ?

– Oh ! à merveille. Mais je vous laisse, ma chère.

– Pourquoi cela ?

– J'ai peur que vous ne me dévoriez.

Trois coups retentirent à la porte du boudoir.

– Bon ! qui frappe maintenant ? dit la comtesse avec impatience.

– Celui-là va être bien reçu ! murmura Chon.

– Il vaudrait mieux que je fusse mal reçu, moi, dit Jean en poussant la porte avec une ampleur toute royale.

– Eh bien, qu'arriverait-il si vous étiez mal reçu ? car enfin ce serait possible.

– Il arriverait, dit Jean, que je ne reviendrais plus.

– Après ?

– Et que vous auriez perdu plus que moi à me mal recevoir.

– Impertinent !

– Bon ! voilà que l'on est impertinent parce qu'on n'est pas flatteur... Qu'a t-elle donc ce matin, grande Chon ?

– Ne m'en parle pas, Jean, elle est inabordable. Ah ! voilà le chocolat.

– Eh bien, ne l'abordons pas. Bonjour, mon chocolat, dit Jean en prenant le plateau ; comment te portes-tu, mon chocolat ?

Et il alla poser le plateau dans un coin sur une petite table devant laquelle il s'assit.

– Viens, Chon, dit-il, viens ; ceux qui sont trop fiers n'en auront pas.

– Ah ! vous êtes charmants, vous autres, dit la comtesse voyant Chon faire signe de la tête à Jean qu'il pouvait déjeuner tout seul, vous faites les susceptibles et vous ne voyez pas que je souffre.

– Qu'as-tu donc ? demanda Chon en se rapprochant.

– Non, s'écria la comtesse, mais c'est qu'il n'y en a pas un d'eux qui songe à ce qui m'occupe.

– Et quelle chose vous occupe donc ? Dites.

Jean ne bougea point ; il faisait ses tartines.

– Manquerais-tu d'argent ? demanda Chon.

– Oh ! quant à cela, dit la comtesse, le roi en manquera avant moi.

– Alors, prête-moi mille louis, dit Jean : j'en ai grand besoin.

– Mille croquignoles sur votre gros nez rouge.

– Le roi garde donc décidément cet abominable Choiseul ? demanda Chon.

– Belle nouvelle ! vous savez bien qu'ils sont inamovibles.

– Alors il est donc amoureux de la dauphine ?

– Ah ! vous vous rapprochez, c'est heureux ; mais voyez donc ce butor, qui se crève de chocolat, et qui ne remue pas seulement le petit doigt pour venir à mon secours. Oh ! ces deux êtres-là me feront mourir de chagrin.

Jean, sans s'occuper le moins du monde de l'orage grondant derrière lui, fendit un second pain, le bourra de beurre et se versa une seconde tasse.

– Comment ! le roi est amoureux ? s'écria Chon.

Madame du Barry fit un signe de tête qui voulait dire : « Vous y êtes. »

– Et de la dauphine ? continua Chon en joignant les mains. Eh bien, tant mieux, il ne sera pas incestueux, je suppose, et vous voilà tranquille ; mieux vaut qu'il soit amoureux de celle-là que d'une autre.

– Et s'il n'est pas amoureux de celle-là, mais d'une autre ?

– Bon ! fit Chon en pâlissant. Oh ! mon Dieu, mon Dieu ! que me dis-tu là ?

– Oui, trouve-toi mal maintenant, il ne nous manque plus que cela.

– Ah ! mais s'il en est ainsi, murmura Chon, nous sommes perdus ! Et tu souffres cela, Jeanne ? Mais de qui donc est-il amoureux ?

– Demande-le à monsieur ton frère, qui est violet de chocolat et qui va étouffer ici ; il te le dira, lui, car il le sait, ou du moins il s'en doute.

Jean leva la tête.

– On me parle ? dit-il.

– Oui, monsieur l'empressé, oui, monsieur l'utile, dit Jeanne, on vous demande le nom de la personne qui occupe le roi.

Jean se remplit hermétiquement la bouche, et, avec un effort qui leur donna péniblement passage, il prononça ces trois mots :

– Mademoiselle de Taverney.

– Mademoiselle de Taverney ! cria Chon. Ah ! miséricorde !

– Il le sait, le bourreau, hurla la comtesse en se renversant sur le dossier de son fauteuil et en levant les bras au ciel, il le sait et il mange !

– Oh ! fit Chon quittant visiblement le parti de son frère pour passer dans le camp de sa sœur.

– En vérité, s'écria la comtesse, je ne sais à quoi tient que je ne lui arrache pas ses deux gros vilains yeux tout bouffis encore de sommeil, le paresseux ! Il se lève, ma chère, il se lève !

– Vous vous trompez, dit Jean, je ne me suis pas couché.

– Et qu'avez-vous fait alors, gourgandinier ?

– Ma foi ! dit Jean, j'ai couru toute la nuit et toute la matinée.

– Quand je le disais... Oh ! qui me servira mieux que l'on ne me sert ? Qui me dira ce que cette fille est devenue, où elle est ?

– Où elle est ? demanda Jean.

– Oui.

– À Paris, pardieu !

– À Paris ?... Mais où cela, à Paris ?

– Rue Coq-Héron.

– Qui vous l'a dit ?

– Le cocher de sa voiture, que j'attendais aux écuries et que j'ai interrogé.

– Et il vous a dit ?

– Qu'il venait de conduire tous les Taverney dans un petit hôtel de la rue Coq-Héron, situé dans un jardin et attenant à l'hôtel d'Armenonville.

– Ah ! Jean, Jean, s'écria la comtesse, voilà qui me raccommode avec vous, mon ami ; mais ce sont des détails qu'il nous faudrait. Comment vit-elle, qui voit-elle ? Que fait-elle ? Reçoit-elle des lettres ? Voilà ce qu'il est important de savoir.

– Eh bien, on le saura.

– Et comment ?

– Ah ! voilà : comment ? J'ai cherché, moi ; cherchez un peu à votre tour.

– Rue Coq-Héron ? dit vivement Chon.

– Rue Coq-Héron, répéta flegmatiquement Jean.

– Eh bien, rue Coq-Héron, il doit y avoir des appartements à louer.

– Oh ! excellente idée ! s'écria la comtesse. Il faut vite courir rue Coq-Héron, Jean, louer une maison. On y cachera quelqu'un ; ce quelqu'un verra entrer, verra sortir, verra manœuvrer. Vite, vite, la voiture ! et allons rue Coq-Héron.

– Inutile, il n'y a pas d'appartements à louer rue Coq-Héron.

– Et comment savez-vous cela ?

– Je m'en suis informé, parbleu ! mais il y en a...

– Où cela ? Voyons.

– Rue Plâtrière.

– Qu'est-ce que cela, rue Plâtrière ?

– Qu'est-ce que c'est que la rue Plâtrière ?

– Oui.

– C'est une rue dont les derrières donnent sur les jardins de la rue Coq Héron.

– Eh bien, vite, vite ! dit la comtesse, louons un appartement rue Plâtrière.

– Il est loué, dit Jean.

– Homme admirable ! s'écria la comtesse. Tiens, embrasse-moi, Jean.

Jean s'essuya la bouche, embrassa madame du Barry sur les deux joues, et lui fit une cérémonieuse révérence en signe de remerciement de l'honneur qu'il venait de recevoir.

– C'est bien heureux ! dit Jean.

– On ne vous a pas reconnu, surtout ?

– Qui diable voulez-vous qui me reconnaisse, rue Plâtrière ?

– Et vous avez loué ?...

– Un petit appartement dans une maison borgne.

– On a dû vous demander pour qui ?

– Sans doute.

– Et qu'avez-vous répondu ?

– Pour une jeune veuve. Es-tu veuve, Chon ?

– Parbleu ! dit Chon.

– À merveille, dit la comtesse ; c'est Chon qui s'installera dans l'appartement ; c'est Chon qui guettera, qui surveillera ; mais il ne faut pas perdre de temps.

– Aussi vais-je partir tout de suite, dit Chon. Les chevaux ! les chevaux !

– Les chevaux ! cria madame du Barry en sonnant de façon à réveiller le palais tout entier de la Belle au Bois dormant.

Jean et la comtesse savaient à quoi s'en tenir sur le compte d'Andrée.

Elle avait, rien qu'en paraissant, éveillé l'attention du roi : donc, Andrée était dangereuse.

– Cette fille, dit la comtesse tandis qu'on attelait, ne serait pas une vraie provinciale, si, de son pigeonnier, elle n'avait amené à Paris quelque amoureux transi ; découvrons cet amoureux, et vite un mariage ! Rien ne refroidira le roi comme un mariage entre amoureux de province.

– Diable ! au contraire, fit Jean ; défions-nous. C'est pour Sa Majesté très chrétienne, et vous le savez mieux que personne, comtesse, un morceau très friand qu'une jeune mariée ; mais une fille ayant un amant contrarierait bien davantage Sa Majesté.

« Le carrosse est prêt », dit-il.

Chon s'élança, après avoir serré la main de Jean, après avoir embrassé sa sœur.

– Et Jean, pourquoi ne l'emmenez-vous pas ? dit la comtesse.

– Non pas, j'irai de mon côté, répondit Jean. Attends-moi rue Plâtrière, Chon. Je serai la première visite que tu recevras dans ton nouveau logement.

Chon partit, Jean se remit à table et avala une troisième tasse de chocolat.

Chon toucha d'abord à l'hôtel de famille, changea d'habit et s'étudia à prendre des airs bourgeois. Puis, lorsqu'elle fut contente d'elle, elle enveloppa d'un maigre mantelet de soie noire ses épaules aristocratiques, fit avancer une chaise à porteurs, et, une demi-heure après, elle montait avec mademoiselle Sylvie un raide escalier conduisant à un quatrième étage.

C'était à ce quatrième étage qu'était situé ce bienheureux logement retenu par le vicomte.

Comme elle arrivait au palier du second étage, Chon se retourna ; quelqu'un la suivait.

C'était la vieille propriétaire, habitant le premier, qui avait entendu du bruit, qui était sortie et qui se trouvait fort intriguée de voir deux femmes si jeunes et si jolies entrer dans sa maison.

Elle leva sa tête renfrognée et aperçut deux têtes rieuses.

– Holà, mesdames, dit-elle, holà ! que venez-vous chercher ici ?

– Le logement que mon frère a dû louer pour nous, madame, dit Chon en prenant son air de veuve ; ne l'avez-vous pas vu, ou nous serions-nous trompées de maison ?

– Non, non, c'est bien au quatrième, dit la vieille propriétaire. Ah ! pauvre jeune femme, veuve à votre âge !

– Hélas ! dit Chon en levant les yeux au ciel.

– Mais vous serez très bien rue Plâtrière ; c'est une rue charmante ; vous n'entendrez pas de bruit, votre appartement donne sur les jardins.

– C'est ce que j'ai désiré, madame.

– Cependant, par le corridor, vous pourrez voir dans la rue quand passeront les processions et quand joueront les chiens savants.

– Ah ! ça me sera une grande distraction, madame, soupira Chon.

Et elle continua de monter.

La vieille propriétaire la suivit des yeux jusqu'au quatrième étage, et, quand Chon eut refermé sa porte :

– Elle a l'air d'une honnête personne, dit-elle.

La porte refermée, Chon courut aussitôt aux fenêtres donnant sur le jardin.

Jean n'avait pas commis d'erreur ; presque au dessous des fenêtres de l'appartement loué était le pavillon désigné par le cocher.

Bientôt il n'y eut plus aucun doute à avoir : une jeune fille vint s'asseoir près de la fenêtre du pavillon, une broderie à la main ; c'était Andrée.

Chapitre LXII

L'appartement de la rue Plâtrière

Chon examinait la jeune fille depuis quelques instants à peine, quand le vicomte Jean, montant les escaliers quatre à quatre comme un clerc de procureur, apparut sur le seuil de l'appartement de la prétendue veuve.

– Eh bien ? demanda-t-il.

– C'est toi, Jean ? En vérité, tu m'as fait peur.

– Qu'en dis-tu ?

– Je dis que je serai admirablement ici pour tout voir ; malheureusement, je ne pourrai pas tout entendre.

– Ah ! ma foi, tu demandes trop. À propos, une autre nouvelle.

– Laquelle ?

– Merveilleuse !

– Bah !

– Incomparable !

– Que cet homme est assassinant avec ses exclamations !

– Le philosophe…

– Eh bien, quoi ! le philosophe ?

– On a beau dire :

À tout événement le sage est préparé

Je suis un sage, eh bien, je n'étais pas préparé à celui-là.

– Je vous demande un peu s'il achèvera. Est-ce cette fille qui vous gêne ? Passez dans la chambre voisine, en ce cas, mademoiselle Sylvie.

– Oh ! ce n'est pas la peine, et cette belle enfant n'est pas de trop, au contraire. Reste, Sylvie, reste.

Et le vicomte caressa du doigt le menton de la belle fille, dont le sourcil se fronçait déjà à l'idée qu'on allait dire une chose qu'elle n'entendrait pas.

– Qu'elle reste donc ; mais parlez.

– Eh ! je ne fais pas autre chose depuis que je suis ici.

– Pour ne rien dire... Taisez-vous alors et laissez-moi regarder ; cela vaut mieux.

– Calmons-nous. Je passais donc, comme je disais, devant la fontaine.

– Justement vous ne disiez pas un mot de cela.

– Bon ! voilà que vous m'interrompez.

– Non.

– Je passais donc devant la fontaine, et je marchandais quelques vieux meubles pour cet affreux logement, quand tout à coup je sens un jet d'eau qui éclabousse mes bas.

– Comme c'est intéressant, tout cela !

– Mais attendez donc, vous êtes trop pressée aussi, ma chère ; je regarde... et vois... devinez quoi... je vous le donne en cent.

– Allez donc.

– Je vois un jeune monsieur obstruant avec un morceau de pain le robinet de la fontaine, et produisant, grâce à l'obstacle qu'il opposait à l'eau, cette extravasion et ce rejaillissement.

– C'est étonnant comme ce que vous me racontez là m'intéresse ! dit Chon en haussant les épaules.

– Attendez donc : j'avais juré très fort en me sentant éclaboussé ; l'homme au pain trempé se retourne, et je vois...

– Vous voyez ?

– Mon philosophe, ou plutôt notre philosophe.

– Qui cela, Gilbert ?

– En personne : tête nue, veste ouverte, bas mal tirés, souliers sans boucles, en négligé galant enfin.

– Gilbert !... et qu'a-t-il dit ?

– Je le reconnais, il me reconnaît ; je m'avance, il recule ; j'étends le bras, il ouvre les jambes, et le voilà courant comme un lévrier parmi les voitures, les porteurs d'eau.

– Vous l'avez perdu de vue ?

– Je le crois parbleu bien ! vous ne supposez point que je me sois mis à courir aussi, n'est-ce pas ?

– C'est vrai, mon Dieu ! c'était impossible, je comprends ; mais le voilà perdu.

– Ah ! quel malheur ! laissa échapper mademoiselle Sylvie.

– Oui, certes, dit Jean ; je suis son débiteur d'une bonne ration d'étrivières, et, si j'eusse mis la main sur son collet râpé, il n'eût rien perdu pour attendre, je vous jure ; mais il devinait mes bonnes intentions à cet égard, et il a joué des jambes. N'importe, le voilà dans Paris, c'est l'essentiel ; et à Paris, pour peu qu'on ne soit pas trop mal avec le lieutenant de police, on trouve tout ce qu'on cherche.

– Il nous le faut.

– Et quand nous l'aurons, nous le ferons jeûner.

– On l'enfermera, dit mademoiselle Sylvie ; seulement, cette fois il faudra choisir un endroit sûr.

– Et Sylvie lui portera dans cet endroit sûr son pain et son eau ; n'est-ce pas, Sylvie ? dit le vicomte.

– Mon frère, ne rions pas, dit Chon ; ce garçon là a vu l'affaire des chevaux de poste. S'il avait des motifs de vous en vouloir, il pourrait être à craindre.

– Aussi, reprit Jean, suis-je convenu avec moi-même, tout en montant ton escalier, d'aller trouver M. de Sartine et de lui raconter ma trouvaille. M. de Sartine me répondra qu'un homme nu-tête, bas défaits, souliers dénoués, et trempant son pain à une fontaine, habite bien près de l'endroit où on le rencontre ainsi fagoté, et alors il s'engagera à nous le retrouver.

– Que peut-il faire ici sans argent ?

– Des commissions.

– Lui ! un philosophe de cette sauvage espèce ? Allons donc !

– Il aura trouvé, dit Sylvie, quelque vieille dévote, sa parente, qui lui abandonne les croûtes trop vieilles pour son carlin.

– Assez, assez ; mettez le linge dans cette vieille armoire, Sylvie, et vous, mon frère, à notre observatoire !

Ils s'approchèrent, en effet, de la fenêtre avec de grandes précautions.

Andrée quitta sa broderie, elle étendit nonchalamment ses jambes sur un fauteuil, puis allongea la main vers un livre placé sur une chaise à sa portée, l'ouvrit et commença une lecture que les spectateurs jugèrent être des plus attachantes, car la jeune fille demeura immobile du moment qu'elle eut commencé.

– Oh ! la studieuse personne ! dit mademoiselle Chon ; que lit-elle là ?

– Premier meuble indispensable, répondit le vicomte en tirant de sa poche une lunette qu'il allongea et braqua sur Andrée, en l'appuyant, pour la fixer, à l'angle de la fenêtre.

Chon le regardait faire avec impatience.

– Eh bien, voyons, est-elle vraiment belle, cette créature ? demanda-t-elle au vicomte.

– Admirable, c'est une fille parfaite ; quels bras ! quelles mains ! quels yeux ! des lèvres à damner saint Antoine ; des pieds, oh ! les pieds divins ! et la cheville... quelle cheville sous ce bas de soie !

– Allons, bon ! devenez-en amoureux, maintenant, il ne vous manquerait plus que cela ! dit Chon avec humeur.

– Eh bien, après ?... Cela ne serait pas déjà si mal joué, surtout si elle voulait m'aimer un peu à son tour ; cela rassurerait un peu notre pauvre comtesse.

– Voyons, passez-moi cette lorgnette, et trêve de balivernes, si c'est possible... Oui, vraiment, elle est belle, cette fille, et il est impossible qu'elle n'ait pas un amant... Elle ne lit pas, voyez... le livre va lui tomber des mains... il glisse... le voilà qui dégringole, tenez... Quand je vous le disais, Jean, elle ne lit pas, elle rêve.

– Ou elle dort.

– Les yeux ouverts ! De beaux yeux, sur ma foi !

– En tout cas, dit Jean, si elle a un amant, nous le verrons bien d'ici.

– Oui, s'il vient le jour ; mais s'il vient la nuit ?...

– Diable ! je n'y songeais pas, et c'est cependant la première chose à laquelle j'eusse dû songer... Cela prouve à quel point je suis naïf.

– Oui, naïf comme un procureur.

– C'est bon ! me voilà prévenu, j'inventerai quelque chose.

– Mais que cette lunette est bonne ! dit Chon, je lirais presque dans le livre.

– Lisez, et dites-moi le titre. Je devinerai peut-être quelque chose d'après le livre.

Chon s'avança avec curiosité, mais elle se recula plus vite encore qu'elle ne s'était avancée.

– Eh bien, qu'y a-t-il donc ? demanda le vicomte.

Chon lui saisit le bras.

– Regardez avec précaution, mon frère, dit-elle, regardez donc quelle est la personne qui se penche hors de cette lucarne, à gauche. Prenez garde d'être vu !

– Oh ! oh ! s'écria sourdement du Barry, c'est mon trempeur de croûtes, Dieu me pardonne !

– Il va se jeter en bas.

– Non pas, il est cramponné à la gouttière.

– Mais que regarde-t-il donc avec ces yeux ardents, avec cette ivresse sauvage ?

– Il guette.

Le vicomte se frappa le front.

– J'y suis, s'écria-t-il.

– Quoi ?

– Il guette la petite, pardieu !

– Mademoiselle de Taverney ?

– Eh ! oui, voilà l'amoureux du pigeonnier ! Elle vient à Paris, il accourt ; elle se loge rue Coq-Héron, il se sauve de chez nous pour aller demeurer rue Plâtrière ; il la regarde, et elle rêve.

– Sur ma foi, c'est la vérité, dit Chon ; voyez donc ce regard, cette fixité, ce feu livide de ses yeux : il est amoureux à en perdre la tête.

– Ma sœur, dit Jean, ne nous donnons plus la peine de guetter l'amoureuse, l'amoureux fera notre besogne.

– Pour son compte, oui.

– Non pas, pour le nôtre. Maintenant, laissez-moi passer, que j'aille un peu voir ce cher Sartine. Pardieu ! nous avons de la chance. Mais prenez garde, Chon, que le philosophe ne vous voie ; vous savez s'il décampe vite.

Chapitre LXIII

Plan de campagne

M. de Sartine était rentré à trois heures du matin et était très fatigué, mais en même temps très satisfait, de la soirée qu'il avait improvisée au roi et à madame du Barry.

Réchauffé par l'arrivée de madame la dauphine, l'enthousiasme populaire avait salué Sa Majesté de plusieurs cris de « Vive le roi ! » fort diminués de volume depuis cette fameuse maladie de Metz durant laquelle on avait vu toute la France dans les églises ou en pèlerinage, pour obtenir la santé du jeune Louis XV, appelé à cette époque Louis XV le Bien-Aimé.

D'un autre côté, madame du Barry, qui ne manquait guère d'être insultée en public par quelques acclamations d'un genre particulier, avait au contraire, contre son attente, été gracieusement accueillie par plusieurs rangées de spectateurs adroitement placés au premier plan, de sorte que le roi, satisfait, avait envoyé son petit sourire à M. de Sartine et que le lieutenant de police était assuré d'un bon remerciement.

Aussi avait-il cru pouvoir se lever à midi, ce qui ne lui était pas arrivé depuis bien longtemps, et avait-il profité, en se levant, de cette espèce de jour de congé qu'il se donnait pour essayer une ou deux douzaines de perruques neuves, tout en écoutant les rapports de la nuit, lorsqu'à la sixième perruque et au tiers de la lecture, on annonça le vicomte Jean du Barry.

– Bon ! pensa M. de Sartine, voici mon remerciement qui m'arrive ! Qui sait, cependant ? les femmes sont si capricieuses ! Faites entrer M. le vicomte dans le salon.

Jean, déjà fatigué de sa matinée, s'assit dans un fauteuil, et le lieutenant de police, qui ne tarda point à le venir trouver, put se convaincre qu'il n'y aurait rien de fâcheux dans l'entretien.

En effet, Jean paraissait radieux.

Les deux hommes se serrèrent la main.

– Eh bien ! vicomte, demanda M. de Sartine, qui vous a amené si matin ?

– D'abord, répliqua Jean habitué avant toute chose à flatter l'amour-propre des gens qu'il avait besoin de ménager, d'abord j'éprouve le besoin de vous complimenter sur la belle ordonnance de votre fête d'hier.

– Ah ! merci. Est-ce officiellement ?

– Officiellement, quant à Luciennes.

– C'est tout ce qu'il me faut. N'est-ce pas là que le soleil se lève ?

– Et qu'il se couche quelquefois même.

Et du Barry se mit à éclater de ce gros rire assez vulgaire, mais qui donnait à son personnage la bonhomie dont souvent il avait besoin.

– Mais, outre les compliments que j'ai à vous faire, je viens encore vous demander un service.

– Deux, s'ils sont possibles.

– Oh ! vous allez me dire cela tout de suite. Quand une chose est perdue à Paris, y a-t-il quelque espérance de la retrouver ?

– Si elle ne vaut rien ou si elle vaut beaucoup, oui.

– Ce que je cherche ne vaut pas grand-chose, dit Jean en secouant la tête.

– Que cherchez-vous ?

– Je cherche un petit garçon de dix-huit ans à peu près.

M. de Sartine allongea la main vers un papier, prit un crayon et écrivit.

– Dix-huit ans. Comment s'appelle-t-il, votre petit garçon ?

– Gilbert.

– Que fait-il ?

– Le moins qu'il peut, je suppose.

– D'où vient-il ?

– De la Lorraine.

– Où était-il ?

– Au service des Taverney.

– Ils l'ont amené avec eux ?

– Non, ma sœur Chon l'a ramassé sur la grande route, crevant de faim ; elle l'a recueilli dans sa voiture et amené à Luciennes, et là...

– Eh bien, là ?

– Je crains que le drôle n'ait abusé de l'hospitalité.

– Il a volé ?

– Je ne dis pas cela.

– Mais enfin...

– Je dis qu'il a pris la fuite d'une étrange façon.

– Maintenant, vous voulez le ravoir ?

– Oui.

– Avez-vous quelque idée de l'endroit où il peut être ?

– Je l'ai rencontré aujourd'hui à la fontaine qui fait le coin de la rue Plâtrière, et j'ai tout lieu de penser qu'il demeure dans la rue. À la rigueur même, je crois que je pourrais désigner la maison...

– Eh bien, mais, si vous connaissez la maison, rien n'est plus facile que de l'y faire prendre, dans cette maison. Qu'en voulez-vous faire, une fois que vous le tiendrez ? Le faire mettre à Charenton, à Bicêtre ?

– Non, pas précisément.

– Oh ! tout ce que vous voudrez, mon Dieu ; ne vous gênez pas.

– Non, ce garçon, au contraire, plaisait à ma sœur, et elle eût aimé à le garder près d'elle ; il est intelligent. Eh bien, si avec de la douceur on pouvait le lui ramener, ce serait charmant.

– On essayera. Vous n'avez fait aucune question rue Plâtrière pour savoir chez qui il était ?

– Oh ! non, vous comprenez que je n'ai pas voulu me faire re-marquer, compromettre la position ; il m'avait aperçu et s'était sauvé comme si le diable l'emportait ; s'il eût su que je connaissais sa re-traite, peut-être eût-il déménagé.

– C'est juste. Rue Plâtrière, dites-vous ? au bout, au milieu, au commencement de la rue ?

– Au tiers à peu près.

– Soyez tranquille, je vais vous envoyer là un homme adroit.

– Ah ! cher lieutenant, un homme adroit, si adroit qu'il soit, parlera toujours un peu.

– Non ; chez nous, on ne parle pas.

– Le petit est fin comme l'ambre.

– Ah ! je comprends : pardon de n'y être point arrivé plus tôt ; vous voudriez que moi-même ?... Au fait, vous avez raison... ce sera mieux... car il y a peut-être là-dedans des difficultés dont vous ne vous doutez pas.

Jean, quoique persuadé que le magistrat voulait se faire un peu valoir, ne lui ôta rien de l'importance de son rôle.

Il ajouta même :

– C'est justement à cause de ces difficultés que vous pressentez que je désire de vous avoir en personne.

M. de Sartine sonna son valet de chambre.

– Qu'on mette les chevaux, dit-il.

– J'ai une voiture, dit Jean.

– Merci, j'aime mieux la mienne ; la mienne n'a pas d'armoiries, elle tient le milieu entre un fiacre et un carrosse. C'est une voiture qu'on repeint tous les mois, et qui est difficilement reconnue par cette raison. Maintenant, pendant qu'on attelle, permettez que je m'assure si mes perruques neuves vont à ma tête.

– Faites, dit Jean.

M. de Sartine appela son perruquier : c'était un artiste, et il apportait à son client une véritable collection de perruques ; il y en avait de toutes les formes, de toutes les couleurs et de toutes les dimensions : perruques de robin, perruques d'avocat, perruques de traitant, perruques à la cavalière. M. de Sartine, pour les explorations, changeait parfois de costume trois ou quatre fois par jour, et il tenait essentiellement à la régularité du costume.

Comme le magistrat essayait sa vingt-quatrième perruque, on vint lui dire que la voiture était attelée.

– Vous reconnaîtrez bien la maison ? demanda M. de Sartine à Jean.

– Pardieu ! je la vois d'ici.

– Vous avez examiné l'entrée ?

– C’est la première chose à laquelle j’ai songé.

– Et comment cette entrée est-elle faite ?

– Une allée.

– Ah ! une allée au tiers de la rue, avez-vous dit ?

– Oui, avec porte à secret.

– Avec porte à secret ! diable ! Savez-vous l’étage où demeure votre fugitif ?

– Dans les mansardes. Mais, d’ailleurs, vous allez voir, car j’aperçois la fontaine.

– Au pas, cocher, dit M. de Sartine.

Le cocher modéra sa course ; M. de Sartine leva les glaces.

– Tenez, dit Jean, c’est cette maison sale.

– Ah ! justement ! s’écria M. de Sartine en frappant dans ses mains, voilà ce que je craignais.

– Comment ! vous craignez quelque chose ?

– Hélas ! oui.

– Et que craignez-vous ?

– Vous avez du malheur.

– Expliquez-vous.

– Eh bien, cette maison sale où demeure votre fugitif, est justement la maison de M. Rousseau, de Genève.

– Rousseau l'auteur ?

– Oui.

– Eh bien, que vous importe ?

– Comment ! que m'importe ? Ah ! l'on voit bien que vous n'êtes pas lieutenant de police et que vous n'avez point affaire aux philosophes.

– Ah ! bah ! Gilbert chez M. Rousseau, quelle probabilité ?...

– N'avez-vous pas dit que votre jeune homme était un philosophe ?

– Oui.

– Eh bien, qui se ressemble s'assemble.

– Enfin supposons qu'il soit chez M. Rousseau.

– Oui, supposons cela.

– Qu'en résultera-t-il ?

– Que vous ne l'aurez point, pardieu !

– Parce que ?

– Parce que M. Rousseau est un homme fort à craindre.

– Pourquoi ne le mettez-vous point à la Bastille ?

– Je l'ai proposé l'autre jour au roi, il n'a point osé.

– Comment ! il n'a point osé ?

– Non, il a voulu me laisser la responsabilité de cette arrestation, et, ma foi, je n'ai pas été plus brave que le roi.

– En vérité !

– C'est comme je vous le dis ; on y regarde à deux fois, je vous jure, avant de se faire mordre les chausses par toutes ces mâchoires philosophiques. Peste ! un enlèvement chez M. Rousseau, non pas, mon cher ami, non pas.

– En vérité, mon cher magistrat, je vous trouve d'une timidité étrange ; le roi n'est-il pas le roi, et vous son lieutenant de police ?

– En vérité, vous êtes charmants, vous autres bourgeois. Quand vous avez dit : « Le roi n'est-il pas le roi ? » vous croyez avoir tout dit. Eh bien, écoutez ceci, mon cher vicomte. J'aimerais mieux vous enlever de chez madame du Barry que de retirer votre M. Gilbert de chez M. Rousseau.

– Vraiment ! merci de la préférence.

– Ah ! ma foi, oui, l'on crierait moins. Vous n'avez pas l'idée comme ces gens de lettres ont l'épiderme sensible ; ils crient pour la moindre écorchure comme si on les rouait.

– Mais ne nous créons-nous pas des fantômes ? Voyons, est-il bien sûr que M. Rousseau ait recueilli notre fugitif ? Cette maison à quatre étages lui appartient-elle et l'habite-t-il seul ?

– M. Rousseau ne possède pas un denier, et par conséquent n'a pas de maison à Paris ; peut-être y a-t-il, outre lui, quinze ou vingt locataires dans cette baraque. Mais prenez ceci pour règle de conduite : toutes les fois qu'un malheur se présente avec quelque probabilité, comptez-y ; si c'est un bonheur, n'y comptez pas. Il y a toujours quatre-vingt-dix-neuf chances pour le mal et une seule pour le bien. Mais, au fait, attendez ; comme je me doutais de ce qui nous arrive, j'ai pris des notes.

– Quelles notes ?

– Mes notes sur M. Rousseau. Est-ce que vous croyez qu'il fait un pas sans qu'on sache où il va ?

– Ah ! vraiment ! Il est donc véritablement dangereux ?

– Non, mais il est inquiétant ; un fou pareil peut se rompre à tout moment un bras ou une cuisse, et l'on dirait que c'est nous qui le lui avons cassé.

– Eh ! qu'il se torde le cou une bonne fois.

– Dieu nous en garde !

– Permettez-moi de vous dire que voilà ce que je ne comprends point.

– Le peuple lapide de temps en temps ce brave Genevois ; mais il se le réserve pour lui, et, s'il recevait le moindre caillou de notre part, ce serait nous qu'on lapiderait à notre tour.

– Oh ! je ne connais pas toutes ces façons-là, excusez-moi.

– Aussi userons-nous des plus minutieuses précautions. Maintenant, vérifions la seule chance qui nous reste, celle qu'il ne soit pas chez M. Rousseau. Cachez-vous au fond de la voiture.

Jean obéit, et M. de Sartine ordonna au cocher de faire quelques pas dans la rue.

Puis il ouvrit son portefeuille et en tira quelques papiers.

– Voyons, dit-il, si votre jeune homme est avec M. Rousseau, depuis quel jour doit-il y être ?

– Depuis le 16.

– « 17. – M. Rousseau a été vu herborisant à six heures du matin dans le bois de Meudon ; il était seul. »

– Il était seul ?

– Continuons. « À deux heures de l'après-midi, le même jour, il herborisait encore, mais avec un jeune homme. »

– Ah ! ah ! fit Jean.

– Avec un jeune homme, répéta M. de Sartine, entendez-vous ?

– C'est cela, mordieu ! c'est cela.

– Hein ! qu'en dites-vous ? « Le jeune homme est chétif. »

– C'est cela.

– « Il dévore. »

– C'est cela.

– « Les deux particuliers arrachent des plantes et les font con-fire dans une boîte de fer-blanc. »

– Diable ! diable ! fit du Barry.

– Ce n'est pas le tout. Écoutez bien : « Le soir, il a ramené le jeune homme ; à minuit, le jeune homme n'était pas sorti de chez lui. »

– Bon.

– « 18. – Le jeune homme n'a pas quitté la maison et paraît être installé chez M. Rousseau. »

– J'ai encore un reste d'espoir.

– Décidément, vous êtes optimiste ! N'importe, faites-moi part de cet espoir.

– C'est qu'il a quelque parent dans la maison.

– Allons ! il faut vous satisfaire, ou plutôt vous désespérer tout à fait. Halte ! cocher.

M. de Sartine descendit. Il n'avait pas fait dix pas qu'il rencontra un homme vêtu de gris et de mine assez équivoque.

L'homme, en apercevant l'illustre magistrat, ôta son chapeau et le remit sans paraître attacher au salut plus d'importance, quoique le respect et le dévouement eussent éclaté dans son regard.

M. de Sartine fit un signe, l'homme s'approcha, reçut, l'oreille basse, quelques injonctions, et disparut sous l'allée de Rousseau.

Le lieutenant de police remonta en voiture.

Cinq minutes après, l'homme gris reparut et s'approcha de la portière.

– Je tourne la tête à droite, dit du Barry, pour qu'on ne me voie pas.

M. de Sartine sourit, reçut la confidence de son agent et le congédia.

– Eh bien ? demanda du Barry.

– Eh bien, la chance était mauvaise comme je m'en doutais ; c'est bien chez Rousseau que loge votre Gilbert. Renoncez-y, croyez-moi.

– Que j'y renonce ?

– Oui. Vous ne voudriez pas ameuter contre nous, pour une fantaisie, tous les philosophes de Paris, n'est-ce pas ?

– Oh ! mon Dieu ! que dira ma sœur Jeanne ?

– Elle tient donc bien à ce Gilbert ? demanda M. de Sartine.

– Mais oui.

– Eh bien alors, il vous reste les moyens de douceur : usez de gentillesse, amadouez M. Rousseau, et, au lieu de se laisser enlever Gilbert malgré lui, il vous le donnera de bonne volonté.

– Ma foi, autant vaut nous donner à apprivoiser un ours.

– C'est peut-être moins difficile que vous ne pensez. Voyons, ne désespérons pas ; il aime les jolis visages : celui de la comtesse est des plus beaux et celui de mademoiselle Chon n'est pas désagréable ; voyons, la comtesse fera-t-elle un sacrifice à sa fantaisie ?

– Elle en fera cent.

– Consentirait-elle à devenir amoureuse de Rousseau ?

– S'il le fallait absolument…

– Ce sera peut-être utile ; mais, pour rapprocher nos personnages l'un de l'autre, il serait besoin d'un agent intermédiaire. Connaissez-vous quelqu'un qui connaisse Rousseau ?

– M. de Conti.

– Mauvais ! Il se défie des princes. Il faudrait un homme de rien, un savant, un poète.

– Nous ne voyons pas ces gens-là.

– N'ai-je pas rencontré, chez la comtesse, M. de Jussieu ?

– Le botaniste ?

– Oui.

– Ma foi, je crois que oui ; il vient à Trianon, et la comtesse lui laisse ravager ses plates-bandes.

– Voilà votre affaire ; justement Jussieu est de mes amis.

– Alors cela ira tout seul ?

– À peu près.

– J'aurai donc mon Gilbert ?

M. de Sartine réfléchit un moment.

– Je commence à croire que oui, dit-il, et sans violence, sans cris ; Rousseau vous le donnera pieds et poings liés.

– Vous croyez ?

– J'en suis sûr.

– Que faut-il faire pour cela ?

– La moindre des choses. Vous avez bien, du côté de Meudon ou de Marly, un terrain vide ?

– Oh ! cela ne manque pas ; j'en connais dix entre Luciennes et Bougival.

– Eh bien ! faites-y construire… comment appellerai-je cela ? une souricière à philosophes.

– Plaît-il ? Comment avez-vous dit cela ?

– J'ai dit une souricière à philosophes.

– Eh ! mon Dieu ! comment cela se bâtit-il ?

– Je vous en donnerai le plan, soyez tranquille. Et maintenant, partons vite, voilà qu'on nous regarde. Cocher, touche à l'hôtel.

Chapitre LXIV

Ce qui arriva à M. de la Vauguyon, précepteur des enfants de France, le soir du mariage de Monseigneur le dauphin

Les grands événements de l'histoire sont pour le romancier ce que sont les montagnes gigantesques pour le voyageur. Il les regarde, il tourne autour d'elles, il les salue en passant, mais il ne les franchit pas.

Ainsi allons-nous regarder, tourner et saluer cette cérémonie imposante du mariage de la dauphine à Versailles. Le cérémonial de France est la seule chronique que l'on doive consulter en pareil cas.

Ce n'est pas en effet dans les splendeurs du Versailles de Louis XV, dans la description des habits de cour, des livrées, des ornements pontificaux, que notre histoire à nous, cette suivante modeste qui, par un petit chemin détourné, côtoie la grand-route de l'histoire de France, trouverait à gagner quelque chose.

Laissons s'achever la cérémonie aux rayons du soleil ardent d'un beau jour de mai ; laissons les illustres conviés se retirer en silence et se raconter ou commenter les merveilles du spectacle auquel ils viennent d'assister, et revenons à nos événements et à nos personnages à nous, lesquels, historiquement, ont bien une certaine valeur.

Le roi, fatigué de la représentation et surtout du dîner, qui avait été long et calqué sur le cérémonial du dîner des noces de M. le grand dauphin, fils de Louis XIV, le roi se retira chez lui à neuf heures et congédia tout le monde, ne retenant que M. de la Vauguyon, précepteur des enfants de France.

Ce duc, grand ami des jésuites, qu'il espérait ramener, grâce au crédit de madame du Barry, voyait une partie de sa tâche terminée par le mariage de M. le duc de Berry.

Ce n'était pas la plus rude partie, car il restait encore à M. le précepteur des enfants de France à parfaire l'éducation de M. le comte de Provence et de M. le comte d'Artois, âgés, à cette époque, l'un de quinze ans, l'autre de treize. M. le comte de Provence était sournois et indompté ; M. le comte d'Artois, étourdi et indomptable. et puis le dauphin, outre ses bonnes qualités, qui le rendaient un précieux élève, était dauphin, c'est-à-dire le premier personnage de France après le roi. M. de la Vauguyon pouvait donc perdre gros en perdant sur un tel esprit l'influence que peut-être une femme allait conquérir.

Le roi l'appelant à rester, M. de la Vauguyon put croire que Sa Majesté comprenait cette perte et voulait l'en dédommager par quelque récompense. Une éducation achevée, d'ordinaire on gratifie le précepteur.

Ce qui engagea M. le duc de la Vauguyon, homme très sensible, à redoubler de sensibilité ; pendant tout le dîner, il avait porté son mouchoir à ses yeux, pour témoigner du regret que lui causait la perte de son élève. Une fois le dessert achevé, il avait sangloté ; mais se trouvant enfin seul, il partait plus calme.

L'appel du roi tira de nouveau le mouchoir de sa poche et les larmes de ses yeux.

– Venez, mon pauvre la Vauguyon, dit le roi en s'établissant à l'aise dans une chaise longue ; venez, que nous causions.

– Je suis aux ordres de Votre Majesté, répondit le duc.

– Asseyez-vous là, mon très cher ; vous devez être fatigué.

– M'asseoir, sire ?

– Oui, là, sans façon, tenez.

Et Louis XV indiqua au duc un tabouret placé de telle manière que les lumières tombassent d'aplomb sur le visage du précepteur et laissassent dans l'ombre celui du roi.

– Eh bien, cher duc, dit Louis XV, voilà une éducation faite.

– Oui, sire.

Et la Vauguyon soupira.

– Belle éducation, sur ma foi, continua Louis XV.

– Sa Majesté est trop bonne.

– Et qui vous fait bien de l'honneur, duc.

– Sa Majesté me comble.

– M. le dauphin est, je crois, un des savants princes de l'Europe ?

– Je le crois, sire.

– Bon historien ?

– Très bon.

– Géographe parfait ?

– Sire, M. le dauphin dresse tout seul des cartes qu'un ingénieur ne ferait pas.

– Il tourne dans la perfection ?

– Ah ! sire, le compliment revient à un autre, et ce n'est pas moi qui lui ai appris cela.

– N'importe, il le sait.

– À merveille même.

– Et l'horlogerie, hein ?... quelle dextérité !

– C'est prodigieux, sire.

– Depuis six mois, toutes mes horloges courent les unes après les autres, comme les quatre roues d'un carrosse, sans pouvoir se rejoindre. Eh bien, c'est lui seul qui les règle.

– Ceci rentre dans la mécanique, sire, et je dois avouer encore que je n'y suis pour rien.

– Oui, mais les mathématiques, la navigation ?

– Oh ! par exemple, sire, voilà les sciences vers lesquelles j'ai toujours poussé M. le dauphin.

– Et il y est très fort. L'autre soir, je l'ai entendu parler avec M. de la Peyrouse de grelins, de haubans et de brigantines.

– Tous termes de marine... Oui, sire.

– Il en parle comme Jean Bart.

– Le fait est qu'il y est très fort.

– C'est pourtant à vous qu'il doit tout cela...

– Votre Majesté me récompense bien au delà de mes mérites en m'attribuant une part, si légère qu'elle soit, dans les avantages précieux que M. le dauphin a tirés de l'étude.

– La vérité, duc, est que je crois que M. le dauphin sera réellement un bon roi, un bon administrateur, un bon père de famille... À propos, monsieur le duc, répéta le roi en appuyant sur ces mots, sera-t-il un bon père de famille ?

– Eh ! mais, sire, répondit naïvement M. de la Vauguyon, je présume que, toutes les vertus étant en germe dans le cœur de M. le dauphin, celle-là y doit être renfermée comme les autres.

– Vous ne me comprenez pas, duc, dit Louis XV. Je vous demande s'il sera un bon père de famille.

– Sire, je l'avoue, je ne comprends pas Votre Majesté. Dans quel sens me fait-elle cette question ?

– Mais dans le sens, dans le sens... Vous n'êtes pas sans avoir lu la Bible, monsieur le duc ?

– Certainement, sire, que je l'ai lue.

– Eh bien, vous connaissez les patriarches, n'est-ce pas ?

– Sans doute.

– Sera-t-il un bon patriarche ?

M. de la Vauguyon regarda le roi, comme s'il lui eût parlé hébreu ; et, tournant son chapeau entre ses mains :

– Sire, répondit-il, un grand roi est tout ce qu'il veut.

– Pardon, monsieur le duc, insista le roi, je vois que nous ne nous entendons pas très bien.

– Sire, je fais cependant de mon mieux.

– Enfin, dit le roi, je vais parler plus clairement. Voyons, vous connaissez le dauphin comme votre enfant, n'est-ce pas ?

– Oh ! certes, sire.

– Ses goûts ?

– Oui.

– Ses passions ?

– Oh ! quant à ses passions, sire, c'est autre chose ; monseigneur en eût-il eu, que je les eusse extirpées radicalement. Mais je n'ai pas eu cette peine, heureusement ; monseigneur est sans passions.

– Vous avez dit heureusement ?

– Sire, n'est-ce pas un bonheur ?

– Ainsi, il n'en a pas ?

– Des passions ? Non, sire.

– Pas une ?

– Pas une, j'en réponds.

– Eh bien, voilà justement ce que je redoutais. Le dauphin sera un très bon roi, un très bon administrateur, mais il ne sera jamais un bon patriarche.

– Hélas ! sire, vous ne m'avez aucunement recommandé de pousser M. le dauphin au patriarcat.

– Et c'est un tort que j'ai eu. J'aurais dû songer qu'il se marierait un jour. Mais, bien qu'il n'ait point de passions, vous ne le condamnez point tout à fait ?

– Comment ?

– Je veux dire que vous ne le jugez point incapable d'en avoir un jour.

– Sire, j'ai peur.

– Comment, vous avez peur ?

– En vérité, dit lamentablement le pauvre duc, Votre Majesté me met au supplice.

– Monsieur de la Vauguyon, s'écria le roi, qui commençait à s'impatienter, je vous demande clairement si, avec passion ou sans passion, M. le duc de Berry sera un bon époux. Je laisse de côté la qualification de père de famille et j'abandonne le patriarche.

– Eh bien, sire, voilà ce que je ne saurais précisément dire à Votre Majesté.

– Comment, voilà ce que vous ne sauriez me dire ?

– Non, sans doute, car je ne le sais pas, moi.

– Vous ne le savez pas ! s'écria Louis XV avec une stupéfaction qui fit osciller la perruque sur le chef de M. de la Vauguyon.

– Sire, M. le duc de Berry vivait sous le toit de Votre Majesté dans l'innocence de l'enfant qui étudie.

– Eh ! monsieur, cet enfant n'étudie plus, il se marie.

– Sire, j'étais le précepteur de monseigneur...

– Justement, monsieur, il fallait donc lui apprendre tout ce qu'il doit savoir.

Et Louis XV se renversa dans son fauteuil en haussant les épaules.

– Je m'en doutais, ajouta-t-il avec un soupir.

– Mon Dieu, sire...

– Vous savez l'histoire de France, n'est-ce pas, monsieur de la Vauguyon ?

– Sire, je l'ai toujours cru, et je continuerai même de le croire, à moins toutefois que Votre Majesté ne me dise le contraire.

– Eh bien, alors, vous devez savoir ce qui m'est arrivé, à moi, la veille de mes noces.

– Non, sire, je ne le sais pas.

– Ah ! mon Dieu ! mais vous ne savez donc rien ?

– Si Votre Majesté voulait m'apprendre ce point qui m'est resté inconnu ?

– Écoutez, et que ceci vous serve de leçon pour mes deux autres petits-fils, duc.

– J'écoute, sire.

– Moi aussi, j'avais été élevé comme vous avez élevé le dauphin, sous le toit de mon grand-père. J'avais M. de Villeroy, un brave homme, mais un très brave homme, tout comme vous, duc. Oh ! s'il m'eût laissé plus souvent dans la société de mon oncle le régent ! mais non, l'innocence de l'étude, comme vous dites, duc, m'avait fait négliger l'étude de l'innocence. Cependant, je me mariai, et, quand un roi se marie, monsieur le duc, c'est sérieux pour le monde.

– Oh ! oui, sire, je commence à comprendre.

– En vérité, c'est bien heureux. Je continue donc. M. le cardinal me fit sonder sur mes dispositions au patriarcat. Mes dispositions étaient parfaitement nulles, et j'étais là-dessus d'une candeur à faire craindre que le royaume de France ne tombât en quenouille. Heureusement, M. le cardinal consulta M. de Richelieu là-dessus : c'était délicat ; mais M. de Richelieu était un grand maître en pareille matière. M. de Richelieu eut une idée lumineuse. Il y avait une demoiselle Lemaure ou Lemoure, je ne sais plus trop, laquelle faisait des tableaux admirables ; on lui commanda une série de scènes ; vous comprenez ?

– Non, sire.

– Comment dirai-je cela ? Des scènes champêtres.

– Dans le genre des tableaux de Teniers, alors.

– Mieux que cela, primitives.

– Primitives ?

– Naturelles... Je crois que j'ai enfin trouvé le mot ; vous comprenez, cette fois ?

– Comment ! s'écria M. de la Vauguyon rougissant, on osa présenter à Votre Majesté ?...

– Et qui vous parle de me présenter quelque chose, duc ?

– Mais pour que Votre Majesté pût voir...

– Il fallait que Ma Majesté regardât ; voilà tout.

– Eh bien ?

– Eh bien, j'ai regardé.

– Et... ?

– Et comme l'homme est essentiellement imitateur... j'ai imité.

– Certainement, sire, le moyen est ingénieux, certain, excellent, quoique dangereux pour un jeune homme.

Le roi regarda le duc de la Vauguyon avec ce sourire que l'on eut appelé cynique s'il n'eût glissé sur la bouche la plus spirituelle du monde.

– Laissons le danger pour aujourd'hui, dit-il, et revenons à ce qui nous reste à faire.

– Ah !

– Le savez-vous ?

– Non, sire, et Votre Majesté me rendra bien heureux en me l'apprenant.

– Eh bien, le voici : vous allez aller trouver M. le dauphin, qui reçoit les derniers compliments des hommes tandis que madame la dauphine reçoit les derniers compliments des femmes.

– Oui, sire.

– Vous vous munirez d'un bougeoir, et vous prendrez M. le dauphin à part.

– Oui, sire.

– Vous indiquerez à *votre élève* – le roi appuya sur les deux mots – vous indiquerez à votre élève que sa chambre est située au bout du corridor neuf.

– Dont personne n'a la clef, sire.

– Parce que je la gardais, monsieur ; je prévoyais ce qui arrive aujourd'hui ; voici cette clef.

M. de la Vauguyon la prit en tremblant.

– Je veux bien vous dire, à vous, monsieur le duc, continua le roi, que cette galerie renferme une vingtaine de tableaux que j'ai fait placer là.

– Ah ! sire, oui, oui.

– Oui, monsieur le duc ; vous embrasserez votre élève, vous lui ouvrirez la porte du corridor, vous lui mettrez le bougeoir à la main, vous lui souhaiterez le bonsoir, et vous lui direz qu'il doit mettre vingt minutes à gagner la porte de sa chambre, une minute par tableau.

– Ah ! sire, je comprends.

– C'est heureux. Bonsoir, monsieur de la Vauguyon.

– Votre Majesté a la bonté de m'excuser ?

– Mais je ne sais pas trop, car, sans moi, vous eussiez fait de belles choses dans ma famille !

La porte se referma sur M. le gouverneur.

Le roi se servit de sa sonnette particulière.

Lebel parut.

– Mon café, dit le roi. À propos, Lebel...

– Sire ?

– Quand vous m'aurez donné mon café, vous irez derrière M. de la Vauguyon, qui sort pour présenter ses devoirs à M. le dauphin.

– J'y vais, sire.

– Mais attendez donc, que je vous apprenne pourquoi vous y allez.

– C'est vrai, sire ; mais mon empressement à obéir à Sa Majesté est tel…

– Très bien. Vous suivrez donc M. de la Vauguyon.

– Oui, sire.

– Il est si troublé, si chagrin, que je crains son attendrissement pour M. le dauphin.

– Et que dois-je faire, sire, s'il s'attendrit ?

– Rien ; vous viendrez me le dire, voilà tout.

Lebel déposa le café auprès du roi, qui se mit à le savourer lentement.

Puis le valet de chambre historique sortit.

Un quart d'heure après, il reparut.

– Eh bien, Lebel ? demanda le roi.

– Sire, M. de la Vauguyon a été jusqu'au corridor neuf, tenant monseigneur par le bras.

– Bien ! après ?

– Il ne semblait pas fort attendri, bien au contraire, il roulait de petits yeux tout égrillards.

– Bon ! après ?

– Il a tiré une clef de sa poche, l'a donnée à M. le dauphin, qui a ouvert la porte et a mis le pied dans le corridor.

– Ensuite ?

– Ensuite, M. le duc a fait passer son bougeoir dans la main de monseigneur et lui a dit tout bas, mais pas si bas que je n'aie pu l'entendre :

« – Monseigneur, la chambre nuptiale est au bout de cette galerie dont je viens de vous remettre la clef. Le roi désire que vous mettiez vingt minutes à arriver à cette chambre.

« – Comment ! a dit le prince, vingt minutes ; mais il faut vingt secondes à peine !

« – Monseigneur, a répondu M. de la Vauguyon, ici expire mon autorité. Je n'ai plus de leçons à vous donner, mais un dernier conseil : regardez bien les murailles à droite et à gauche de cette galerie, et je réponds à Son Altesse qu'elle trouvera le temps d'employer ses vingt minutes. »

– Pas mal.

– Alors, sire, M. de la Vauguyon a fait un grand salut, toujours accompagné de regards fort allumés, qui semblaient vouloir pénétrer dans le corridor ; puis il a laissé monseigneur à la porte.

– Et monseigneur est entré, je suppose ?

– Tenez, sire, voyez la lumière dans la galerie. Il y a au moins un quart d'heure qu'elle s'y promène.

– Allons ! allons ! elle disparaît, dit le roi après quelques instants passés les yeux levés sur les vitres. À moi aussi, on m'avait donné vingt minutes, mais je me rappelle qu'au bout de cinq j'étais chez ma femme. Hélas ! dirait-on de M. le dauphin ce qu'on disait du second Racine : « C'est le petit-fils d'un grand-père ! »

Chapitre LXV

La nuit des noces de M. le dauphin

Le dauphin ouvrit la porte de la chambre nuptiale, ou plutôt de l'antichambre qui la précédait.

L'archiduchesse, en long peignoir blanc, attendait dans le lit doré, à peine affaissé par le poids si léger de son corps frêle et délicat ; et, chose étrange, si l'on eût pu lire sur son front, à travers le nuage de tristesse qui le couvrait, on y eût reconnu, au lieu de la douce attente de la fiancée, la terreur de la jeune fille menacée d'un de ces dangers que les natures nerveuses voient en pressentiments et supportent quelquefois avec plus de courage qu'elles ne les ont pressentis.

Près du lit, madame de Noailles était assise.

Les dames se tenaient au fond, attentives au premier geste de la dame d'honneur qui leur ordonnerait de se retirer.

Celle-ci, fidèle aux lois de l'étiquette, attendait impassiblement l'arrivée de M. le dauphin.

Mais, comme si cette fois toutes les lois de l'étiquette et du cérémonial eussent dû céder à la malignité des circonstances, il se trouva que les personnes qui devaient introduire M. le dauphin dans la chambre nuptiale, ignorant que Son Altesse, d'après les dispositions du roi Louis XV, devait arriver par le corridor neuf, attendaient dans une autre antichambre.

Celle où venait d'entrer M. le dauphin était vide, et la porte qui donnait dans la chambre à coucher étant légèrement entrebâillée, il en résultait que M. le dauphin pouvait voir et entendre ce qui se passait dans cette chambre.

Il attendit, regardant à la dérobée, écoutant furtivement.

La voix de madame la dauphine s'éleva pure et harmonieuse, quoique un peu tremblante :

– Par où entrera M. le dauphin ? demanda-t-elle.

– Par cette porte, Madame, dit la duchesse de Noailles.

Et elle montrait la porte opposée à celle où se trouvait M. le dauphin.

– Et qu'entend-on par cette fenêtre ? ajouta la dauphine ; on dirait le bruit de la mer ?

– C'est le bruit des innombrables spectateurs qui se promènent à la lueur de l'illumination, et qui attendent le feu d'artifice.

– L'illumination ? dit la dauphine avec un triste sourire. Elle n'a pas été inutile ce soir, car le ciel est bien lugubre ; avez-vous vu, madame ?

En ce moment, le dauphin, ennuyé d'attendre, poussa doucement la porte, passa sa tête par l'entrebâillement, et demanda s'il pouvait entrer.

Madame de Noailles poussa un cri, car elle ne reconnut pas le prince d'abord.

Madame la dauphine, jetée, par les émotions successives qu'elle avait éprouvées, dans cet état nerveux où tout nous effraie, saisit le bras de madame de Noailles.

– C'est moi, madame, dit le dauphin, n'ayez pas peur.

– Mais pourquoi par cette porte ? demanda madame de Noailles.

– Parce que, dit le roi Louis XV en passant à son tour sa tête cynique par la porte entrebâillée, parce que M. de la Vauguyon, en véritable jésuite qu'il est, sait trop bien le latin, les mathématiques et la géographie, et pas assez autre chose.

En présence du roi arrivant ainsi inopinément, madame la dauphine s'était laissée glisser de son lit et se tenait debout, enveloppée de son grand peignoir, qui la cachait du bout des pieds jusqu'au col, aussi hermétiquement que la stole d'une dame romaine.

– On voit bien qu'elle est maigre, murmura Louis XV. Au diable M. de Choiseul, qui, parmi toutes les archiduchesses, va justement me choisir celle-là !

– Votre Majesté, dit madame de Noailles, peut remarquer que, quant à ce qui me concerne, l'étiquette a été strictement observée ; il n'y a que du côté de Monseigneur le dauphin.

– Je prends l'infraction sur mon compte, dit Louis XV, et c'est trop juste, puisque c'est moi qui l'ai fait commettre. Mais, comme la circonstance était grave, ma chère madame de Noailles, j'espère que vous me la pardonnerez.

– Je ne comprends pas ce que Votre Majesté veut dire.

– Nous nous en irons ensemble, duchesse, et je vous conterai cela. Maintenant, voyons, que ces enfants se couchent.

Madame la dauphine s'éloigna d'un pas du lit, et saisit le bras de madame de Noailles avec plus de terreur peut-être que la première fois.

– Oh ! par grâce, madame ! dit-elle, j'en mourrais de honte.

– Sire, dit madame de Noailles, madame la dauphine vous supplie de la laisser se coucher comme une simple bourgeoise.

– Diable ! diable ! et c'est vous qui demandez cela, madame l'Étiquette ?

– Sire, je sais bien que c'est contraire aux lois du cérémonial de France ; mais regardez l'archiduchesse...

En effet, Marie-Antoinette, debout, pâle, se soutenant de son bras raidi au dossier d'un fauteuil, eût semblé une statue de l'Effroi si l'on n'eût entendu le léger claquement de ses dents, accompagnant la sueur froide qui coulait sur son visage.

– Oh ! je ne veux pas contrarier la dauphine à ce point, dit Louis XV, prince aussi ennemi du cérémonial que Louis XIV en était ardent sectateur. Retirons-nous, duchesse. D'ailleurs, il y a des serrures aux portes, et ce sera bien plus drôle.

Le dauphin entendit ces dernières paroles de son grand-père et rougit.

La dauphine entendit aussi, mais elle ne comprit pas.

Le roi Louis XV embrassa sa bru, et il sortit entraînant la duchesse de Noailles et riant de ce rire moqueur, si triste pour ceux qui ne partagent pas la gaieté de celui qui rit.

Les autres assistants sortirent par l'autre porte.

Les deux jeunes gens se trouvèrent seuls.

Il se fit un instant de silence.

Enfin, le jeune prince s'approcha de Marie-Antoinette : son cour battait violemment ; il sentait affluer à la poitrine, aux tempes, aux artères des mains, ce sang révolté de la jeunesse et de l'amour.

Mais il sentait son grand-père derrière la porte, et ce regard cynique, plongeant jusque dans l'alcôve nuptiale, glaçait encore le dauphin, fort timide d'ailleurs et fort gauche de sa nature.

– Madame, dit-il en regardant l'archiduchesse, souffririez-vous ? Vous êtes bien pâle, et l'on dirait que vous tremblez.

– Monsieur, dit-elle, je ne vous cacherai pas que j'éprouve une agitation étrange ; il faut qu'il y ait quelque violent orage au ciel : l'orage a une influence terrible sur moi.

– Ah ! vous croyez que nous sommes menacés d'un ouragan, dit le dauphin.

– Oh ! j'en suis sûre, j'en suis sûre ; tout mon corps tremble, voyez.

Et en effet tout le corps de la pauvre princesse semblait frémir sous des secousses électriques.

En ce moment, comme pour justifier ses prévisions, un coup de vent furieux, un de ces souffles puissants qui poussent la moitié des mers sur l'autre, et qui rasent les montagnes, pareil au premier cri de la tempête qui s'avançait, emplit le château de tumulte, d'angoisses et de craquements intenses.

Les feuilles arrachées aux branches, les branches arrachées aux arbres, les statues arrachées à leur base, une longue et immense clameur des cent mille spectateurs répandus dans les jardins, un mugissement lugubre et infini courant dans les galeries et dans les corridors du château, composèrent en ce moment la plus sauvage et la plus lugubre harmonie qui ait jamais vibré aux oreilles humaines.

Puis un cliquetis sinistre succéda au mugissement ; c'étaient les vitres qui, brisées en mille pièces, tombaient sur les marbres des escaliers et des corniches, en lançant cette note saccadée et nerveuse qui grince en s'envolant dans l'espace.

Le vent avait du même coup arraché du pêne une des persiennes mal fermées qui avait été battre contre la muraille, comme l'aile gigantesque d'un oiseau de nuit.

Partout où les fenêtres étaient ouvertes dans le château les lumières s'éteignirent, anéanties par ce coup de vent.

Le dauphin s'approcha de la fenêtre, sans doute pour refermer la persienne ; mais la dauphine l'arrêta.

— Oh ! monsieur, monsieur, par grâce, dit-elle, n'ouvrez pas cette fenêtre, nos bougies s'éteindraient et je mourrais de peur.

Le dauphin s'arrêta.

On voyait, à travers le rideau qu'il venait de tirer, les cimes sombres des arbres du parc agitées et tordues, comme si le bras de quelque géant invisible eût secoué leurs tiges au milieu des ténèbres.

Toutes les illuminations s'éteignirent.

Alors on put voir au ciel des légions de grosses nuées noires qui roulaient en tourbillonnant, ainsi que des escadrons lancés à la charge.

Le dauphin resta pâle et debout, une main appuyée à l'espagnolette de la fenêtre. La dauphine tomba sur une chaise en poussant un soupir.

— Vous avez bien peur, madame ? demanda le dauphin.

– Oh ! oui ; cependant votre présence me rassure. Oh ! quelle tempête ! quelle tempête ! Toutes les illuminations se sont éteintes.

– Oui, dit Louis, le vent souffle sud-sud-ouest, et c'est celui qui annonce les ouragans les plus acharnés. S'il continue, je ne sais comment on fera pour tirer le feu d'artifice.

– Oh ! monsieur, pour qui le tirerait-on ? Personne ne restera dans les jardins par un temps pareil.

– Ah ! madame, vous ne connaissez pas les Français, il leur faut leur feu d'artifice ; celui-là sera superbe ; le plan m'en a été communiqué par l'ingénieur. Eh ! tenez, voyez que je ne me trompais pas, voici les premières fusées.

En effet, brillantes comme de longs serpents de flamme, les fusées d'annonce s'élancèrent vers le ciel ; mais en même temps, comme si l'orage eût pris ces jets brûlants pour un défi, un seul éclair, mais qui sembla fendre le ciel, serpenta entre les pièces d'artifice et mêla son feu bleuâtre au feu rouge des fusées.

– En vérité, dit l'archiduchesse, c'est une impiété à l'homme que de lutter avec Dieu.

Ces fusées d'annonce n'avaient précédé l'embrasement général du feu d'artifice que de quelques secondes ; l'ingénieur sentait qu'il lui fallait se presser, et il mit le feu aux premières pièces, que salua une immense clameur de joie.

Mais, comme s'il y eût en effet lutte entre la terre et le ciel ; comme si, ainsi que l'avait dit l'archiduchesse, l'homme eût commis une impiété envers son Dieu, l'orage, irrité, couvrit de sa clameur immense la clameur populaire, et toutes les cataractes du ciel s'ouvrant à la fois, des torrents de pluie se précipitèrent du haut des nues.

Le vent avait éteint les illuminations, l'eau éteignit le feu d'artifice.

– Ah ! quel malheur ! dit le dauphin, voilà le feu d'artifice manqué !

– Eh ! monsieur, répliqua tristement Marie-Antoinette, tout ne manque-t-il pas depuis mon arrivée en France ?

– Comment cela, madame ?

– Avez-vous vu Versailles ?

– Sans doute, madame. Versailles ne vous plaît-il point ?

– Oh ! si fait, Versailles me plairait s'il était aujourd'hui tel que l'a laissé votre illustre aïeul Louis XIV. Mais dans quel état avons-nous trouvé Versailles ? Dites. Partout le deuil, la ruine. Oh ! oui, oui, la tempête s'accorde bien avec la fête qu'on me fait. N'est-il pas convenable qu'il y ait un ouragan pour cacher à notre peuple les misères de notre palais ? la nuit ne sera-t-elle pas favorable et bien venue qui cachera ces allées pleines d'herbe, ces groupes de tritons vaseux, ces bassins sans eau et ces statues mutilées ? Oh ! oui, oui, souffle, vent du sud ; mugis, tempête ; amoncelez-vous, épais nuages ; cachez bien à tous les yeux l'étrange réception que fait la France à une fille des Césars, le jour où elle met sa main dans la main de son roi futur !

Le dauphin, visiblement embarrassé, car il ne savait que répondre à ces reproches et surtout à cette mélancolie exaltée, si loin de son caractère, le dauphin poussa à son tour un long soupir.

– Je vous afflige, dit Marie-Antoinette ; cependant ne croyez pas que ce soit mon orgueil qui parle ; oh ! non, non ! il n'en est rien ; que ne m'a-t-on montré seulement ce Trianon si riant, si ombreux, si fleuri, dont, hélas ! l'orage effeuille sans pitié les bosquets et trouble les eaux ; je me fusse contentée de ce nid charmant ; mais les ruines m'effraient, elles répugnent à ma jeunesse, et pourtant que de ruines va faire encore cet affreux ouragan !

Une nouvelle bourrasque, plus terrible encore que la première, ébranla le palais. La princesse se leva épouvantée.

– Oh ! mon Dieu ! dites-moi qu'il n'y a pas de danger ! dites-le-moi, y en eût-il... Je meurs d'effroi !

– Il n'y en a point, madame. Versailles, bâti en terrasse, ne peut attirer la foudre. Si elle tombait, ce serait probablement sur la chapelle, qui a un toit aigu, ou sur le petit château, qui offre des aspérités. Vous savez que les pointes sollicitent le fluide électrique, et que les corps plats, au contraire, les repoussent.

– Non ! s'écria Marie-Antoinette, je ne sais pas ! je ne sais pas !

Louis prit la main de l'archiduchesse, main palpitante et glacée.

En ce moment, un éclair blafard inonda la chambre de ses lueurs livides et violacées ; Marie-Antoinette poussa un cri et repoussa le dauphin.

– Mais, madame, demanda-t-il, qu'y a-t-il donc ?

– Oh ! dit-elle, vous m'avez apparu à la lueur de cet éclair pâle, défait, sanglant. J'ai cru voir un fantôme.

– C'est la réflexion du feu de soufre, dit le prince, et je puis vous expliquer...

Un effroyable coup de tonnerre, dont les échos se prolongèrent en gémissant jusqu'à ce que, arrivés au point culminant, ils commençassent à se perdre dans le lointain, un effroyable coup de tonnerre coupa court à l'explication scientifique que le jeune homme allait donner flegmatiquement à sa royale épouse.

– Allons, madame, dit-il après un moment de silence, du courage, je vous prie ; laissons ces craintes au vulgaire : l'agitation physique est une des conditions de la nature. Il ne faut pas plus s'en étonner que du calme ; seulement, le calme et l'agitation se succèdent ; le calme est troublé par l'agitation, l'agitation est refroidie par le calme. Après tout, madame, ce n'est qu'un orage, et un orage est un des phénomènes les plus naturels et les plus fréquents de la création. Je ne sais donc pas pourquoi on s'en épouvanterait.

– Oh ! isolé, peut-être ne m'épouvanterait-il pas ainsi ; mais cet orage, le jour même de nos noces, ne vous semble-t-il pas un effroyable présage joint à ceux qui me poursuivent depuis mon entrée en France ?

– Que dites-vous, madame ? s'écria le dauphin, ému malgré lui d'une terreur superstitieuse ; des présages, dites-vous ?

– Oui, oui, affreux, sanglants !

– Et ces présages, dites-les, madame ; on m'accorde, en général, un esprit ferme et froid ; peut-être ces présages qui vous épouvantent, aurai-je le bonheur de les combattre et de les terrasser.

– Monsieur, la première nuit que je passai en France, c'était à Strasbourg ; on m'installa dans une grande chambre où l'on alluma des flambeaux, car il faisait nuit ; or, ces flambeaux allumés, leur lueur me montra une muraille ruisselante de sang. J'eus cependant le courage d'approcher des parois et d'examiner ces teintes rouges avec plus d'attention. Ces murs étaient tendus d'une tapisserie qui représentait le massacre des Innocents. Partout le désespoir avec des regards désolés, le meurtre avec des yeux flamboyants, partout l'éclair de la hache ou de l'épée, partout des larmes, des cris de mère, des soupirs d'agonie semblaient s'élancer pêle-mêle de cette muraille prophétique, qui, à force de la regarder, me semblait vivante. Oh ! glacée de terreur, je ne pus dormir... Et dites, dites, voyons, n'était-ce pas un triste présage ?

– Pour une femme de l'Antiquité peut-être, madame, mais non pour une princesse de notre siècle.

– Monsieur, ce siècle est gros de malheurs, ma mère me l'a dit, comme ce ciel qui s'enflamme au-dessus de nos têtes est gros de soufre, de feux et de désolation. Oh ! voilà pourquoi j'ai si grand-peur, voilà pourquoi tout présage me semble un avertissement.

– Madame, aucun danger ne peut menacer le trône où nous montons ; nous vivons, nous autres rois, dans une région au-dessus des nuages. La foudre est à nos pieds, et, quand elle tombe sur la terre, c'est nous qui la lançons.

– Hélas ! hélas ! ce n'est point ce qui m'a été prédit, monsieur.

– Et que vous a-t-on prédit ?

– Quelque chose d'affreux, d'épouvantable.

– On vous a prédit ?

– Ou plutôt on m'a fait voir.

– Voir ?

– Oui, j'ai vu, vu, vous dis-je, et cette image est restée dans mon esprit, restée si profondément, qu'il n'y a pas de jour où je ne frissonne en y songeant, pas de nuit où je ne la revoie en rêve.

– Et ne pouvez-vous nous dire ce que vous avez vu ? A-t-on exigé de vous le silence ?

– Rien, on n'a rien exigé.

– Alors, dites, madame.

– Écoutez, c'est impossible à décrire : c'était une machine, élevée au-dessus de la terre comme un échafaud, mais à cet échafaud s'adaptaient comme les deux montants d'une échelle, et entre ces deux montants glissait un couteau, un couperet, une hache. Je voyais cela, et, chose étrange, je voyais aussi ma tête au-dessous du couteau. Le couteau glissa entre les deux montants, et sépara de mon corps ma tête, qui tomba et roula à terre. Voilà ce que j'ai vu, monsieur, voilà ce que j'ai vu.

– Pure hallucination, madame, dit le dauphin ; je connais à peu près tous les instruments de supplice à l'aide desquels on donne la mort, et celui-là n'existe point ; rassurez-vous donc.

– Hélas ! dit Marie-Antoinette, hélas ! je ne puis chasser cette odieuse pensée. J'y fais ce que je puis cependant.

– Vous y parviendrez, madame, dit le dauphin en se rapprochant de sa femme ; il y a près de vous, à partir de ce moment, un ami affectueux, un protecteur assidu.

– Hélas ! répéta Marie-Antoinette en fermant les yeux et en se laissant retomber sur son fauteuil.

Le dauphin se rapprocha encore de la princesse, et elle put sentir le souffle de son mari effleurer sa joue.

En ce moment, la porte par laquelle était entré le dauphin s'entrouvrit doucement, et un regard curieux, avide, le regard de Louis XV, perça la pénombre de cette vaste chambre, que deux bougies demeurées seules éclairaient à peine en coulant à flots sur le chandelier de vermeil.

Le vieux roi ouvrait la bouche pour formuler sans doute à voix basse un encouragement à son petit fils, lorsqu'un fracas qu'on ne saurait exprimer retentit dans le palais, accompagné cette fois de l'éclair qui avait toujours précédé les autres détonations ; en même temps une colonne de flamme blanche, diaprée de vert, se précipita devant la fenêtre, faisant éclater toutes les vitres et écrasant une statue située sous le balcon ; puis, après un déchirement épouvantable, elle remonta au ciel et s'évanouit comme un météore.

Les deux bougies s'éteignirent, enveloppées par la bouffée de vent qui s'engouffra dans la chambre. Le dauphin, épouvanté, chancelant, ébloui, recula jusqu'à la muraille, contre laquelle il demeura adossé.

La dauphine, à demi évanouie, alla tomber sur les marches de son prie-Dieu et y demeura ensevelie dans la plus mortelle torpeur.

Louis XV, tremblant, crut que la terre allait s'abîmer sous lui et regagna, suivi de Lebel, ses appartements déserts.

Pendant ce temps, au loin s'enfuyait comme une volée d'oiseaux effarés, le peuple de Versailles et de Paris, éparpillé par les jardins, par les routes et par les bois, poursuivi dans toutes les directions par une grêle épaisse, qui, déchiquetant les fleurs dans le jardin, les feuillages dans la forêt, les seigles et les blés dans les champs, les ardoises et les fines sculptures sur les bâtiments, ajoutait le dégât à la désolation.

La dauphine, le front dans ses mains, priait avec des sanglots.

Le dauphin regardait d'un air morne et insensible l'eau qui ruisselait dans la chambre par les vitres brisées et qui reflétait sur le parquet, en nappes bleuâtres, les éclairs non interrompus pendant plusieurs heures.

Cependant, tout ce chaos se débrouilla au matin ; les premiers rayons du jour, glissant sur des nuages cuivrés, découvrirent aux yeux les ravages de l'ouragan nocturne.

Versailles n'était plus reconnaissable.

La terre avait bu ce déluge d'eau ; les arbres avaient absorbé ce déluge de feu ; partout de la fange et des arbres brisés, tordus, calcinés par ce serpent aux brûlantes étreintes qu'on appelle la foudre.

Louis XV, qui n'avait pu dormir, tant sa terreur était grande, se fit habiller à l'aurore par Lebel, qui ne l'avait point quitté, et retourna par cette même galerie, où grimaçaient honteusement, aux livides lueurs du petit jour, les peintures que nous connaissons, peintures faites pour être encadrées dans les fleurs, les cristaux et les candélabres enflammés.

Louis XV, pour la troisième fois depuis la veille, poussa la porte de la chambre nuptiale, et frissonna en apercevant sur le prie-Dieu, renversée, pâle, avec des yeux violacés comme ceux de la sublime Madeleine de Rubens, la future reine de France, dont le sommeil avait enfin suspendu les douleurs, et dont l'aube azurait la robe blanche avec un religieux respect.

Au fond de la chambre, sur un fauteuil adossé à la muraille, reposait, les pieds chaussés de soie, étendus dans une mare d'eau, le dauphin de France, aussi pâle que sa jeune épouse, et comme elle ayant la sueur du cauchemar au front.

Le lit nuptial était comme le roi l'avait vu la veille.

Louis XV fronça le sourcil : une douleur qu'il n'avait point ressentie encore traversa comme un fer rouge ce front glacé par l'égoïsme, alors même que la débauche essayait de le réchauffer.

Il secoua la tête, poussa un soupir et rentra dans son appartement, plus sombre et plus effrayé peut-être à cette heure qu'il ne l'avait été dans la nuit.

Chapitre LXVI

Andrée de Taverney

Le 30 mai suivant, c'est-à-dire le surlendemain de cette effroyable nuit, nuit, comme l'avait dit Marie-Antoinette, pleine de présages et d'avertissements, Paris célébrait à son tour les fêtes du mariage de son roi futur. Toute la population, en conséquence, se dirigea vers la place Louis XV, où devait être tiré le feu d'artifice, ce complément de toute grande solennité publique que le Parisien prend en badinant, mais dont il ne peut se passer.

L'emplacement était bien choisi. Six cent mille spectateurs y pouvaient circuler à l'aise. Autour de la statue équestre de Louis XV, des charpentes avaient été disposées circulairement, de façon à permettre la vue du feu à tous les spectateurs de la place, en élevant ce feu de dix à douze pieds au dessus du sol.

Les Parisiens arrivèrent, selon leur habitude, par groupes, et cherchèrent longtemps les meilleures positions, privilège inattaquable des premiers venus.

Les enfants trouvèrent des arbres, les hommes graves des bornes, les femmes des garde-fous, des fossés et des échafaudages mobiles dressés en plein vent par les spéculateurs bohèmes comme on en trouve à toutes les fêtes parisiennes, et à qui une riche imagination permet de changer de spéculation chaque jour.

Vers sept heures du soir, avec les premiers curieux, on vit arriver quelques escouades d'archers.

Le service de surveillance ne se fit point par les gardes-françaises, auxquelles le bureau de la ville ne voulut pas accorder la gratification de mille écus demandée par le colonel maréchal duc de Biron.

Ce régiment était à la fois craint et aimé de la population, près de laquelle chaque membre de ce corps passait à la fois pour un César et pour un Mandrin. Les gardes-françaises, terribles sur le champ de bataille, inexorables dans l'accomplissement de leurs fonctions, avaient, en temps de paix et hors de service, une affreuse réputation de bandits ; en tenue ils étaient beaux, vaillants, intraitables, et leurs évolutions plaisaient aux femmes et imposaient aux maris. Mais, libres de la consigne, disséminés en simples particuliers dans la foule, ils devenaient la terreur de ceux dont la veille ils avaient fait l'admiration, et persécutaient fort ceux qu'ils allaient protéger le lendemain.

Or, la ville, trouvant dans ses vieux ressentiments contre ces coureurs de nuit et ces habitués de tripot une raison de ne pas donner les mille écus aux gardes françaises, la ville, disons-nous, envoya ses seuls archers bourgeois, sous ce prétexte spécieux, du reste, que, dans une fête de famille pareille à celle qui se préparait, le gardien ordinaire de la famille devait suffire.

On vit alors les gardes-françaises en congé se mêler aux groupes dont nous avons parlé, et, licencieux autant qu'ils eussent été sévères, causer dans la foule, en leur qualité de bourgeois de guérite, tous les petits désordres qu'ils eussent réprimés de la crosse, des pieds et du coude, voire même de l'arrestation, si leur chef, leur César Biron, eût eu le droit de les appeler ce soir-là soldats.

Les cris des femmes, les grognements des bourgeois, les plaintes des marchands, dont on mangeait gratis les petits gâteaux et le pain d'épice, préparaient un faux tumulte avant le vrai tumulte qui devait naturellement avoir lieu quand six cent mille curieux seraient réunis sur cette place, et ils animaient la scène de manière à reproduire, vers les huit heures du soir, sur la place Louis XV, un vaste tableau de Teniers avec des grimaces françaises.

Après que les gamins parisiens, à la fois les plus pressés et les plus paresseux du monde connu, se furent placés ou hissés, que les bourgeois et le peuple eurent pris position, arrivèrent les voitures de la noblesse et de la finance.

Aucun itinéraire n'avait été tracé ; elles débouchèrent donc sans ordre par les rues de la Madeleine et Saint-Honoré, amenant aux bâtiments neufs ceux qui avaient reçu des invitations pour les fenêtres et les balcons du gouverneur, fenêtres et balcons d'où l'on devait voir le feu admirablement.

Ceux des gens à voiture qui n'avaient pas d'invitation laissèrent leurs carrosses au tournant de la place et se mêlèrent à pied, précédés de leurs valets, à la foule serrée déjà, mais qui laisse toujours de la place à quiconque sait la conquérir.

Il était curieux de voir avec quelle sagacité ces curieux savaient dans la nuit aider leur marche ambitieuse de chaque inégalité de terrain. La rue très large, mais non encore achevée, qui devait s'appeler rue Royale, était coupée çà et là de fossés profonds au bord desquels on avait entassé des décombres et des terres de fouille. Chacune de ces petites éminences avait son groupe, pareil à un flot plus élevé au milieu de cette mer humaine.

De temps en temps, le flot, poussé par les autres flots, s'écroulait au milieu des rires de la multitude encore assez peu pressée pour qu'il n'y eût point de danger à de pareilles chutes, et pour que ceux qui étaient tombés pussent se relever.

Vers huit heures et demie, tous les regards, divergents jusque-là, commencèrent à se braquer dans la même direction et se fixèrent sur la charpente du feu d'artifice. Ce fut alors que les coudes, jouant sans relâche, commencèrent à maintenir sérieusement l'intégrité de la possession du terrain contre les envahisseurs sans cesse renaissants.

Ce feu d'artifice, combiné par Ruggieri, était destiné à rivaliser, rivalité que l'orage de la surveille avait rendue facile, était destiné à rivaliser, disons-nous, avec le feu d'artifice exécuté à Versailles par l'ingénieur Torre. On savait à Paris que l'on avait peu profité à Versailles de la libéralité royale, qui avait accordé cinquante mille livres pour ce feu, puisqu'aux premières fusées, ce feu avait été éteint par la pluie, et, comme le temps était beau le soir du 30 mai, les Parisiens jouissaient d'avance de leur triomphe assuré sur leurs voisins les Versaillais.

D'ailleurs, Paris attendait beaucoup mieux de la vieille popularité de Ruggieri que de la nouvelle réputation de Torre.

Au reste, le plan de Ruggieri, moins capricieux et moins vague que celui de son confrère, accusait des intentions pyrotechniques d'un ordre tout à fait distingué : l'allégorie, reine de cette époque, s'y mariait au style architectonique le plus gracieux ; la charpente figurait ce vieux temple de l'Hymen qui, chez les Français, rivalise de jeunesse avec le temple de la Gloire : il était soutenu par une colonnade gigantesque, et entouré d'un parapet aux angles duquel des dauphins, gueule béante, n'attendaient que le signal pour vomir des torrents de flammes. En face des dauphins s'élevaient, majestueux et guindés, sur leurs urnes, la Loire, le Rhône, la Seine et le Rhin, ce fleuve que nous nous obstinons à naturaliser français malgré tout le monde, et, s'il faut en croire les chants modernes de nos amis les Allemands, malgré lui-même ; tous quatre – nous parlons des fleuves – tous quatre, disons-nous, prêts à épancher, au lieu de leurs eaux, le feu bleu, blanc, vert et rose au moment où devait s'enflammer la colonnade.

D'autres pièces d'artifice s'embrasant aussi au même instant devaient former de gigantesques pots à fleurs sur la terrasse du palais de l'Hymen.

Enfin, toujours sur ce même palais, destiné à porter tant de choses différentes, s'élevait une pyramide lumineuse terminée par le globe du monde ; ce globe, après avoir fulguré sourdement, devait éclater comme un tonnerre en une masse de girandoles de couleur.

Quant au bouquet, réserve obligatoire et si importante que jamais Parisien ne juge d'un feu d'artifice que par le bouquet, Ruggieri l'avait séparé du corps de la machine : il était placé du côté de la rivière, après la statue, dans un bastion tout bourré de pièces de rechange, de sorte que le coup d'œil devait gagner encore à cette surélévation de trois à quatre toises, qui plaçait le pied de la gerbe sur un piédestal.

Voilà les détails dont se préoccupait Paris. Depuis quinze jours, les Parisiens regardaient avec beaucoup d'admiration Ruggieri et ses aides passant comme des ombres dans les lueurs funèbres de leurs échafaudages, et s'arrêtant avec des gestes étranges pour attacher leurs mèches, assurer leurs amorces.

Aussi le moment où les lanternes furent apportées sur la terrasse de la charpente, moment qui indiquait l'approche de l'embrasement, produisit-il une vive sensation dans la foule, et quelques rangs des plus intrépides reculèrent-ils, ce qui produisit une longue oscillation jusqu'aux extrémités de la foule.

Les voitures continuaient d'arriver et commençaient à envahir la place elle-même. Les chevaux appuyaient leurs têtes sur les épaules des derniers spectateurs, qui commençaient à s'inquiéter de ces dangereux voisins. Bientôt derrière les voitures s'amassa la foule toujours croissante, de sorte que les voitures eussent-elles voulu se retirer elles-mêmes ne le pouvaient plus, emboîtées qu'elles se trouvaient par cette inondation compacte et tumultueuse. Alors on vit, avec cette audace du Parisien qui envahit, laquelle n'a de pendant que la longanimité du Parisien qui se laisse envahir, alors on vit monter sur ces impériales, comme des naufragés sur des rocs, des gardes-françaises, des ouvriers, des laquais.

L'illumination des boulevards jetait de loin sa lueur rouge sur les têtes des milliers de curieux au milieu desquelles la baïonnette d'un archer bourgeois, scintillante comme l'éclair, apparaissait aussi rare que le sont les épis restés debout dans un champ que l'on vient de faucher.

Aux flancs des bâtiments neufs, aujourd'hui l'hôtel Crillon et le Garde-meubles de la couronne, les voitures des invités, au milieu desquelles on n'avait pris la précaution de ménager aucun passage, les voitures des invités, disons-nous, avaient formé trois rangs qui s'étendaient, d'un côté, du boulevard aux Tuileries, de l'autre, du boulevard à la rue des Champs-Élysées, en tournant comme un serpent trois fois replié sur lui-même.

Le long de ce triple rang de carrosses, on voyait errer, comme des spectres au bord du Styx, ceux des conviés que les voitures de leurs prédécesseurs empêchaient d'aborder à la grande porte et qui, étourdis par le bruit, craignant de fouler, surtout les femmes tout habillées et chaussées de satin, ce pavé poudreux, se heurtaient aux flots du peuple qui les raillait sur leur délicatesse, et cherchant un passage entre les roues des voitures et les pieds des chevaux, se glissaient comme ils pouvaient jusqu'à leur destination, but aussi envié que l'est le port dans une tempête.

Un de ces carrosses arriva vers neuf heures, c'est-à-dire quelques minutes à peine avant l'heure fixée pour mettre le feu à l'artifice, pour se frayer à son tour un passage jusqu'à la porte du gouverneur. Mais cette prétention, déjà si disputée depuis quelque temps, était, à ce moment, devenue au moins téméraire, sinon impossible. Un quatrième rang avait commencé de se former, renforçant les trois premiers, et les chevaux qui en faisaient partie, tourmentés par la foule, de fringants devenus furieux, lançaient à droite et à gauche, à la moindre irritation, des coups de pied qui avaient déjà produit quelques accidents perdus dans le bruit et dans la foule.

Accroché aux ressorts de cette voiture qui venait de frayer son chemin dans la foule, un jeune homme marchait, éloignant tous les survenants qui essayaient de s'emparer de ce bénéfice d'une locomotion qu'il semblait avoir confisquée à son profit.

Quand le carrosse s'arrêta, le jeune homme se jeta de côté, mais sans lâcher le ressort protecteur auquel il continua de se cramponner d'une main. Il put donc entendre par la portière ouverte la conversation animée des maîtres de la voiture.

Une tête de femme, vêtue de blanc et coiffée avec quelques fleurs naturelles, se pencha hors de la portière. Aussitôt une voix lui cria :

– Allons, Andrée, provinciale que vous êtes, ne vous penchez pas ainsi, ou mordieu ! vous risquez d'être embrassée par le premier rustre qui passera. Ne croyez-vous pas que notre carrosse est au milieu de ce peuple comme il serait au milieu de la rivière ? Nous sommes dans l'eau, ma chère, et dans l'eau sale ; ne nous mouillons pas.

La tête de la jeune fille rentra dans la voiture.

– C'est qu'on ne voit rien d'ici, monsieur, dit-elle ; si seulement nos chevaux pouvaient faire un demi-tour, nous verrions par la portière, et nous serions presque aussi bien qu'à la fenêtre du gouverneur.

– Tournez, cocher, cria le baron.

– C'est chose impossible, monsieur le baron, répondit celui-ci ; il me faudrait écraser dix personnes.

– Eh ! pardieu ! écrase.

– Oh ! monsieur ! dit Andrée.

– Oh ! mon père ! dit Philippe.

– Qu'est-ce que c'est que ce baron-là qui veut écraser le pauvre monde ? crièrent quelques voix menaçantes.

– Parbleu, c'est moi, dit de Taverney, qui se pencha, et, en se penchant, montra un grand cordon rouge en sautoir.

Dans ce temps-là, on respectait encore les grands cordons, même les grands cordons rouges ; on grommela, mais sur une gamme descendante.

– Attendez, mon père, je vais descendre, dit Philippe, et voir s'il y a moyen de passer.

– Prenez garde, mon frère, vous allez vous faire tuer ; entendez-vous les hennissements des chevaux qui se battent ?

– Vous pouvez bien dire des rugissements, reprit le baron. Voyons, nous allons descendre ; dites qu'on se dérange, Philippe, et que nous passions.

– Ah ! vous ne connaissez plus Paris, mon père, dit Philippe. Ces façons de maître étaient bonnes autrefois ; mais aujourd'hui peut-être bien pourraient-elles ne point réussir, et vous ne voudriez point compromettre votre dignité, n'est-ce pas ?

– Cependant, quand ces drôles sauront qui je suis...

– Mon père, dit en souriant Philippe, quand vous seriez le dauphin lui même, on ne se dérangerait pas pour vous, j'en ai bien peur, en ce moment surtout, car voilà le feu d'artifice qui va commencer.

– Alors nous ne verrons rien, dit Andrée avec humeur.

– C'est votre faute, pardieu ! répondit le baron ; vous avez mis plus de deux heures à votre toilette.

– Mon frère, dit Andrée, ne pourrais-je prendre votre bras et me placer avec vous au milieu de tout le monde ?

– Oui, oui, ma petite dame, dirent plusieurs voix d'hommes touchés par la beauté d'Andrée ; oui, venez, vous n'êtes pas grosse et l'on vous fera une place.

– Voulez-vous, Andrée ? demanda Philippe.

– Je veux bien, dit Andrée.

Et elle s'élança légèrement sans toucher le marchepied de la voiture.

– Soit, dit le baron ; mais, moi qui me moque des feux d'artifice, moi, je reste ici.

– Bien, restez, dit Philippe, nous ne nous éloignons pas, mon père.

En effet, la foule toujours respectueuse quand aucune passion ne l'irrite, toujours respectueuse devant cette reine suprême qu'on appelle la beauté, la foule s'ouvrit devant Andrée et son frère, et un bon bourgeois, possesseur avec sa famille d'un banc de pierre, fit écarter sa femme et sa fille pour qu'Andrée trouvât une place entre elles.

Philippe se plaça aux pieds de sa sœur, qui appuya une de ses mains sur son épaule.

Gilbert les avait suivis, et, placé à quatre pas des deux jeunes gens, dévorait des yeux Andrée.

– Êtes-vous bien, Andrée ? demanda Philippe.

– À merveille, répondit la jeune fille.

– Voilà ce que c'est que d'être belle, dit en souriant le vicomte.

– Oui, oui ! belle, bien belle ! murmura Gilbert.

Andrée entendit ces paroles ; mais, comme elles venaient sans doute de la bouche de quelque homme du peuple, elle ne s'en préoccupa pas plus qu'un dieu de l'Inde ne se préoccupe de l'hommage que dépose à ses pieds un pauvre paria.

Chapitre LXVII

Le feu d'artifice

Andrée et son frère étaient à peine établis sur le banc, que les premières fusées serpentèrent dans les nuages, et qu'un grand cri s'éleva de la foule, désormais tout entière au coup d'œil qu'allait offrir le centre de la place.

Le commencement de l'embrasement fut magnifique et digne en tout de la haute réputation de Ruggieri. La décoration du temple s'alluma progressivement et présenta bientôt une façade de feux. Des applaudissements retentirent ; mais ces applaudissements se changèrent bientôt en bravos frénétiques, lorsque, de la gueule des dauphins et des urnes des fleuves, s'élancèrent des jets de flamme qui croisèrent leurs cascades de feux de différentes couleurs.

Andrée, transportée d'étonnement à la vue de ce spectacle qui n'a pas d'équivalent au monde, celui d'une population de sept cent mille âmes rugissant de joie en face d'un palais de flammes, Andrée ne cherchait pas même à cacher ses impressions.

À trois pas d'elle, caché par les épaules herculéennes d'un portefaix, qui élevait en l'air son enfant, Gilbert regardait Andrée pour elle, et le feu d'artifice parce qu'elle le regardait.

Gilbert voyait Andrée de profil ; chaque fusée éclairait ce beau visage et causait un tressaillement au jeune homme ; il lui semblait que l'admiration générale naissait de cette contemplation adorable, de cette créature divine qu'il idolâtrait.

Andrée n'avait jamais vu ni Paris, ni la foule, ni les splendeurs d'une fête ; cette multiplicité de révélations qui venaient assiéger son esprit l'étourdissait.

Tout à coup une vive lueur éclata, s'élançant en diagonale du côté de la rivière. C'était une bombe éclatant avec fracas et dont Andrée admirait les feux diversifiés.

– Voyez donc, Philippe, que c'est beau ! dit-elle.

– Mon Dieu ! s'écria le jeune homme inquiet, sans lui répondre, cette dernière fusée est bien mal dirigée : elle a dévié certainement de sa route, car, au lieu de décrire sa parabole, elle s'est échappée presque horizontalement.

Philippe achevait à peine de manifester une inquiétude qui commençait à se faire ressentir par les frémissements de la foule, qu'un tourbillon de flammes jaillit du bastion sur lequel étaient placés le bouquet et la réserve des artifices. Un bruit pareil à celui de cent tonnerres se croisant en tous sens gronda sur la place, et, comme si ce feu eût renfermé une mitraille dévorante, il mit en déroute les curieux les plus rapprochés, qui sentirent un instant cette flamme inattendue les mordre au visage.

– Déjà le bouquet ! déjà le bouquet ! criaient les spectateurs les plus éloignés. Pas encore. C'est trop tôt !

– Déjà ! répéta Andrée. Oh ! oui, c'est trop tôt !

– Non, dit Philippe, non, ce n'est pas le bouquet : c'est un accident qui, dans un moment, va bouleverser comme les flots de la mer cette foule encore calme. Venez, Andrée ; regagnons notre voiture ; venez.

– Oh ! laissez-moi voir encore, Philippe ; c'est si beau !

– Andrée, pas un instant à perdre, au contraire ; suivez-moi. C'est le malheur que j'appréhendais. Une fusée perdue a mis le feu au bastion. On s'écrase déjà là-bas. Entendez-vous des cris ? Ceux-là ne sont plus des cris de joie, mais des cris de détresse. Vite, vite, à la voiture... Messieurs, messieurs, place, s'il vous plaît !

Et Philippe, passant son bras autour de la taille de sa sœur, l'entraîna du côté de son père, qui, inquiet, lui aussi, et pressentant, aux clameurs qui se faisaient entendre, un danger dont il ne pouvait se rendre compte, mais dont la présence lui était démontrée, penchait sa tête hors de la portière et cherchait des yeux ses enfants.

Il était déjà trop tard, et la prédiction de Philippe se réalisait. Le bouquet, composé de quinze mille fusées, éclatait, s'échappant dans toutes les directions et poursuivant les curieux comme ces dards de feu que l'on lance dans l'arène aux taureaux que l'on veut exciter au combat.

Les spectateurs, étonnés d'abord, puis effrayés, avaient reculé avec la force de l'irréflexion ; devant cette rétrogression invincible de cent mille personnes, cent mille autres, étouffées, avaient donné le même mouvement à leur arrière-garde ; la charpente prenait feu, les enfants criaient, les femmes, suffoquées, levaient les bras ; les archers frappaient à droite et à gauche, croyant faire taire les criards et rétablir l'ordre par la violence. Toutes ces causes combinées firent que le flot dont parlait Philippe tomba comme une trombe sur le coin de la place qu'il occupait ; au lieu de rejoindre la voiture du baron, comme il y comptait, le jeune homme fut donc entraîné par le courant, courant irrésistible, et dont nulle description ne saurait donner une idée, car les forces individuelles, décuplées déjà par là peur et la douleur, se centuplaient par l'adjonction des forces générales.

Au moment où Philippe avait entraîné Andrée, Gilbert s'était laissé aller dans le flot qui les emportait ; mais, au bout d'une vingtaine de pas, une bande de fuyards, qui tournaient à gauche dans la rue de la Madeleine, souleva Gilbert, et l'entraîna, tout rugissant de se sentir séparé d'Andrée.

Andrée, cramponnée au bras de Philippe, fut englobée dans un groupe qui cherchait à éviter la rencontre d'un carrosse attelé de deux chevaux furieux. Philippe le vit venir à lui rapide et menaçant ; les chevaux semblaient jeter le feu par les yeux, l'écume par les naseaux. Il fit des efforts surhumains pour dévier de son passage. Mais tout fut inutile, il vit s'ouvrir la foule derrière lui, il aperçut les têtes fumantes des deux animaux insensés ; il les vit se cabrer comme ces chevaux de marbre qui gardent l'entrée des Tuileries, et, comme l'esclave qui essaye de les dompter, lâchant le bras d'Andrée et la repoussant autant qu'il était en lui hors de la voie dangereuse, il sauta au mors du cheval qui se trouvait de son côté ; le cheval se cabra. Andrée vit son frère retomber, fléchir et disparaître ; elle jeta un cri, étendit les bras, fut repoussée, tournoya, et au bout d'un instant se trouva seule, chancelante, emportée comme la plume au vent, sans pouvoir faire à la force qui l'attirait plus de résistance qu'elle.

Des cris assourdissants, bien plus terribles que des cris de guerre, des hennissements de chevaux, un bruit affreux de roues qui tantôt broyaient le pavé, tantôt les cadavres, le feu livide des charpentes qui brûlaient, l'éclair sinistre des sabres qu'avaient tirés quelques soldats furieux, et, par dessus tout ce sanglant chaos, la statue en bronze, éclairée de fauves reflets et présidant au carnage, c'était plus qu'il n'en fallait pour troubler la raison d'Andrée et lui enlever toutes ses forces. D'ailleurs les forces d'un Titan eussent été impuissantes dans une pareille lutte, lutte d'un seul contre tous, plus la mort.

Andrée poussa un cri déchirant ; un soldat s'ouvrit un passage dans la foule en frappant la foule de son épée.

L'épée avait brillé au-dessus de sa tête.

Elle joignit les mains comme fait le naufragé quand passe la dernière vague sur son front, cria : « Mon Dieu ! » et tomba.

Lorsqu'on tombait, on était mort.

Mais ce cri terrible, suprême, quelqu'un l'avait entendu, reconnu, recueilli ; Gilbert, entraîné loin d'Andrée, à force de lutter, s'était rapproché d'elle ; courbé sous le même flot qui avait englouti Andrée, il se releva, sauta sur cette épée qui machinalement avait menacé Andrée, étreignit à la gorge le soldat qui allait frapper, le renversa ; près du soldat était étendue une jeune femme vêtue d'une robe blanche ; il la saisit, l'enleva comme eut fait un géant.

Lorsqu'il sentit sur son cœur cette forme, cette beauté, ce cadavre peut-être, un éclair d'orgueil illumina son visage ; le sublime de la situation, lui ! le sublime de la force et du courage ! Il se lança avec son fardeau dans un courant d'hommes dont le torrent eût certes enfoncé un mur en fuyant. Ce groupe le soutint, le porta, lui et la jeune fille ; il marcha, ou plutôt il roula ainsi durant quelques minutes. Tout à coup le torrent s'arrêta comme brisé par quelque obstacle. Les pieds de Gilbert touchèrent la terre ; alors seulement il sentit le poids d'Andrée, leva la tête pour se rendre compte de l'obstacle, et se vit à trois pas du Garde-meubles. Cette masse de pierres avait broyé la masse de chair.

Pendant ce moment de halte anxieuse, il eut le temps de contempler Andrée, endormie d'un sommeil épais comme la mort : le cœur ne battait plus, les yeux étaient fermés, le visage était violacé comme une rose qui se fane.

Gilbert la crut morte. À son tour, il poussa un cri, appuya ses lèvres sur la robe d'abord, sur la mai ; puis, s'enhardissant par l'insensibilité, il dévora de baisers ce visage froid, ces yeux gonflés sous leurs paupières clouées. Il rougit, pleura, rugit, essaya de faire passer son âme dans la poitrine d'Andrée, s'étonnant que ses baisers, qui eussent échauffé un marbre, fussent sans force sur ce cadavre.

Soudain Gilbert sentit le cœur battre sous sa main.

– Elle est sauvée ! s'écria-t-il en voyant fuir cette tourbe noire et sanglante, en écoutant les imprécations, les cris, les soupirs, l'agonie des victimes. Elle est sauvée ! c'est moi qui l'ai sauvée !

Le malheureux, le dos appuyé à la muraille, les yeux fixés vers le pont, n'avait pas regardé à sa droite ; à sa droite devant les carrosses, arrêtés longtemps par les masses, mais qui, moins serrés enfin dans leur étreinte, commençaient à s'ébranler ; à droite, devant les carrosses galopant bientôt comme si cochers et chevaux eussent été pris d'un vertige général, fuyaient vingt mille malheureux, mutilés, atteints, broyés les uns par les autres.

Instinctivement ils longeaient les murailles, contre lesquelles les plus proches étaient écrasés.

Cette masse entraînait ou étouffait tous ceux qui, ayant pris terre auprès du Garde-meubles, se croyaient échappés au naufrage. Un nouveau déluge de coups, de corps, de cadavres, inonda Gilbert ; il trouva des renfoncements produits par les grilles et s'y appliqua.

Le poids des fuyards fit craquer ce mur.

Gilbert, étouffé, se sentit prêt à lâcher prise ; mais, réunissant toutes ses forces par un suprême effort, il entoura le corps d'Andrée de ses bras, appuyant sa tête contre la poitrine de la jeune fille. On eût dit qu'il voulait étouffer celle qu'il protégeait.

– Adieu ! adieu ! murmura-t-il en mordant sa robe plutôt qu'il ne l'embrassait ; adieu !

Puis il releva les yeux pour l'implorer d'un dernier regard.

Alors une vision étrange s'offrit à ses yeux.

C'était debout sur une borne, accroché de là main droite à un anneau scellé dans la muraille, tandis que de la main gauche il semblait rallier une armée de fugitifs ; c'était un homme qui, voyant passer toute cette mer furieuse à ses pieds, tantôt lançait une parole, tantôt faisait un geste. À cette parole, à ce geste, on voyait alors parmi la foule quelque individu isolé s'arrêtant, faisant un effort, luttant, se cramponnant pour arriver jusqu'à cet homme. D'autres, arrivés à lui, semblaient dans les nouveaux venus reconnaître des frères, et ces frères, ils les aidaient à se tirer de la foule, les soulevant, les soutenant, les attirant à eux. Ainsi déjà ce noyau d'hommes luttant avec ensemble, pareil à la pile d'un pont qui divise l'eau, était parvenu à diviser la foule et à tenir en échec les masses des fugitifs.

À chaque instant, de nouveaux lutteurs qui semblaient sortir de dessous terre à ces mots étranges prononcés, à ces singuliers gestes répétés, venaient faire cortège à cet homme.

Gilbert se souleva par un dernier effort ; il sentait que là était le salut, car là était le calme et la puissance. Un dernier rayon de la flamme des charpentes, se ravivant pour mourir, éclaira le visage de cet homme. Gilbert jeta un cri de surprise.

– Oh ! que je meure, que je meure, murmura-t-il, mais qu'elle vive ! Cet homme a le pouvoir de la sauver.

Et dans un état d'abnégation sublime, soulevant la jeune fille sur ses deux poings :

– Monsieur le baron de Balsamo ! cria-t-il, sauvez mademoiselle Andrée de Taverney !

Balsamo entendit cette voix, qui, comme celle de la Bible, criait des profondeurs de la foule ; il vit se lever au-dessus de cette onde dévorante une forme blanche ; son cortège bouleversa tout ce qui lui faisait obstacle ; et, saisissant Andrée, que soutenaient encore les bras défaillants de Gilbert, il la prit, et, poussé par un mouvement de cette foule qu'il avait cessé de contenir, il l'emporta sans avoir le temps de détourner la tête.

Gilbert voulut articuler un dernier mot ; peut-être, après avoir imploré la protection de cet homme étrange pour Andrée, voulait-il la demander pour lui-même, mais il n'eut que la force de coller ses lèvres au bras pendant de la jeune fille, et d'arracher, de sa main crispée, un morceau de la robe de cette nouvelle Eurydice que lui arrachait l'enfer.

Après ce baiser suprême, après ce dernier adieu, le jeune homme n'avait plus qu'à mourir ; aussi n'essaya-t-il point de lutter plus longtemps ; il ferma les yeux, et, mourant, tomba sur un monceau de morts.

Chapitre LXVIII

Le champ des morts

Aux grandes tempêtes succède toujours le calme, calme effrayant, mais réparateur.

Il était deux heures du matin ou à peu près ; de grands nuages blancs courant sur Paris dessinaient en traits énergiques, sous une lune blafarde, les inégalités de ce terrain funeste, aux fossés duquel la foule qui s'enfuyait avait trouvé la chute et la mort.

Çà et là, à la lueur de la lune, perdue de temps en temps au sein de ces grands nuages floconneux dont nous avons parlé et qui tamisaient sa lumière, çà et là, disons-nous, au bord des talus, dans les fondrières, apparaissaient des cadavres aux vêtements en désordre, les jambes raides, le front livide, les mains étendues en signe de terreur ou de prière.

Au milieu de la place, une fumée jaune et infecte, s'échappant des décombres de la charpente, contribuait à donner à la place Louis XV une apparence de champ de bataille.

À travers cette place sanglante et désolée serpentaient mystérieusement et d'un pas rapide des ombres qui s'arrêtaient, regardaient autour d'elles, se baissaient et fuyaient : c'étaient les voleurs de la mort, attirés vers leur proie comme des corbeaux ; ils n'avaient pu dépouiller les vivants, ils venaient dépouiller les cadavres, tout surpris d'avoir été prévenus par des confrères. On les voyait se sauver mécontents et effarés à la vue des tardives baïonnettes qui les menaçaient ; mais, au milieu de ces longues files de morts, les voleurs et le guet n'étaient pas les seuls que l'on vît se mouvoir.

Il y avait, munis de lanternes, des gens que l'on eût pu prendre pour des curieux.

Tristes curieux, hélas ! car c'étaient les parents et les amis inquiets qui n'avaient vu rentrer ni leurs frères, ni leurs amis, ni leurs maîtresses. Or, ils arrivaient des quartiers les plus éloignés, car l'horrible nouvelle s'était déjà répandue dans Paris, désolante comme un ouragan, et les anxiétés s'étaient subitement traduites en recherches.

C'était un spectacle plus affreux à voir peut-être que celui de la catastrophe.

Toutes les impressions se peignaient sur ces visages pâles, depuis le désespoir de ceux qui retrouvaient le cadavre bien-aimé jusqu'au morne doute de celui qui ne retrouvait rien et qui jetait un coup d'œil avide vers la rivière, qui coulait monotone et frémissante.

On disait que bien des cadavres avaient déjà été jetés au fleuve par la prévôté de Paris, qui, coupable d'imprudence, voulait cacher ce nombre effrayant de morts que son imprudence avait faits.

Puis, quand ils ont rassasié leur vue de ce spectacle stérile, quand ils en ont été saturés, les deux pieds mouillés par l'eau de la Seine, l'âme étreinte de cette dernière angoisse que traîne avec lui le cours nocturne d'une rivière, ils partent, leur lanterne à la main, pour explorer les rues voisines de la place, où, dit-on, beaucoup de blessés se sont traînés pour avoir du secours et fuir du moins le théâtre de leurs souffrances.

Quand, par malheur, ils ont trouvé parmi les cadavres l'objet regretté, l'ami perdu, alors les cris succèdent à la déchirante surprise, et des sanglots, s'élevant vers un nouveau point du théâtre sanglant, répondent à d'autres sanglots !

Parfois encore la place retentit de bruits soudains. Tout à coup une lanterne tombe et se brise ; le vivant s'est jeté à corps perdu sur le mort pour l'embrasser une dernière fois.

Il y a d'autres bruits encore dans ce vaste cimetière.

Quelques blessés dont les membres ont été brisés par la chute, dont la poitrine a été labourée par l'épée ou comprimée par l'oppression de la foule, râlent un cri ou poussent un gémissement en forme de prière, et aussitôt accourent ceux qui espèrent trouver leur ami, et qui s'éloignent quand ils ne l'ont pas reconnu.

Toutefois, à l'extrémité de la place, près du jardin, s'organise, avec le dévouement de la charité populaire, une ambulance. Un jeune chirurgien, on le reconnaît pour tel du moins à la profusion d'instruments dont il est entouré ; un jeune chirurgien se fait apporter les hommes et les femmes blessés ; il les panse, et, tout en les pansant, il leur dit de ces mots qui expriment plutôt la haine contre la cause que la pitié pour l'effet.

À ses deux aides, robustes colporteurs, qui lui font passer la sanglante revue, il crie incessamment :

– Les femmes du peuple, les hommes du peuple d'abord. Ils sont aisés à reconnaître, plus blessés presque toujours, moins richement parés, certainement !

À ces mots, répétés après chaque pansement avec une stridente monotonie, un jeune homme au front pâle, qui, un falot à la main, cherche parmi les cadavres, a pour la seconde fois relevé la tête.

Une large blessure qui lui sillonne le front laisse échapper quelques gouttes de sang vermeil ; un de ses bras est soutenu par son habit, qui l'enferme entre deux boutons ; son visage, couvert de sueur, trahit une émotion incessante et profonde.

À cette recommandation du médecin entendue, comme nous l'avons dit, pour la seconde fois, il releva la tête, et, regardant tristement ces membres mutilés que l'opérateur semblait, lui, regarder presque avec délice :

– Oh ! monsieur, dit-il, pourquoi choisissez-vous parmi les victimes ?

– Parce que, dit le chirurgien levant la tête à cette interpellation, parce que personne ne soignera les pauvres, si je ne pense pas à eux, et que les riches seront toujours assez recherchés ! Abaissez votre lanterne et interrogez le pavé ; vous trouvez cent pauvres pour un riche ou un noble. Et dans cette catastrophe encore, avec un bonheur qui finira par lasser Dieu lui-même, les nobles et les riches ont payé le tribut qu'ils payent d'ordinaire : un sur mille.

Le jeune homme éleva son falot à la hauteur de son front sanglant.

– Alors je suis donc le seul, dit-il sans s'irriter, moi, gentilhomme perdu comme tant d'autres en cette foule, moi qu'un coup de pied de cheval a blessé au front, et qui me suis brisé le bras gauche en tombant dans un fossé. On court après les riches et les nobles, dites-vous ? Vous voyez bien cependant que je ne suis pas encore pansé.

– Vous avez votre hôtel, vous…, votre médecin ; retournez chez vous, puisque vous marchez.

– Je ne vous demande pas vos soins, monsieur ; je cherche ma sœur, une belle jeune fille de seize ans, hélas ! tuée sans doute, quoiqu'elle ne soit pas du peuple. Elle avait une robe blanche et un collier avec une croix au cou ; bien qu'elle ait son hôtel et son médecin, répondez-moi, par pitié : avez-vous vu, monsieur, celle que je cherche ?

– Monsieur, dit le jeune chirurgien avec une véhémence fiévreuse qui prouvait que les idées exprimées par lui bouillonnaient depuis longtemps dans sa poitrine ; monsieur, l'humanité me guide ; c'est pour elle que je me dévoue, et, quand je laisse sur son lit de mort l'aristocratie pour relever le peuple en souffrance, j'obéis à la loi véritable de cette humanité dont j'ai fait ma déesse. Tous les malheurs arrivés aujourd'hui viennent de vous ; ils viennent de vos abus, de vos envahissements ; supportez-en donc les conséquences. Non, monsieur, je n'ai pas vu votre sœur.

Et, sur cette foudroyante apostrophe, l'opérateur se remet à la besogne. On venait de lui apporter une pauvre femme dont un carrosse avait broyé les deux jambes.

– Voyez, ajouta-t-il en poursuivant de ce cri Philippe qui s'enfuyait, voyez, sont-ce les pauvres qui lancent dans les fêtes publiques leurs carrosses de façon à broyer les jambes des riches ?

Philippe, qui appartenait à cette jeune noblesse qui nous a donné les La Fayette et les Lameth, avait plus d'une fois professé les mêmes maximes qui l'épouvantaient dans la bouche de ce jeune homme : leur application retomba sur lui comme un châtiment.

Le cœur brisé, il s'éloigna des environs de l'ambulance pour suivre sa triste exploration ; au bout d'un instant, emporté par la douleur, on l'entendit crier d'une voix pleine de larmes :

– Andrée ! Andrée !

Près de lui passait en ce moment, marchant d'un pas précipité, un homme déjà vieux, vêtu d'un habit de drap gris, de bas drapés, et de la main droite s'appuyant sur une canne, tandis que, de la gauche, il tenait une de ces lanternes faites d'une chandelle enfermée dans du papier huilé.

Entendant gémir ainsi Philippe, cet homme comprit ce qu'il souffrait, et murmura :

– Pauvre jeune homme !

Mais, comme il paraissait être venu pour une cause pareille à la sienne, il passa outre.

Puis tout à coup, comme s'il se fût reproché d'être passé devant une si grande douleur sans avoir essayé d'y apporter quelque consolation :

– Monsieur, lui dit-il, pardonnez-moi de mêler ma douleur à la vôtre, mais ceux qui sont frappés du même coup doivent s'appuyer l'un à l'autre pour ne pas tomber. D'ailleurs... vous pouvez m'être utile. Vous cherchez depuis longtemps, car votre bougie est près de s'éteindre, vous devez donc connaître les endroits les plus funestes de la place.

– Oh ! oui, monsieur je les connais.

– Eh bien ! moi aussi, je cherche quelqu'un.

– Alors, voyez d'abord au grand fossé ; là, vous trouverez plus de cinquante cadavres.

– Cinquante, juste ciel ! tant de victimes tuées au milieu d'une fête !

– Tant de victimes, monsieur ! J'ai déjà éclairé mille visages, et je n'ai pas encore retrouvé ma sœur.

– Votre sœur ?

– C'est là-bas, dans cette direction, qu'elle était. Je l'ai perdue près d'un banc. J'ai retrouvé la place où je l'avais perdue, mais d'elle, nulle trace. Je vais recommencer à la chercher à partir du bastion.

– De quel côté allait la foule, monsieur ?

– Vers les bâtiments neufs, vers la rue de la Madeleine.

– Alors, ce doit être de ce côté ?

– Sans doute ; aussi ai-je cherché de ce côté d'abord ; mais il y avait de terribles remous. Puis le flot allait par là, c'est vrai ; mais une pauvre femme qui a la tête perdue ne sait où elle va, et cherche à fuir dans toutes les directions.

– Monsieur, c'est peu probable qu'elle ait lutté contre le courant ; je vais chercher du côté des rues ; venez avec moi, et, tous deux réunis, peut-être nous trouverons.

– Et que cherchez-vous ? votre fils ? demanda timidement Philippe.

– Non, monsieur, mais un enfant que j'avais presque adopté.

– Vous l'avez laissé venir seul ?

– Oh ! c'était un jeune homme déjà : dix-huit à dix-neuf ans. Maître de ses actions, il a voulu venir, je n'ai pas pu l'empêcher. D'ailleurs, on était si loin de deviner cette horrible catastrophe !... Votre bougie s'éteint.

– Oui, monsieur.

– Venez avec moi, je vous éclairerai.

– Merci, vous êtes bien bon, mais je vous gênerais.

– Oh ! ne craignez rien, puisqu'il faut que je cherche pour moi-même. Le pauvre enfant rentrait d'ordinaire exactement, continua le vieillard en s'avançant par les rues ; mais, ce soir, j'avais comme un pressentiment. Je l'attendais ; il était onze heures déjà ; ma femme apprit d'une voisine les malheurs de cette fête. J'ai attendu deux heures, espérant toujours qu'il rentrerait ; ne le voyant pas rentrer, j'ai pensé qu'il serait lâche à moi de dormir sans nouvelles.

– Ainsi, nous allons vers les maisons ? demanda le jeune homme.

– Oui, vous l'avez dit, la foule a dû se porter de ce côté et s'y est portée certainement. C'est là sans doute qu'aura couru le malheureux enfant ! Un provincial tout ignorant, non seulement des usages, mais des rues de la grande ville. Peut-être était-ce la première fois qu'il venait sur la place Louis XV.

– Hélas ! ma sœur aussi est de province, monsieur.

– Affreux spectacle ! dit le vieillard en se détournant d'un groupe de cadavres entassés.

– C'est pourtant là qu'il faut chercher, dit le jeune homme, approchant résolument sa lanterne de ce monceau de corps.

– Oh ! je frissonne à regarder ; car, homme simple que je suis, la destruction me cause une horreur que je ne puis vaincre.

– J'avais cette même horreur ; mais, ce soir, j'ai fait mon apprentissage. Tenez, voici un jeune homme de seize à dix-huit ans ; il a été étouffé, car je ne lui vois pas de blessure. Est-ce celui que vous cherchez ?

Le vieillard fit un effort et approcha sa lanterne.

– Non, monsieur, dit-il, vraiment, non ; le mien est plus jeune ; des cheveux noirs, un visage pâle.

– Hélas ! ils sont tous pâles, ce soir, répliqua Philippe.

– Oh ! voyez, dit le vieillard ; nous voilà au pied du Garde-meubles. Voyez ces vestiges de la lutte. Ce sang sur les murailles, ces lambeaux sur les barres de fer, ces morceaux d'habit flottant aux lances des grilles, et puis, en vérité, on ne sait plus où marcher.

– C'était par ici, c'était par ici, bien certainement, murmura Philippe.

– Que de souffrances !

– Ah ! mon Dieu !

– Quoi ?

– Un lambeau blanc sous ces cadavres. Ma sœur avait une robe blanche. Prêtez-moi votre falot, monsieur, je vous en supplie !

En effet, Philippe avait aperçu et saisi un lambeau d'étoffe blanche. Il le quitta, n'ayant qu'une main pour prendre le falot.

– C'est un morceau de robe de femme que tient la main d'un jeune homme, s'écria-t-il, d'une robe blanche pareille à celle d'Andrée... Oh ! Andrée ! Andrée !

Et le jeune homme poussa un sanglot déchirant.

Le vieillard s'approcha à son tour.

– C'est lui ! s'écria-t-il en ouvrant les bras.

Cette exclamation attira l'attention du jeune homme.

– Gilbert !... s'écria à son tour Philippe.

– Vous connaissez Gilbert, monsieur ?

– C'est Gilbert que vous cherchez ?

Ces deux exclamations se croisèrent simultanément.

Le vieillard saisit la main de Gilbert : elle était glacée.

Philippe ouvrit le gilet du jeune homme, écarta la chemise, et posa la main sur son cœur.

– Pauvre Gilbert ! dit-il.

– Mon cher enfant ! soupira le vieillard.

– Il respire ! il vit !... il vit, vous dis-je ! s'écria Philippe.

– Oh ! croyez-vous ?

– J'en suis sûr, son cœur bat.

– C'est vrai ! répondit le vieillard. Au secours ! au secours ! il y a là-bas un chirurgien.

– Oh ! secourons-le nous-mêmes, monsieur ; tout à l'heure je lui ai demandé du secours et il m'a refusé.

– Il faudra bien qu'il soigne mon enfant ! s'écria le vieillard exaspéré. Il le faudra. Aidez-moi, monsieur, aidez-moi à lui conduire Gilbert.

– Je n'ai qu'un bras, dit Philippe, il est à vous, monsieur.

– Et moi, tout vieux que je suis, je serai fort. Allons !

Le vieillard saisit Gilbert par les épaules ; le jeune homme passa les deux pieds sous son bras droit, et ils cheminèrent jusqu'au groupe que continuait de présider l'opérateur.

– Du secours ! du secours ! cria le vieillard.

– Les gens du peuple d'abord ! répondit le chirurgien fidèle à sa maxime, et sûr qu'il était, chaque fois qu'il répondait ainsi, d'exciter un murmure d'admiration dans le groupe qui l'entourait.

– C'est un homme du peuple que j'apporte, dit le vieillard avec feu, mais commençant à ressentir un peu de cette admiration générale que cet absolutisme du jeune chirurgien soulevait autour de lui.

461/638

– Alors, après les femmes, dit le chirurgien ; les hommes ont plus de force que les femmes pour supporter la douleur.

– Une simple saignée, monsieur, dit le vieillard, une saignée suffira.

– Ah ! c'est encore vous, monsieur le gentilhomme ! dit le chirurgien apercevant Philippe avant d'apercevoir le vieillard.

Philippe ne répondit rien. Le vieillard crut que ces paroles s'adressaient à lui.

– Je ne suis pas gentilhomme, dit-il, je suis homme du peuple ; je m'appelle Jean-Jacques Rousseau.

Le médecin poussa un cri de surprise, et, faisant un signe impératif :

– Place, dit-il, place à l'homme de la nature ! Place à l'émancipateur de l'humanité ! Place au citoyen de Genève !

– Merci, monsieur, dit Rousseau, merci.

– Vous serait-il arrivé quelque accident, monsieur ? demanda le jeune médecin.

– Non, mais à ce pauvre enfant, voyez !

– Ah ! vous aussi, s'écria le médecin, vous aussi, comme moi, vous représentez la cause de l'humanité.

Rousseau, ému de ce triomphe inattendu, ne sut que balbutier quelques mots presque inintelligibles.

Philippe, saisi de stupéfaction de se trouver en face du philosophe qu'il admirait, se tint à l'écart.

On aida Rousseau à déposer Gilbert, toujours évanoui, sur la table.

Ce fut en ce moment que Rousseau jeta un regard sur celui dont il invoquait le secours. C'était un jeune homme de l'âge de Gilbert à peu près, mais chez lequel aucun trait ne rappelait la jeunesse. Son teint jaune était flétri comme celui d'un vieillard, sa paupière flasque recouvrait un œil de serpent, et sa bouche était tordue comme l'est dans ses accès la bouche d'un épileptique.

Les manches retroussées jusqu'au coude, les bras couverts de sang, entouré de tronçons humains, il semblait bien plutôt un bourreau à l'œuvre et enthousiaste de son métier, qu'un médecin accomplissant sa triste et sainte mission.

Cependant le nom de Rousseau avait eu cette influence sur lui qu'il sembla un instant renoncer à sa brutalité ordinaire : il ouvrit doucement la manche de Gilbert, comprima le bras avec une bande dc lingc, ct piqua la veine.

Le sang coula goutte à goutte d'abord ; mais, après quelques secondes, ce sang pur et généreux de la jeunesse commença de jaillir.

– Allons, allons, on le sauvera, dit l'opérateur ; mais il faudra de grands soins, la poitrine a été rudement froissée.

– Il me reste à vous remercier, monsieur, dit Rousseau, et à vous louer, non pas de l'exclusion que vous faites en faveur des pauvres, mais de votre dévouement aux pauvres. Tous les hommes sont frères.

– Même les nobles, même les aristocrates, même les riches ? demanda le chirurgien avec un regard qui fit briller son œil aigu sous sa lourde paupière.

– Même les nobles, même les aristocrates, même les riches, quand ils souffrent, dit Rousseau.

– Pardonnez, monsieur, dit l'opérateur ; mais je suis né à Baudry, près de Neuchâtel ; je suis Suisse comme vous, et, par conséquent, un peu démocrate.

– Un compatriote ! s'écria Rousseau ; un Suisse ! Votre nom, s'il vous plaît, monsieur, votre nom ?

– Un nom obscur, monsieur, le nom d'un homme modeste qui voue sa vie à l'étude, en attendant qu'il puisse, comme vous, la vouer au bonheur de l'humanité : je me nomme Jean-Paul Marat.

– Merci, monsieur Marat, dit Rousseau ; mais, tout en éclairant ce peuple sur ses droits, ne l'excitez pas à la vengeance ; car, s'il se venge jamais, vous serez peut-être effrayé vous-même des représailles.

Marat sourit d'un sourire affreux.

– Ah ! si ce jour vient de mon vivant, dit-il, si j'ai le bonheur de voir ce jour...

Rousseau entendit ces paroles, et, effrayé de l'accent avec lequel elles avaient été dites, comme un voyageur est effrayé des premiers grondements d'un tonnerre lointain, il prit Gilbert dans ses bras et essaya de l'emporter.

– Deux hommes de bonne volonté pour aider M. Rousseau, deux hommes du peuple, dit le chirurgien.

– Nous ! nous ! crièrent dix voix.

Rousseau n'eut qu'à choisir ; il désigna deux vigoureux commissionnaires qui prirent l'enfant entre leurs bras.

En se retirant, il passa près de Philippe.

– Tenez, monsieur, dit-il, moi, je n'ai plus besoin de ma lanterne : prenez-la.

– Merci, monsieur, merci, dit Philippe.

Il saisit la lanterne, et, tandis que Rousseau reprenait le chemin de la rue Plâtrière, il se remit à sa recherche.

– Pauvre jeune homme ! murmura Rousseau en se retournant et en le voyant disparaître dans les rues encombrées.

Et il continuait son chemin en frissonnant, car on entendait toujours vibrer au-dessus de ce champ de deuil la voix stridente du chirurgien qui criait :

– Les gens du peuple ! rien que les gens du peuple ! Malheur aux nobles, aux riches et aux aristocrates !

Chapitre LXIX

Le retour

Pendant que ces mille catastrophes se succédaient les unes aux autres, M. de Taverney échappait comme par miracle à tous les dangers.

Incapable de déployer une résistance physique quelconque à cette force dévorante qui brisait tout ce qu'elle rencontrait, mais calme et habile, il avait su se maintenir au centre d'un groupe qui roulait vers la rue de la Madeleine.

Ce groupe, froissé aux parapets de la place, broyé aux angles du Garde-meubles, laissait sur ses flancs une longue traînée de blessés et de morts, mais avait réussi, tout décimé qu'il était, à pousser son centre hors du péril.

Aussitôt la grappe d'hommes et de femmes s'était éparpillée sur le boulevard, en plein air, en jetant des cris de joie.

M. de Taverney se trouva alors, comme tous ceux qui l'entouraient, tout à fait hors de danger.

Ce que nous allons dire serait chose difficile à croire, si nous n'avions pas dessiné depuis longtemps et d'une façon si franche le caractère du baron ; pendant tout cet effroyable voyage, Dieu lui pardonne, mais M. de Taverney n'avait absolument songé qu'à lui.

Outre qu'il n'était pas d'une complexion fort tendre, le baron était homme d'action, et, dans les grandes crises de la vie, ces sortes de tempéraments mettent toujours en pratique cet adage de César : *Age quod agis.*[4]

Ne disons donc point que M. de Taverney avait été égoïste ; admettons seulement qu'il avait été distrait.

Mais, une fois sur le pavé des boulevards, une fois à l'aise dans ses mouvements, une fois échappé de la mort pour rentrer dans la vie, une fois sûr de lui-même enfin, le baron poussa un grand cri de satisfaction, qui fut suivi d'un autre cri.

Ce dernier cri, plus faible que le premier, était cependant un cri de douleur.

– Ma fille ! dit-il ; ma fille !

Et il demeura immobile, laissant retomber ses mains contre son corps, les yeux fixes et atones, cherchant dans ses souvenirs tous les détails de cette séparation.

– Pauvre cher homme ! murmurèrent quelques femmes compatissantes.

Et il se fit un cercle autour du baron, cercle prêt à plaindre, mais surtout prêt à interroger.

---

[4] *« Fais ce que tu fais. »*

M. de Taverney n'avait pas les instincts populaires. Il se trouva mal à l'aise au milieu de ce cercle de gens compatissants ; il fit un effort pour le rompre, le rompit, et, disons-le à sa louange, fit quelques pas vers la place.

Mais ces quelques pas étaient le mouvement irréfléchi de l'amour paternel, lequel n'est jamais complètement éteint dans le cœur de l'homme. Le raisonnement vint à l'instant même à l'aide du baron et l'arrêta court.

Suivons, si on le veut, la marche de sa dialectique.

D'abord, l'impossibilité de remettre le pied sur la place Louis XV. Il y avait là-bas encombrement, massacre, et, les flots arrivant de la place, il eût été aussi absurde de chercher à les fendre qu'il serait insensé au nageur de chercher à remonter la chute du Rhin à Schaffhouse.

En outre, quand même un bras divin l'eût replacé dans la foule, comment retrouver une femme parmi ces cent mille femmes ? Comment ne pas s'exposer de nouveau et pour rien à une mort miraculeusement évitée ?

Puis venait l'espérance, cette lueur qui dore toujours les franges de la plus sombre nuit.

Andrée n'était-elle pas près de Philippe, suspendue à son bras, sous la protection de l'homme et du frère ?

Que lui, le baron, un vieillard faible et chancelant, ait été entraîné, rien de plus simple ; mais Philippe, cette nature ardente, vigoureuse, vivace ; Philippe, ce bras d'acier ; Philippe responsable de sa sœur, c'était impossible : Philippe avait lutté et devait avoir vaincu.

Le baron, comme tout égoïste, ornait Philippe de toutes les qualités qu'exclut l'égoïste pour lui-même, mais qu'il recherche dans les autres : ne pas être fort, généreux, vaillant, pour l'égoïste, c'est être égoïste, c'est-à-dire son rival, son adversaire, son ennemi ; c'est lui voler des avantages qu'il croit avoir le droit de prélever sur la société.

M. de Taverney s'étant ainsi rassuré par la force de son propre raisonnement, conclut d'abord que Philippe avait tout naturellement dû sauver sa sœur ; qu'il avait perdu peut-être un peu de temps à chercher son père, pour le sauver à son tour ; mais que, vraisemblablement, certainement même, il avait repris le chemin de la rue Coq-Héron, pour ramener Andrée un peu étourdie de tout ce fracas.

Il fit donc volte-face, et, descendant la rue du couvent des Capucines, il gagna la place des Conquêtes ou Louis-le-Grand, appelée aujourd'hui la place des Victoires.

Mais à peine le baron était-il arrivé à vingt pas de l'hôtel, que Nicole, placée en sentinelle sur le seuil de la porte, où elle bavardait avec quelques commères, cria :

– Et monsieur Philippe ! et mademoiselle Andrée ! que sont-ils devenus ?

Car tout Paris savait déjà des premiers fuyards la catastrophe, exagérée encore par la terreur.

– Oh ! mon Dieu ! s'écria le baron un peu ému, est-ce qu'ils ne sont pas rentrés, Nicole ?

– Mais non, mais non, monsieur, on ne les a pas vus.

– Ils auront été forcés de faire un détour, répliqua le baron tremblant de plus en plus à mesure que se démolissaient les calculs de sa logique.

Le baron demeura donc dans la rue à attendre à son tour, avec Nicole, qui gémissait, et La Brie, qui levait les bras au ciel.

– Ah ! voici M. Philippe, s'écria Nicole avec un accent de terreur impossible à décrire, car Philippe était seul.

En effet, dans l'ombre de la nuit accourait Philippe, haletant, désespéré.

– Ma sœur est-elle ici ? cria-t-il du plus loin qu'il aperçut le groupe qui encombrait le seuil de l'hôtel.

– Oh ! mon Dieu ! fit le baron pâle et trébuchant.

– Andrée ! Andrée ! cria le jeune homme en approchant de plus en plus ; où est Andrée ?

– Nous ne l'avons pas vue ; elle n'est pas ici, monsieur Philippe. Oh ! mon Dieu ! mon Dieu ! chère demoiselle ! cria Nicole éclatant en sanglots.

– Et tu es revenu ? dit le baron avec une colère d'autant plus injuste, que nous avons fait assister le lecteur aux secrets de sa logique.

Philippe, pour toute réponse, s'approcha, montra son visage sanglant et son bras brisé et pendant à son côté comme une branche morte.

– Hélas ! hélas ! soupira le vieillard, Andrée, ma pauvre Andrée !

Il retomba sur le banc de pierre adossé à la porte.

– Je la retrouverai morte ou vive ! s'écria Philippe d'un air sombre.

Et il reprit sa course avec une fiévreuse activité. Tout en courant, il arrangeait de son bras droit son bras gauche dans l'ouverture de sa veste. Ce bras inutile l'eût gêné pour rentrer dans la foule, et, s'il eût eu une hache, il se le fût abattu en ce moment.

Ce fut alors qu'il retrouva sur ce champ fatal des morts, que nous avons visité, Rousseau, Gilbert et le fatal opérateur qui, rouge de sang, semblait bien plutôt le démon infernal qui avait présidé au massacre que le génie bienfaisant qui venait y porter secours.

Philippe erra une partie de la nuit sur la place Louis XV.

Ne pouvant se détacher de ces murailles du Garde-meubles, près duquel Gilbert avait été retrouvé, portant incessamment ses yeux sur ce lambeau de mousseline blanche que le jeune homme avait conservé, froissé dans sa main.

Enfin, au moment où les premières lueurs du jour blanchissaient l'orient, Philippe, exténué, prêt à tomber lui-même au milieu de ces cadavres moins pâles que lui, saisi d'un vertige étrange, espé-rant à son tour, comme avait espéré son père, qu'Andrée serait reve-nue ou aurait été ramenée à la maison, Philippe reprit le chemin de la rue Coq-Héron.

De loin il aperçut à la porte le même groupe qu'il y avait laissé.

Il comprit qu'Andrée n'avait point reparu et s'arrêta.

De son côté, le baron le reconnut.

– Eh bien ? cria-t-il à Philippe.

– Quoi ! ma sœur n'est point revenue ? demanda celui-ci.

– Hélas ! s'écrièrent ensemble le baron, Nicole et La Brie.

– Rien ? aucune nouvelle ? aucun renseignement ? aucun es-poir ?

– Rien !

Philippe tomba sur le banc de pierre de l'hôtel ; le baron pous-sa une sauvage exclamation.

En ce moment même, un fiacre apparut au bout de la rue, s'approcha lourdement, et s'arrêta en face de l'hôtel.

Une tête de femme apparaissait à travers la portière, renversée sur son épaule et comme évanouie. Philippe, réveillé en sursaut à cette vue, bondit de ce côté.

La portière du fiacre s'ouvrit, et un homme en descendit, portant Andrée inanimée entre ses bras.

– Morte ! morte !... On nous la rapporte, s'écria Philippe en tombant à genoux.

– Morte ! balbutia le baron. Oh ! monsieur, est-elle véritablement morte ?...

– Je ne crois pas, messieurs, répondit tranquillement l'homme qui portait Andrée, et mademoiselle de Taverney, je l'espère, n'est qu'évanouie.

– Oh ! le sorcier, le sorcier ! s'écria le baron.

– M. le baron de Balsamo ! murmura Philippe.

– Moi-même, monsieur le baron, et assez heureux pour avoir reconnu mademoiselle de Taverney dans l'affreuse mêlée.

– Où cela, monsieur ? demanda Philippe.

– Près du Garde-meubles.

– Oui, dit Philippe.

Puis, passant tout à coup de l'expression de la joie à une sombre défiance :

– Vous la ramenez bien tard, baron ? dit-il.

– Monsieur, répondit Balsamo sans s'étonner, vous comprendrez facilement mon embarras. J'ignorais l'adresse de mademoiselle votre sœur, et je l'avais fait transporter par mes gens chez madame la marquise de Savigny, l'une de mes amies, qui loge près des écuries du roi. Alors, ce brave garçon que vous voyez et qui m'aidait à soutenir mademoiselle... Venez, Comtois.

Balsamo accompagna ces dernières paroles d'un signe, et un homme à la livrée royale sortit du fiacre.

– Alors, continua Balsamo, ce brave garçon, qui est dans les équipages royaux, a reconnu mademoiselle pour l'avoir conduite un soir de la Muette à votre hôtel. Mademoiselle doit cette heureuse rencontre à sa merveilleuse beauté. Je l'ai fait monter avec moi dans le fiacre, et j'ai l'honneur de vous ramener, avec tout le respect que je lui dois, mademoiselle de Taverney moins souffrante que vous ne le croyez.

Et il acheva en remettant avec les égards les plus respectueux la jeune fille dans les bras de son père et de Nicole.

Le baron sentit pour la première fois une larme au bord de sa paupière, et, tout étonné qu'il dut être intérieurement de cette sensibilité, il laissa franchement couler cette larme sur sa joue ridée. Philippe présenta la seule main qu'il eût libre à Balsamo.

– Monsieur, lui dit-il, vous savez mon adresse, vous savez mon nom. Mettez-moi, je vous prie, en demeure de reconnaître le service que vous venez de nous rendre.

– J'ai accompli un devoir, monsieur, répliqua Balsamo ; ne vous devais-je pas l'hospitalité ?

Et, saluant aussitôt, il fit quelques pas pour s'éloigner, sans vouloir répondre à l'offre que lui faisait le baron d'entrer chez lui.

Mais, se retournant :

– Pardon, dit-il, j'oubliais de vous donner l'adresse précise de madame la marquise de Savigny ; elle a son hôtel rue Saint-Honoré, proche les Feuillants. Je vous dis cela au cas où mademoiselle de Taverney croirait devoir lui rendre une visite.

Il y avait dans ces explications, dans cette précision de détails, dans cette accumulation de preuves, une délicatesse qui toucha profondément Philippe et même le baron.

– Monsieur, dit le baron, ma fille vous doit la vie.

– Je le sais, monsieur, et j'en suis fier et heureux, répondit Balsamo.

Et cette fois, suivi de Comtois, qui refusa la bourse de Philippe, Balsamo remonta en fiacre et disparut.

Presque au même moment, et comme si le départ de Balsamo eût fait cesser l'évanouissement de la jeune fille, Andrée ouvrit les yeux.

Cependant elle resta encore quelques instants muette, étourdie, les regards effarés.

– Mon Dieu ! mon Dieu ! murmura Philippe. Dieu ne nous l'aurait-il rendue qu'à moitié, serait-elle devenue folle ?

Andrée sembla comprendre ces paroles et secoua la tête. Cependant, elle continuait de rester muette et comme sous l'empire d'une espèce d'extase.

Elle se tenait debout, et un de ses bras était étendu dans la direction de la rue par laquelle avait disparu Balsamo.

– Allons, allons dit le baron, il est temps que tout cela finisse. Aide ta sœur à rentrer, Philippe.

Le jeune homme soutint Andrée de son bras valide. La jeune fille s'appuya de l'autre côté sur Nicole, et, marchant, mais à la manière d'une personne endormie, elle rentra dans l'hôtel et gagna son pavillon.

Là seulement, la parole lui revint.

– Philippe !... Mon père ! dit-elle.

– Elle nous reconnaît, elle nous reconnaît ! s'écria Philippe.

– Sans doute, je vous reconnais ; mais que s'est-il donc passé, mon Dieu ?

Et Andrée referma ses yeux, cette fois-ci non point pour l'évanouissement, mais pour un sommeil calme et paisible.

Nicole, restée seule avec Andrée, la déshabilla et la mit au lit.

En rentrant chez lui, Philippe trouva un médecin que le prévoyant La Brie avait couru chercher du moment où l'inquiétude avait cessé pour Andrée.

Le docteur examina le bras de Philippe. Il n'était point cassé, mais luxé seulement. Une pression habilement combinée fit rentrer l'épaule dans l'articulation d'où elle était sortie.

Après quoi, Philippe, encore inquiet pour sa sœur, conduisit le médecin près du lit d'Andrée.

Le docteur prit le pouls de la jeune fille, écouta sa respiration et sourit.

– Le sommeil de votre sœur est calme et pur comme celui d'un enfant, dit il. Laissez-la dormir, chevalier, il n'y a rien autre chose à faire.

Quant au baron, suffisamment rassuré sur son fils et sur sa fille, il dormait depuis longtemps.

Chapitre LXX

M. de Jussieu

Si nous nous transportons encore une fois dans cette maison de la rue Plâtrière, où M. de Sartine envoya son agent, nous y trouverons, le matin du 31 mai, Gilbert étendu sur un matelas dans la chambre même de Thérèse, et autour de lui Thérèse et Rousseau avec plusieurs de leurs voisins contemplant cet échantillon lugubre du grand événement dont tout Paris frissonnait encore.

Gilbert, pâle, sanglant, avait ouvert les yeux, et, sitôt que la connaissance lui était venue, il avait cherché, en se soulevant, à voir autour de lui, comme s'il était encore sur la place Louis XV.

Une profonde inquiétude d'abord, puis une grande joie s'étaient peintes sur ses traits ; puis était venu un autre nuage de tristesse qui avait de nouveau effacé la joie.

– Souffrez-vous, mon ami ? demanda Rousseau en lui prenant la main avec sollicitude.

– Oh ! qui donc m'a sauvé ? demanda Gilbert ; qui donc a pensé à moi, pauvre isolé dans le monde ?

– Ce qui vous a sauvé, mon enfant, c'est que vous n'étiez pas encore mort ; celui qui a pensé à vous, c'est Celui qui pense à tous.

– C'est égal, c'est bien imprudent, grommela Thérèse, d'aller se mêler à de pareilles foules !

– Oui, oui, c'est bien imprudent ! répétèrent en chœur les voisins.

– Eh ! mesdames, interrompit Rousseau, il n'y a pas d'imprudence là où il n'y a pas de danger patent, et il n'y a pas de danger patent à aller voir un feu d'artifice. Quand le danger arrive en ce cas, on n'est pas imprudent, on est malheureux : mais, nous qui parlons, nous en eussions fait autant.

Gilbert regarda autour de lui, et, se voyant dans la chambre de Rousseau, il voulut parler.

Mais l'effort qu'il tenta fit monter le sang à sa bouche et à ses narines. Il perdit connaissance.

Rousseau avait été prévenu par le médecin de la place Louis XV, il ne s'effraya donc point ; il attendait ce dénouement, et c'est pour cela qu'il avait placé son malade sur un matelas isolé et sans draps.

– Maintenant, dit-il à Thérèse, vous allez pouvoir coucher ce pauvre enfant.

– Où cela ?

– Mais ici, dans mon lit.

Gilbert avait entendu ; l'extrême faiblesse l'empêchait seule de répondre tout de suite, mais il fit un violent effort, et, rouvrant les yeux :

– Non, dit-il avec effort, non ; là-haut !

– Vous voulez retourner dans votre chambre ?

– Oui, oui, s'il vous plaît.

Et il acheva plutôt avec les yeux qu'avec la langue, ce vœu dicté par un souvenir plus puissant que la souffrance, et qui semblait, dans son esprit, survivre même à la raison.

Rousseau, cet homme qui avait l'exagération de toutes les sensibilités, comprit sans doute, car il ajouta :

– C'est bien, mon enfant, nous vous transporterons là-haut. Il ne veut pas nous gêner, dit-il à Thérèse, qui approuva de toutes ses forces.

En conséquence, il fut décidé que Gilbert serait installé à l'instant même dans le grenier qu'il réclamait.

La translation s'opéra sans accident.

Vers le milieu du jour, Rousseau vint passer près du matelas de son disciple le temps qu'il perdait d'habitude à collectionner ses végétaux favoris. Le jeune homme, un peu remis, lui donna d'une voix basse et presque éteinte les détails de la catastrophe.

Il ne raconta pas pourquoi il était allé voir le feu d'artifice ; la simple curiosité, disait-il, l'avait conduit sur la place Louis XV.

Rousseau ne pouvait en soupçonner davantage, à moins d'être sorcier.

Il ne témoigna donc aucune surprise à Gilbert, se contenta des questions déjà faites, et lui recommanda seulement la plus grande patience. Il ne lui parla pas non plus du lambeau d'étoffe qu'on lui avait vu dans la main et dont Philippe s'était saisi.

Cependant cette conversation, qui pour tous deux côtoyait de si près l'intérêt réel et la vérité positive, n'en était pas moins attrayante, et ils s'y livraient l'un et l'autre tout entiers, quand tout à coup le pas de Thérèse retentit sur le palier.

– Jacques ! dit-elle, Jacques !

– Eh bien, qu'y a-t-il ?

– Quelque prince qui vient me voir à mon tour, dit Gilbert avec un pâle sourire.

– Jacques ! cria Thérèse avançant et appelant toujours.

– Eh bien, voyons, que me veut-on ?

Thérèse apparut.

– C'est M. de Jussieu qui est en bas, dit-elle, et qui, ayant appris qu'on vous avait vu là-bas cette nuit, vient savoir si vous avez été blessé.

– Ce bon Jussieu ! dit Rousseau ; excellent homme, comme tous ceux qui se rapprochent par goût ou par nécessité de la nature, source de tout bien ! Soyez calme, ne bougez pas, Gilbert, je reviens.

– Oui, merci, dit le jeune homme, et Rousseau sortit.

Mais à peine était-il dehors, que Gilbert, en se soulevant du mieux qu'il put, se traîna vers la lucarne d'où l'on découvrait la fenêtre d'Andrée.

Il était bien pénible, pour un jeune homme sans forces, presque sans idées, de se hisser sur le tabouret, de soulever le châssis de la lucarne, et de s'arc-bouter sur l'arête du toit. Gilbert y réussit pourtant ; mais, une fois là, ses yeux s'obscurcirent, sa main trembla, le sang revint à ses lèvres et il tomba lourdement sur le carreau.

À ce moment, la porte du grenier se rouvrit, et Jean-Jacques entra, précédant M. de Jussieu, auquel il faisait mille civilités.

– Prenez garde, mon cher savant ! baissez-vous ici... Il y a là un pas, disait Rousseau ; dame ! nous n'entrons pas dans un palais.

– Merci, j'ai de bons yeux, de bonnes jambes, répondit le savant botaniste.

– Voilà qu'on vient vous visiter, mon petit Gilbert, fit Rousseau en regardant du côté du lit... Ah ! mon Dieu ! où est-il ? Il s'est levé, le malheureux !

Et Rousseau, apercevant le châssis ouvert, allait s'emporter en paternelles gronderies.

Gilbert se souleva avec peine, et, d'une voix presque éteinte :

– J'avais besoin d'air, dit-il.

Il n'y avait pas moyen de gronder, la souffrance était visible sur ce visage altéré.

– En effet, interrompit M. de Jussieu, il fait horriblement chaud ici ; voyons, jeune homme, voyons ce pouls, je suis médecin aussi, moi.

– Et meilleur que bien d'autres, dit Rousseau, car vous êtes aussi bon médecin de l'âme que du corps.

– Tant d'honneur…, dit Gilbert d'une voix faible en essayant de se dérober aux yeux dans son pauvre lit.

– M. de Jussieu a tenu à vous visiter, dit Rousseau, et moi, j'ai accepté son offre. Voyons, cher docteur, que dites-vous de cette poitrine ?

L'habile anatomiste palpa les os, interrogea la cavité par une auscultation attentive.

– Le fonds est bon, dit-il. Mais qui donc vous a pressé dans ses bras avec cette force ?

– Hélas ! monsieur, c'est la Mort, dit Gilbert.

Rousseau regarda le jeune homme avec étonnement.

– Oh ! vous êtes froissé, mon enfant, bien froissé ; mais des toniques, de l'air, du loisir, et tout cela disparaîtra.

– Pas de loisir..., je n'en puis prendre, dit Gilbert en regardant Rousseau.

– Que veut-il dire ? demanda M. de Jussieu.

– Gilbert est un résolu travailleur, cher monsieur, répondit Rousseau.

– D'accord, mais on ne travaille pas ces jours-ci.

– Pour vivre ! dit Gilbert, on travaille tous les jours, car tous les jours on vit.

– Oh ! vous ne consommerez pas beaucoup de nourriture, et vos tisanes ne coûteront pas cher.

– Si peu qu'elles coûtent, monsieur, dit Gilbert, je ne reçois pas l'aumône.

– Vous êtes fou, dit Rousseau, et vous exagérez. Je vous dis, moi, que vous vous gouvernerez d'après les ordres de monsieur, car il sera votre médecin malgré vous. Croyez-vous, continua-t-il en s'adressant à M. de Jussieu, qu'il m'avait supplié de n'en pas appeler ?

– Pourquoi ?

– Parce que cela m'eût coûté de l'argent, et qu'il est fier.

– Mais, répliqua M. de Jussieu, qui considérait avec le plus vif intérêt cette tête expressive et fine de Gilbert, si fier que l'on soit, on ne saurait faire plus que le possible... Vous croyez-vous en état de travailler, vous qui, pour avoir été à cette lucarne, êtes tombé en route ?

– C'est vrai, murmura Gilbert, je suis faible, je le sais.

– Eh bien, alors, reposez-vous, et surtout moralement... Vous êtes l'hôte d'un homme avec lequel tout le monde compte, excepté son hôte.

Rousseau, bien heureux de cette politesse délicate de ce grand seigneur, lui prit la main et la serra.

– Et puis, ajouta M. de Jussieu vous allez devenir l'objet des sollicitudes paternelles du roi et des princes.

– Moi ! s'écria Gilbert.

– Vous, pauvre victime de cette soirée... M. le dauphin, en apprenant la nouvelle, a jeté des cris déchirants. Madame la dauphine, qui se préparait à partir pour Marly, reste à Trianon, afin d'être plus à portée de venir au secours des malheureux.

– Ah ! vraiment ? dit Rousseau.

– Oui, mon cher philosophe, et l'on ne parle ici que de la lettre écrite par le dauphin à M. de Sartine.

– Je ne la connais pas.

– C'est à la fois naïf et charmant. Le dauphin reçoit deux mille écus de pension par mois. Ce matin, son mois n'arrivait pas. Le prince se promenait tout effaré ; il demanda plusieurs fois le trésorier, et celui-ci ayant apporté l'argent, le prince l'envoya aussitôt à Paris avec deux lignes charmantes à M. de Sartine, qui me les a communiquées à l'instant.

– Ah ! vous avez vu aujourd'hui M. de Sartine ? dit Rousseau avec une espèce d'inquiétude ou plutôt de défiance.

– Oui, je le quitte, répliqua M. de Jussieu un peu embarrassé ; j'avais des graines à lui demander ; en sorte, ajouta-t-il très vite, que madame la dauphine reste à Versailles pour soigner ses malades et ses blessés.

– Ses malades, ses blessés ? dit Rousseau.

– Oui, M. Gilbert n'est pas le seul qui ait souffert, le peuple n'a payé cette fois qu'un impôt partiel à la catastrophe : il y a, dit-on, parmi les blessés, beaucoup de personnes nobles.

Gilbert écoutait avec une anxiété, une avidité inexprimables ; il lui semblait à tout moment que le nom d'Andrée allait sortir de la bouche de l'illustre naturaliste.

M. de Jussieu se leva.

– Voilà donc la consultation faite ? dit Rousseau.

– Et désormais inutile sera notre science auprès de ce malade ; de l'air, de l'exercice modéré : à propos... les bois... j'oubliais...

– Quoi donc ?

– Je pousse dimanche prochain une reconnaissance de botaniste dans le bois de Marly ; êtes-vous homme à m'accompagner, mon très illustre confrère ?

– Oh ! repartit Rousseau, dites votre admirateur indigne.

– Parbleu ! voilà une belle occasion de promenade pour notre blessé... Amenez-le.

– Si loin ?

– C'est à deux pas ; d'ailleurs, mon carrosse me conduit à Bougival : je vous emmène... Nous montons par le chemin de la Princesse à Luciennes ; nous gagnons de là Marly. À chaque instant, des botanistes s'arrêtent ; notre blessé portera nos pliants... nous herboriserons tous deux, vous et moi ; lui vivra...

– Que vous êtes un homme aimable, mon cher savant ! dit Rousseau.

– Laissez faire, j'ai mon intérêt à cela ; vous avez, je le sais, un grand travail préparé sur les mousses, et, moi, j'y vais un peu à tâtons : vous me guiderez.

– Oh ! fit Rousseau, dont la satisfaction perça malgré lui.

– Là-haut, ajouta le botaniste, un petit déjeuner, de l'ombre, des fleurs superbes. C'est dit ?

– C'est dit... À dimanche la charmante partie. Il me semble que j'ai quinze ans ; je jouis d'avance de tout le bonheur que j'aurai, répondit Rousseau avec la satisfaction d'un enfant.

– Et vous, mon petit ami, affermissez vos jambes d'ici là.

Gilbert balbutia une sorte de remerciement que M. de Jussieu n'entendit pas, les deux botanistes laissant Gilbert tout à ses pensées et surtout à ses craintes.

Chapitre LXXI

La vie revient

Cependant, tandis que Rousseau croyait avoir rassuré complètement son malade, et que Thérèse racontait à toutes ses voisines que, grâce aux prescriptions du savant médecin, M. de Jussieu, Gilbert était hors de tout danger ; pendant cette période de confiance générale, le jeune homme courait au pire danger qu'il eût couru par son obstination et ses perpétuelles rêveries.

Rousseau ne pouvait être tellement confiant qu'il n'eût au fond de l'âme une défiance solidement étayée sur quelque raisonnement philosophique.

Sachant Gilbert amoureux, et l'ayant surpris en flagrant délit de rébellion aux ordonnances médicales, il avait jugé que Gilbert retomberait dans les mêmes fautes s'il avait trop de liberté.

Rousseau donc, en bon père de famille, avait fermé plus soigneusement que jamais le cadenas du grenier de Gilbert, lui permettant *in petto* d'aller à la fenêtre, mais l'empêchant en réalité de passer la porte.

On ne peut exprimer ce que cette sollicitude, qui changeait son grenier en prison, inspira de colère et de projets à Gilbert.

Pour certains esprits, la contrainte est fécondante.

Gilbert ne songea plus qu'à Andrée, qu'au bonheur de la voir et de surveiller, fût-ce de loin, les progrès de sa convalescence.

Mais Andrée n'apparaissait pas aux fenêtres du pavillon. Nicole seule, portant ses tisanes sur un plat de porcelaine, M. de Taverney arpentant le petit jardin et prisant avec fureur, comme pour éveiller ses esprits, voilà tout ce que voyait Gilbert quand il interrogeait ardemment les profondeurs des chambres ou les épaisseurs des murs.

Cependant tous ces détails le tranquillisaient un peu, car ces détails lui révélaient une maladie, mais non une mort.

— Là, se disait-il, derrière cette porte, ou derrière ce paravent, respire, soupire et souffre celle que j'aime avec idolâtrie, celle qui, en se montrant, ferait couler la sueur de mon front et trembler mes membres, celle qui tient mon existence, et par qui je respire pour nous deux.

Et là-dessus, Gilbert, penché hors de sa lucarne de façon à faire croire à la curieuse Chon qu'il s'en précipiterait vingt fois dans une heure, Gilbert prenait, avec son œil exercé, la mesure des cloisons, des parquets, la profondeur du pavillon, et s'en construisait dans son cerveau un plan exact : là devait coucher M. de Taverney, là devaient être l'office et la cuisine, là la chambre destinée à Philippe, là le cabinet occupé par Nicole, là enfin la chambre d'Andrée, le sanctuaire à la porte duquel il eût donné sa vie pour demeurer un jour à genoux.

Ce sanctuaire, d'après les idées de Gilbert, était une grande pièce du rez-de-chaussée, commandée par une antichambre et sur laquelle mordait une cloison vitrée, cabinet présumé où Nicole avait son lit, selon les arrangements de Gilbert.

— Oh ! disait le fou dans ses accès de fureur envieuse, heureux les êtres qui marchent dans le jardin sur lequel plongent ma fenêtre et celles de l'escalier ! Heureux ces indifférents qui foulent le sable du parterre ! Là, en effet, la nuit, on doit entendre se plaindre et soupirer mademoiselle Andrée.

Du désir à l'exécution, il y a loin ; mais les imaginations riches rapprochent tout : elles ont un moyen pour cela. Dans l'impossible, elles trouvent le réel, elles savent jeter les ponts sur les fleuves et appliquer des échelles aux montagnes.

Gilbert, les premiers jours, ne fit que désirer.

Puis il réfléchit que ces heureux tant enviés étaient de simples mortels doués comme lui-même de jambes pour fouler le sol du jardin, et de bras pour ouvrir les portes. Il en vint à se représenter le bonheur qu'on éprouverait en se glissant furtivement dans cette maison défendue, en frôlant de son oreille les persiennes par lesquelles filtrait le bruit de l'intérieur.

Chez Gilbert, c'était trop peu d'avoir désiré, l'exécution devenait immédiate.

D'ailleurs, les forces lui revenaient avec rapidité. La jeunesse est féconde et riche. Au bout de trois jours, Gilbert, la fièvre aidant, se sentait aussi fort qu'il avait jamais été.

Il supputa que, Rousseau l'ayant enfermé, une des plus grandes difficultés se trouvait vaincue, la difficulté d'entrer chez mademoiselle de Taverney par la porte.

En effet, la porte ouvrait sur la rue Coq-Héron ; Gilbert, enfermé rue Plâtrière, ne pouvait aborder aucune rue, partant n'avait besoin d'aller ouvrir aucune porte.

Restaient les fenêtres.

Celle de son grenier donnait à pic sur quarante-huit pieds de mur.

À moins d'être ivre ou tout à fait fou, nul ne se fût risqué à descendre.

– Oh ! les portes sont de belles inventions, néanmoins, se répétait-il en rongeant ses poings, et M. Rousseau, un philosophe, me les ferme !

Arracher le cadenas ! facile, oui ; mais plus d'espoir de rentrer dans la maison hospitalière.

Se sauver de Luciennes, se sauver de la rue Plâtrière, s'être sauvé de Taverney, toujours se sauver, c'était prendre le chemin de n'oser plus regarder une seule créature en face sans craindre un reproche d'ingratitude ou de légèreté.

– Non, M. Rousseau ne saura rien.

Et, accroupi sur sa lucarne, Gilbert continuait :

– Avec mes jambes et mes mains, instruments naturels à l'homme libre, je m'accrocherai aux tuiles, et, en suivant la gouttière, fort étroite il est vrai, mais qui est droite, et par conséquent le plus court chemin d'un point à un autre, j'arriverai, si j'arrive, à la lucarne parallèle à la mienne.

« Or, cette lucarne est celle de l'escalier.

« Si je n'arrive pas, je tombe dans le jardin, cela fait du bruit, on sort du pavillon, on me ramasse, on me reconnaît ; je meurs beau, noble, poétique ; on me plaint : c'est superbe !

« Si j'arrive, comme tout me le fait croire, je file sous la lucarne de l'escalier ; je descends les étages pieds nus jusqu'au premier, lequel a sa fenêtre aussi sur le jardin, c'est-à-dire à quinze pieds du sol. Je saute...

« Hélas ! plus de force, plus de souplesse !

« Il y a bien un espalier pour m'aider...

« Oui, mais cet espalier aux grillages vermoulus se brisera ; je dégringolerai, non plus tué, noble et poétique, mais blanchi de plâtre, déchiré, honteux, et avec l'apparence d'un voleur de poires. C'est odieux à penser ! M. de Taverney me fera fouetter par le concierge, ou tirer les oreilles par La Brie.

« Non ! J'ai ici vingt ficelles, lesquelles unies font une corde, d'après cette définition de M. Rousseau : les fétus font la gerbe.

« J'emprunte à madame Thérèse toutes les ficelles pour une nuit, j'y fais des nœuds, et, une fois arrivé à ma bienheureuse fenêtre du premier étage, j'accroche la corde au petit balcon ou même au plomb, et je glisse dans le jardin. »

La gouttière inspectée, les ficelles détachées pour être mesurées, la hauteur prise avec l'œil, Gilbert se sentit fort et résolu.

Il tressa de façon à faire de toutes ces ficelles une corde solide ; il essaya ses forces en se pendant à une solive du galetas, et, heureux de voir qu'il n'avait vomi qu'une fois le sang au milieu de ses efforts, il se décida pour l'expédition nocturne.

Afin de mieux tromper M. Jacques et Thérèse, il contrefit le malade et garda le lit jusqu'à deux heures, moment où, après son dîner, Rousseau partait pour la promenade et ne rentrait plus que le soir.

Gilbert annonça une envie de dormir qui durerait jusqu'au lendemain matin.

Rousseau répondit que, soupant le soir même en ville, il était heureux de voir Gilbert en des dispositions si rassurantes.

On se sépara sur ces affirmations respectives.

Derrière Rousseau, Gilbert détacha de nouveau ses ficelles et les tressa pour tout de bon cette fois.

Il tâtonna encore la gouttière et les tuiles, puis se mit à guetter dans le jardin jusqu'au soir.

Chapitre LXXII

Voyage aérien

Gilbert était ainsi préparé à son débarquement dans le jardin ennemi, c'est ainsi qu'il qualifiait tacitement la maison de Taverney, et de sa lucarne il explorait le terrain avec l'attention profonde d'un habile stratégiste qui va livrer la bataille, lorsque dans cette maison si muette, si impassible, une scène se passa qui attira toute l'attention du philosophe.

Une pierre sauta par-dessus le mur du jardin et vint frapper en angle le mur de la maison.

Gilbert savait déjà qu'il n'y a point d'effet sans cause : il se mit donc à chercher la cause, ayant vu l'effet.

Mais Gilbert, quoiqu'en se penchant beaucoup, ne put apercevoir la personne qui, de la rue, avait lancé la pierre.

Seulement – et tout aussitôt, il comprit que cette manœuvre se rattachait à l'événement qui venait d'arriver – seulement, il vit s'ouvrir avec précaution l'un des contrevents d'une pièce du rez-de-chaussée, et, par l'entrebâillement de ce volet, passa la tête éveillée de Nicole.

À la vue de Nicole, Gilbert fit un plongeon dans sa mansarde, mais sans perdre un instant de vue l'alerte jeune fille.

Celle-ci, après avoir exploré du regard toutes les fenêtres, et particulièrement celles de la maison, Nicole, disons-nous, sortit de sa demi-cachette et courut dans le jardin comme pour s'approcher de l'espalier, où quelques dentelles séchaient au soleil.

C'était sur le chemin de cet espalier qu'avait roulé la pierre que, non plus que Nicole, Gilbert ne perdait point de vue. Gilbert la vit crosser d'un coup de pied cette pierre, qui pour le moment acquérait une si grande importance, la crosser encore devant elle et continuer enfin ce manège jusqu'à ce qu'elle fût au bord de la plate-bande sous l'espalier.

Là, Nicole leva les mains pour détacher ses dentelles, en laissa tomber une qu'elle ramassa longuement, et, en la ramassant, s'empara de la pierre.

Gilbert ne devinait rien encore ; mais, en voyant Nicole éplucher cette pierre, comme un gourmand fait d'une noix, et lui enlever une écorce de papier qu'elle avait, il comprit le degré d'importance réel que méritait l'aérolithe.

C'était, en effet, un billet, ni plus ni moins qu'un billet que Nicole venait de trouver roulé autour de la pierre.

La rusée l'eut bien vite déplié, dévoré, mis dans sa poche, et alors elle n'eut plus besoin de regarder rien à ses dentelles, les dentelles étaient sèches.

Gilbert, cependant, secouait la tête en se disant, avec cet égoïsme des hommes qui déprécient les femmes, que Nicole était bien réellement une nature vicieuse, et que lui, Gilbert, avait fait acte de morale et de saine politique en rompant si brusquement et si courageusement avec une fille qui recevait des billets par-dessus les murs.

Et, en raisonnant ainsi, lui, Gilbert, qui venait de faire un si beau raisonnement sur les causes et les effets, il condamnait un effet dont peut être il était la cause.

Nicole rentra, puis ressortit, et, cette fois, elle avait la main dans sa poche.

Elle en tira une clef ; Gilbert la vit un instant briller entre ses doigts comme un éclair ; puis aussitôt, cette clef, la jeune fille la glissa sous la petite porte du jardin, porte de jardinier située à l'autre extrémité du mur de la rue, parallèlement à la grande porte usitée.

– Bon ! dit Gilbert, je comprends : un billet et un rendez-vous. Nicole ne perd pas son temps. Nicole a donc un nouvel amant ?

Et Gilbert fronça le sourcil avec le désappointement d'un homme qui a cru que sa perte devait causer un vide irréparable dans le cœur de la femme qu'il abandonnait, et qui, à son grand étonnement, voit ce vide parfaitement rempli.

– Voilà qui pourrait bien contrarier mes projets, continua Gilbert en cherchant une cause factice à sa mauvaise humeur. N'importe, reprit Gilbert après un autre moment de silence, je ne suis point fâché de connaître l'heureux mortel qui me succède dans les bonnes grâces de mademoiselle Nicole.

Mais Gilbert, à certains endroits, était un esprit parfaitement juste ; il calcula aussitôt que la découverte qu'il venait de faire, et que l'on ignorait qu'il eût faite, lui donnait sur Nicole un avantage dont il pourrait profiter à l'occasion, puisqu'il savait le secret de Nicole avec des détails que celle-ci ne pouvait nier, tandis qu'elle soupçonnait à peine le sien, et qu'aucun détail ne venait donner un corps à ses soupçons.

Gilbert se promit donc de profiter de son avantage à l'occasion.

Pendant toutes ces allées et venues, cette nuit si impatiemment attendue arriva enfin.

Gilbert ne craignait plus qu'une chose, c'était la rentrée imprévue de Rousseau, Rousseau le surprenant sur le toit ou dans l'escalier, ou même encore Rousseau trouvant la chambre vide. Dans ce dernier cas, la colère du Genevois devait être terrible ; Gilbert crut en détourner les coups à l'aide d'un billet qu'il laissa sur sa petite table, à l'adresse du philosophe.

Ce billet était conçu en ces termes :

« Mon cher et illustre protecteur,

« Ne concevez pas de moi une mauvaise opinion, si, malgré vos recommandations, et même vos ordres, je me suis permis de sortir. Je ne puis tarder à rentrer, à moins qu'il ne m'arrive quelque accident pareil à celui qui m'est arrivé déjà ; mais, au risque d'un accident pareil et même pire, il faut que je quitte ma chambre pour deux heures. »

– J'ignore ce que je dirai au retour, pensait Gilbert, mais au moins M. Rousseau ne sera pas inquiété, ni mis en colère.

La soirée fut sombre. Il régnait une chaleur étouffante, comme c'est l'habitude pendant les premières chaleurs du printemps ; aussi le ciel fut-il nuageux, et à huit heures et demie l'œil le plus exercé n'eût rien distingué au fond du gouffre noir qu'interrogeaient les regards de Gilbert.

Ce fut alors seulement que le jeune homme s'aperçut qu'il respirait difficilement, que des sueurs subites envahissaient son front et sa poitrine, signes certains de faiblesse et d'atonie. La prudence lui conseillait de ne pas s'aventurer en cet état dans une expédition où toute la force, toute la sûreté des organes étaient nécessaires non seulement pour le succès de l'entreprise, mais même pour la sûreté de l'individu ; mais Gilbert n'écouta rien de ce que lui conseillait l'instinct physique.

La volonté morale avait parlé plus haut ; ce fut elle, comme toujours, que le jeune homme suivit.

Le moment était venu ; Gilbert roula son petit cordeau en douze cercles autour de son cou, commença, le cœur palpitant, à escalader sa lucarne, et, s'empoignant fortement au chambranle de cette même lucarne, il fit son premier pas dans la gouttière, vers la lucarne de droite, qui, comme nous l'avons dit, était celle de l'escalier et se trouvait séparée de l'autre par un intervalle d'environ deux toises.

Ainsi les pieds dans un conduit de plomb de huit pouces de large au plus, lequel conduit, bien que soutenu de distance en distance par des crampons de fer, cédait sous ses pas, à cause de la mollesse du plomb ; les mains appuyées sur les tuiles, auxquelles il ne fallait demander qu'un point d'appui pour l'équilibre, mais nullement un soutien en cas de chute, car les doigts n'avaient pas de prise : voilà quelle fut la position de Gilbert durant le trajet aérien, qui dura deux minutes, c'est-à-dire deux éternités.

Mais Gilbert ne voulait pas avoir peur, et telle était la puissance de volonté de ce jeune homme qu'il n'eut pas peur. Il se souvenait d'avoir entendu dire à un équilibriste que, pour marcher heureusement sur les chemins étroits, il ne fallait pas regarder à ses pieds, mais à dix pas devant soi, et ne jamais songer à l'abîme qu'à la manière de l'aigle, c'est-à-dire avec la conviction qu'on est fait pour planer au-dessus.

Gilbert, au reste, avait déjà mis en pratique ces préceptes dans plusieurs visites rendues à Nicole, à cette même Nicole, si hardie maintenant, qu'elle se servait de clefs et de portes au lieu de toits et de cheminées.

Il avait ainsi passé sur les écluses des moulins de Taverney et sur les poutres des toits dénudés d'un vieux hangar.

Il arriva donc au but sans un seul frémissement, et, une fois arrivé au but, se glissa tout fier dans son escalier.

Mais, arrivé sur le palier, il s'arrêta court. Des voix retentissaient aux étages inférieurs : c'étaient celles de Thérèse et de certaines voisines qui s'entretenaient du génie de M. Rousseau, du mérite de ses livres et de l'harmonie de sa musique.

Ces voisines avaient lu la *Nouvelle Héloïse* et trouvaient ce livre graveleux, elles l'avouaient franchement. En réponse à cette critique, madame Thérèse leur faisait observer qu'elles ne comprenaient pas la portée philosophique de ce beau livre.

Ce à quoi les voisines n'avaient rien à répondre, si ce n'est de confesser leur incompétence en pareille matière.

Cette conversation transcendante avait lieu d'un palier à l'autre, et le feu de la discussion était moins ardent que celui des fourneaux sur lesquels cuisait le souper odorant de ces dames.

Gilbert entendait donc raisonner les arguments et rissoler les viandes.

Son nom, prononcé au milieu de ce tumulte, lui causa un frisson désagréable.

– Après mon souper, disait Thérèse, j'irai voir si ce cher enfant ne manque de rien dans sa mansarde.

Ce *cher enfant* lui fit moins de plaisir que la promesse de la visite ne lui fit de peur. Heureusement, il réfléchit que Thérèse, lorsqu'elle soupait seule, causait longuement avec sa *dive* bouteille ; que le rôti semblait appétissant, que l'après-souper signifiait... à dix heures. Il n'en était pas huit trois quarts. D'ailleurs, après souper, selon toute probabilité, le cours des idées de Thérèse aurait changé, et elle penserait à toute autre chose qu'au *cher enfant*.

Toutefois, le temps se perdait, au grand désespoir de Gilbert, lorsque tout à coup un des rôtis alliés brûla... Un cri de cuisinière alarmée retentit, cri d'effroi qui rompit toute conversation.

Chacun se précipita vers le théâtre de l'événement.

Gilbert profita de la préoccupation culinaire de ces dames pour glisser comme un sylphe dans l'escalier.

Au premier étage, il trouva le plomb disposé pour recevoir sa corde, l'y fixa par un nœud coulant, monta sur la fenêtre et se mit lestement à descendre.

Il était suspendu entre ce plomb et la terre, quand un pas rapide retentit sous lui dans le jardin.

Il eut le temps de se retourner en se cramponnant aux nœuds, et de regarder quel était le malencontreux survenant.

C'était un homme.

Comme il venait du côté de la petite porte, Gilbert ne douta point un instant que ce ne fût l'heureux mortel attendu par Nicole.

Il concentra donc toute son attention sur cet autre intrus qui venait l'arrêter au milieu de sa périlleuse descente.

À sa marche, à un soupçon de profil esquissé sous le tricorne, à une façon particulière dont ce tricorne était posé sur le coin d'une oreille qui paraissait de son côté fort attentive, Gilbert crut reconnaître le fameux Beausire, cet exempt dont Nicole avait fait connaissance à Taverney.

Presque aussitôt, il vit Nicole ouvrir la porte de son pavillon, s'élancer dans le jardin en laissant cette porte ouverte, et, rapide comme une bergeronnette qui court, légère comme elle, se diriger vers la serre, c'est-à-dire du côté vers lequel s'acheminait déjà M. Beausire.

Ce n'était pas le premier rendez-vous de ce genre qui avait lieu, selon toute certitude, puisque ni l'un ni l'autre ne manifestaient la moindre hésitation sur le lieu qui les réunissait.

– Maintenant, je puis achever ma descente, pensa Gilbert ; car, si Nicole a reçu son amant à cette heure, c'est qu'elle est sûre de son temps. Andrée est donc seule, mon Dieu ! seule...

On n'entendait, en effet, aucun bruit, et l'on ne voyait qu'une faible lumière au rez-de-chaussée.

Gilbert, arrivé au sol sans accident aucun, ne voulut pas traverser diagonalement le jardin ; il longea le mur, gagna un massif, le traversa en se courbant, et arriva sans avoir pu être deviné à la porte laissée ouverte par Nicole.

De là, abrité par un immense aristoloche qui grimpait jusqu'au-dessus de la porte et la festonnait amplement, il observa que la première pièce, antichambre assez spacieuse, ainsi qu'il l'avait deviné, était parfaitement vide.

Cette antichambre donnait entrée à l'intérieur par deux portes, l'une fermée, l'autre ouverte ; Gilbert devina que la porte ouverte était celle de la chambre de Nicole.

Il pénétra lentement dans cette chambre, en étendant les mains devant lui de peur d'accident, car cette chambre était privée de toute lumière.

Cependant, au bout d'une espèce de corridor, on voyait une porte vitrée dessiner sur la lumière de la pièce voisine les traverses qui enfermaient ses vitres. De l'autre côté de ces vitres, un rideau de mousseline flottait.

En s'avançant dans le corridor, Gilbert entendit une faible voix dans la pièce éclairée.

C'était la voix d'Andrée ; tout le sang de Gilbert reflua vers son cœur.

Une autre voix répondait à celle-là, c'était celle de Philippe. Le jeune homme s'informait avec sollicitude de la santé de sa sœur.

Gilbert, en garde, fit quelques pas, et se plaça derrière une de ces demi-colonnes surmontées d'un buste quelconque, qui formaient à cette époque la décoration des portes doubles en profondeur.

Ainsi en sûreté, il écouta et regarda, si heureux, que son cœur se fondait de joie ; si épouvanté, que ce même cœur se rétrécissait au point de n'être plus qu'un point dans sa poitrine.

Il écoutait et voyait.

Chapitre LXXIII

Le frère et la sœur

Gilbert entendait et voyait, avons-nous dit.

Il voyait Andrée couchée sur sa chaise longue le visage tourné vers la porte vitrée, c'est-à-dire tout à fait en face de lui. Cette porte était légèrement entrebâillée.

Une petite lampe à large abattoir, placée sur une table voisine chargée de livres, indiquant la seule distraction à laquelle pouvait se livrer la belle malade, éclairait le bas seulement du visage de mademoiselle de Taverney.

Quelquefois, cependant, lorsqu'elle se renversait en arrière, de façon à être adossée à l'oreiller de la chaise longue, la clarté envahissait son front si blanc et si pur sous la dentelle.

Philippe, assis sur le pied même de la chaise longue, tournait le dos à Gilbert ; son bras était toujours en écharpe, et tout mouvement était défendu à ce bras.

C'était la première fois qu'Andrée se levait ; c'était la première fois que Philippe sortait.

Les deux jeunes gens ne s'étaient donc pas revus depuis la terrible nuit ; seulement, chacun des deux avait su que l'autre allait de mieux en mieux et marchait à sa convalescence.

Tous deux, réunis depuis quelques minutes à peine, causaient donc librement, car ils savaient qu'ils étaient seuls, et que, s'il venait quelqu'un, ils seraient prévenus de l'approche de ce quelqu'un par le bruit de la sonnette placée à cette porte, que Nicole avait laissée ouverte.

Mais tout naturellement ils ignoraient cette circonstance de la porte laissée ouverte, et comptaient sur la sonnette.

Gilbert voyait donc et entendait donc, comme nous avons dit, car, par cette porte ouverte, il pouvait saisir chaque mot de la conversation.

– De sorte, disait Philippe, au moment où Gilbert s'établissait derrière un rideau flottant à la porte d'un cabinet de toilette, de sorte que tu respires plus librement, pauvre sœur ?

– Oui, plus librement, mais toujours avec une légère douleur.

– Et les forces ?

– Elles sont loin d'être revenues ; cependant, deux ou trois fois aujourd'hui, j'ai pu aller jusqu'à la fenêtre. La bonne chose que l'air ! la belle chose que les fleurs ! Il me semble qu'avec de l'air et des fleurs, on ne peut pas mourir.

– Mais, avec tout cela, vous vous sentez encore bien faible, n'est-ce pas, Andrée ?

– Oh ! oui, car la secousse a été terrible ! Aussi, je vous le répète, continua la jeune fille en souriant et en secouant la tête, je marche bien difficilement en m'appuyant aux meubles et aux lambris ; sans soutiens, mes jambes plient, il me semble toujours que je vais tomber.

– Allons, allons, courage, Andrée ; ce bon air et ces belles fleurs, dont vous parliez tout à l'heure, vous remettront ; et, dans huit jours, vous serez capable de rendre visite à madame la dauphine, qui s'informe si bienveillamment de vous, m'a-t-on dit.

– Oui, je l'espère, Philippe ; car madame la dauphine, en effet, paraît bonne pour moi.

Et Andrée, se renversant en arrière, appuya sa main sur sa poitrine et ferma ses beaux yeux.

Gilbert fit un pas en avant, les bras étendus.

– Vous souffrez, ma sœur ? demanda Philippe en lui prenant la main.

– Oui, des spasmes ; et puis, parfois, le sang me monte aux tempes et les assiège ; quelquefois aussi j'ai des éblouissements et le cœur me manque.

– Oh ! dit Philippe rêveur, ce n'est pas étonnant ; vous avez subi une si terrible épreuve, et vous avez été sauvée si miraculeusement.

– Miraculeusement, c'est le mot, mon frère.

– Mais, à propos de ce salut miraculeux, Andrée, continua Philippe en se rapprochant de sa sœur, pour donner plus d'importance à la question, savez vous que je n'ai encore pu causer avec vous de cette catastrophe ?

Andrée rougit et sembla éprouver un malaise.

Philippe ne remarqua point ou ne parut point remarquer cette rougeur.

– Je croyais cependant, dit la jeune fille, que mon retour avait été accompagné de tous les éclaircissements que vous pouviez désirer ; mon père, lui, m'a dit avoir été très satisfait.

– Sans doute, chère Andrée, et cet homme a mis une délicatesse extrême dans toute cette affaire, à ce qu'il m'a semblé du moins ; cependant plusieurs points de son récit m'ont paru, non pas suspects, mais obscurs, c'est le mot.

– Comment cela, et que voulez-vous dire, mon frère ? demanda Andrée avec une candeur toute virginale.

– Oui, sans doute.

– Expliquez-vous.

– Ainsi, par exemple, poursuivit Philippe, il y a un point que je n'avais pas d'abord examiné, et qui, depuis, s'est présenté à moi très étrange.

– Lequel ? demanda Andrée.

– C'est, dit Philippe, la façon même dont vous avez été sauvée. Racontez moi cela, Andrée.

La jeune fille parut faire un effort sur elle-même.

– Oh ! Philippe, dit-elle, j'ai presque oublié, tant j'ai eu peur.

– N'importe ! ma bonne Andrée, dis-moi tout ce dont tu te souviens.

– Mon Dieu ! vous le savez, mon frère, nous fûmes séparés à vingt pas à peu près du Garde-meubles. Je vous vis entraîné vers le jardin des Tuileries, tandis que j'étais entraînée, moi, vers la rue Royale. Un instant je pus vous distinguer encore, faisant d'inutiles efforts pour me rejoindre. Je vous tendais les bras, je criais : « Philippe ! Philippe ! » quand tout à coup je fus enveloppée comme par un tourbillon, soulevée, emportée du côté des grilles. Je sentais le flot qui m'entraînait vers la muraille, où il allait se briser ; j'entendais les cris de ceux qu'on broyait contre ces grilles ; je comprenais que mon tour allait arriver d'être écrasée, anéantie ; je pouvais presque calculer le nombre de secondes que j'avais encore à vivre, quand, à demi-morte, à demi-folle, en levant les bras et les yeux au ciel, dans une dernière prière, je vis briller le regard d'un homme qui dominait toute cette foule, comme si cette foule lui obéissait.

– Et cet homme était le baron Joseph Balsamo, n'est-ce pas ?

– Oui, le même que j'avais déjà vu à Taverney ; le même qui, là-bas, m'avait déjà frappée d'une si étrange terreur ; cet homme enfin qui semble cacher en lui quelque chose de surnaturel ; cet homme qui a fasciné mes yeux avec ses yeux, mon oreille avec sa voix ; cet homme qui a fait frissonner tout mon être avec le seul contact de son doigt sur mon épaule.

– Continuez, continuez, Andrée, dit Philippe en assombrissant son visage et sa voix.

– Eh bien ! cet homme m'apparut planant sur cette catastrophe comme si les douleurs humaines ne pouvaient l'atteindre. Je lus dans ses yeux qu'il voulait me sauver, qu'il le pouvait ; alors, quelque chose d'extraordinaire se passa en moi ; toute brisée, toute impuissante, toute morte que j'étais déjà, je me sentis soulevée au-devant de cet homme, comme si quelque force inconnue, mystérieuse, invincible, m'enlevait jusqu'à lui. Je sentais comme des bras qui se raidissaient pour me pousser hors de ce gouffre de chair pétrie où râlaient tant de malheureux, et me rendre à l'air, à la vie. Oh ! vois-tu, Philippe, continua Andrée avec une espèce d'exaltation, c'était, j'en suis sûre, le regard de cet homme qui m'attirait ainsi.

«J'atteignis sa main et je fus sauvée.

– Hélas ! murmura Gilbert, elle n'a vu que lui, et moi, moi qui mourais à ses pieds, elle ne m'a pas vu !

Il essuya son front ruisselant de sueur.

– Voilà donc comment la chose s'est passée ? demanda Philippe.

– Oui, jusqu'au moment où je me sentis hors de danger ; alors, soit que toute ma vie se fût concentrée dans ce dernier effort que j'avais fait, soit qu'effectivement la terreur que j'avais ressentie dépassât la mesure de mes forces, je m'évanouis.

– Et à quelle heure pensez-vous que cet évanouissement eut lieu ?

– Dix minutes après vous avoir quitté, mon frère.

– C'est cela, poursuivit Philippe, il était minuit à peu près. Comment alors n'êtes-vous revenue ici qu'à trois heures ? Pardonnez-moi un interrogatoire qui peut vous paraître ridicule, chère Andrée, mais qui pour moi a sa raison.

– Merci, Philippe, dit Andrée en serrant la main de son frère, merci. Il y a trois jours, je n'eusse pas encore pu vous répondre, mais aujourd'hui – cela va vous paraître étrange, ce que je vous dis – aujourd'hui, ma vue intérieure est plus forte ; il me semble qu'une volonté qui commande à la mienne me dit de me souvenir, et je me souviens.

– Dites alors, dites, chère Andrée, car j'attends avec impatience. Cet homme vous enleva donc dans ses bras ?

– Dans ses bras ? dit Andrée en rougissant. Je ne me rappelle pas bien. Tout ce que je sais, c'est qu'il me tira de la foule ; mais le toucher de sa main me causa le même effet qu'à Taverney, et à peine m'eut-il touchée, que je m'évanouis de nouveau, ou plutôt je me rendormis, car l'évanouissement a des préludes douloureux, et, cette fois, je ne ressentis que les bienfaisantes impressions du sommeil.

– En vérité, Andrée, tout ce que vous me dites là me semble si étrange, que, si c'était un autre que vous qui me racontât de pareilles choses, je n'y croirais point. N'importe, achevez, continua-t-il avec une voix plus altérée qu'il ne voulait le laisser paraître.

Quant à Gilbert, il dévorait chaque parole d'Andrée, lui qui savait que, jusque-là du moins, chaque parole était vraie.

– Je repris mes sens, continua la jeune fille, et je me réveillai dans un salon richement meublé. Une femme de chambre et une dame étaient à mes côtés, mais ne paraissaient nullement inquiètes ; car, à mon réveil, je vis des figures bienveillamment souriantes.

– Savez-vous quelle heure il était, Andrée ?

– La demie sonnait après minuit.

– Oh ! fit le jeune homme en respirant librement, c'est bien ; continuez, Andrée, continuez.

– Je remerciai les femmes des soins qu'elles me prodiguaient ; mais, sachant votre inquiétude, je les priai de me faire reconduire à l'instant même ; elles me dirent alors que le baron était retourné sur le théâtre de la catastrophe pour porter de nouveaux secours aux blessés, mais qu'il allait revenir avec une voiture, et qu'il me reconduirait lui-même à votre hôtel. En effet, vers deux heures, j'entendis rouler une voiture dans la rue, puis un frémissement pareil à ceux que j'avais déjà éprouvés à l'approche de cet homme me reprit ; je tombai vacillante, étourdie sur un sofa ; la porte s'ouvrit ; je pus, au milieu de mon évanouissement, reconnaître encore celui qui m'avait sauvée, puis je perdis connaissance une seconde fois. C'est alors qu'on m'aura descendue, mise dans le fiacre et ramenée ici. Voilà tout ce dont je me souviens, mon frère.

Philippe calcula le temps, et vit que sa sœur avait dû être conduite directement de la rue des Écuries-du-Louvre à la rue Coq-Héron, comme elle avait été conduite de la place Louis XV à la rue des Écuries-du-Louvre ; et, lui serrant cordialement la main, il lui dit d'un son de voix libre et joyeux :

– Merci, chère sœur, merci ; tous ces calculs correspondent au mien. Je me présenterai chez la marquise de Savigny et je la remercierai moi-même. Maintenant, un dernier mot d'un intérêt secondaire.

– Dites.

– Vous rappelez-vous avoir vu, au milieu de la catastrophe, quelque figure de connaissance ?

– Moi ? Non.

– Celle du petit Gilbert, par exemple ?

– En effet, dit Andrée en s'efforçant de rappeler ses souvenirs ; oui, au moment où nous fumes séparés, il était à dix pas de moi.

– Elle m'avait vu, murmura Gilbert.

– C'est qu'en vous cherchant, Andrée, j'ai retrouvé le pauvre enfant.

– Parmi les morts ? demanda Andrée avec cette nuance bien accentuée d'intérêt que les grands ont pour leur subalterne.

– Non, il était blessé seulement ; on l'a sauvé, et j'espère qu'il en réchappera.

– Oh ! tant mieux, dit Andrée ; et qu'avait-il ?

– La poitrine écrasée.

– Oui, oui, contre la tienne, Andrée, murmura Gilbert.

– Mais, continua Philippe, ce qu'il y a d'étrange, et ce qui fait que je vous parle de cet enfant, c'est que j'ai retrouvé dans sa main, raidie par la souffrance, un morceau de votre robe.

– Tiens ! c'est étrange, en effet.

– Ne l'avez-vous pas vu au dernier moment ?

– Au dernier moment, Philippe, j'ai vu tant de figures effrayantes de terreur et de souffrance, d'égoïsme, d'amour, de pitié, de cupidité, de cynisme, qu'il me semble avoir habité une année en enfer ; parmi toutes ces figures, qui m'ont fait l'effet d'une revue que je passais de tous les damnés, il se peut que j'aie vu celle de ce petit bonhomme, mais je ne me le rappelle point.

– Cependant, ce morceau d'étoffe arraché à votre robe, et c'était bien à votre robe, chère Andrée, puisque j'ai vérifié le fait avec Nicole...

– En disant à cette fille pour quelle cause vous l'interrogiez ? demanda Andrée ; car elle se rappelait cette singulière explication qu'elle avait eue à Taverney avec sa femme de chambre, à propos de ce même Gilbert.

– Oh ! non. Enfin, ce morceau était bien dans sa main : comment expliquez-vous cela ?

– Mon Dieu, rien de plus facile, dit Andrée avec une tranquillité qui faisait un indicible contraste avec l'effroyable battement du cœur de Gilbert ; s'il était près de moi au moment où je me suis sentie soulevée, pour ainsi dire, par le regard de cet homme, il se sera accroché à moi pour profiter en même temps que moi du secours qui m'arrivait, pareil en cela au noyé qui se cramponne à la ceinture du nageur.

– Oh ! fit Gilbert avec un sombre mépris pour cette pensée de la jeune fille ; oh ! l'ignoble interprétation de mon dévouement ! Comme ces gens de noblesse nous jugent, nous autres gens du peuple ! Oh ! M. Rousseau a bien raison : nous valons mieux qu'eux ; notre cœur est plus pur et notre bras plus fort.

Et, comme il faisait un mouvement pour reprendre la conversation d'Andrée et de son frère, un moment écartée par cet aparté, il entendit un bruit derrière lui.

– Mon Dieu ! murmura-t-il, quelqu'un dans l'antichambre.

Et Gilbert, entendant les pas se rapprocher du corridor, s'enfonça dans le cabinet de toilette, laissant retomber la portière devant lui.

– Eh bien, cette folle de Nicole n'est donc point là ? dit la voix du baron de Taverney, qui, effleurant Gilbert avec les basques de son habit, entra chez sa fille.

– Elle est sans doute au jardin, dit Andrée avec une tranquillité qui prouvait qu'elle n'avait aucun soupçon de la présence d'un tiers ; bonsoir, mon père.

Philippe se leva respectueusement ; le baron lui fit signe de rester où il était, et, prenant un fauteuil, il s'assit auprès de ses enfants.

– Eh ! mes enfants, dit le baron, il y a bien loin de la rue Coq-Héron à Versailles, lorsqu'au lieu de s'y rendre dans une bonne voiture de la cour, on n'a qu'une patache traînée par un cheval. Enfin, j'ai vu madame la dauphine, toujours.

– Ah ! fit Andrée, vous arrivez donc de Versailles, mon père ?

– Oui, la princesse avait eu la bonté de me faire mander, ayant su l'accident arrivé à ma fille.

– Andrée va beaucoup mieux, mon père, dit Philippe.

– Je le sais bien, et je l'ai dit à Son Altesse royale, qui m'a bien voulu promettre qu'aussitôt l'entier rétablissement de ta sœur, elle l'appellerait près d'elle au Petit Trianon, qu'elle a choisi décidément pour résidence, et qu'elle s'occupe de faire disposer à son goût.

– Moi, moi à la cour ? dit Andrée timidement.

– Ce ne sera pas la cour, ma fille : madame la dauphine a des goûts sédentaires ; M. le dauphin lui-même déteste l'éclat et le bruit. On vivra en famille à Trianon ; seulement, de l'humeur que je connais Son Altesse madame la dauphine, ces petites assemblées de famille pourraient bien finir par être mieux que des lits de justice ou des états généraux. La princesse a du caractère, et M. le dauphin est profond, à ce qu'on dit.

– Oui, oui, ce sera toujours la cour, ne vous y trompez pas, ma sœur, dit Philippe tristement.

– La cour ! se dit Gilbert avec une rage et un désespoir concentrés ; la cour, c'est-à-dire un sommet où je ne puis atteindre, un abîme où je ne puis me précipiter ; plus d'Andrée ! perdue pour moi, perdue !

– Nous n'avons, répliqua Andrée à son père, ni la fortune qui permet d'habiter ce séjour, ni l'éducation qui est nécessaire à celui qui l'habite. Moi, pauvre fille, que ferais-je au milieu de ces dames si brillantes dont j'ai entrevu une seule fois la splendeur qui éblouit, dont j'ai jugé l'esprit si futile, mais si étincelant ! Hélas ! mon frère, que nous sommes obscurs pour aller au milieu de toutes ces lumières !...

Le baron fronça le sourcil.

– Encore ces sottises, dit-il. Je ne comprends vraiment pas le soin que prennent toujours les miens de rabaisser tout ce qui vient de moi ou qui me touche ! Obscurs ! en vérité, vous êtes folle, mademoiselle ; obscure ! Une Taverney-Maison-Rouge, obscure ! Eh ! qui brillera, je vous prie, si ce n'est vous ?... La fortune... Pardieu ! les fortunes de cour, on sait ce que c'est ; le soleil de la couronne les pompe, le soleil les fait refleurir ; c'est le grand va-et-vient de la nature. Je me suis ruiné, c'est bien ; je redeviendrai riche, voilà tout. Le roi n'a-t-il plus d'argent à offrir à ses serviteurs ? et croyez-vous que je rougirai d'un régiment qu'on donnera au fils aîné de ma race ; d'une dot qu'on vous donnera, Andrée ; d'un apanage qu'on me rendra, à moi, ou d'un beau contrat de rentes que je trouverai sous ma serviette en dînant au petit couvert ?... Non, non, les sots ont des préjugés... Je n'en ai pas... D'ailleurs, c'est mon bien, je le reprends : ne vous faites donc pas de scrupules, mademoiselle. Il reste un dernier point à débattre : votre éducation, dont vous parliez tout à l'heure. Mais, mademoiselle, souvenez-vous que nulle fille de cour n'est élevée comme vous ; il y a plus : vous avez, à côté de l'éducation des jeunes filles de noblesse, l'instruction solide des filles de robe ou de finance ; vous êtes musicienne ; vous dessinez des paysages avec des moutons et des vaches que Berghem ne renierait pas ; or, madame la dauphine raffole des moutons, des vaches et de Berghem. Il y a de la beauté chez vous, le roi ne manquera pas de s'en apercevoir. Il y a de la conversation, ce sera pour M. le comte d'Artois ou M. de Provence. vous serez donc non seulement bien vue..., mais adorée. Oui, oui, fit le baron en riant et en se frottant les mains avec une accentuation de rire si étrange, que Philippe regarda son père, ne croyant pas que ce rire partit d'une bouche humaine. – Adorée ! j'ai dit le mot.

Andrée baissa les yeux, et Philippe, lui prenant la main :

– M. le baron a raison, dit-il, vous êtes bien tout ce qu'il dit, Andrée, et nulle ne sera plus digne que vous d'entrer à Versailles.

– Mais je serai séparée de vous, répliqua Andrée.

– Pas du tout, pas du tout, interrompit le baron ; Versailles est grand, ma chère.

– Oui, mais Trianon est petit, riposta Andrée, fière et peu maniable lorsqu'on s'obstinait avec elle.

– Trianon sera toujours assez grand pour fournir une chambre à M. de Taverney. Un homme comme moi se loge toujours, ajouta-t-il avec une modestie qui signifiait : sait toujours se loger.

Andrée, peu rassurée par cette proximité de son père, se tourna vers Philippe.

– Ma sœur, dit celui-ci, vous ne ferez sans doute pas partie de ce qu'on appelle la cour. Au lieu de vous mettre dans un couvent où elle payerait votre dot, madame la dauphine, qui a bien voulu vous distinguer, vous tiendra près d'elle avec un emploi quelconque. Aujourd'hui, l'étiquette n'est pas impitoyable comme au temps de Louis XIV ; il y a fusion et divisibilité dans les charges. Vous pourrez servir à la dauphine de lectrice ou de dame de compagnie ; elle dessinera avec vous, elle vous tiendra toujours près d'elle ; on ne vous verra jamais, c'est possible ; mais vous ne relèverez pas moins de sa protection immédiate, et, comme telle, vous inspirerez beaucoup d'envie. Voilà ce que vous craignez, n'est-ce pas ?

– Oui, mon frère.

– À la bonne heure, dit le baron ; mais ne nous affligeons pas pour si peu qu'un ou deux envieux... Rétablissez-vous donc bien vite, Andrée, et j'aurai le plaisir de vous conduire à Trianon moi-même. – C'est l'ordre de madame la dauphine.

– C'est bien ; j'irai, mon père.

– À propos, continua le baron, vous êtes en argent, Philippe ?

– Si vous en avez besoin, monsieur, répliqua le jeune homme, je n'en aurais pas assez pour vous en offrir ; mais, si vous me faites une offre, au contraire, je puis vous répondre qu'il m'en reste assez pour moi.

– C'est vrai, tu es philosophe, toi, dit le baron en ricanant. Et toi, Andrée, es-tu philosophe aussi, et ne demandes-tu rien, ou as-tu besoin de quelque chose ?

– Je craindrais de vous gêner, mon père.

– Oh ! nous ne sommes plus à Taverney, ici. Le roi m'a fait remettre cinq cents louis... à compte, a dit Sa Majesté. Songe à tes toilettes, Andrée.

– Merci, mon père, répliqua la jeune fille joyeuse.

– Là, là ! dit le baron, voilà les extrêmes. Tout à l'heure, elle ne voulait rien ; maintenant, elle ruinerait un empereur de Chine. Oh ! mais n'importe, demande ; les belles robes t'iront bien, Andrée.

Là-dessus, et après un baiser très tendre, le baron ouvrit la porte d'une chambre qui séparait la sienne de celle de sa fille, et disparut en disant :

– Cette damnée Nicole, qui n'est point là pour m'éclairer !

– Voulez-vous que je la sonne, mon père ?

– Non, j'ai La Brie, qui dort sur quelque fauteuil ; bonsoir, mes enfants.

Philippe s'était levé de son côté.

– Bonsoir aussi, mon frère, fit Andrée, je suis brisée de fatigue. Voilà la première fois que je parle autant depuis mon accident. Bonsoir, cher Philippe.

Et elle donna sa main au jeune homme, qui la baisa fraternellement, mais en mêlant à cette fraternité une sorte de respect qu'il avait toujours eu pour sa sœur, et qui partit en effleurant dans le corridor la portière derrière laquelle était caché Gilbert.

– Voulez-vous que j'appelle Nicole ? dit-il à son tour en s'éloignant.

– Non, non, cria Andrée, je me déferai seule. Adieu, Philippe.

Chapitre LXXIV

Ce qu'avait prévu Gilbert

Andrée, restée seule, se souleva sur sa chaise, et un frisson passa dans tout le corps de Gilbert.

La jeune fille était debout ; de ses mains blanches comme l'albâtre, elle détachait une à une les épingles de sa coiffure, tandis que le léger peignoir qui la couvrait, glissant de ses épaules, découvrait son cou si pur et si gracieux, sa poitrine encore palpitante, et ses bras qui, nonchalamment arrondis sur sa tête, forçaient la cambrure de ses reins au profit d'une gorge exquise frémissant sous la batiste.

Gilbert, à genoux, haletant, ivre, sentait le sang battre furieusement son front et son cœur. Des flots embrasés circulaient dans ses artères, un nuage de flammes descendait sur sa vue, un murmure inconnu et fébrile bourdonnait à ses oreilles ; il touchait à ce moment d'égarement farouche qui précipite les hommes dans le gouffre de la folie. Il allait franchir le seuil de la chambre d'Andrée en criant :

– Oh ! oui, tu es belle, tu es belle ! mais ne sois pas si fière de ta beauté, car tu me la dois, car je t'ai sauvé la vie !

Tout à coup, un nœud de la ceinture embarrassa Andrée ; elle s'irrita, frappa du pied, s'assit tout en désordre sur un lit de repos, comme si le léger obstacle qu'elle venait de rencontrer avait suffi pour briser ses forces, et, se penchant à demi nue vers le cordon de la sonnette, elle lui imprima une impatiente secousse.

Ce bruit rappela Gilbert à la raison. – Nicole avait laissé la porte ouverte pour entendre. Nicole allait venir.

Adieu le rêve, adieu le bonheur ; plus rien qu'une image, plus rien qu'un souvenir éternellement brûlant dans l'imagination, éternellement présent au fond du cœur.

Gilbert voulut s'élancer hors du pavillon ; mais le baron, entrant, avait attiré à lui les portes du corridor. Gilbert, qui ignorait cet obstacle, fut quelques secondes à les ouvrir.

Au moment où il entrait dans la chambre de Nicole, Nicole arrivait. Le jeune homme entendit craquer sous ses pas le sable du jardin. Il n'eut que le temps de s'effacer dans l'ombre pour laisser passer la jeune fille, qui traversa l'antichambre après en avoir fermé la porte, et s'élança dans le corridor légère comme un oiseau.

Gilbert gagna l'antichambre et essaya de sortir.

Mais Nicole, tout en accourant et en criant : « Me voilà, me voilà, mademoiselle ! je ferme la porte ! » Nicole fermait la porte effectivement, et non seulement la fermait à double tour, mais encore, dans son trouble, mettait la clef dans sa poche.

Gilbert essaya donc inutilement de rouvrir la porte : il eut recours aux fenêtres. Les fenêtres étaient grillées ; au bout de cinq minutes d'investigations, Gilbert comprit qu'il lui était impossible de sortir.

Le jeune homme se tapit dans un coin, armé de cette résolution bien arrêtée de se faire ouvrir la porte par Nicole.

Quant à celle-ci, après avoir donné à son absence ce prétexte plausible d'avoir été fermer les châssis de la serre, de peur que l'air de la nuit ne fît mal aux fleurs de mademoiselle, elle acheva de déshabiller Andrée et de la mettre au lit.

Il y avait bien dans la voix de Nicole un frémissement, il y avait bien dans ses mains une agitation, il y avait bien dans son service un empressement qui n'étaient pas ordinaires et qui dénonçaient un reste d'émotion ; mais Andrée, du ciel placide où planaient ses idées, regardait rarement sur la terre et, quand elle y regardait, les êtres inférieurs apparaissaient comme des atomes à ses yeux.

Elle ne s'aperçut donc de rien.

Gilbert bouillait d'impatience depuis que la retraite lui était fermée. Il n'aspirait plus qu'à la liberté.

Andrée congédia Nicole après une courte causerie dans laquelle Nicole déploya toute la câlinerie d'une soubrette qui a des remords.

Elle borda la couverture de sa maîtresse, baissa la lampe, sucra dans le gobelet d'argent la boisson tiédie sur la veilleuse d'albâtre, souhaita de sa plus douce voix un gracieux bonsoir à sa maîtresse, et sortit de la chambre sur la pointe du pied.

En sortant, elle ferma la porte vitrée.

Puis, tout en chantonnant pour faire croire à la tranquillité de son esprit, elle traversa sa chambre et s'avança vers la porte du jardin.

Gilbert comprit l'intention de Nicole, et un instant il se demanda si, au lieu de se faire reconnaître, il ne sortirait point par surprise, profitant du moment où la porte serait entrouverte pour fuir ; mais alors il serait vu sans être reconnu ; il serait pris pour un voleur, Nicole crierait au secours, il n'aurait pas le temps de regagner sa corde, et, la regagnât-il, il serait vu dans sa fuite aérienne, ce qui dénoncerait sa retraite et ferait scandale, scandale qui ne pouvait manquer d'être grand chez des gens aussi mal intentionnés que l'étaient les Taverney pour le pauvre Gilbert.

Il est vrai qu'il dénoncerait Nicole, qu'il ferait chasser Nicole ; mais à quoi cela servirait-il ? Gilbert aurait fait le mal sans profit, par pure vengeance. Gilbert n'était pas si faible d'esprit que cela, qu'il se sentît satisfait quand il serait vengé ; la vengeance sans utilité était pour lui plus qu'une mauvaise action : c'était une sottise.

Lorsque Nicole fut près de la porte de sortie où l'attendait Gilbert, celui-ci sortit donc tout à coup de l'ombre où il était caché et apparut à la jeune fille dans un rayon de lumière produit par la clarté de la lune passant à travers les vitres.

Nicole allait crier, mais elle prit Gilbert pour un autre, et, après un premier mouvement d'effroi :

– Oh ! c'est vous, dit-elle, quelle imprudence !

– Oui, c'est moi, répliqua tout bas Gilbert ; seulement ne criez pas plus pour moi que vous ne l'eussiez fait pour un autre.

Cette fois, Nicole reconnut son interlocuteur.

– Gilbert ! s'écria-t-elle, mon Dieu !

– Je vous avais priée de ne pas crier, dit froidement le jeune homme.

– Mais que faites-vous ici, monsieur ? brusqua Nicole dans sa colère.

– Allons, dit Gilbert avec la même tranquillité, voilà que vous m'avez appelé imprudent tout à l'heure, et que vous êtes maintenant plus imprudente que moi.

– Oui, en effet, dit Nicole, je suis bien bonne de vous demander ce que vous faites ici.

– Qu'y fais-je donc ?

– Vous y venez voir mademoiselle Andrée.

– Mademoiselle Andrée ? dit Gilbert avec sa même tranquillité.

– Oui, dont vous êtes amoureux, mais qui, par bonheur, ne vous aime pas.

– Vraiment ?

– Seulement, prenez garde, monsieur Gilbert, continua Nicole d'un ton de menace.

– Que je prenne garde ?

– Oui.

– À quoi ?

– Prenez garde que je ne vous dénonce.

– Toi, Nicole ?

– Oui, moi, et que je vous fasse chasser.

– Essaye, dit Gilbert en souriant.

– Tu m'en défies ?

– Positivement.

– Qu'arrivera-t-il donc si je dis à mademoiselle, à M. Philippe, à M. le baron, que je t'ai rencontré ici ?

– Il arrivera comme tu l'as dit, non pas qu'on me chassera – je suis, Dieu merci, tout chassé – mais qu'on me traquera comme une bête fauve. Seulement, celle que l'on chassera, ce sera Nicole.

– Comment, Nicole ?

– Certainement, Nicole – Nicole à qui l'on jette des pierres par-dessus les murs.

– Prenez garde, monsieur Gilbert, dit Nicole d'un ton de menace, on a trouvé dans vos mains, sur la place Louis XV, un fragment de la robe de mademoiselle.

– Vous croyez ?

– C'est M. Philippe qui l'a dit à son père. Il ne se doute de rien encore ; mais, en l'aidant, peut-être finira-t-il par se douter.

– Et qui l'aidera ?

– Moi, donc.

– Prenez garde, Nicole, on pourrait se douter aussi qu'en faisant semblant d'étendre les dentelles, vous ramassez les pierres qu'on vous jette par-dessus les murailles.

– Ce n'est pas vrai ! s'écria Nicole.

Puis, revenant sur sa dénégation :

– D'ailleurs, continua-t-elle, ce n'est pas un crime de recevoir des billets, ce n'est pas un crime comme de s'introduire ici, tandis que mademoiselle se déshabille… Ah ! que direz-vous à cela, monsieur Gilbert ?

– Je dirai, mademoiselle Nicole, que c'est aussi un crime, pour une sage jeune fille comme vous êtes, de glisser des clefs sous les petites portes des jardins.

Nicole frissonna.

– Je dirai, continua Gilbert, que si j'ai commis, moi, connu de M. de Taverney, de M. Philippe, de mademoiselle Andrée, le crime de m'introduire chez elle, ne pouvant résister à l'inquiétude que m'inspirait la santé de mes anciens maîtres, et surtout celle de mademoiselle Andrée, que j'ai tenté de sauver là-bas, si bien tenté, qu'il m'est resté, comme vous l'avouez vous-même, un fragment de sa robe dans la main ; je dirai que, si j'ai commis ce crime bien pardonnable de m'introduire ici, vous avez commis, vous, le crime impardonnable d'introduire un étranger dans la maison de vos maîtres, et d'aller retrouver cet étranger dans la serre, où vous avez passé une heure avec lui.

– Gilbert ! Gilbert !

– Ah ! voilà ce que c'est que la vertu – celle de mademoiselle Nicole, veux-je dire. – Ah ! vous trouvez mauvais que je sois dans votre chambre, mademoiselle Nicole, tandis que...

– Monsieur Gilbert !

– Dites donc à mademoiselle que je suis amoureux d'elle, maintenant ; moi, je dirai que j'étais amoureux de vous, et elle me croira, car vous avez eu la bêtise de le lui dire vous-même, là-bas, à Taverney.

– Gilbert, mon ami !

– Et l'on vous chassera, Nicole ; et, au lieu d'aller à Trianon, près de la dauphine, avec mademoiselle, au lieu de faire la coquette avec de beaux seigneurs et de riches gentilshommes, comme vous ne manquerez pas de le faire si vous restez dans la maison : au lieu de cela, vous irez rejoindre votre amant, M. de Beausire, un exempt, un soldat. Ah ! la belle chute, en vérité, et que l'ambition de mademoiselle Nicole l'aura menée loin. Nicole, la maîtresse d'un garde française !

Et Gilbert se mit à chanter en éclatant de rire :

Dans les gardes françaises

J'avais un amoureux !

– Par pitié, monsieur Gilbert, dit Nicole, ne me regardez pas ainsi. Votre regard est méchant, il reluit dans les ténèbres. Par pitié, ne riez pas non plus, votre rire me fait peur.

– Alors, dit Gilbert d'un ton de voix impératif, ouvrez-moi la porte, Nicole, et plus un seul mot de tout cela.

Nicole ouvrit la porte avec un tremblement nerveux si violent, que l'on pouvait voir ses épaules s'agiter et sa tête remuer comme celle d'une vieille.

Gilbert sortit tranquillement le premier, et, voyant que la jeune fille le guidait vers la porte de sortie :

– Non, dit-il, non ; vous avez vos moyens pour faire entrer les gens ici ; moi, j'ai mes moyens pour en sortir. Allez dans la serre, allez retrouver ce cher M. de Beausire, qui doit vous attendre avec impatience, et demeurez avec lui dix minutes de plus que vous ne deviez le faire. J'accorde cette récompense à votre discrétion.

– Dix minutes, et pourquoi dix minutes ? demanda Nicole toute tremblante.

– Parce qu'il me faut ces dix minutes pour disparaître ; allez, mademoiselle Nicole, allez donc ; et, pareille à la femme de Loth, dont je vous ai raconté l'histoire à Taverney, quand vous me donniez des rendez-vous dans les meules de foin, n'allez pas vous retourner, car il vous arriverait pis que d'être changée en statue de sel. Allez, belle voluptueuse, allez maintenant ; je n'ai pas autre chose à vous dire.

Nicole, subjuguée, épouvantée, terrassée par cet aplomb de Gilbert, qui tenait dans ses mains tout son avenir, regagna tête baissée la serre, où effectivement l'attendait, dans une grande anxiété, l'exempt Beausire.

De son côté, Gilbert, en prenant les mêmes précautions pour ne pas être vu, regagna sa muraille et sa corde, s'aida du cep de vigne et du treillage, atteignit le plomb du premier étage de l'escalier, et grimpa lestement jusqu'à sa mansarde.

Le bonheur voulut qu'il ne rencontrât personne dans son ascension ; les voisines étaient déjà couchées et Thérèse était encore à table.

Gilbert était trop exalté par la victoire qu'il venait de remporter sur Nicole pour avoir peur de trébucher sur la gouttière. Au contraire, il se sentait la puissance de marcher comme la Fortune sur un rasoir affilé, ce rasoir eût-il une lieue de long.

Andrée était au bout du chemin.

Il regagna donc sa lucarne, ferma la fenêtre et déchira le billet, auquel personne n'avait touché.

Puis il s'étendit délicieusement sur son lit.

Une demi-heure après, Thérèse tint parole, et vint à travers la porte lui demander comment il se portait.

Gilbert répondit par un remerciement, entremêlé des bâillements d'un homme qui se meurt de sommeil. Il avait hâte de se retrouver seul, bien seul, dans l'obscurité et le silence, pour se rassasier de ses pensées, pour analyser avec le cœur, avec l'esprit, avec tout son être les pensées ineffables de cette dévorante journée.

Bientôt, en effet, tout disparut à ses yeux, le baron, Philippe, Nicole, Beausire, et il ne vit plus, sur le fond de son souvenir, qu'Andrée à demi nue, les bras arrondis au-dessus de sa tête, et détachant les épingles de ses cheveux.

Chapitre LXXV

Les herboriseurs

Les événements que nous venons de raconter s'étaient passés le vendredi soir ; c'était donc le surlendemain que devait avoir lieu dans le bois de Luciennes cette promenade dont Rousseau se faisait une si grande fête.

Gilbert, indifférent à tout depuis qu'il avait appris le prochain départ d'Andrée pour Trianon, Gilbert avait passé la journée tout entière appuyé au rebord de sa lucarne. Pendant cette journée, la fenêtre d'Andrée était restée ouverte, et une fois ou deux la jeune fille s'en était approchée faible et pâlie pour prendre l'air, et il avait semblé à Gilbert, en la voyant, qu'il n'eût pas demandé au ciel autre chose que de savoir Andrée destinée à habiter éternellement ce pavillon, d'avoir pour toute sa vie une place à cette mansarde, et deux fois par jour d'entrevoir la jeune fille comme il l'avait entrevue.

Ce dimanche tant appelé arriva enfin. Dès la veille, Rousseau avait fait ses préparatifs ; ses souliers soigneusement cirés, l'habit gris, chaud et léger tout ensemble, avaient été tirés de l'armoire au grand désespoir de Thérèse, qui prétendait qu'une blouse ou un sarrau de toile étaient bien suffisants pour un pareil métier ; mais Rousseau, sans rien répondre, avait fait à sa guise ; non seulement son costume, mais encore celui de Gilbert avait été revu avec le plus grand soin, et il s'était même augmenté de bas irréprochables et de souliers neufs, dont Rousseau lui avait fait une surprise.

La toilette de l'herbier aussi était fraîche ; Rousseau n'avait pas oublié sa collection de mousses destinée à jouer un rôle.

Rousseau, impatient comme un enfant, se mit plus de vingt fois à la fenêtre pour savoir si telle ou telle voiture qui roulait n'était pas le carrosse de M. de Jussieu. Enfin, il aperçut une caisse bien vernie, des chevaux richement harnachés, un vaste cocher poudré stationnant devant sa porte. Il courut aussitôt dire à Thérèse :

– Le voici ! le voici !

Et à Gilbert :

– Vite, Gilbert, vite ! Le carrosse nous attend.

– Eh bien ! dit aigrement Thérèse, puisque vous aimez tant à rouler en voiture, pourquoi n'avez-vous travaillé pour en avoir une, comme M. de Voltaire ?

– Allons donc ! grommela Rousseau.

– Dame ! vous dites toujours que vous avez autant de talent que lui.

– Je ne dis pas cela, entendez-vous ! cria Rousseau fâché à la ménagère ; je dis... je ne dis rien !

Et toute sa joie s'envola, comme cela arrivait chaque fois que ce nom ennemi retentissait à son oreille.

Heureusement, M. de Jussieu entra.

Il était pommadé, poudré, frais comme le printemps ; un admirable habit de gros satin des Indes à côtes, couleur gris de lin, une veste de taffetas lilas clair, des bas de soie blancs d'une finesse extrême et des boucles d'or poli composaient son accoutrement.

En entrant chez Rousseau, il emplit la chambre d'un parfum varié que Thérèse respira sans dissimuler son admiration.

– Que vous voilà beau ! dit Rousseau en regardant obligeamment Thérèse et en comparant des yeux sa modeste toilette et son équipage volumineux de botaniste avec la toilette si élégante de M. de Jussieu.

– Mais non, j'ai peur de la chaleur, dit l'élégant botaniste.

– Et l'humidité des bois ! Vos bas de soie, si nous herborisons dans les marais...

– Oh ! que non ; nous choisirons nos endroits.

– Et les mousses aquatiques, nous les abandonnerons donc pour aujourd'hui ?

– Ne nous inquiétons pas de cela, cher confrère.

– On dirait que vous allez au bal, et chez des dames.

– Pourquoi ne pas faire honneur d'un bas de soie à dame Nature ? répliqua M. de Jussieu un peu embarrassé ; n'est-ce pas une maîtresse qui vaut la peine qu'on se mette en frais pour elle ?

Rousseau n'insista pas ; du moment que M. de Jussieu invoquait la nature, il était d'avis lui-même qu'on ne pouvait jamais lui faire trop d'honneur.

Quant à Gilbert, malgré son stoïcisme, il regardait M. de Jussieu avec un œil d'envie. Depuis qu'il avait vu tant de jeunes élégants rehausser encore avec la toilette les avantages naturels dont ils étaient doués, il avait compris la frivole utilité de l'élégance, et il se disait tout bas que ce satin, cette batiste, ces dentelles, donneraient bien du charme à sa jeunesse, et que, sans aucun doute, au lieu d'être vêtu comme il l'était, s'il était vêtu comme M. de Jussieu et qu'il rencontrât Andrée, Andrée le regarderait.

On partit au grand trot de deux bons chevaux danois. Une heure après le départ, les botanistes descendaient à Bougival et coupaient vers la gauche par le chemin des Châtaigniers.

Cette promenade, merveilleusement belle aujourd'hui, était à cette époque d'une beauté au moins égale, car la partie du coteau que s'apprêtaient à parcourir nos explorateurs, boisée déjà sous Louis XIV, avait été l'objet de soins constants depuis le goût du souverain pour Marly.

Les châtaigniers aux rugueuses écorces, aux branches gigantesques, aux formes fantastiques, qui tantôt imitent dans leurs noueuses circonvolutions le serpent s'enroulant autour du tronc, tantôt le taureau renversé sur l'étal du boucher et vomissant un sang noir, le pommier chargé de mousse, et les noyers, colosses dont le feuillage passe, en juin, du vert jaune au vert bleu ; cette solitude, cette aspérité pittoresque du terrain qui monte sous l'ombre des vieux arbres jusqu'à dessiner une vive arête sur le bleu mat du ciel ; toute cette nature puissante, gracieuse et mélancolique plongeait Rousseau dans un ravissement inexprimable.

Quant à Gilbert, calme mais sombre, toute sa vie était dans cette seule pensée :

– Andrée quitte le pavillon du jardin et va à Trianon.

Sur le point culminant de ce coteau que gravissaient à pied les trois botanistes, on voyait s'élever le pavillon carré de Luciennes.

La vue de ce pavillon, d'où il avait fui, changea le cours des idées de Gilbert pour le ramener à des souvenirs peu agréables, mais dans lesquels n'entrait aucune crainte. En effet, il marchait le dernier, voyait devant lui deux protecteurs, et se sentait bien appuyé ; il regarda donc Luciennes comme un naufragé voit, du port, le banc de sable sur lequel se brisa son navire.

Rousseau, sa petite bêche à la main, commençait à regarder sur le sol ; M. de Jussieu aussi ; seulement, le premier cherchait des plantes, le second tâchait de garantir ses bas de l'humidité.

– L'admirable *lepopodium* ! dit Rousseau.

– Charmant, répliqua M. de Jussieu ; mais passons, voulez-vous ?

– Ah ! la *lyrimachia fenella !* Elle est bonne à prendre, voyez.

– Prenez-la si cela vous fait plaisir.

– Ah çà ! mais nous n'herborisons donc pas ?

– Si fait, si fait... Mais je crois que, sur le plateau là-bas, nous trouverons mieux.

– Comme il vous plaira... Allons donc.

– Quelle heure est-il ? demanda M. de Jussieu. Dans ma précipitation à m'habiller, j'ai oublié ma montre.

Rousseau tira de son gousset une grosse montre d'argent.

– Neuf heures, dit-il.

– Si nous nous reposions un peu ? voulez-vous ? demanda M. de Jussieu.

– Oh ! que vous marchez mal, dit Rousseau. Voilà ce que c'est que d'herboriser en souliers fins et en bas de soie.

– J'ai peut-être faim, voyez-vous.

– Eh bien, alors, déjeunons... Le village est à un quart de lieue.

– Non pas, s'il vous plaît.

– Comment, non pas ? Avez-vous donc à déjeuner dans votre voiture ?

– Voyez-vous là-bas, dans ce bouquet de bois ? fit M. de Jussieu en étendant la main vers le point de l'horizon qu'il voulait désigner.

Rousseau se hissa sur la pointe du pied, et mit sa main sur ses yeux en guise de visière.

– Je ne vois rien, dit-il.

– Comment, vous n'apercevez pas ce petit toit rustique ?

– Non.

– Avec une girouette et des murs de paille blanche et rouge, une sorte de chalet ?

– Oui, je crois, oui, une petite maisonnette neuve.

– Un kiosque, c'est cela.

– Eh bien ?

– Eh bien, nous trouverons là le modeste déjeuner que je vous ai promis.

– Soit, dit Rousseau. Avez-vous faim, Gilbert ?

Gilbert, qui était resté indifférent à ce débat, et coupait machinalement des fleurs de bruyère, répondit :

– Comme il vous sera agréable, monsieur.

– Allons-y donc, s'il vous plaît, fit M. de Jussieu ; d'ailleurs, rien ne nous empêche d'herboriser en route.

– Oh ! votre neveu, dit Rousseau, est plus ardent naturaliste que vous. J'ai herborisé avec lui dans le bois de Montmorency. Nous étions peu de monde. Il trouve bien, il cueille bien, il explique bien.

– Écoutez donc, il est jeune, lui : il a son nom à faire.

– N'a-t-il pas le vôtre, qui est tout fait ? Ah ! confrère, confrère, vous herborisez en amateur.

– Allons, ne nous fâchons pas, mon philosophe ; tenez, voyez le beau *plantago nonanthos* ; en avez-vous comme cela dans votre Montmorency ?

– Ma foi, non, dit Rousseau charmé ; je l'ai cherché en vain, sur la foi de Tournefort : magnifique en vérité.

– Ah ! le charmant pavillon, dit Gilbert, qui était passé de l'arrière-garde à l'avant-garde.

– Gilbert a faim, répondit M. de Jussieu.

– Oh ! monsieur, je vous demande pardon ; j'attendrai sans impatience que vous soyez prêt.

– D'autant plus qu'herboriser après manger ne vaut rien pour la digestion, et puis l'œil est lourd, le dos paresseux ; herborisons donc encore quelques instants, dit Rousseau ; mais comment nommez-vous ce pavillon ?

– La Souricière, dit M. de Jussieu se souvenant du nom inventé par M. de Sartine.

– Quel singulier nom !

– Oh ! vous savez, à la campagne, il n'y a que fantaisies.

– À qui sont cette terre, ce bois, ces beaux ombrages ?

– Je ne sais trop.

– Vous connaissez le propriétaire, cependant, puisque vous allez y manger, dit Rousseau en dressant l'oreille avec un commencement de soupçon.

– Pas du tout... ou plutôt je connais ici tout le monde, les gardes-chasse, qui m'ont vu cent fois dans leurs taillis, et qui savent que me saluer, m'offrir un civet de lièvre ou un salmis de bécasses, c'est plaire à leur maître ; les gens de toutes les seigneuries voisines me laissent faire ici comme chez moi. Je ne sais trop si ce pavillon est à madame de Mirepoix, ou à madame d'Egmont, ou... ma foi, je ne sais plus... Mais le principal, mon cher philosophe, et votre avis sera le mien, je le présume, c'est que nous y trouverons du pain, des fruits et du pâté.

Le ton de bonhomie avec lequel M. de Jussieu prononça ces paroles dissipa les nuages qui déjà s'entassaient sur le front de Rousseau. Le philosophe secoua ses pieds, se frotta les mains, et M. de

Jussieu entra le premier dans le sentier moussu qui serpentait sous les châtaigniers conduisant au petit ermitage.

Derrière lui vint Rousseau, toujours glanant dans l'herbe.

Gilbert, qui avait repris son poste, fermait la marche, rêvant à Andrée et aux moyens de la voir quand elle serait à Trianon.

Chapitre LXXVI

La souricière à philosophes

Au sommet de la colline gravie assez péniblement par les trois botanistes s'élevait un de ces petits réduits en bois rustique, aux colonnes noueuses, aux pignons aigus, aux fenêtres tapissées de lierre et de clématites, véritables importations de l'architecture anglaise, ou plutôt des jardiniers anglais, lesquels imitent la nature, ou, pour mieux dire, inventent une nature à eux, ce qui donne une certaine originalité à leurs créations mobilières et à leurs inventions végétales.

Les Anglais ont inventé les roses bleues, et leur plus grande ambition a toujours été l'antithèse de toutes les idées reçues : ils inventeront les lis noirs.

Ce pavillon, assez spacieux pour contenir une table et six chaises, était carrelé en briques sur champ. Ces briques étaient revêtues d'une natte. Quant aux murs, ils étaient faits de petites mosaïques de cailloux choisis sur la berge de la rivière et de coquillages ultra-séquaniens ; car les grèves de Bougival et de Port-Marly n'étalent pas aux regards du promeneur l'oursin, la coquille de Saint-Jacques ou les conques nacrées et rosées, qu'il faut aller chercher à Harfleur, à Dieppe ou sur les récifs de Sainte-Adresse.

Le plafond était en relief. Des pommes de pin, des souches d'une physionomie étrange, imitant les plus hideux profils de faunes ou d'animaux sauvages, semblaient suspendues sur la tête des visiteurs ; en outre, on voyait, par des vitres de couleur, suivant que l'on regardait par un verre violet, rouge ou bleu, ici la plaine ou le bois du Vésinet teintés comme par un ciel d'orage, là resplendissante sous la brûlante haleine d'un soleil d'août, plus haut froids et ternes comme par une gelée de décembre. Il ne s'agissait que de choisir sa vitre, c'est-à-dire son goût, et de regarder.

Ce spectacle divertit beaucoup Gilbert, et il observa par tous les losanges le riche bassin qui se déploie aux regards du haut de la colline de Luciennes et au milieu duquel serpente la Seine.

Un spectacle cependant assez intéressant aussi, du moins M. de Jussieu le jugeait-il de la sorte, c'était le charmant déjeuner servi sur la table de bois rocailleux au milieu du pavillon.

La crème exquise de Marly, les beaux abricots et les prunes de Luciennes, les crépinettes et les saucisses de Nanterre, fumantes sur un plat de porcelaine, sans qu'on eût vu un seul domestique les apporter ; les fraises toutes riantes dans un charmant panier tapissé de feuilles de vigne, et, à côté d'un beurre éblouissant de fraîcheur, le gros pain bis du villageois et le pain de gruau doré, cher à l'estomac blasé de l'habitant des villes : voilà ce qui fit jeter un petit cri d'admiration à Rousseau, philosophe s'il en fut, mais gourmet naïf, parce qu'il avait l'appétit aussi vif que le goût modeste.

– Quelle folie ! dit-il à M. de Jussieu, le pain et les fruits, voilà ce qu'il nous fallait, et encore eussions-nous dû, en vrais botanistes et en laborieux explorateurs, manger le pain et croquer les prunes, sans cesser de fouiller dans les touffes et de creuser les fossés. Vous rappelez-vous, Gilbert, mon déjeuner de Plessis-Piquet, le vôtre ?

– Oui, monsieur : ce pain et ces cerises qui me parurent si délicieux.

– Précisément.

– À la bonne heure, voilà comme déjeunent de vrais amants de la nature...

– Mon cher maître, interrompit M. de Jussieu si vous me reprochez la prodigalité, vous avez tort ; jamais plus modeste service...

– Oh ! s'écria le philosophe, vous dépréciez votre table, seigneur Lucullus.

– La mienne ? Non pas ! dit Jussieu.

– Chez qui donc sommes-nous, alors ? reprit Rousseau avec un sourire qui témoignait à la fois de sa contrainte et de sa bonne humeur... chez des lutins ?

– Ou des fées ! dit en se levant M. de Jussieu, avec un regard perdu vers la porte du pavillon.

– Des fées ! s'écria Rousseau avec gaieté ; alors bénies soient-elles pour leur hospitalité. J'ai faim : mangeons, Gilbert.

Et il se coupa une tranche fort respectable de pain bis, passant le pain et le couteau à son élève.

Puis, tout en mordant au milieu de la mie compacte, il choisit une couple de prunes sur l'assiette.

Gilbert hésitait.

– Allez ! allez ! dit Rousseau ; les fées s'offenseraient de votre retenue et croiraient que vous trouvez leur festin incomplet.

– Ou indigne de vous, messieurs, articula une voix argentine à l'entrée du pavillon, où se présentèrent, bras dessus, bras dessous, deux femmes fraîches et belles, qui, le sourire sur les lèvres, faisaient signe à M. de Jussieu de modérer ses salutations.

Rousseau se retourna, tenant de la main droite le pain échancré et de la gauche une prune entamée ; il vit ces deux déesses, ou du moins elles lui parurent telles par la jeunesse et la beauté ; il les vit et demeura stupéfait, saluant et chancelant.

– Oh ! madame la comtesse, dit M. de Jussieu, vous ici ! L'aimable surprise !

– Bonjour, cher botaniste, dit l'une des dames avec une familiarité et une grâce toutes royales.

– Permettez que je vous présente M. Rousseau, dit Jussieu en prenant le philosophe par la main qui tenait le pain bis.

Gilbert, lui aussi, avait vu et reconnu les deux femmes ; il ouvrait donc de grands yeux, et, pâle comme la mort, regardait par la fenêtre du pavillon avec l'idée de se précipiter.

– Bonjour, mon petit philosophe, dit l'autre dame à Gilbert anéanti, en lui caressant la joue d'un petit soufflet de ses trois doigts rosés.

Rousseau vit et entendit ; il faillit étrangler de colère ; son élève connaissait les deux déesses et était connu d'elles.

Gilbert faillit se trouver mal.

– Ne reconnaissez-vous donc pas madame la comtesse ? dit Jussieu à Rousseau.

– Non, fit celui-ci hébété ; c'est la première fois, il me semble.

– Madame du Barry, poursuivit Jussieu.

Rousseau bondit comme s'il eût marché sur une plaque rougie.

– Madame du Barry ! s'écria-t-il.

– Moi-même, monsieur, dit la jeune femme avec toute sa grâce ; moi, qui suis bien heureuse d'avoir reçu chez moi et vu de près un des plus illustres penseurs de ce temps.

– Madame du Barry ! répéta Rousseau sans s'apercevoir que son étonnement devenait une grave offense... Elle ! et sans doute que ce pavillon est à elle ? Sans doute que c'est elle qui me donne à dé-jeuner ?

– Vous avez deviné, mon cher philosophe, c'est elle et madame sa sœur, continua Jussieu mal à l'aise devant ces éléments de tem-pête.

– Sa sœur, qui connaît Gilbert !

– Intimement, monsieur, répondit mademoiselle Chon avec cette audace qui ne respectait ni humeurs royales ni boutades de philosophes.

Gilbert chercha des yeux un trou assez grand pour s'y abîmer tout entier, tant brillait redoutablement l'œil de M. Rousseau.

– Intimement !... répéta ce dernier ; Gilbert connaissait intimement madame, et je n'en savais rien ? Mais alors, j'étais trahi, mais alors on se jouait de moi !

Chon et sa sœur se regardèrent en ricanant.

M. de Jussieu déchira une malines qui valait bien quarante louis.

Gilbert joignit les mains, soit pour supplier Chon de se taire, soit pour conjurer Rousseau de lui parler plus gracieusement. Mais, au contraire, ce fut Rousseau qui se tut, et Chon qui parla.

– Oui, dit-elle, Gilbert et moi, nous sommes de vieilles connaissances ; il a été mon hôte. N'est-ce pas, petit ?... Est-ce que tu serais déjà ingrat envers les confitures de Luciennes et de Versailles ?

Ce trait porta le dernier coup ; les bras de Rousseau s'allongèrent comme deux ressorts et retombèrent à son côté.

– Ah ! fit-il en regardant le jeune homme de travers, c'est comme cela, petit malheureux ?

– Monsieur Rousseau..., murmura Gilbert.

– Eh bien ! mais on dirait que tu pleures d'avoir été choyé de ma main, continua Chon. Eh bien ! je me doutais que tu étais un ingrat.

– Mademoiselle !... supplia Gilbert.

– Petit, dit madame du Barry, reviens à Luciennes, les confitures et Zamore t'attendent et, quoique tu en sois sorti d'une façon singulière, tu y seras bien reçu.

– Merci, madame, fit sèchement Gilbert ; quand je quitte un endroit, c'est que je ne m'y plais pas.

– Et pourquoi refuser le bien qu'on vous offre ? interrompit Rousseau avec aigreur... Vous avez goûté de la richesse, mon cher Gilbert, il faut vous y reprendre.

– Mais, monsieur, puisque je vous jure...

– Allez ! allez ! je n'aime pas ceux qui soufflent le chaud et le froid.

– Mais vous ne m'avez pas entendu, monsieur Rousseau.

– Si fait.

– Mais je me suis échappé de Luciennes, où l'on me tenait enfermé.

– Piège ! je connais la malice des hommes.

– Mais puisque je vous ai préféré, puisque je vous ai accepté pour hôte, pour protecteur, pour maître.

– Hypocrisie.

– Cependant, monsieur Rousseau, si je tenais à la richesse, j'accepterais l'offre de ces dames.

– Monsieur Gilbert, on me trompe souvent une fois, jamais deux ; vous êtes libre ; allez où vous voudrez !

– Mais où, grand Dieu ? s'écria Gilbert abîmé dans sa douleur, parce qu'il voyait à jamais perdus sa fenêtre et le voisinage d'Andrée, et tout son amour ; parce qu'il souffrait dans sa fierté d'être soupçonné de trahison ; parce qu'il voyait méconnues son abnégation, sa longue lutte contre la paresse et les appétits de son âge, qu'il avait si courageusement vaincus.

– Où ? dit Rousseau... Mais d'abord chez madame, qui est une belle et excellente personne.

– Oh ! mon Dieu ! mon Dieu ! s'écria Gilbert roulant sa tête dans ses mains.

– N'ayez pas peur, lui dit M. de Jussieu profondément blessé, comme homme du monde, de l'étrange sortie de Rousseau contre les dames. N'ayez pas peur, on aura soin de vous, et ce que vous perdrez, eh bien, on tâchera de vous le rendre.

– Vous le voyez, fit Rousseau acrimonieusement, voilà M. de Jussieu, un savant, un ami de la nature, un de vos complices, ajouta-t-il avec un effort grimaçant pour sourire, lequel vous promet assistance et fortune, et comptez-y, M. de Jussieu a le bras long !

Cela dit, Rousseau, ne se possédant plus, salua les dames avec des réminiscences d'Orosmane, en fit autant à M. de Jussieu consterné ; puis, sans même regarder Gilbert, sortit tragiquement du pavillon.

– Oh ! la laide bête qu'un philosophe ! dit tranquillement Chon en regardant le Genevois, qui descendait ou plutôt qui dégringolait le sentier.

– Demandez ce que vous voudrez, dit M. de Jussieu à Gilbert, qui tenait toujours son visage enseveli dans ses mains.

– Oui, demandez, monsieur Gilbert, ajouta la comtesse avec un sourire à l'adresse de l'élève abandonné.

Celui-ci releva sa tête pâle, écarta les cheveux que la sueur et les larmes avaient collés à son front, et, d'une voix assurée :

– Puisqu'on veut bien m'offrir un emploi, dit-il, je désire entrer comme aide-jardinier à Trianon.

Chon et la comtesse se regardèrent, et, de son pied mutin, Chon alla effleurer le pied de sa sœur avec un triomphant clin d'œil : la comtesse fit de la tête signe qu'elle comprenait parfaitement.

– Est-ce faisable, monsieur de Jussieu ? demanda la comtesse. Je le désire.

– Puisque vous le désirez, madame, répondit celui-ci, c'est fait.

Gilbert s'inclina et mit une main sur son cœur qui débordait de joie après avoir été noyé de tristesse.

Chapitre LXXVII

L'apologue

Dans ce petit cabinet de Luciennes où nous avons vu le vicomte Jean du Barry absorber, au grand déplaisir de la comtesse, une si grande quantité de chocolat, M. le maréchal de Richelieu faisait collation avec madame du Barry, laquelle, tout en tirant les oreilles de Zamore, s'étendait de plus en plus longuement et nonchalamment sur un sofa de satin broché de fleurs, tandis que le vieux courtisan poussait des *hélas !* d'admiration à chaque pose nouvelle de la séduisante créature.

– Oh ! comtesse, disait-il en minaudant comme une vieille femme, vous allez vous décoiffer ; comtesse, voilà un accroche- cœur qui se déroule. Ah ! votre mule tombe, comtesse.

– Bah ! mon cher duc, ne faites pas attention, dit-elle en arrachant avec distraction une pincée de cheveux à Zamore et en se couchant tout à fait, plus voluptueuse et plus belle sur son sofa que Vénus sur sa conque marine.

Zamore, peu sensible à toutes ces poses, rugit de colère. La comtesse le calma en prenant sur la table une poignée de dragées, qu'elle introduisit dans ses poches.

Mais Zamore, en faisant la moue, retourna sa poche et vida ses dragées sur le parquet.

– Ah ! petit drôle ! continua la comtesse en allongeant une jambe fine, dont l'extrémité alla se mettre en contact avec les chausses fantastiques du négrillon.

– Oh ! grâce ! s'écria le vieux maréchal, foi de gentilhomme, vous le tuerez.

– Que ne puis-je tuer aujourd'hui tout ce qui me déplaît ! dit la comtesse ; je me sens impitoyable.

– Ah ! çà ! mais, dit le duc, je vous déplais donc, moi ?

– Oh ! non, pas vous, au contraire : vous êtes mon vieil ami, et je vous adore ; mais c'est qu'en vérité, voyez-vous, je suis folle.

– C'est donc une maladie que vous ont donnée ceux que vous rendez fous ?

– Prenez garde ! vous m'agacez horriblement avec vos galanteries dont vous ne pensez pas un mot.

– Comtesse, comtesse ! je commence à croire, non pas que vous êtes folle, mais ingrate.

– Non, je ne suis ni folle ni ingrate, je suis...

– Eh bien, voyons, qu'êtes-vous ?

– Je suis colère, monsieur le duc.

– Ah ! vraiment.

– Cela vous étonne ?

– Pas le moins du monde, comtesse ; et, sur mon honneur, il y a bien de quoi.

– Tenez, voilà ce qui me révolte en vous, maréchal.

– Il y a quelque chose qui vous révolte en moi, comtesse ?

– Oui.

– Et quelle est cette chose, s'il vous plaît ? Je suis bien vieux, et cependant il n'y a pas d'efforts que je ne fasse pour vous plaire.

– Cette chose, c'est que vous ne savez pas seulement ce dont il s'agit, maréchal.

– Oh ! que si fait.

– Vous savez ce qui me crispe ?

– Sans doute : Zamore a cassé la fontaine chinoise.

Un sourire imperceptible effleura les lèvres de la jeune femme ; mais Zamore, qui se sentait coupable, baissa la tête avec humilité, comme si le ciel eût été gros d'un nuage de soufflets et de chiquenaudes.

– Oui, dit la comtesse avec un soupir, oui, duc vous avez raison ; c'est cela, et vous êtes en vérité un très fin politique.

– On me l'a toujours dit, madame, répondit M. de Richelieu d'un air tout confit de modestie.

– Oh ! je n'ai pas besoin qu'on me le dise pour le voir, duc ; et vous avez trouvé la raison à mon ennui, comme cela, tout de suite, sans chercher ni à droite, ni à gauche : c'est superbe !

– Parfaitement ; mais cependant ce n'est pas tout.

– Ah ! vraiment.

– Non. Je devine encore autre chose.

– Vraiment ?

– Oui.

– Et que devinez-vous ?

– Je devine que vous attendiez hier au soir Sa Majesté.

– Où cela ?

– Ici.

– Eh bien, après ?

– Et que Sa Majesté n'est pas venue.

La comtesse rougit et se releva un peu sur le coude.

– Ah, ah ! fit-elle.

– Et cependant, dit le duc, j'arrive de Paris.

– Qu'est-ce que cela prouve ?

– Que je pourrais ne rien savoir de ce qui s'est passé à Versailles, pardieu ! et cependant...

– Duc, mon cher duc, vous êtes plein de réticences aujourd'hui. Que diable ! quand on a commencé, on achève ; ou bien l'on ne commence pas.

– Vous en parlez fort à votre aise, comtesse. Laissez-moi reprendre haleine, au moins. Où en étais-je ?

– Vous en étiez à... cependant.

– Ah ! oui, c'est vrai, et cependant, non seulement je sais que Sa Majesté n'est pas venue, mais encore je devine pourquoi elle n'est pas venue.

– Duc, j'ai toujours pensé à part moi que vous étiez sorcier ; seulement, il me manquait une preuve.

– Eh bien, cette preuve, je vais vous la donner.

La comtesse, qui attachait à la conversation beaucoup plus d'intérêt qu'elle ne voulait paraître en attacher, abandonna la tête de Zamore, dont ses doigts blancs et fins fourrageaient la chevelure.

– Donnez, duc, donnez, dit-elle.

– Devant M. le gouverneur ? dit le duc.

– Disparaissez, Zamore, fit la comtesse au négrillon, qui, fou de joie, s'élança d'un seul bond du boudoir a l'antichambre.

– À la bonne heure, murmura Richelieu ; mais il faut donc tout vous dire, comtesse ?

– Comment, ce singe de Zamore vous gênait, duc !

– Pour dire la vérité, comtesse, quelqu'un me gêne toujours.

– Oui, quelqu'un, je comprends ; mais Zamore est-il quelqu'un ?

– Zamore n'est pas aveugle, Zamore n'est pas sourd, Zamore n'est pas muet ; c'est donc quelqu'un. Or, je décore de ce nom quiconque est mon égal en yeux, en oreilles et en langue, c'est-à-dire quiconque peut voir ce que je fais, entendre ou répéter ce que je dis, enfin quiconque peut me trahir. Cette théorie posée, je continue.

– Oui, continuez, duc, vous me ferez plaisir.

– Plaisir, je ne crois pas, comtesse ; n'importe, je dois continuer. Le roi visitait donc hier Trianon.

– Le petit ou le grand ?

– Le petit. Madame la dauphine était à son bras.

– Ah !

– Et madame la dauphine, qui est charmante, comme vous savez...

– Hélas !

– Lui faisait tant de cajoleries, de petit papa par-ci, de grand papa par-là, que Sa Majesté, dont le cœur est d'or, n'y put résister, de sorte que le souper a suivi la promenade, que les jeux innocents ont suivi le souper. Enfin...

– Enfin, dit madame du Barry pâle d'impatience, enfin le roi n'est pas venu à Luciennes, n'est-ce pas, voilà ce que vous voulez dire ?

– Eh bien, mon Dieu, oui.

– C'est tout simple, Sa Majesté avait là-bas tout ce qu'elle aime.

– Ah ! non point, et vous êtes loin de penser un seul mot de ce que vous dites ; tout ce qui lui plaît, tout au plus.

– C'est bien pis, duc, prenez garde : souper, causer, jouer, c'est tout ce qu'il lui faut. Et avec qui a-t-il joué ?

– Avec M. de Choiseul.

La comtesse fit un mouvement d'irritation.

– Voulez-vous que nous n'en parlions pas, comtesse ? reprit Richelieu.

– Au contraire, monsieur, parlons-en.

– Vous êtes aussi courageuse que spirituelle, madame ; attaquons donc le taureau par les cornes, comme disent les Espagnols.

– Voilà un proverbe que madame de Choiseul ne vous pardonnerait pas, duc.

– Il ne lui est pas applicable cependant. Je disais donc, madame, que M. de Choiseul, puisqu'il faut l'appeler par son nom, tint les cartes, et avec tant de bonheur, tant d'adresse…

– Qu'il gagna ?

– Non pas, qu'il perdit, et que Sa Majesté gagna mille louis au piquet, jeu où Sa Majesté a beaucoup d'amour-propre, attendu qu'elle le joue fort mal.

– Oh ! le Choiseul ! le Choiseul ! murmura madame du Barry. Et madame de Grammont, elle en était, n'est-ce pas ?

– C'est-à-dire, comtesse, qu'elle était sur son départ.

– La duchesse ?

– Oui, elle fait une sottise, je crois.

– Laquelle ?

– Voyant qu'on ne la persécute pas, elle boude ; voyant qu'on ne l'exile pas, elle s'exile elle-même.

– Où cela ?

– En province.

– Elle va intriguer.

– Parbleu ! Que voulez-vous qu'elle fasse ? Donc, étant sur son départ, elle a tout naturellement voulu saluer la dauphine, qui naturellement l'aime beaucoup. Voilà pourquoi elle était à Trianon.

– Au grand ?

– Sans doute, le petit n'est pas encore meublé.

– Ah ! madame la dauphine, en s'entourant de tous ces Choiseul, montre bien quel parti elle veut embrasser.

– Non, comtesse, n'exagérons pas ; car enfin, demain la duchesse sera partie.

– Et le roi s'est amusé là où je n'étais pas ! s'écria la comtesse avec une indignation qui n'était pas exempte d'une certaine terreur.

– Mon Dieu ! oui ; c'est incroyable, mais cependant cela est ainsi, comtesse. Voyons, qu'en concluez-vous ?

– Que vous êtes bien informé, duc.

– Et voilà tout ?

– Non pas.

– Achevez donc.

– J'en conclus encore que, de gré ou de force, il faut tirer le roi des griffes de ces Choiseul, ou nous sommes perdus.

– Hélas !

– Pardon, reprit la comtesse ; je dis nous, mais tranquillisez-vous, duc, cela ne s'applique qu'à la famille.

– Et aux amis, comtesse ; permettez-moi donc à ce titre d'en prendre ma part. Ainsi donc...

– Ainsi donc, vous êtes de mes amis ?

– Je croyais vous l'avoir dit, madame.

– Ce n'est point assez.

– Je croyais vous l'avoir prouvé.

– C'est mieux, et vous m'aiderez ?

– De tout mon pouvoir, comtesse ; mais...

– Mais quoi ?

– L'œuvre est bien difficile, je ne vous le cache point.

– Sont-ils donc indéracinables, ces Choiseul ?

– Ils sont vigoureusement plantés, du moins.

– Vous croyez, vous ?

– Je le crois.

– Ainsi, quoi qu'en dise le bonhomme La Fontaine, il n'y a contre ce chêne ni vent ni orage.

– C'est un grand génie que ce ministre.

– Bon ! voilà que vous parlez comme les encyclopédistes, vous.

– Ne suis-je pas de l'Académie ?

– Oh ! vous en êtes si peu, duc.

– C'est vrai, et vous avez raison ; c'est mon secrétaire qui en est, et non pas moi. Mais je n'en persiste pas moins dans mon opinion.

– Que M. de Choiseul est un génie ?

– Eh ! oui.

– Mais en quoi éclate-t-il donc, ce grand génie ? Voyons.

– En ceci, madame : qu'il a fait une telle affaire des parlements et des Anglais, que le roi ne peut plus se passer de lui.

– Les parlements, mais il les excite contre Sa Majesté !

– Sans doute, et voilà l'habileté.

– Les Anglais, il les pousse à la guerre !

– Justement, la paix le perdrait.

– Ce n'est pas du génie, cela, duc.

– Qu'est-ce donc, comtesse ?

– C'est de la haute trahison.

– Quand la haute trahison réussit, comtesse, c'est du génie, ce me semble, et du meilleur.

– Mais, à ce compte, duc, je connais quelqu'un qui est aussi habile que M. de Choiseul.

– Bah !

– À l'endroit des parlements du moins.

– C'est la principale affaire.

– Car ce quelqu'un est cause de la révolte des parlements.

– Vous m'intriguez, comtesse.

– Vous ne le connaissez pas, duc ?

– Non, ma foi.

– Il est pourtant de votre famille.

– J'aurais un homme de génie dans ma famille ? Voudriez-vous parler du cardinal-duc, mon oncle, madame ?

– Non ; je veux parler du duc d'Aiguillon, votre neveu.

– Ah ! M. d'Aiguillon, c'est vrai, lui qui a donné le branle à l'affaire La Chalotais. Ma foi, c'est un joli garçon, oui, oui, en vérité. Il a fait là une rude besogne. Tenez, comtesse, voilà, sur mon honneur, un homme qu'une femme d'esprit devrait s'attacher.

– Comprenez-vous, duc, fit la comtesse, que je ne connaisse pas votre neveu ?

– En vérité, madame, vous ne le connaissez pas ?

– Non, jamais je ne l'ai vu.

– Pauvre garçon ! en effet, depuis votre avènement, il a toujours vécu au fond de la Bretagne. Gare à lui, quand il vous verra, il n'est plus habitué au soleil.

– Comment fait-il, au milieu de toutes ces robes noires, un homme d'esprit et de race comme lui ?

– Il les révolutionne, ne pouvant faire mieux. Vous comprenez, comtesse, chacun prend son plaisir où il le trouve, et il n'y a pas grand plaisir en Bretagne. Ah ! voilà un homme actif ; peste ! quel serviteur le roi aurait là s'il voulait. Ce n'est pas avec lui que les parlements garderaient leur insolence... Ah ! il est vraiment Richelieu, comtesse : aussi, permettez...

– Quoi ?

– Que je vous le présente à son premier débotté.

– Doit-il donc venir de sitôt dans Paris ?

– Eh ! madame, qui sait ? peut-être en a-t-il encore pour un lustre à rester dans sa Bretagne, comme dit ce coquin de Voltaire ; peut-être est-il en route ; peut-être est-il à deux cents lieues ; peut-être est-il à la barrière !

Et le maréchal étudia sur le visage de la jeune femme l'effet des dernières paroles qu'il avait dites.

Mais, après avoir rêvé un moment :

– Revenons au point où nous en étions.

– Où vous voudrez, comtesse.

– Où en étions-nous ?

– Au moment où Sa Majesté se plaît si fort à Trianon, dans la compagnie de M. de Choiseul.

– Et où nous parlions de renvoyer ce Choiseul, duc.

– C'est-à-dire où vous parliez de le renvoyer, comtesse.

– Comment ! dit la favorite, j'ai si grande envie qu'il parte, que je risque à mourir s'il ne part pas ; vous ne m'y aiderez pas un peu, mon cher duc ?

– Oh ! oh ! fit Richelieu en se rengorgeant, voilà ce qu'en politique nous appelons une ouverture.

– Prenez comme il vous plaît, appelez comme il vous convient, mais répondez catégoriquement.

– Oh ! que voilà un grand vilain adverbe dans une si petite et si jolie bouche.

– Vous appelez cela répondre, duc ?

– Non, pas précisément ; c'est ce que j'appelle préparer ma réponse.

– Est-elle préparée ?

– Attendez donc.

– Vous hésitez, duc ?

– Non pas.

– Eh bien, j'écoute.

– Que dites-vous des apologues, comtesse ?

– Que c'est bien vieux.

– Bah ! le soleil aussi est vieux, et nous n'avons encore rien inventé de mieux pour y voir.

– Va donc pour l'apologue : mais ce sera transparent.

– Comme du cristal.

– Allons.

– M'écoutez-vous, belle dame ?

– J'écoute.

– Supposez donc, comtesse… vous savez, on suppose toujours dans les apologues.

– Dieu ! que vous êtes ennuyeux, duc.

– Vous ne pensez pas un mot de ce que vous dites là, comtesse, car jamais vous n'avez écouté plus attentivement.

– Soit ; j'ai tort.

– Supposez donc que vous vous promenez dans votre beau jardin de Luciennes, et que vous apercevez une prune magnifique, une de ces reines-claudes que vous aimez tant, parce qu'elles ont des couleurs vermeilles et purpurines qui ressemblent aux vôtres.

– Allez toujours, flatteur.

– Vous apercevez, dis-je, une de ces prunes tout au bout d'une branche, tout au haut de l'arbre ; que faites-vous, comtesse ?

– Je secoue l'arbre, pardieu !

– Oui, mais inutilement, car l'arbre est gros, indéracinable, comme vous disiez tout à l'heure ; et vous vous apercevez bientôt que, sans l'ébranler même, vous égratignez vos charmantes petites menottes à son écorce. Alors vous dites, en tournaillant la tête de cette adorable façon qui n'appartient qu'à vous et aux fleurs : « Mon Dieu ! mon Dieu ! que je voudrais bien voir cette prune à terre » et vous vous dépitez.

– C'est assez naturel, duc.

– Ce n'est certes pas moi qui vous dirai le contraire.

– Continuez, mon cher duc ; votre apologue m'intéresse infiniment.

– Tout à coup, en vous retournant comme cela, vous apercevez votre ami le duc de Richelieu qui se promène en pensant.

– À quoi ?

– La belle question, pardieu ! à vous ; et vous lui dites avec votre adorable voix flûtée : « Ah ! duc, duc ! »

– Très bien !

– « Vous êtes un homme, vous ; vous êtes fort ; vous avez pris Mahon ; secouez-moi donc un peu ce diable de prunier, afin que j'aie cette satanée prune. » N'est-ce pas cela, comtesse, hein ?

– Absolument, duc ; je disais la chose tout bas, tandis que vous la disiez tout haut ; mais que répondiez-vous ?

– Je répondais...

– Oui.

– Je répondais : « Comme vous y allez, comtesse ! Je ne demande certes pas mieux ; mais regardez donc, regardez donc comme cet arbre est solide, comme les branches sont rugueuses ; je tiens à mes mains aussi, moi, que diable ! quoiqu'elles aient cinquante ans de plus que les vôtres. »

– Ah ! fit tout à coup la comtesse, bien, bien, je comprends.

– Alors, continuez l'apologue : que me dîtes-vous ?

– Je vous dis...

– De votre voix flûtée ?

– Toujours.

– Dites, dites.

– Je vous dis : « Mon petit maréchal, cessez de regarder indifféremment cette prune, que vous ne regardez indifféremment, au reste, que parce qu'elle n'est point pour vous ; désirez-la avec moi, mon cher maréchal ; convoitez-la avec moi, et si vous me secouez l'arbre comme il faut, si la prune tombe, eh bien !... »

– Eh bien ?

– « Eh bien, nous la mangerons ensemble. »

– Bravo ! fit le duc en frappant les deux mains l'une contre l'autre.

– Est-ce cela ?

– Ma foi, comtesse, il n'y a que vous pour finir un apologue. Par mes cornes ! comme disait feu mon père, comme c'est galamment troussé !

– Vous allez donc secouer l'arbre, duc ?

– À deux mains trois cœurs, comtesse.

– Et la prune était-elle bien une reine-claude ?

– On n'en est pas parfaitement sûr, comtesse.

– Qu'est-ce donc ?

– Il me paraît bien plutôt que c'était un portefeuille qu'il y avait au haut de cet arbre.

– À nous deux le portefeuille, alors.

– Oh ! non, à moi tout seul. Ne m'enviez pas ce maroquin-là, comtesse ; il tombera tant de belles choses avec lui de l'arbre, quand je l'aurai secoué, que vous aurez du choix à n'en savoir que faire.

– Eh bien, maréchal, est-ce une affaire entendue ?

– J'aurai la place de M. de Choiseul ?

– Si le roi le veut.

– Le roi ne veut-il pas tout ce que vous voulez ?

– Vous voyez bien que non, puisqu'il ne veut pas renvoyer son Choiseul.

– Oh ! j'espère que le roi voudra bien se rappeler son ancien compagnon.

– D'armes ?

– Oui, d'armes, les plus rudes dangers ne sont pas toujours à la guerre, comtesse.

– Et vous ne me demandez rien pour le duc d'Aiguillon ?

– Ma foi, non ; le drôle saura bien le demander lui-même.

– D'ailleurs, vous serez là. Maintenant, à mon tour.

– À votre tour de quoi faire ?

– À mon tour de demander.

– C'est juste.

– Que me donnerez-vous ?

– Ce que vous voudrez.

– Je veux tout.

– C'est raisonnable.

– Et je l'aurai ?

– Belle question ! Mais serez-vous satisfaite, au moins, et ne me demanderez-vous que cela ?

– Que cela, et quelque chose encore avec.

– Dites.

– Vous connaissez M. de Taverney ?

– C'est un ami de quarante ans.

– Il a un fils ?

– Et une fille.

– Précisément.

– Après ?

– C'est tout.

– Comment, c'est tout ?

– Oui, ce quelque chose qui me reste à vous demander, je vous le demanderai en temps et lieu.

– À merveille !

– Nous nous sommes entendus, duc.

– Oui, comtesse.

– C'est signé ?

– Bien mieux, c'est juré.

– Renversez-moi mon arbre, alors.

– J'ai des moyens.

– Lesquels ?

– Mon neveu.

– Après ?

– Les jésuites.

– Ah ! ah !

– Tout un petit plan fort agréable, que j'avais formé à tout hasard.

– Peut-on le savoir ?

– Hélas ! comtesse...

– Oui, oui, vous avez raison.

– Vous savez, le secret...

– C'est la moitié de la réussite, j'achève votre pensée.

– Vous êtes adorable !

– Mais, moi, je veux aussi secouer l'arbre de mon côté.

– Très bien ! secouez, secouez, comtesse ; cela ne peut pas faire de mal.

– J'ai mon moyen.

– Et vous le croyez bon ?

– Je suis payée pour cela.

– Lequel ?

– Ah ! vous le verrez, duc, ou plutôt…

– Quoi ?

– Non, vous ne le verrez pas.

Et, sur ces mots, prononcés avec une finesse que cette charmante bouche seule pouvait avoir, la folle comtesse, comme si elle revenait à elle, abaissa rapidement les flots de satin de sa jupe, qui, dans l'accès diplomatique, avait opéré un mouvement de flux équivalent à celui de la mer.

Le duc, qui était quelque peu marin, et qui, par conséquent, était familiarisé avec les caprices de l'Océan, rit aux éclats, baisa les mains de la comtesse, et devina, lui qui devinait si bien, que son audience était finie.

– Quand commencerez-vous à renverser, duc ? demanda la comtesse.

– Demain. Et vous, quand commencerez-vous à secouer ?

On entendit un grand bruit de carrosses dans la cour, et presque aussitôt les cris de *Vive le roi !*

– Moi, dit la comtesse en regardant par la fenêtre, moi, je vais commencer tout de suite.

– Bravo !

– Passez par le petit escalier, duc, et attendez-moi dans la cour. Vous aurez ma réponse dans une heure.

Chapitre LXXVIII

Le pis-aller de Sa Majesté Louis XV

Le roi Louis XV n'était pas tellement débonnaire, que l'on pût causer tous les jours politique avec lui.

En effet, la politique l'ennuyait fort, et, dans ses mauvais jours, il s'en tirait avec cet argument, auquel il n'y avait rien à répondre :

– Bah ! la machine durera bien toujours autant que moi !

Lorsque la circonstance était favorable, on en profitait ; mais il était rare que le monarque ne reprît pas son avantage qu'un moment de bonne humeur lui avait fait perdre.

Madame du Barry connaissait si bien son roi, que, comme les pécheurs qui savent leur mer, elle ne s'embarquait jamais par le mauvais temps.

Or, ce moment où le roi la venait voir à Luciennes était un des meilleurs instants possible. Le roi avait eu tort la veille, il savait d'avance qu'on l'allait gronder. Il devait être de bonne prise ce jour-là.

Toutefois, si confiant que soit le gibier qu'on attend à l'affût, il y a toujours chez lui un certain instinct dont il faut savoir se défier. Mais cet instinct est mis en défaut quand le chasseur sait s'y prendre.

Voici comment s'y prit la comtesse à l'endroit du gibier royal qu'elle voulait amener dans ses panneaux.

Elle était, comme nous croyons l'avoir déjà dit, dans un déshabillé fort galant, comme Boucher en met à ses bergères.

Seulement, elle n'avait pas de rouge ; le rouge était l'antipathie du roi Louis XV.

Aussitôt qu'on eût annoncé Sa Majesté, la comtesse sauta sur son pot de rouge et commença de se frotter les joues avec acharnement.

Le roi vit, de l'antichambre, à quelle occupation se livrait la comtesse.

– Fi ! dit-il en entrant ; la méchante, elle se farde !

– Ah ! bonjour, sire, dit la comtesse sans se déranger de devant sa glace, et sans s'interrompre dans son opération, même lorsque le roi l'embrassa sur le cou.

– Vous ne m'attendiez donc pas, comtesse ? demanda le roi.

– Pourquoi donc cela, sire ?

– Que vous salissiez ainsi votre figure ?

– Au contraire, sire, j'étais sûre que la journée ne se passerait point sans que j'eusse l'honneur de voir Votre Majesté.

– Ah ! comme vous me dites cela, comtesse.

– Vous trouvez ?

– Oui. Vous êtes sérieuse comme M. Rousseau quand il écoute sa musique.

– C'est qu'en effet, sire, j'ai quelque chose de sérieux à dire à Votre Majesté.

– Ah ! bon ! je vous vois venir, comtesse.

– Vraiment ?

– Oui, des reproches !

– Moi ? Allons donc, sire... Et pourquoi, je vous prie ?

– Mais parce que je ne suis pas venu hier.

– Oh ! sire, vous me rendrez cette justice que je n'ai pas la prétention de confisquer Votre Majesté.

– Jeannette, tu te fâches.

– Oh ! non pas, sire, je suis toute fâchée.

– Écoutez, comtesse, je vous assure que je n'ai pas cessé de songer à vous.

– Bah !

– Et que cette soirée m'a semblé éternelle.

– Mais, encore un coup, sire, je ne vous parle point de cela, ce me semble. Votre Majesté passe ses soirées où il lui plaît, cela ne regarde personne.

– En famille, madame, en famille.

– Sire, je ne m'en suis pas même informée.

– Pourquoi cela ?

– Dame ! vous conviendrez, sire, que ce serait malséant de ma part.

– Mais alors, s'écria le roi, si vous ne m'en voulez point de cela, de quoi m'en voulez-vous ? car, enfin, il s'agit d'être juste en ce monde.

– Je ne vous en veux pas, sire.

– Cependant, puisque vous êtes fâchée...

– Je suis fâchée, oui, sire ; quant à cela, c'est vrai.

– Mais de quoi ?

– D'être un pis-aller.

– Vous, grand Dieu ?

– Moi, oui, moi ! la comtesse du Barry ! la jolie Jeanne, la charmante Jeannette, la séduisante Jeanneton, comme dit Votre Majesté ; oui, je suis le pis-aller.

– Mais en quoi ?

– En ceci que j'ai mon roi, mon amant, quand madame de Choiseul et madame de Grammont n'en veulent plus.

– Oh ! oh ! comtesse...

– Ma foi ! tant pis, je dis tout net les choses que j'ai sur le cœur, moi. Tenez, sire, on assure que madame de Grammont vous a souvent guetté à l'entrée de votre chambre à coucher. Moi, je prendrai le contre-pied de la noble duchesse ; je guetterai à la sortie, et le premier Choiseul ou la première Grammont qui me tombera sous la main... Tant pis, ma foi !

– Comtesse ! comtesse !

– Que voulez-vous ! je suis une femme mal élevée, moi. Je suis la maîtresse de Blaise, la belle Bourbonnaise, vous savez.

– Comtesse, les Choiseul se vengeront.

– Que m'importe ! pourvu qu'ils se vengent de ma vengeance.

– On vous conspuera.

– Vous avez raison.

– Ah !

– J'ai un moyen merveilleux, et je vais le mettre à exécution.

– C'est ?... demanda le roi inquiet.

– C'est de m'en aller purement et simplement.

Le roi haussa les épaules.

– Ah ! vous n'y croyez pas, sire ?

– Ma foi, non.

– C'est que vous ne vous donnez pas la peine de raisonner. Vous me confondez avec d'autres.

– Comment cela ?

– Sans doute. Madame de Châteauroux voulait être déesse ; madame de Pompadour voulait être reine ; les autres voulaient être riches, puissantes, humilier les femmes de la cour du poids de leur faveur. Moi, je n'ai aucun de ces défauts.

– C'est vrai.

– Tandis que j'ai beaucoup de qualités.

– C'est encore vrai.

– Vous ne pensez pas un mot de ce que vous dites.

– Oh ! comtesse ! personne n'est plus convaincu que moi de ce que vous valez.

– Soit, mais écoutez ; ce que je vais dire ne peut pas nuire à votre conviction.

– Dites.

– D'abord, je suis riche et n'ai besoin de personne.

– Vous voulez me le faire regretter, comtesse.

– Ensuite, je n'ai pas le moindre orgueil pour tout ce qui flattait ces dames, le moindre désir pour ce qu'elles ambitionnaient ; j'ai toujours voulu aimer mon amant avant toute chose, mon amant fût-il mousquetaire, mon amant fût-il roi. Du jour où je n'aime plus, je ne tiens à rien.

– Espérons que vous tenez encore un peu à moi, comtesse.

– Je n'ai pas fini, sire.

– Continuez donc, madame.

– J'ai encore à dire à Votre Majesté que je suis jolie, que je suis jeune, que j'ai encore devant moi dix années de beauté, que je serai non seulement la plus heureuse femme du monde, mais encore la plus honorée, du jour où je ne serai plus la maîtresse de Votre Majesté. Vous souriez, sire. Je suis fâchée de vous dire alors que c'est que vous ne réfléchissez pas. Les autres favorites, mon cher roi, quand vous aviez assez d'elles, et que votre peuple en avait trop, vous les chassiez, et vous vous faisiez bénir de votre peuple, qui exécrait la disgraciée comme auparavant ; mais, moi, je n'attendrai pas mon renvoi. Moi, je quitterai la place et je ferai savoir à tous que je l'ai quittée. Je donnerai cent mille livres aux pauvres, j'irai passer huit jours pour faire pénitence dans un couvent, et, avant un mois, j'aurai mon portrait dans toutes les églises pour faire pendant à Madeleine repentante.

– Oh ! comtesse, vous ne parlez pas sérieusement, dit le roi.

– Regardez-moi, sire, et voyez si je suis ou non sérieuse ; jamais de ma vie, je vous le jure, au contraire, je ne parlai plus sérieusement.

– Vous ferez cette mesquinerie, Jeanne ? Mais savez-vous que vous me mettez le marché à la main, madame la comtesse ?

– Non, sire ; car vous mettre le marché à la main, ce serait vous dire simplement : « Choisissez entre ceci et cela. »

– Tandis ?...

– Tandis que je vous dis : « Adieu, sire ! » et voilà tout.

Le roi pâlit, mais cette fois de colère.

– Si vous vous oubliez ainsi, madame, prenez garde...

– À quoi, sire ?

– Je vous enverrai à la Bastille.

– Moi ?

– Oui, vous, et, à la Bastille, on s'ennuie plus encore qu'au couvent.

– Oh ! sire, dit la comtesse en joignant les mains, si vous me faisiez cette grâce...

– Quelle grâce ?

– De m'envoyer à la Bastille.

– Hein !

– Vous me combleriez.

– Comment cela ?

– Eh ! oui. Mon ambition cachée est d'être populaire comme M. de La Chalotais ou M. de Voltaire. La Bastille me manque pour cela ; un peu de Bastille, et je suis la plus heureuse des femmes. Ce sera une occasion pour moi d'écrire des mémoires sur moi, sur vos ministres, sur vos filles, sur vous-même, et de transmettre ainsi toutes les vertus de Louis le Bien-Aimé à la postérité la plus reculée. Fournissez la lettre de cachet, sire. Tenez, moi, je fournis la plume et l'encre.

Et elle poussa vers le roi une plume et un encrier qui se trouvaient sur le guéridon.

Le roi, ainsi bravé, réfléchit un moment, et, se levant :

– C'est bien. Adieu, madame, dit-il.

– Mes chevaux ! s'écria la comtesse. Adieu, sire.

Le roi fit un pas vers la porte.

– Chon ! dit la comtesse.

Chon parut.

– Mes malles, mon service de voyage et la poste ; allons, allons, dit-elle.

– La poste ! fit Chon atterrée ; qu'y a-t-il donc, bon Dieu ?

– Il y a, ma chère, que, si nous ne partons au plus vite, Sa Majesté va nous envoyer à la Bastille. Il n'y a donc pas de temps à perdre. Dépêche, Chon, dépêche.

Ce reproche frappa Louis XV au cœur ; il revint à la comtesse et lui prit la main.

– Pardon, comtesse, de ma vivacité, dit-il.

– En vérité, sire, je suis étonnée que vous ne m'ayez pas aussi menacée de la potence.

– Oh ! comtesse !

– Sans doute… Est-ce qu'on ne pend pas les voleurs ?

– Eh bien ?

– Est-ce que je ne vole pas la place de madame de Grammont ?

– Comtesse !

– Dame ! c'est mon crime, sire.

– Écoutez, comtesse, soyez juste : vous m'avez exaspéré.

– Et maintenant ?

Le roi lui tendit les mains.

– Nous avions tort tous deux. Maintenant, pardonnons-nous mutuellement.

– Est-ce sérieusement que vous demandez une réconciliation, sire ?

– Sur ma foi.

– Va-t'en, Chon.

– Sans rien commander ? demanda la jeune femme à sa sœur.

– Au contraire, commande tout ce que j'ai dit.

– Comtesse...

– Mais qu'on attende de nouveaux ordres.

– Ah !

Chon sortit.

– Vous me voulez donc ? dit la comtesse au roi.

– Par-dessus tout.

– Réfléchissez à ce que vous dites là, sire.

Le roi réfléchit en effet, mais il ne pouvait reculer ; et d'ailleurs, il voulait voir jusqu'où iraient les exigences du vainqueur.

– Parlez, dit-il.

– Tout à l'heure. Faites-y attention, sire !... Je partais sans rien demander.

– Je l'ai bien vu.

– Mais, si je reste, je demanderai quelque chose.

– Quoi ? Il s'agit de savoir quoi, voilà tout.

– Ah ! vous le savez bien.

– Non.

– Si fait, puisque vous faites la grimace.

– Le renvoi de M. de Choiseul ?

– Précisément.

– Impossible, comtesse.

– Mes chevaux, alors…

– Mais, mauvaise tête…

– Signez ma lettre de cachet pour la Bastille, ou la lettre qui congédie le ministre.

– Il y a un milieu, dit le roi.

– Merci de votre clémence, sire ; je partirai sans être inquiétée, à ce qu'il paraît.

– Comtesse, vous êtes femme.

– Heureusement.

– Et vous raisonnez politique en véritable femme mutine et colère. Je n'ai pas de raison pour congédier M. de Choiseul.

– Je comprends, l'idole de vos parlements, celui qui les soutient dans leur révolte.

– Enfin, il faut un prétexte.

– Le prétexte est la raison du faible.

– Comtesse, c'est un honnête homme que M. de Choiseul, et les honnêtes gens sont rares.

– C'est un honnête homme qui vous vend aux robes noires, lesquelles vous mangent tout l'or de votre royaume.

– Pas d'exagération, comtesse.

– La moitié alors.

– Mon Dieu ! s'écria Louis XV dépité.

– Mais, au fait, s'écria de son côté la comtesse, je suis bien sotte ; que m'importent, à moi, les parlements, les Choiseul, son gouvernement ; que m'importe le roi même, à moi, son pis-aller.

– Encore !

– Toujours, sire.

– Voyons, comtesse, deux heures de réflexion.

– Dix minutes, sire. Je passe dans ma chambre, glissez-moi votre réponse sous la porte : le papier est là, la plume est là, l'encrier est là. Si dans dix minutes vous n'avez pas répondu ou n'avez pas répondu à ma guise, adieu, sire ! Ne songez plus à moi, je serai partie. Sinon...

– Sinon ?

– Tournez la bobinette et la chevillette cherra.

Louis XV, pour se donner une contenance, baisa la main de la comtesse, qui, en se retirant, lui lança, comme le Parthe, son sourire le plus provocant.

Le roi ne s'opposa aucunement à cette retraite, et la comtesse s'enferma dans la chambre voisine.

Cinq minutes après, un papier plié carrément frôla le bourrelet de soie de la porte et la laine du tapis.

La comtesse lut avidement le contenu du billet, écrivit à la hâte quelques mots à M. de Richelieu, qui se promenait dans la petite cour, sous un auvent, avec grande frayeur d'être vu faisant ainsi le pied de grue.

Le maréchal déplia le papier, lut, et, prenant sa course malgré ses soixante et quinze ans, il arriva dans la grande cour à son carrosse.

– Cocher, dit-il, à Versailles, ventre à terre !

Voici ce que contenait le papier jeté par la fenêtre à M. de Richelieu.

« J'ai secoué l'arbre, le portefeuille est tombé. »

Chapitre LXXIX

Comment le roi Louis XV travaillait avec son ministre

Le lendemain, la rumeur était grande à Versailles. Les gens ne s'abordaient qu'avec des signes mystérieux et des poignées de main significatives, ou bien avec des croisements de bras et des regards au ciel, qui témoignaient de leur douleur et de leur surprise.

M. de Richelieu, avec bon nombre de partisans, était dans l'antichambre du roi, à Trianon, vers dix heures.

Le comte Jean, tout chamarré, tout éblouissant, causait avec le vieux maréchal, et causait gaiement, si l'on en croyait sa figure épanouie.

Vers onze heures, le roi passa, se rendant à son cabinet de travail, et ne parla à personne. Sa Majesté marchait fort vite.

À onze heures cinq minutes, M. de Choiseul descendit de voiture et traversa la galerie, son portefeuille sous le bras.

À son passage, il se fit un grand mouvement de gens qui se retournaient pour avoir l'air de causer entre eux et ne pas saluer le ministre.

Le duc ne fit pas attention à ce manège ; il entra dans le cabinet, où le roi feuilletait un dossier en prenant son chocolat.

– Bonjour, duc, lui dit le roi amicalement ; sommes-nous bien dispos, ce matin ?

– Sire, M. de Choiseul se porte bien, mais le ministre est fort malade, et vient prier Votre Majesté, puisqu'elle ne lui parle encore de rien, d'agréer sa démission. Je remercie le roi de m'avoir permis cette initiative ; c'est une dernière faveur dont je lui suis bien reconnaissant.

– Comment, duc, votre démission ? qu'est-ce que cela veut dire ?

– Sire, Votre Majesté a signé hier, entre les mains de madame du Barry, un ordre qui me destitue ; cette nouvelle court déjà tout Paris et tout Versailles. Le mal est fait. Cependant, je n'ai pas voulu quitter le service de Votre Majesté sans en avoir reçu l'ordre avec la permission. Car, nommé officiellement, je ne puis me regarder comme destitué que par un acte officiel.

– Comment, duc, s'écria le roi en riant, car l'attitude sévère et digne de M. de Choiseul lui imposait jusqu'à la crainte ; comment, vous, un homme d'esprit et un formaliste, vous avez cru cela ?

– Mais, sire, dit le ministre surpris, vous avez signé...

– Quoi donc ?

– Une lettre que possède madame du Barry.

– Ah ! duc, n'avez-vous jamais eu besoin de la paix ? Vous êtes bien heureux !... Le fait est que madame de Choiseul est un modèle.

Le duc, offensé de la comparaison, fronça le sourcil.

– Votre Majesté, dit-il, est d'un caractère trop ferme et d'un caractère trop heureux pour mêler aux affaires d'État ce que vous daignez appeler les affaires de ménage.

– Choiseul, il faut que je vous conte cela : c'est fort drôle. Vous savez qu'on vous craint beaucoup par là ?

– C'est-à-dire qu'on me hait, sire.

– Si vous le voulez. Eh bien, cette folle de comtesse ne m'a-t-elle pas posé cette alternative : de l'envoyer à la Bastille ou de vous remercier de vos services.

– Eh bien, sire ?

– Eh bien, duc, vous m'avouerez qu'il eut été trop malheureux de perdre le coup d'œil que Versailles offrait ce matin. Depuis hier, je m'amuse à voir courir les estafettes sur les routes, à voir s'allonger ou se rapetisser les visages... Cotillon III est reine de France depuis hier. C'est on ne peut plus réjouissant.

– Mais la fin, sire ?

– La fin, mon cher duc, dit Louis XV redevenu sérieux, la fin sera toujours la même. Vous me connaissez, j'ai l'air de céder et je ne cède jamais. Laissez les femmes dévorer le petit gâteau de miel que je leur jetterai de temps en temps, comme on faisait à Cerbère ; mais nous, vivons tranquillement, imperturbablement, éternellement ensemble. Et, puisque nous en sommes aux éclaircissements, gardez celui-ci pour vous : Quelque bruit qui coure, quelque lettre de moi que vous teniez... ne vous abstenez pas de venir à Versailles... Tant que je vous dirai ce que je vous dis, duc, nous serons bons amis.

Le roi tendit la main au ministre, qui s'inclina dessus sans reconnaissance comme sans rancune.

– Travaillons, si vous voulez, cher duc, maintenant.

– Aux ordres de Votre Majesté, répliqua Choiseul en ouvrant son portefeuille.

– Voyons, pour commencer, dites-moi quelques mots du feu d'artifice.

– Ç'a été un grand désastre, sire.

– À qui la faute ?

– À M. Bignon, prévôt des marchands.

– Le peuple a-t-il beaucoup crié ?

– Oh ! beaucoup.

– Alors il fallait peut-être destituer ce M. Bignon.

– Le parlement, dont un des membres a failli étouffer dans la bagarre, avait pris l'affaire à cœur ; mais M. l'avocat général Séguier a fait un fort éloquent discours pour prouver que ce malheur était l'œuvre de la fatalité. On a applaudi, et ce n'est plus rien à présent.

– Tant mieux ! Passons aux parlements, duc… Ah ! voilà ce qu'on nous reproche.

– On me reproche, sire, de ne pas soutenir M. d'Aiguillon, contre M. de La Chalotais ; mais qui me reproche cela ? Les mêmes gens qui ont colporté avec des fusées de joie la lettre de Votre Majesté. Songez donc, sire, que M. d'Aiguillon a outrepassé ses pouvoirs en Bretagne, que les jésuites étaient réellement exilés, que M. de La Chalotais avait raison, que Votre Majesté elle-même a reconnu par acte public l'innocence de ce procureur général. On ne peut cependant faire se dédire ainsi le roi. Vis-à-vis de son ministre, c'est bien ; mais vis-à-vis de son peuple !

– En attendant, les parlements se sentent forts.

– Ils le sont, en effet. Quoi ! on les tance, on les emprisonne, on les vexe et on les déclare innocents, et ils ne seraient pas forts ! Je n'ai pas accusé M. d'Aiguillon d'avoir commencé l'affaire La Chalotais, mais je ne lui pardonnerai jamais d'y avoir eu tort.

– Duc ! duc ! allons, le mal est fait ; au remède… Comment brider ces insolents ?…

– Que les intrigues de M. le chancelier cessent, que M. d'Aiguillon n'ait plus de soutien, et la colère du parlement tombera.

– Mais j'aurai cédé, duc !

– Votre Majesté est donc représentée par M. d'Aiguillon... et non par moi ?

L'argument était rude, le roi le sentit.

– Vous savez, dit-il, que je n'aime pas à dégoûter mes serviteurs, lors même qu'ils se sont trompés... Mais laissons cette affaire qui m'afflige et dont le temps fera justice... Parlons un peu de l'extérieur... On me dit que je vais avoir la guerre ?

– Sire, si vous avez la guerre, ce sera une guerre loyale et nécessaire.

– Avec les Anglais... diable !

– Votre Majesté craint-elle les Anglais, par hasard ?

– Oh ! sur mer...

– Que Votre Majesté soit en repos : M. le duc de Praslin, mon cousin, votre ministre de la marine, vous dira qu'il a soixante-quatre vaisseaux, sans ceux qui sont en chantier, plus des matériaux pour en construire douze autres en un an... Enfin, cinquante frégates de première force, ce qui est une position respectable pour la guerre maritime. Quant à la guerre continentale, nous avons mieux que cela, nous avons Fontenoy.

– Fort bien ; mais pourquoi aurais-je à combattre les Anglais, mon cher duc ? Un gouvernement beaucoup moins habile que le vôtre, celui de l'abbé Dubois, a toujours évité la guerre avec l'Angleterre.

– Je le crois bien, sire ! l'abbé Dubois recevait par mois six cent mille livres des Anglais.

– Oh ! duc.

– J'ai la preuve, sire.

– Soit ; mais où voyez-vous des causes de guerre ?

– L'Angleterre veut toutes les Indes : j'ai dû donner à vos officiers les ordres les plus sévères, les plus hostiles. La première collision là-bas donnera lieu à des réclamations de l'Angleterre ; mon avis formel est que nous n'y fassions pas droit. Il faut que le gouvernement de Votre Majesté soit respecté par la force, comme il l'était grâce à la corruption.

– Eh ! patientons ; dans l'Inde, qui le saura ? C'est si loin !

Le duc se mordit les lèvres.

– Il y a un *casus belli* plus rapproché de nous, sire, dit-il.

– Encore ! Quoi donc ?

– Les Espagnols prétendent à la possession des îles Malouines et Falkland... Le port d'Egmont était occupé par les Anglais arbitrairement, les Espagnols les en ont chassés de vive force ; de là, fureur de l'Angleterre : elle menace les Espagnols des dernières extrémités si on ne lui donne satisfaction.

– Eh bien, mais, si les Espagnols ont tort pourtant, laissez-les se démêler.

– Sire, et le pacte de famille ? Pourquoi avez-vous tenu à faire signer ce pacte, qui lie étroitement tous les Bourbons d'Europe et leur fait un rempart contre les entreprises de l'Angleterre ?

Le roi baissa la tête.

– Ne vous inquiétez pas, sire, dit Choiseul ; vous avez une armée formidable, une marine imposante, de l'argent. J'en sais trouver sans faire crier les peuples. Si nous avons la guerre, ce sera une cause de gloire pour le règne de Votre Majesté, et je projette des agrandissements dont on nous aura fourni le prétexte et l'excuse.

– Alors, duc, alors la paix à l'intérieur ; n'ayons pas la guerre partout.

– Mais l'intérieur est calme, sire, répliqua le duc affectant de ne pas comprendre.

– Non, non, vous voyez bien que non. Vous m'aimez et me servez bien. Il y a d'autres gens qui disent m'aimer, et dont les façons ne ressemblent pas du tout aux vôtres ; mettons l'accord entre tous ces systèmes : voyons, mon cher duc, que je vive heureux.

– Il ne dépendra pas de moi que votre bonheur ne soit complet, sire.

– Voilà parler. Eh bien, venez donc dîner avec moi aujourd'hui.

– À Versailles, sire ?

– Non, à Luciennes.

– Oh ! mon regret est grand, sire ; mais ma famille est tout alarmée de la nouvelle répandue hier. On me croit dans la disgrâce de Votre Majesté. Je ne puis laisser tant de cœurs souffrants.

– Et ceux dont je vous parle ne souffrent-ils pas, duc ? Songez donc comme nous avons vécu heureux tous trois, du temps de cette pauvre marquise.

Le duc baissa la tête, ses yeux se voilèrent, un soupir à demi étouffé sortit de sa poitrine.

– Madame de Pompadour était une femme bien jalouse de la gloire de Votre Majesté, dit-il ; elle avait de hautes idées politiques. J'avoue que son génie sympathisait avec mon caractère. Souvent, sire, je me suis attelé de front avec elle aux grandes entreprises qu'elle formait ; oui, nous nous entendions.

– Mais elle se mêlait de politique, duc, et tout le monde le lui reprochait.

– C'est vrai.

– Celle-ci, au contraire, est douce comme un agneau ; elle n'a pas encore fait signer une lettre de cachet, même contre les pamphlétaires et les chansonniers. Eh bien, on lui reproche ce qu'on louait chez l'autre. Ah ! duc, c'est fait pour dégoûter du progrès... Voyons, venez-vous faire votre paix à Luciennes ?

– Sire, veuillez assurer madame la comtesse du Barry que je la trouve une femme charmante et digne de tout l'amour du roi ; mais...

– Ah ! voilà un mais, duc...

– Mais, poursuivit M. de Choiseul, ma conviction est que, si Votre Majesté est nécessaire à la France, aujourd'hui un bon ministre est plus nécessaire à Votre Majesté qu'une charmante maîtresse.

– N'en parlons plus, duc, et demeurons bons amis. Mais câlinez madame de Grammont, qu'elle ne complote plus rien contre la comtesse ; les femmes nous brouilleraient.

– Madame de Grammont, sire, veut trop plaire à Votre Majesté. C'est là son tort.

– Et elle me déplaît en nuisant à la comtesse, duc.

– Aussi madame de Grammont part-elle, sire, on ne la verra plus : ce sera un ennemi de moins.

– Ce n'est pas ainsi que je l'entends, vous allez trop loin. Mais la tête me brûle, duc, nous avons travaillé ce matin comme Louis XIV et Colbert, nous avons été *grand siècle*, comme disent les philosophes. À propos, duc, est-ce que vous êtes philosophe, vous ?

– Je suis serviteur de Votre Majesté, répliqua M. de Choiseul.

– Vous m'enchantez, vous êtes un homme impayable ; donnez-moi votre bras, je suis tout étourdi.

Le duc se hâta d'offrir son bras à Sa Majesté.

Il devinait qu'on allait ouvrir les portes à deux battants, que toute la cour était dans la galerie, qu'on allait le voir dans cette splendide position ; après avoir tant souffert, il n'était pas fâché de faire souffrir ses ennemis.

L'huissier ouvrit en effet les portes, et annonça le roi dans la galerie.

Louis XV, toujours causant avec M. de Choiseul et lui souriant, se faisant lourd sur son bras, traversa la foule sans remarquer ou sans vouloir remarquer combien Jean du Barry était pâle et combien M. de Richelieu était rouge.

Mais M. de Choiseul vit bien cette différence de nuances. Il passa le jarret tendu, le cou raide, les yeux brillants, devant les courtisans, qui se rapprochaient autant qu'ils s'étaient éloignés le matin.

– Là, dit le roi au bout de la galerie, duc, attendez-moi, je vous emmène à Trianon. Rappelez-vous tout ce que je vous ai dit.

– Je l'ai gardé dans mon cœur, répliqua le ministre, sachant bien qu'avec cette phrase aiguisée il perçait l'âme de tous ses ennemis.

Le roi rentra chez lui.

M. de Richelieu rompit la file et vint serrer dans ses deux mains maigres la main du ministre, en lui disant :

– Il y a longtemps que je sais qu'un Choiseul a l'âme chevillée au corps.

– Merci, dit le duc, qui savait à quoi s'en tenir.

– Mais ce bruit absurde ? poursuivit le maréchal.

– Ce bruit a bien fait rire Sa Majesté, dit Choiseul.

– On parlait d'une lettre...

– Mystification de la part du roi, répliqua le ministre en lançant cette phrase à l'adresse de Jean, qui perdait contenance.

– Merveilleux ! Merveilleux ! répéta le maréchal en retournant au comte, aussitôt que le duc de Choiseul eut disparu et ne put plus le voir.

Le roi descendait l'escalier en appelant le duc, empressé à le suivre.

– Eh ! eh ! nous sommes joués, dit le maréchal à Jean.

– Où vont-ils ?

– Au Petit Trianon, se moquer de nous.

– Mille tonnerres ! murmura Jean. Ah ! pardon, monsieur le maréchal.

– À mon tour, dit celui-ci, et voyons si mon moyen vaudra mieux que celui de la comtesse.

Chapitre LXXX

Le Petit Trianon

Quand Louis XIV eut bâti Versailles, et qu'il eut reconnu les inconvénients de la grandeur, lorsqu'il vit ces immenses salons pleins de gardes, ces antichambres pleines de courtisans, ces corridors et ces entresols pleins de laquais, de pages et de commensaux, il se dit que Versailles était bien ce que lui-même avait voulu en faire, ce que Mansard, Le Brun et Le Nôtre en avaient fait, le séjour d'un dieu, mais non pas l'habitation d'un homme.

Alors le grand roi, qui était un homme à ses moments perdus, se fit bâtir Trianon pour respirer et cacher un peu sa vie. Mais l'épée d'Achille, qui avait fatigué Achille, devait être d'un poids insupportable pour un successeur mirmidon.

Trianon, ce rapetissement de Versailles, parut encore trop pompeux à Louis XV, qui se fit bâtir par l'architecte Gabriel le Petit Trianon, pavillon de soixante pieds carrés.

À gauche de ce bâtiment, on construisit un carré long sans caractère et sans ornements : ce fut la demeure des gens de service et des commensaux. On comptait là environ dix logements de maîtres, et la place de cinquante serviteurs. On peut voir encore ce bâtiment dans son intégrité. Il se compose d'un rez-de-chaussée, d'un premier étage et de combles. Ce rez-de-chaussée est garanti par un fossé pavé qui le sépare des massifs ; toutes les fenêtres en sont grillées comme celles du premier étage. Vues du côté de Trianon, ces fenêtres éclairent un long corridor pareil à celui d'un couvent.

Huit ou neuf portes, percées dans le corridor, conduisent aux logements, tous composés d'une antichambre avec deux cabinets, l'un à droite, l'autre à gauche, et d'une basse chambre, voire même de deux, éclairées sur la cour intérieure de ce bâtiment.

Au-dessous de cet étage, les cuisines.

Dans les combles, des chambres de domestiques.

Voilà le Petit Trianon.

Ajoutez-y une chapelle à vingt toises du château, dont nous ne ferons pas la description, parce que nous n'en avons aucun besoin, et que ce château ne peut loger qu'un ménage, ainsi qu'on le dirait aujourd'hui.

La topographie est donc celle-ci : un château voyant avec ses larges yeux sur le parc et sur les bois, voyant à gauche sur les communs, qui ne lui opposent que des fenêtres grillées, fenêtres de corridors ou de cuisines masquées par un épais treillis.

Du Grand Trianon, demeure solennelle de Louis XV, on se rendait au petit par un jardin potager qui joignait les deux résidences, moyennant l'interjection d'un pont de bois.

Ce fut par ce jardin potager et fruitier, qu'avait dessiné et planté La Quintinie, que Louis XV mena M. de Choiseul au Petit Trianon, après la laborieuse séance que nous venons de raconter. Il voulait lui faire voir les améliorations introduites par lui dans le nouveau séjour du dauphin et de la dauphine. M. de Choiseul admirait tout, commentait tout avec la sagacité d'un courtisan ; il laissait le roi lui dire que le Petit Trianon devenait de jour en jour plus beau, plus charmant à habiter ; et le ministre ajoutait que c'était pour Sa Majesté la maison de famille.

– La dauphine, dit le roi, est encore un peu sauvage, comme toutes les Allemandes jeunes ; elle parle bien le français, mais elle a peur d'un léger accent qui la trahit Autrichienne à des oreilles françaises. À Trianon, elle n'entendra que des amis, et ne parlera que lorsqu'elle le voudra.

– Il en résulte qu'elle parlera bien. J'ai déjà remarqué, dit M. de Choiseul, que Son Altesse royale est accomplie et n'a rien à faire pour se perfectionner.

Chemin faisant, les deux voyageurs trouvèrent M. le dauphin arrêté sur une pelouse et qui prenait la hauteur du soleil.

M. de Choiseul s'inclina fort bas, et, comme le dauphin ne lui parla pas, il ne parla pas non plus au dauphin.

Le roi dit assez haut pour être entendu de son petit-fils :

– Louis est un savant, et il a bien tort de se casser la tête à des sciences, sa femme en souffrira.

– Non pas, répliqua une douce voix de femme sortie d'un buisson.

Et le roi vit accourir à lui la dauphine, qui causait avec un homme farci de papiers, de compas et de crayons.

– Sire, dit la princesse, M. Mique, mon architecte.

– Ah ! fit le roi, vous avez aussi cette maladie, madame ?

614/638

– Sire, c'est une maladie de famille.

– Vous allez faire bâtir ?

– Je vais faire meubler ce grand parc, dans lequel tout le monde s'ennuie.

– Oh ! oh ! ma fille, vous dites cela bien haut ; le dauphin pourrait vous entendre.

– C'est chose convenue entre nous, mon père, répliqua la princesse.

– De vous ennuyer ?

– Non, mais de chercher à nous divertir.

– Et Votre Altesse royale veut faire bâtir ? dit M. de Choiseul.

– De ce parc, monsieur le duc, je veux faire un jardin.

– Ah ! ce pauvre Le Nôtre ! dit le roi.

– Le Nôtre était un grand homme, sire, pour ce que l'on aimait alors, mais pour ce que j'aime...

– Qu'aimez-vous, madame ?

– La nature.

– Ah ! comme les philosophes.

– Ou comme les Anglais.

– Bon ! dites cela devant Choiseul, vous allez avoir une déclaration de guerre. Il va vous lâcher les soixante-quatre vaisseaux et les quarante frégates de M. de Praslin, son cousin.

– Sire, dit la dauphine, je ferai dessiner un jardin naturel par M. Robert, le plus habile homme du monde pour ces sortes de plans.

– Qu'appelez-vous jardins naturels ? dit le roi. Je croyais que des arbres et des fleurs, voire même des fruits, comme ceux que j'ai cueillis en passant, étaient des choses naturelles.

– Sire, vous vous promèneriez cent ans chez vous, que vous verriez toujours des allées droites, ou des massifs taillés à angle de quarante-cinq degrés, comme dit M. le dauphin, ou des pièces d'eau mariées à des gazons, lesquels sont mariés à des perspectives, ou à des quinconces, ou à des terrasses.

– Eh bien, c'est donc laid, cela ?

– Ce n'est pas naturel.

– Que voilà une petite fille qui aime la nature ! dit le roi avec un air plus jovial que joyeux. Voyons ce que vous ferez de mon Trianon.

– Des rivières, des cascades, des ponts, des grottes, des rochers, des bois, des ravins, des maisons, des montagnes, des prairies.

– Pour des poupées ? dit le roi.

– Hélas ! sire, pour des rois tels que nous serons, répliqua la princesse sans remarquer la rougeur qui couvrit les joues de son aïeul, et sans remarquer qu'elle se présageait à elle-même une lugubre vérité.

– Alors, vous bouleverserez ; mais qu'édifierez-vous ?

– Je conserve.

– Ah ! c'est encore heureux que, dans ces bois et dans ces rivières, vous ne fassiez pas loger vos gens comme des Hurons, des Esquimaux ou des Groenlandais. Ils auraient là une vie naturelle, et M. Rousseau les appellerait les enfants de la nature... Faites cela, ma fille, et vous serez adorée des encyclopédistes.

– Sire, mes serviteurs auraient trop froid dans ces habitations-là.

– Où les logerez-vous donc, si vous détruisez tout ? Ce ne sera pas dans le palais : à peine y a-t-il place pour vous deux.

– Sire, je garde les communs tels qu'ils sont.

Et la dauphine indiqua les fenêtres de ce corridor que nous avons décrit.

– Qui est-ce que j'y vois ? dit le roi en se mettant une main sur les yeux en guise de garde-vue.

– Une femme, sire, dit M. de Choiseul.

– Une demoiselle que je prends chez moi, répliqua la dauphine.

– Mademoiselle de Taverney, fit Choiseul avec sa vue perçante.

– Ah ! dit le roi ; tiens, vous avez ici les Taverney ?

– Mademoiselle de Taverney seulement, sire.

– Charmante fille... Vous en faites ?...

– Ma lectrice.

– Très bien, dit le roi sans quitter de l'œil la fenêtre grillée par laquelle regardait, fort innocemment et sans se douter qu'on l'observait, mademoiselle de Taverney, pâle encore de sa maladie.

– Comme elle est pâle ! dit M. de Choiseul.

– Elle a failli être étouffée le 31 mai, monsieur le duc.

– Vrai ? Pauvre fille ! dit le roi. Ce M. Bignon méritait sa dis-grâce.

– Elle est rétablie ? dit M. de Choiseul très vite.

– Dieu merci, monsieur le duc.

– Ah ! fit le roi, elle se sauve.

– Elle aura reconnu Votre Majesté, et elle est timide.

– Vous l'avez depuis longtemps ?

– Depuis hier, sire ; en m'installant, je l'ai fait venir.

– Triste habitation pour une jolie fille, dit Louis XV ; ce diable de Gabriel était bien maladroit : il n'a pas pensé que les arbres, en grandissant, éborgneraient ce bâtiment des communs, et qu'on n'y verrait plus clair.

– Mais non, sire, je vous jure que le logement est supportable.

– Ce n'est pas possible, dit Louis XV.

– Votre Majesté veut-elle s'en assurer ? dit la dauphine jalouse de faire les honneurs de chez elle.

– Soit. Venez-vous, Choiseul ?

– Sire, il est deux heures. J'ai un conseil de parlement à deux heures et demie. Le temps de retourner à Versailles...

– Eh bien, allez, duc, allez, et secouez-moi les robes noires. Dauphine, montrez-moi les petits logements, s'il vous plaît. Je raffole des intérieurs.

– Venez, monsieur Mique, dit la dauphine à son architecte, vous aurez l'occasion de recevoir quelques avis de Sa Majesté qui s'entend si bien à tout.

Le roi marcha le premier, la dauphine le suivit.

Ils montèrent le petit perron qui conduit à la chapelle, laissant de côté le passage des cours.

La porte de la chapelle est à gauche ; de l'autre côté, l'escalier droit et simple, qui mène au corridor des logements.

– Qui demeure ici ? demanda Louis XV.

– Mais personne encore, sire.

– Voilà une clef sur la porte du premier logement.

– Ah ! c'est vrai, mademoiselle de Taverney se meuble aujourd'hui et emménage.

– Ici ? fit le roi en désignant la porte.

– Oui, sire.

– Et elle est chez elle ? N'entrons pas, alors.

– Sire, elle vient de descendre ; je l'ai vue sous l'auvent de la petite cour des cuisines.

– Alors, montrez-moi ses logements comme échantillon.

– À votre désir, répliqua la dauphine.

Et elle introduisit le roi dans l'unique chambre, précédée d'une antichambre et de deux cabinets.

Quelques meubles déjà rangés, des livres, un clavecin, attirèrent l'attention du roi, et surtout un énorme bouquet des plus belles fleurs, que mademoiselle de Taverney avait déjà mis dans une potiche du Japon.

– Ah ! dit le roi, les belles fleurs ! et vous voulez changer de jardin... Qui diable fournit vos gens de fleurs pareilles ? En garde-t-on pour vous ?

– En effet, voilà un beau bouquet.

– Le jardinier soigne mademoiselle de Taverney... Qui est jardinier ici ?

– Je ne sais, sire. M. de Jussieu se charge de me les fournir.

Le roi donna un coup d'œil curieux à tout le logement, regarda encore à l'extérieur, dans les cours, et se retira.

Sa Majesté traversa le parc et revint au Grand Trianon ; ses équipages l'attendaient pour une chasse en carrosse après le dîner, de trois à six heures du soir.

Le dauphin mesurait toujours le soleil.

Chapitre LXXXI

La conspiration se renoue

Tandis que le roi, pour bien rassurer M. de Choiseul et ne pas perdre son temps à lui-même, se promenait ainsi dans Trianon en attendant la chasse, Luciennes était le centre d'une réunion de conspirateurs effarés qui arrivaient à tire-d'aile auprès de madame du Barry, comme des oiseaux qui ont senti la poudre du chasseur.

Jean et le maréchal de Richelieu, après s'être longtemps regardés avec humeur, avaient pris leur essor les premiers.

Les autres étaient les favoris ordinaires qu'une disgrâce certaine des Choiseul avait affriandés, que le retour en faveur avait épouvantés, et qui, ne trouvant plus le ministre sous leur main, pour s'accrocher à lui, revenaient machinalement à Luciennes pour voir si l'arbre était assez solide pour que l'on s'y cramponnât comme par le passé.

Madame du Barry, après les fatigues de sa diplomatie et le triomphe trompeur qui l'avait couronnée, faisait la sieste lorsque le carrosse de Richelieu entra chez elle avec le bruit et la célérité d'un ouragan.

– Maîtresse du Barry dort, dit Zamore sans se déranger.

Jean fit rouler Zamore sur le tapis d'un grand coup de pied qu'il appliqua sur les broderies les plus larges de son habit de gouverneur.

Zamore poussa des cris perçants.

Chon accourut.

– Vous battez encore ce petit, vilain brutal ! dit-elle.

– Et je vous extermine vous-même, poursuivit Jean avec des yeux qui flamboyaient, si vous ne réveillez pas la comtesse tout de suite.

Mais il n'était pas besoin de réveiller la comtesse : aux cris de Zamore, au grondement de la voix de Jean, elle avait senti un malheur et accourait enveloppée dans un peignoir.

– Qu'y a-t-il ? demanda-t-elle effrayée de voir que Jean s'était vautré tout du long sur un sofa pour calmer les agitations de sa bile et que le maréchal ne lui avait pas même baisé la main.

– Il y a, il y a, dit Jean, parbleu ! il y a toujours le Choiseul.

– Comment ?

– Oui, plus que jamais, mille tonnerres !

– Qu'est-ce que vous voulez dire ?

– M. le comte du Barry a raison, continua Richelieu ; il y a plus que jamais M. le duc de Choiseul.

La comtesse tira de son sein la petite lettre du roi.

– Et ceci ? dit-elle en souriant.

– Avez-vous bien lu, comtesse ? demanda le maréchal.

– Mais… je sais lire, duc, répondit madame du Barry.

– Je n'en doute pas, madame ; voulez-vous me permettre de lire aussi ?

– Oh ! certainement ; lisez.

Le duc prit le papier, le développa lentement et lut :

« Demain, je remercierai M. de Choiseul de ses services. Je m'y engage positivement.

Louis. »

– Est-ce clair ? dit la comtesse.

– Parfaitement clair, répliqua le maréchal en faisant la grimace.

– Eh bien, quoi ? dit Jean.

– Eh bien, c'est demain que nous aurons la victoire, rien n'est encore perdu.

– Comment, demain ? Mais le roi m'a signé cela hier. Or, demain, c'est aujourd'hui.

– Pardon, madame, dit le duc ; comme il n'y a pas de date, demain sera toujours le jour qui suivra celui où vous voudrez voir M. de Choiseul à bas. Il y a, rue de la Grange-Batelière, à cent pas de chez moi, un cabaret dont l'enseigne porte ces mots en lettres rouges : « Ici, on fait crédit demain. » Demain, c'est jamais.

– Le roi s'est moqué de nous, dit Jean furieux.

– C'est impossible, murmura la comtesse atterrée ; impossible, une pareille supercherie est indigne...

– Ah ! madame, Sa Majesté est fort joviale, dit Richelieu.

– Il me le paiera, duc, continua la comtesse avec un accent de colère.

– Après cela, comtesse, il ne faut pas en vouloir au roi ; il ne faut pas accuser Sa Majesté de dol ou de fourberie ; non, le roi a tenu ce qu'il avait promis.

– Allons donc ! fit Jean avec un tour d'épaules plus que peuple.

– Qu'a-t-il promis ? cria la comtesse : de remercier le Choiseul.

– Et voilà précisément, madame ; j'ai entendu, moi, Sa Majesté remercier positivement le duc de ses services. Le mot a deux sens, écoutez donc : en diplomatie, chacun prend celui qu'il préfère ; vous avez choisi le vôtre, le roi a choisi le sien. De cette façon, le demain n'est plus même en litige ; c'est bien aujourd'hui, à votre avis, que le roi devait tenir sa promesse : il l'a tenue. Moi qui vous parle, j'ai entendu le remerciement.

– Duc, ce n'est pas l'heure de plaisanter, je crois.

– Croyez-vous, par hasard, que je plaisante, comtesse ? Demandez au comte Jean.

– Non, pardieu ! nous ne rions pas. Ce matin, le Choiseul a été embrassé, cajolé, festoyé par le roi, et, à l'heure qu'il est, tous deux se promènent dans les Trianons, bras dessus, bras dessous.

– Bras dessus, bras dessous ! répéta Chon, qui s'était glissée dans le cabinet, et qui leva ses bras blancs comme un nouveau modèle de la Niobé désespérée.

– Oui, j'ai été jouée, dit la comtesse ; mais nous allons bien voir... Chon, il faut d'abord contremander mon équipage de chasse ; je n'irai pas.

– Bon ! dit Jean.

– Un moment ! s'écria Richelieu, pas de précipitation, pas de bouderie... Ah ! pardon, comtesse, je me permets de vous conseiller ; pardon.

– Faites, duc, ne vous gênez pas ; je crois que je perds la tête. Voyez ce qu'il en est : on ne veut pas faire de politique, et, le jour où on s'en mêle, l'amour-propre vous y jette tout habillée... Vous dites donc ?

– Que bouder aujourd'hui n'est pas sage. Tenez, comtesse, la position est difficile. Si le roi tient décidément aux Choiseul, s'il se laisse influencer par sa dauphine, s'il vous rompt ainsi en visière, c'est que...

– Eh bien ?

– C'est qu'il faut devenir encore plus aimable que vous n'êtes, comtesse. Je sais bien que c'est impossible ; mais enfin, l'impossible devient la nécessité de notre situation : faites donc l'impossible !

La comtesse réfléchit.

– Car enfin, continua le duc, si le roi allait adopter les moeurs allemandes !

– S'il allait devenir vertueux ! s'exclama Jean saisi d'horreur.

– Qui sait, comtesse ? dit Richelieu, la nouveauté est chose si attrayante.

– Oh ! quant à cela, répliqua la comtesse avec certain signe d'incrédulité, je ne crois pas.

– On a vu des choses plus extraordinaires, madame, et le proverbe du diable se faisant ermite... Donc, il faudrait ne pas bouder.

– Il ne le faudrait pas.

– Mais j'étouffe de colère !

– Je le crois parbleu bien ! étouffez, comtesse, mais que le roi, c'est-à-dire M. de Choiseul, ne s'en aperçoive pas ; étouffez pour nous, respirez pour eux.

– Et j'irais à la chasse ?

– Ce serait fort habile !

– Et vous, duc ?

– Oh ! moi, dussé-je suivre la chasse à quatre pattes, je la suivrai.

– Dans ma voiture, alors ! s'écria la comtesse, pour voir la figure que ferait son allié.

– Comtesse, répliqua le duc avec une minauderie qui cachait son dépit, c'est un si grand bonheur...

– Que vous refusez, n'est-ce pas ?

– Moi ! Dieu m'en préserve !

– Faites-y attention, vous vous compromettrez.

– Je ne veux pas me compromettre.

– Il l'avoue ! il a le front de l'avouer ! s'écria madame du Barry.

– Comtesse ! comtesse ! M. de Choiseul ne me pardonnera jamais !

– Êtes-vous donc déjà si bien avec M. de Choiseul ?

– Comtesse ! comtesse ! je me brouillerai avec madame la dauphine.

– Aimez-vous mieux que nous fassions la guerre chacun de notre côté, mais sans partage du résultat ? Il en est encore temps. Vous n'êtes pas compromis, et vous pouvez vous retirer encore de l'association.

– Vous me méconnaissez, comtesse, dit le duc en lui baisant la main. M'avez-vous vu hésiter, le jour de votre présentation, quand il s'est agi de vous trouver une robe, un coiffeur, une voiture ? Eh bien, je n'hésiterai pas davantage aujourd'hui. Oh ! je suis plus brave que vous ne croyez, comtesse.

– Alors, c'est convenu. Nous irons tous deux à la chasse, et ce me sera un prétexte pour ne voir personne, n'écouter personne et ne parler à personne.

– Pas même au roi ?

– Au contraire, je veux lui dire des mignardises qui le désespé-
reront.

– Bravo ! c'est de bonne guerre.

– Mais vous, Jean, que faites-vous ? Voyons, sortez un peu de
vos coussins ; vous vous enterrez tout vif, mon ami.

– Ce que je fais ? vous voulez le savoir ?

– Mais oui, cela nous servira peut-être à quelque chose.

– Eh bien, je pense…

– À quoi ?

– Je pense qu'à cette heure-ci tous les chansonniers de la ville
et du département nous travaillent sur tous les airs possibles ; que
les *Nouvelles à la main* nous déchiquètent comme chair à pâté ; que
Le Gazetier cuirassé nous vise au défaut de la cuirasse ; que le *Jour-
nal des observateurs* nous observe jusque dans la moelle des os ;
qu'enfin nous allons être demain dans un état à faire pitié, même à
un Choiseul.

– Et vous concluez ?… demanda le duc.

– Je conclus que je vais courir à Paris pour acheter un peu de charpie et pas mal d'onguent pour mettre sur toutes nos blessures. Donnez-moi de l'argent, petite sœur.

– Combien ? demanda la comtesse.

– La moindre chose, deux ou trois cents louis.

– Vous voyez, duc, dit la comtesse en se tournant vers Richelieu, voilà déjà que je paie les frais de la guerre.

– C'est l'entrée en campagne, comtesse ; semez aujourd'hui, vous recueillerez demain.

La comtesse haussa les épaules avec un indescriptible mouvement, se leva, alla à son chiffonnier, l'ouvrit, en tira une poignée de billets de caisse, qu'elle remit sans compter à Jean, lequel, sans compter aussi, les empocha en poussant un gros soupir.

Puis, se levant, s'étirant, tordant les bras comme un homme accablé de fatigue, Jean fit trois pas dans la chambre.

– Voilà, dit-il en montrant le duc et la comtesse ; ces gens-là vont s'amuser à la chasse, tandis que moi, je galope à Paris ; ils verront de jolis cavaliers et de jolies femmes ; moi, je vais contempler les hideuses faces des gratte papier. Décidément, je suis le chien de la maison.

– Notez, duc, fit la comtesse, qu'il ne va pas s'occuper de nous le moins du monde ; il va donner la moitié de mes billets à quelque drôlesse, et jouer le reste dans quelque tripot ; voilà ce qu'il va faire, et il pousse des hurlements, le misérable ! Tenez, allez-vous-en, Jean, vous me faites horreur.

Jean dévalisa trois bonbonnières, qu'il vida dans ses poches, vola sur l'étagère une Chinoise qui avait des yeux de diamants, et partit en faisant le gros dos, poursuivi par les cris nerveux de la comtesse.

– Quel charmant garçon ! dit Richelieu, du ton qu'un parasite prend pour louer un de ces terribles enfants sur lequel il appelle tout bas la chute du tonnerre ; il vous est bien cher... n'est-ce pas, comtesse ?

– Comme vous dites, duc, il a placé sa bonté sur moi, et elle lui rapporte trois ou quatre cent mille livres par an.

La pendule tinta.

– Midi et demi, comtesse, dit le duc ; heureusement que vous êtes presque habillée ; montrez-vous un peu à vos courtisans, qui croiraient qu'il y a éclipse, et montons vite en carrosse : vous savez comment se gouverne la chasse ?

– C'était convenu hier entre Sa Majesté et moi : on allait dans la forêt de Marly, et l'on me prenait en passant.

– Oh ! je suis bien sûr que le roi n'aura rien changé au programme.

– Maintenant votre plan à vous, duc ? Car c'est à votre tour de le donner.

– Madame, dès hier, j'ai écrit à mon neveu, qui, du reste, si j'en crois mes pressentiments, doit déjà être en route.

– M. d'Aiguillon ?

– Je serais bien étonné qu'il ne se croisât pas demain avec ma lettre, et qu'il ne fût pas ici demain ou après-demain au plus tard.

– Et vous comptez sur lui ?

– Eh ! madame, il a des idées.

– N'importe, nous sommes bien malades. Le roi céderait peut-être, s'il n'avait une peur horrible des affaires.

– De sorte que ?...

– De sorte que je tremble qu'il ne consente jamais à sacrifier M. de Choiseul.

– Voulez-vous que je vous parle franc, comtesse ?

– Certainement.

– Eh bien, je ne le crois pas non plus. Le roi aura cent tours pareils à celui d'hier. Sa Majesté a tant d'esprit ! Vous, de votre côté, comtesse, vous n'irez pas risquer de perdre son amour par un entêtement inconcevable.

– Dame ! c'est à réfléchir.

– Vous voyez bien, comtesse, que M. de Choiseul est là pour une éternité ; pour l'en déloger, il ne faudrait rien moins qu'un miracle.

– Oui, un miracle, répéta Jeanne.

– Et malheureusement, les hommes n'en font plus, répondit le duc.

– Oh ! répliqua madame du Barry, j'en connais un qui en fait encore, moi.

– Vous connaissez un homme qui fait des miracles, comtesse ?

– Ma foi, oui.

– Et vous ne m'avez pas dit cela ?

– J'y pense à cette heure seulement, duc.

– Croyez-vous ce gaillard-là capable de nous tirer d'affaire ?

– Je le crois capable de tout.

– Oh ! oh !... Et quel miracle a-t-il opéré ? Dites-moi un peu cela, comtesse, que je juge par l'échantillon.

– Duc, dit madame du Barry en se rapprochant de Richelieu et en baissant la voix malgré elle, c'est un homme qui, il y a dix ans, m'a rencontrée sur la place Louis XV et m'a dit que je serais reine de France.

– En effet, c'est miraculeux, et cet homme-là serait capable de me prédire que je mourrai premier ministre.

– N'est-ce pas ?

– Oh ! je n'en doute pas un seul instant. Comment l'appelez-vous ?

– Son nom ne vous apprendra rien.

– Où est-il ?

– Ah ! voilà ce que j'ignore.

– Il ne vous a pas donné son adresse ?

– Non, il devait venir lui-même chercher sa récompense.

– Que lui aviez-vous promis ?

– Tout ce qu'il me demanderait.

– Et il n'est pas venu ?

– Non.

– Comtesse ! voilà qui est plus miraculeux que sa prédiction. Décidément, il nous faut cet homme.

– Mais comment faire ?

– Son nom, comtesse ? son nom ?

– Il en a deux.

– Procédons par ordre : le premier ?

– Le comte de Fœnix.

– Comment, cet homme que vous m'avez montré le jour de votre présentation ?

– Justement.

– Ce Prussien ?

– Ce Prussien.

– Oh ! je n'ai plus de confiance. Tous les sorciers que j'ai connus avaient des noms qui finissaient en *i* ou en *o*.

– Cela tombe à merveille, duc ; son second nom finit à votre guise.

– Comment s'appelle-t-il ?

– Joseph Balsamo.

– Enfin, n'auriez-vous aucun moyen de le retrouver ?

– J'y vais rêver, duc. Je crois que je sais quelqu'un qui le connaît.

– Bon ! Mais hâtez-vous, comtesse. Voici les trois quarts avant une heure.

– Je suis prête. Mon carrosse !

Dix minutes après, madame du Barry et M. le duc de Richelieu couraient côte à côte à la rencontre de la chasse.

FIN DE LA DEUXIÈME PARTIE.

Milton Keynes UK
Ingram Content Group UK Ltd.
UKHW051706140923
428592UK00020B/343